George MacDonald Fraser
Flashman in Afghanistan
Die Flashman Manuskripte, Band 1
Kuebler Verlag

Das Buch

Ein harter historischer Roman: Harry Flashman gelingt es durch Glück und Betrug, Ruhm und Ehre zu erlangen und mit jedem „halbwegs willigen Weibsstück" ein Techtelmechtel zu beginnen. Während einer militärischen Niederlage bei Kabul macht er sich aus dem Staub, was in höchsten Auszeichnungen als „Held von Dschalalabad" endet und ihm die Achtung der Afghanen als „Bloody Lance" bringt. „Man verzeiht ihm seine Unarten, wenn er mit so überlegener Ironie militärische Dickschädel und spießbürgerliche Krämerseelen auf den Arm nimmt und nebenbei die Strategie des britischen Weltreichs in Indien und Afghanistan als blutigen Dilettantismus entlarvt …" (Münchner Merkur)

Der Autor

George MacDonald Fraser wurde 1925 in Schottland geboren. Er studierte an der Glasgow Academy, wurde Soldat und verbrachte den Zweiten Weltkrieg in Burma. Danach arbeitete er als Journalist in Kanada und Großbritannien, bevor er als freier – und sehr erfolgreicher – Schriftsteller auf der Insel Man lebte.

Flashman in Afghanistan

„Die Flashman Manuskripte“
Band 1
1839-1842
herausgegeben und bearbeitet von
George MacDonald Fraser

Ins Deutsche übertragen von Paul Baudisch

Kuebler Verlag

Originaltitel: Flashman – From the Flashman Papers
1839-1842 von George MacDonald Fraser

Deutsche Erstausgabe: Flashman – Karrieren eines
Kavaliers, Hoffmann und Campe.
Deutsche Übersetzung von Paul Baudisch.

Neu durchgesehene, überarbeitete
und ungekürzte Ausgabe:

Herausgegeben von Bernd Kübler
Umschlaggestaltung: Grafissimo! Daniela Hertel
Druck und Bindung: CPI Moravia
ISBN 978-3-942270-91-5

Vorbemerkung

Der überwiegende Teil der als „Flashman Papers“ bezeichneten Manuskripte wurde 1965 anlässlich einer Hausratsversteigerung in Ashby, Leicestershire, entdeckt. Die Papiere wurden sodann von Mr. Paget Morrison in Durban, Südafrika, dem nächsten unter den noch lebenden Verwandten des Verfassers, als Eigentum beansprucht.

Von großem literarischem Interesse ist ein besonderer Aspekt der Papiere: Sie identifizieren eindeutig Flashman, den Schulrüpel aus Thomas Hughes „Tom Browns Schooldays“ mit dem gefeierten viktorianischen Soldaten gleichen Namens. De facto handelt es sich hier um Harry Flashmans Memoiren von dem Tage an, da er Ende der dreißiger Jahre des 19. Jahrhunderts von der Rugby School relegiert wurde, bis zu den ersten Jahren des 20. Jahrhunderts. Anscheinend hat er sie irgendwann zwischen 1900 und 1905 zu Papier gebracht, als er schon über achtzig gewesen sein muss. Möglicherweise hat er sie diktiert. Die Papiere, die offenbar fünfzig Jahre lang unberührt in einer Teekiste gelegen hatten, bevor sie im Auktionslokal zu Ashby gefunden wurden, waren sorgfältig in Wachsleinwand eingewickelt. Aus Briefen, die das erste Paket enthielt, geht deutlich hervor, dass ihre ursprüngliche Entdeckung durch die Angehörigen des großen Kriegsmanns nach seinem Tode 1925 einige Bestürzung auslöste. Einmütig scheinen die Herrschaften gegen eine Veröffentlichung der Selbstbiographie ihres Vetters gewesen zu sein - den Grund kann man wohl verstehen -, und es ist ein reines Wunder, dass das Manuskript nicht vernichtet wurde.

Zum Glück ist es erhalten geblieben und was hier folgt, ist der Inhalt des ersten Konvoluts, das Flashmans frühe Abenteuer umfasst. Ich sehe keinen Grund zu bezweifeln, dass dieser Bericht durchaus der Wahrheit entspricht. Wo Flashman sich auf historische Tatsachen bezieht, sind seine Angaben fast immer exakt. Der Leser mag beurteilen, ob man ihm auch in persönlicheren Angelegenheiten Glauben schenken dürfe oder nicht.

Mr. Paget Morrison, der mein Interesse an diesem und an ähnlichen Themen kennt, hat mich ersucht, die Papiere herauszugeben. Ich hatte aber weiter nichts zu tun, als einige geringfügige Schreibfehler zu korrigieren. Flashman war ein besserer Erzähler als ich, und ich habe mich darauf beschränkt, ein paar historische Anmerkungen hinzuzufügen.

Das Zitat aus „Tom Brown's Schooldays" klebte auf der obersten Seite des ersten Konvoluts. Offensichtlich war es aus der Originalausgabe des Jahres 1856 herausgeschnitten worden.

G. M. Fraser

Kapitel 1

Eines schönen Sommerabends hatte Flashman sich in Brownsover an einem Gin-Punch gütlich getan und, nachdem er seine üblichen Grenzen überschritten, geräuschvoll den Heimweg angetreten. Er begegnete einigen Freunden, die vom Baden zurückkehrten, schlug ein Glas Bier vor; da warmes Wetter herrschte und sie, selber durstige Seelen, nicht wussten, was für ein Quantum geistiger Getränke Flashman bereits zu sich genommen hatte, willigten sie ein. Das Ergebnis war, dass Flashman sich fürchterlich betrank. Sie versuchten, ihn mitzuschleppen, brachten es aber nicht fertig. Da mieteten sie eine Sänfte und zwei Träger. Ein Lehrer kam ihnen in die Quere. Natürlich ergriffen sie schleunigst die Flucht. Dadurch wurde der Argwohn des Lehrers geweckt. Der Schutzengel aller geschundenen Pennäler veranlasste ihn, die Fracht zu untersuchen, und nachdem er sie untersucht hatte, geleitete er persönlich die Sänfte ins Schulgebäude hinauf. Der Doktor, der Flashman bereits im Auge gehabt hatte, verfügte für den nächsten Morgen seine Entlassung.

Thomas Hughes: "Tom Brown's Schooldays"

Hughes hat sich in einer wichtigen Einzelheit geirrt. Sie werden im „Tom Brown" gelesen haben, wie ich wegen Trunkenheit aus der Rugby School davon gejagt wurde, was nur zu wahr ist. Wenn aber Hughes mir unterstellt, schuld daran sei gewesen, dass ich mir mit Vorbedacht nach dem Gin-Punch Bier hinter die Binde gegossen hätte, dann irrt er sich. Auch mit siebzehn Jahren war ich nicht mehr so dumm, die Getränke durcheinander zu mischen.

Dies erwähne ich, nicht um mich zu verteidigen, sondern im Interesse strenger Wahrheit. Was ich zu erzählen habe, wird durchaus wahrheitsgetreu sein; ich breche mit einer achtzigjährigen Gewohnheit. Warum auch nicht? Wenn ein Mensch so alt ist wie ich und sich durch und durch kennt, wie er war, wie er ist, dann macht er sich nichts mehr daraus. Sehen Sie, ich schäme mich nicht. Ich habe mich nie geschämt und darf, wenn wir uns nach den Maßstäben der sogenannten guten Gesellschaft richten, auf der Habenseite meines Kontos so manches verbuchen: die Ritterwürde, das Viktoria-Kreuz und das eine oder andere Ruhmesblatt. Deshalb kann ich heute das Bild über meinem Schreibtisch betrachten, den jungen Offizier in Cardigans Husarenregiment: hochgewachsen, herrisch und ein recht schöner Mann war ich zu jener Zeit (sogar Hughes gibt zu, ich sei stattlich und kräftig gewesen und hätte in hohem Maß die Gabe besessen, mich meinen Mitmenschen angenehm zu machen) – und seelenruhig sagen, ja, das ist das Porträt eines Lumpen, eines Lügners, eines Betrügers, eines Diebes, eines Feiglings und – ach freilich – eines servilen Speichelleckers. Das alles hat Hughes mehr oder weniger von mir behauptet und seine Beschreibung war nicht unzutreffend, abgesehen, wie schon erwähnt, von gewissen Einzelheiten. Aber ihm lag mehr daran, Moral zu predigen, als Tatsachen anzuführen.

Ich jedoch interessiere mich für die Tatsachen. Da viele von ihnen mich in ein schimpfliches Licht rücken, dürfen Sie versichert sein, dass sie zutreffen.

Auf jeden Fall irrt sich Hughes, wenn er meint, *ich* hätte das Bier vorgeschlagen. Speedicut hatte es bestellt, und ehe ich recht wusste, wie mir geschah, hatte ich es auch schon intus (auf den vielen Gin-Punch davor). Das machte mich fertig. Ich war richtig besoffen –„viehisch betrunken“, wie

Hughes sich ausdrückt, und er hat recht. Als sie mich aus der „Traube“ hinaus bugsierten, konnte ich kaum etwas sehen, geschweige denn gehen. Sie setzten mich in eine Sänfte. Da tauchte ein Pauker auf. Speedicut, unser Fixmichel, wurde seinem Namen gerecht und nahm Reißaus. Mich ließen sie hingelümmelt im Tragsessel hocken. Ran kommt der Herr Lehrer und erblickt mich. Es war der brave, alte Rufton, ein Hausaufseher.

„Grundgütiger Himmel!“ sagte er. „Es ist einer unserer Jungen – betrunken!“

Ich sehe ihn noch vor mir, wie er mich anglotzt mit seinen großen, matten Stachelbeeraugen und dem weißen Backenbart. Er versuchte, mich aufzurütteln – ebenso gut hätte er versuchen können, einen Leichnam von den Toten zu erwecken. Ich lag nur so da und kicherte vor mich hin. Schließlich riss ihm der Geduldsfaden; er schlug mit dem Rohrstock auf den Sessel und rief:

„Tragt ihn hinauf, ihr Träger! Bringt ihn zur Schule! Dafür wird er sich vor dem Doktor zu verantworten haben!“

Also marschierten sie los, der alte Rufton trapste hinterdrein und erging sich in zornigen Betrachtungen über widerwärtige Exzesse und den Lohn der Sünde. Der alte Thomas und die Sänftenträger beförderten mich, wie sich es gehörte, geradenwegs ins Hospital. Ich wurde auf ein Bett gelegt, um nüchtern zu werden. Ich kann Ihnen sagen, das hat gar nicht lange gedauert, sobald ich erst einmal im Kopf genug klar geworden war, um mir zu überlegen, was bei der Sache herausschauen werde. Wenn Sie Hughes gelesen haben, wissen Sie, was für ein Mensch unser Arnold war, und selbst in den besten Stunden hatte er für mich nicht viel übrig gehabt. Das mindeste, worauf ich gefasst sein musste, war eine Tracht Prügel vor Beginn des Unterrichts.

Das genügte, um mir bei dem bloßen Gedanken eine höllische Angst einzujagen. Eigentlich aber fürchtete ich mich vor Arnold selbst.

Man ließ mich etwa zwei Stunden im Hospital liegen. Dann erschien der alte Thomas, um mir mitzuteilen, der Doktor wünsche mit mir zu sprechen. Ich folgte ihm die Treppe hinunter und ins Schulhaus hinüber. Die kleinen Kalfaktoren guckten um die Ecken und flüsterten einander zu, jetzt habe es Flashman, den Rohling erwischt, und der alte Thomas klopfte an des Doktors Tür, und die Stimme, die „Herein!" rief, klang mir wie der Donner des Jüngsten Gerichts.

Er stand vor dem Kamin, die Hände unter den hoch geschürzten Rockschößen, mit der Miene eines Türken bei einer Christentaufe. Er hatte Augen wie Säbelspitzen, sein Gesicht war bleich und trug jenen angewiderten Ausdruck, den er für derartige Anlässe bereit hielt. Obwohl ich noch immer ein bisschen unter dem Einfluss des Alkohols stand, fürchtete ich mich in diesem Augenblick wie nie in meinem späteren Leben – und wenn man wie ich bei Balaklawa gegen eine russische Batterie angeritten ist und fest gekettet in einem afghanischen Kerker auf die Folterknechte gewartet hat, dann weiß man, was Furcht ist. Noch heute ist mir unbehaglich zumute, wenn ich an ihn denke, dabei ist er seit sechzig Jahren tot.

Damals aber war er quicklebendig. Eine Weile schwieg er, um mich ein wenig schmoren zu lassen. Dann sagte er:

„Flashman, im Leben eines Schulmannes gibt es viele Augenblicke, da er eine Entscheidung treffen muss und sich nachher fragt, ob er richtig oder falsch gehandelt habe. Ich habe eine Entscheidung getroffen, und ausnahmsweise einmal bezweifle ich nicht, dass sie richtig ist. Ich beobachte dich jetzt schon seit mehreren Jahren mit zunehmender Besorgnis. Du hast auf deine Umgebung einen schlechten Einfluss ausgeübt. Dass du ein Kameradenschinder bist, weiß ich. Dass du verlogen bist, habe ich seit langem vermutet. Dass du heimtückisch und gemein bist, habe ich befürchtet. Aber dass du so tief sinken würdest, ein Trunkenbold zu werden – dies zumindest habe ich mir nicht vorgestellt. Ich habe in der Vergangenheit nach Symptomen der Besserung Ausschau gehalten, nach einem Funken der Gnade, nach einem Hoffnungsschimmer, der mir sagen würde, dass meine Tätigkeit auch in deinem Fall nicht nutzlos gewesen sei. Ich habe umsonst gewartet, und jetzt ist das Maß der Schändlichkeit voll. Hast du etwas zu sagen?"

Inzwischen hatte ich zu flennen begonnen. Ich murmelte vor mich hin, dass ich es bereue.

„Wenn ich auch nur einen Augenblick lang", sagte er, „glauben würde, *dass* du es bereuest, dass du fähig seiest, *echte* Reue zu empfinden, würde ich vielleicht vor dem Schritt zurückscheuen, den zu tun ich im Begriff bin. Aber ich kenne dich zu gut, Flashman. Morgen musst du Rugby verlassen."

Hätte ich meine fünf Sinne beisammen gehabt, dann würde ich mir vielleicht überlegt haben, dass das ja gar keine schlimme Neuigkeit sei. Arnolds Donnerwetter hatte mich jedoch aus der Fassung gebracht.

„Aber – aber, Sir", schluchzte ich, „das wird meiner Mutter das Herz brechen!"

Er wurde leichenblass, und ich wich zurück. Ich dachte, er würde mich ohrfeigen.

„Lästerlicher Wicht!" rief er aus (mit solchen Phrasen wusste er wie der gerissenste Kanzelredner umzugehen) „deine Mutter ist seit vielen Jahren tot. Wagst du es, ihren Namen – einen Namen, der dir heilig sein sollte – zu missbrauchen, um deine Schandtaten zu verteidigen? Jetzt hast du jeden Rest von Mitgefühl getötet, der mir noch geblieben war."

„Mein Vater –"

„Dein Vater", sagte er, „wird wissen, wie er mit dir zu verfahren hat. Ich glaube kaum", fügte er mit einem scharfen Blick hinzu, „dass es *ihm* das Herz brechen wird." Sehen Sie, er wusste etliches über meinen Herrn Vater und hielt uns wahrscheinlich für ein schönes Paar.

Eine Weile stand er da und trommelte mit den Fingern. Dann sagte er in verändertem Ton:

„Du bist ein trauriger Fall, Flashman. Ich konnte dir nicht helfen. Aber sogar dir muss ich sagen, dass das noch nicht das Ende ist. Hier kannst du nicht bleiben, doch du bist jung, Flashman, und noch hast du Zeit. Mögen auch deine Sünden rot sein wie Scharlach, so werden sie dennoch weiß sein wie Schnee. Du bist sehr tief gesunken, aber du kannst dich wieder erheben ..." Ich habe kein gutes Gedächtnis für Predigten. Eine Weile fuhr er in dieser Tonart fort, der fromme, alte Heuchler. Meiner Meinung nach war er ein Heuchler, wie die meisten seiner Altersgenossen. Oder er war dümmer, als er aussah, weil sein Mitleid an mir völlig vergeudet war. Das merkte er aber nicht.

Jedenfalls hielt er mir eine schöne, gottselige Predigt, wie doch allemal ehrliche Reue mich retten könne. Übrigens glaubte ich ihm kein Wort. Ich habe in meinem Leben so manches bereut und allen Grund dazu gehabt, war aber nie ein so kompletter Esel, dass ich mir einbildete, damit wäre mir geholfen. Doch habe ich gelernt, wenn es sein muss, mit dem Strom zu schwimmen, deshalb ließ ich ihn salbadern, und als er fertig war verdrückte ich mich bedeutend fröhlicher, als ich gekommen war. Die Prügel waren mir erspart geblieben – das war die Hauptsache. Rugby verlassen zu müssen, war mir schnurzegal. Ich hatte mich dort nie sehr wohl gefühlt, und dass es angeblich eine Schande sei, davon gejagt zu werden, kam mir nicht einmal in den Sinn. (Vor ein paar Jahren haben sie mich geholt und mich gebeten, Preise zu verteilen. *Da* war von meiner Vertreibung aus dem Paradies mit keinem Wort die Rede, woraus zu ersehen ist, dass sie heutzutage genauso arge Heuchler sind wie anno dazumal zu Arnolds Lebzeiten. Ich hielt außerdem eine Rede – und was das Schönste ist, über den Mannesmut.)

Am darauf folgenden Morgen machte ich mich im Gig* auf den Weg, die Kleiderkiste auf dem Wagendach. Ich nehme an, dass sie verdammt froh waren, mich verschwinden zu sehen. Die armen Kalfaktoren haben sich ganz bestimmt gefreut; ich hatte sie zu meiner Zeit recht ordentlich vermöbelt. Und wer stand am Tor (um, wie ich zuerst meinte, sich an meinem Missgeschick zu weiden, aber, wie sich herausstellte, in anderer Absicht), wenn nicht der tapfere Scud East! Er streckte mir sogar die Hand hin.

„Es tut mir leid, Flashman", sagte er.

Ich fragte ihn, was ihm denn leid tue, und der Teufel hole seine Unverschämtheit.

„Dass man dich relegiert hat", erwiderte er.

„Du lügst", sagte ich. „Und auch deinen Kummer soll der Teufel holen."

Er sah mich an, machte kehrt und ging weg. Heute aber weiß ich, dass ich ihn falsch beurteilt hatte; ich tat ihm wirklich leid – der Himmel mag wissen, warum. Er hatte keinen Grund, mich zu lieben. Ich an seiner Stelle hätte meine Mütze in die Luft geworfen und Hurra geschrien. Aber er war pflaumenweich: Natürlich zählte er zu Arnolds kernigen Dummköpfen, den mannhaften Bürschchen, den Tugendbolden, wie die Schulmeister sie inniglich lieben. Ja, er war *damals* ein Dummkopf und war es zwanzig Jahre später,

---

* Einachsiger offener Wagen, gezogen von einem Pferd

als er zu Cawnpore im Staube starb, mit dem Bajonett eines Sepoy im Rücken. Redlicher Scud East: Mehr hat ihm seine kühne Bravheit nicht eingebracht.

Kapitel 2

Auf dem Heimweg hielt ich mich nicht lange auf. Ich wusste, mein Vater sei in London, und wollte das peinliche Geschäft, ihm mitzuteilen, man habe mich aus Rugby hinausgeworfen, möglichst schnell hinter mich bringen. Deshalb beschloss ich, in die Stadt zu reiten und mein Gepäck nachkommen zu lassen, mietete demgemäß im „George" ein Pferd. Ich bin einer, der früher reiten als gehen gelernt hat – ja, in der Tat, im Sattel zu Hause zu sein und die Fähigkeit, fremde Sprachen aufzuschnappen, waren die einzigen Gaben, von denen man sagen konnte, sie seien mir angeboren gewesen – und sie haben mir denn auch recht großen Nutzen gebracht.

Also ritt ich stadtwärts und überlegte mir, wie mein Vater die frohe Botschaft aufnehmen werde. Er war ein wunderlicher Kauz, der Herr Papa, und er und ich, wir hatten einander schon immer mit scheelen Augen betrachtet. Er war der Enkel eines Nabobs. Der alte Jack Flashman hatte sich in Amerika als Sklaven- und Rumhändler und wohl auch, es sollte mich nicht wundern, als Seeräuber ein Vermögen gemacht und das Anwesen in Leicestershire gekauft, in dem seine Nachkommen seither ansässig waren. Aber trotz all ihrer Geldsäcke waren die Flashmans nie *comme il faut* – „von einer Generation zur anderen machte sich die rohe Strähne bemerkbar wie der Dung unterm Rosenstrauch", sagt Greville. Mit anderen Worten: Während so manche Nabobfamilie wenigstens versucht hat, sich vornehm zu geben, hat es die unsere gar nicht erst versucht, weil wir es nicht geschafft hätten. Mein Vater war der erste, der eine gute Partie machte, denn meine Mutter war mit den Pagets verwandt, die, wie jedermann weiß, zur Rechten Gottes thronen. Demzufolge hatte er ein wachsames Auge auf mich, um zu sehen, ob ich mich nobel gebärdete. Bevor meine Mutter starb, bekam ich ihn selten zu sehen – er war viel zu beschäftigt, in seinen Klubs, im Unterhaus oder auf der Jagd (zuweilen nach Füchsen, doch meistens nach Schürzen); nach ihrem Tode aber musste er sich notgedrungen auch um den Erben kümmern. Wir lernten einander kennen, und das Misstrauen war gegenseitig.

Ich glaube, auf seine Art war er ein recht netter Kerl, ziemlich derb und verteufelt jähzornig, aber in seinen Kreisen nicht unbeliebt – bei den Krautjunkern, die genug Geld haben, um im West End akzeptabel zu sein. Er erfreute sich einer gewissen Berühmtheit, weil er in seiner Jugend etliche Runden gegen den Boxer Cribb durchgestanden hatte, obwohl ich der Meinung bin, Champion Tom habe ihn schonend angefasst, von wegen der Pinkepinke. Er lebte teils in der Stadt, teils auf dem Lande und führte einen aufwändigen Haushalt, hatte aber nichts mehr mit der Politik zu tun. Nach der Wahlrechtsreform war er auf dem Abstellplatz gelandet. Doch war er nach wie vor vollauf beschäftigt mit Schnaps und Spiel und der Jagd – auf beiderlei Freiwild.

Mir war recht unbehaglich zumute, als ich die Stufen hinauf rannte und gegen die Haustür hämmerte. Sowie Oswald, der Butler, mich sah, erhob er ein lautes Geschrei, weil das Semester sich noch längst nicht dem Ende näherte; dadurch wurde auch die übrige Dienerschaft herbeigelockt: zweifellos witterte sie einen Skandal.

„Ist mein Vater zu Hause?" fragte ich, reichte Oswald meinen Mantel und zog das Halstuch zurecht.

„Ihr Herr Vater, ja, freilich, Mr. Harry“, sagte Oswald mit einem breiten Lächeln. „Momentan befindet er sich im Salon.“ Er riss die Tür auf und rief: „Mr. Harry ist da, Sir!“

Mein Vater hatte sich auf einer Polsterbank gerekelt. Bei meinem Anblick sprang er auf. Er hielt ein Glas in der Hand, und sein Gesicht war gerötet; da jedoch beides üblich war, ließ sich schwer sagen, ob er betrunken war oder nicht. Er sah mich an. Dann begrüßte er den verlorenen Sohn mit den Worten:

„Was zum Teufel hast du hier zu suchen?“

Zu anderen Zeiten würde dieser Empfang mich verblüfft haben – nicht aber jetzt. Es befand sich eine Frau im Raum. Sie zog meine Aufmerksamkeit auf sich. Sie war eine große, schöne, kesse Person mit hoch getürmtem Haar und einem herausfordernden Blick. „Das ist die Neue“, dachte ich mir. Man gewöhnte sich an die Prozession seiner Madamchen. Sie lösten einander so häufig ab wie die Schildwachen vor dem St. James Palast.

Sie musterte mich mit einem trägen, halb belustigten Lächeln, das mir einen gelinden Schauder durch die Adern jagte, während ich mir gleichzeitig auf peinlichste Weise des Pennälerschnitts meiner Kleidung bewusst wurde. Aber es steifte mir auch im Nu das Rückgrat, so dass ich meines Vaters Frage prompt beantwortete.

„Ich bin geschasst worden“, sagte ich so kühl wie nur möglich.

„Geschasst? Meinst du, hinaus gefeuert? Weshalb denn, zum Donnerwetter, Sir?“

„Wegen Trunkenheit – hauptsächlich.“

„Hauptsächlich? Du lieber Gott!“ Er verfärbte sich purpurrot. Sein Blick kehrte von der Frau zu mir zurück, als suchte er Rat und Belehrung. Sie schien es amüsant zu finden, aber als ich sah, dass der alte Herr Gefahr lief zu platzen, beeilte ich mich zu erklären, was geschehen war. Ich sagte so ziemlich die Wahrheit, mit einer Ausnahme: Das Gespräch mit Arnold rückte ich in ein für mich bedeutend günstigeres Licht; wer mich hörte, musste annehmen, ich hätte ihm mit gleicher Münze heimgezahlt. Da ich gemerkt hatte, dass das Frauenzimmer mich beäugte, legte ich mich ordentlich ins Zeug, und das war vielleicht riskant, in Anbetracht der Laune, in der mein Herr Papa sich befand. Zu meiner Überraschung aber nahm er es recht gnädig hin. Natürlich hatte er Arnold nie ausstehen können.

„Gottverdammich!" sagte er, als ich fertig war, und füllte sein Glas. Er lächelte zwar nicht, aber seine Stirn hatte sich geglättet. „Verflixter Lümmel! Das ist mir eine schöne Suppe, die du dir eingebrockt hast. Mit Schimpf und Schande davon gejagt, du lieber Himmel! Hat er dich verdroschen? Nein? *Ich* hätte dich windelweich geschlagen – und vielleicht werde ich's nachholen, gottverdammich." Aber jetzt lächelte er, wenn auch ein wenig säuerlich. „Was sagst *du* dazu, Judy?" fragte er die Frau.

„Ich nehme an, dass der junge Mann mit dir verwandt ist", erwiderte sie und zeigte mit ihrem Fächer auf mich. Sie hatte eine tiefe heisere Stimme. Wieder lief mir ein Schauder durchs Gebein.

„Verwandt? Wie, bitte? Gottverdammich, er ist mein leiblicher Sohn, Mädchen! Harry – das ist Judy – äh – Miss Parsons."

Jetzt lächelte sie mir zu, noch immer mit jener halb belustigten Miene. Ich bildete mir nicht wenig ein – man vergesse nicht, dass ich siebzehn war –, und während mein Vater sein Glas füllte und Arnold als einen puritanischen Pfaffen verwünschte, musterte ich ihre leiblichen Reize. Sie war von sogenanntem junonischem Format, breitschultrig und vollbusig (das war damals weniger üblich als heutzutage), und mir schien, dass ihr der Anblick Harry Flashmans gar nicht so übel behagte.

„Also“, sagte mein Vater schließlich, nachdem er gegen die Torheit gewettert hatte, Englands stolze Internate Muckern und Schulfuchsern zu unterstellen, „also, was soll mit dir geschehen, äh? Was gedenkst du zu tun, Sir? Jetzt wo du dein Elternhaus durch deine Niedertracht entehrt hast, äh?“

Das hatte ich mir auf dem Heimweg reiflich überlegt. Ich erklärte rundheraus, dass mir der Sinn nach dem Militär stehe.

„Militär?“ brummte er. „Du meinst wohl, ich soll dir ein Fähnrichspatent kaufen, damit du wie ein Fürst leben und mich mit den Rechnungen im Gardeklub ruinieren kannst!“

„Ich möchte nicht zur Garde“, entgegnete ich. „Mir schweben die leichten Dragoner Nummer elf vor.“

Da riss er die Augen auf. „Du hast dir schon ein Regiment ausgesucht? Donnerwetter, ist der Kerl unverfroren!“

Ich wusste, dass das 11te Regiment nach langjährigem Indiendienst in Canterbury stand und aus diesem Grund wohl kaum ins Ausland verlegt werden würde. Ich hatte meine eigenen Vorstellungen vom Soldatenhandwerk. Aber dem alten Herrn ging es zu schnell voran. Er äußerte sich des langen und breiten über den hohen Preis des Patents und die Unkosten des Militärlebens, kam allmählich wieder auf meine Relegierung und meinen Charakter im allgemeinen zu sprechen und kehrte dann zur Armee zurück. Ich sah deutlich, dass der Portwein ihn zänkisch machte, deshalb hielt ich es für ratsam, ihm nicht allzu heftig zuzusetzen. „Dragoner, gottverdammich. Weißt du, was ein Kornettspatent kostet? Dummes Zeug! So etwas habe ich in meinem Leben nicht gehört. Eine Unverschämtheit, äh, Judy?“

Miss Judy meinte, als flotter Dragoner würde ich vielleicht eine sehr gute Figur machen.

„Wie?“ sagte mein Vater und warf ihr einen wunderlichen Blick zu. „Hm, na ja, vielleicht, schon möglich. Abwarten ...“ Er betrachtete mich verdrossen. „Inzwischen kannst du zu Bett gehen. Wir werden uns morgen darüber unterhalten. Momentan stehst du bei mir noch in Ungnade.“ Aber als ich wegging, hörte ich ihn wieder auf Arnold schimpfen, also legte ich mich recht vergnügt und obendrein erleichtert schlafen. Freilich war er ein wunderlicher Kauz; man wusste nie, wie er reagieren würde.

Am nächsten Morgen aber, als ich meinen Vater am Frühstückstisch traf, war von der Armee keine Rede. Er war allzu sehr damit beschäftigt, über Brougham herzuziehen – der, wie ich seinen Tiraden entnahm, im Unterhaus die Königin heftig angegriffen hatte [1] – und sich an irgendeiner Skandalgeschichte in der „Post“ zu ergötzen, die von Lady Flora Hastings [2] handelte. Er schenkte mir keinerlei Beachtung und machte sich sehr bald auf den Weg in seinen Klub. Ich war es auf jeden Fall zufrieden, die Angelegenheit im Augenblick ruhen zu lassen. Ich bin seit jeher dafür gewesen, mir eins nach dem anderen vorzunehmen, und was mir jetzt im Kopf herumging, war der Gedanke an Miss Judy Parsons.

Es sei mir gestattet, hier zu betonen, dass es zwar in meinem Leben Frauen zu Hunderten gegeben hat, dass ich aber nie zu den Leuten zählte, die sich immer wieder ihrer Eroberungen rühmen. Ich habe zweifellos wüster herum gehurt als die meisten, und es gibt wahrscheinlich eine recht stattliche Anzahl von Männlein und Weiblein mittleren Alters, die, wenn sie es bloß wüssten, auf den Namen Flashman Anspruch erheben dürften. Dies nur nebenbei. Sofern man nicht zu der Sorte gehört, die sich verliebt – was bei mir nie der Fall war –, nimmt man jede Gelegenheit wahr, um ein Weib auf den Rücken zu legen – je öfter, desto besser. Der Fall Judy aber steht in engstem Zusammenhang mit meiner Geschichte.

Ich war nicht unerfahren im Umgang mit Frauen; zu Hause waren es Mägde gewesen und ein paar Bauernmädchen, aber Judy war eine Dame von Welt, und an so etwas hatte ich mich bis dahin noch nicht herangewagt. Nicht etwa, dass ich mir in dieser Beziehung unnütze Sorgen gemacht hätte: ich gefiel mir (mit Recht) ganz gut. Ich war für sie alle stattlich und hübsch genug; aber als die Geliebte meines Vaters würde sie es vielleicht für allzu riskant halten, mit dem Sohn zu poussieren.

Sie wohnte im Haus. Die junge Königin Viktoria hatte soeben erst den Thron bestiegen und die Leute benahmen sich noch immer wie zuvor unter dem Prinzregenten und König Billy, anders als später, als die Mätressen sich nicht mehr blicken lassen durften. Gegen Mittag ging ich zu ihr hinauf, um die Stimmung zu erkunden. Sie lag noch im Bett und las Zeitung. Sie freute sich über mein Kommen, wir plauderten, und die Art, wie sie mich ansah und lachte und mich mit ihrer Hand tändeln ließ, verriet mir unzweideutig, dass es nur noch eine Frage des richtigen Zeitpunkts war. Ein Zöfchen machte sich im Zimmer zu schaffen, sonst hätte ich auf der Stelle meine Attacke geritten.

Anscheinend aber würde mein Vater abends bis in die späte Nacht hinein in seinem Klub am Kartentisch sitzen, wie er das oft zu tun pflegte. Also versprach ich, abends wiederzukommen und mit ihr Écarté zu spielen. Beide wussten wir, dass wir ein anderes Spiel treiben würden. Und siehe da, als ich wiederkam, saß sie vor dem Spiegel und machte sich schön. Sie hatte ein Nachtgewand an, das mir für ein kleines Taschentuch gereicht hätte. Ich trat flugs von hinten an sie heran, nahm ihre großen Brüste in meine Hände, erstickte ihren leisen Schreckensruf mit meinen Lippen und stieß sie zum Bett hin. Sie war genauso gierig wie ich und wir wälzten uns in bestem Stil umher, zuerst ich oben, dann sie. Da erinnere ich mich an etwas, was mir im Gedächtnis haften geblieben ist, wie das zuweilen passiert: Als es vorbei war, als sie rittlings auf mir saß, nackt und prächtig, und den Kopf nach hinten warf, um die Augen vom Haar zu befreien – lachte sie plötzlich laut und hell, so, wie man einen guten Witz belacht. Damals glaubte ich, sie lache vor Freude und hielt mich für einen wahren Teufelskerl. Heute aber bin ich sicher, dass sie über *mich* gelacht hatte. Vergessen Sie nicht, dass ich siebzehn Jahre alt war. Zweifellos fand sie es amüsant, mit anzusehen, wie sehr ich mit mir zufrieden war.

Nachher spielten wir der Form halber Karten, sie gewann, und dann musste ich davonschleichen, weil mein Vater zeitig nach Hause kam. Am nächsten Tag machte ich mich wieder an sie heran; diesmal aber versetzte sie mir zu meinem Erstaunen einen Klaps auf die Hände und sagte: „Nein, nein, mein Junge. Einmal zum Spaß, doch nicht zweimal. Ich muss an meine Stellung in diesem Haus denken.“ Damit meinte sie wohl meinen Vater und die Gefahr, dass die Dienstboten klatschten.

Ich ärgerte mich und wurde böse, aber wieder lachte sie mich aus. Ich geriet in Rage. Ich wollte sie mit der Drohung erpressen, meinem Vater zu stecken, was sich in der vergangenen Nacht abgespielt hatte. Sie kräuselte nur verächtlich die Lippen.

„Das würdest du nicht wagen“, sagte sie. „Und wenn, würde ich drauf pfeifen.“

„Ach nein?“ sagte ich. „Wenn er dich raus schmeißt, du Schlampe?“

„Schau mal an, was für ein braves Männlein!“ höhnte sie. „Ich habe dich falsch beurteilt. Auf den ersten Blick dachte ich, du wärst eben auch nur ein brutaler Polterer wie dein Vater, aber jetzt zeigt sich, dass du ein ganz schöner Hundsfott bist. Lass dir's gesagt sein, im Vergleich zu ihm bist du bloß eine halbe Portion – im Bett oder außerhalb.“

„Dir hat's gereicht, du Miststück“, erwiderte ich.

„Einmal“, sagte sie und beehrte mich mit einem spöttischen Knicks. „Das eine Mal hat mir gereicht. Mach jetzt, dass du wegkommst, und halte dich in Zukunft an die Dienstmädchen.“

Wutschäumend knallte ich die Tür hinter mir zu. Den nächsten Tag verbrachte ich damit, im Park auf und ab zu spazieren und mir auszumalen, was ich ihr antun würde, wenn ich je eine Chance hätte. Nach einer Weile legte sich mein Zorn. Ich verstaute den Gedanken an Miss Judy Parsons in einem Winkel meines Gehirns und sagte mir, bei Gelegenheit würde ich es ihr heimzahlen.

Seltsamerweise wirkte sich die Angelegenheit zu meinen Gunsten aus. Ob meinem Vater etwas zu Ohren gekommen war, oder ob er es nur gewittert hatte, weiß ich nicht; ich vermute jedoch das Letztere. Er war schlau und besaß so wie ich die Gabe zu spüren, woher der Wind weht. Wie dem auch sei, seine Haltung mir gegenüber wandelte sich unvermittelt. Statt auf meiner Relegation herumzureiten und mich von oben herab zu behandeln, schien er plötzlich mit mir zu schmollen. Ich ertappte ihn dabei, wie er mich sonderbar von der Seite ansah und dann hastig den Blick abwandte, als hätte ich ihn in Verlegenheit gebracht.

Jedenfalls verkündete er knappe vier Tage nach meiner Heimkehr mit einem Male, er habe es sich überlegt und beschlossen, mir ein Fähnrichspatent zu kaufen. Ich hätte meinen Onkel Bindley, den Vater meiner Mutter, in der

Gardekavallerie-Brigade aufzusuchen, er würde die Sache ordnen. Offensichtlich wollte mein Vater mich loswerden, und zwar möglichst schnell, deshalb legte ich ihn auf der Stelle fest, um das Eisen zu schmieden, solange es heiß war: Na, und der Monatswechsel? Ich verlangte 500 Pfund jährlich als Ergänzung meines Soldes. Zu meiner Verwunderung war er damit ohne weitere Debatte einverstanden. Ich verwünschte mich, dass ich nicht 750 Pfund verlangt hatte, aber 500 Pfund waren doppelt soviel, wie ich erwartet hatte, also war ich recht zufrieden und machte mich gutgelaunt auf den Weg zur Gardekavallerie.

So manches ist über den Handel mit Offizierspatenten gesagt worden – wie die Reichen und die Nichtskönner sich mit ihrem Geld den Vorrang vor tüchtigeren Männern erkaufen, wie die Armen und die Fähigen übergangen werden –, und das meiste davon ist meiner Erfahrung nach Mumpitz. Auch wenn man den Kauf von Offiziersstellen abschaffte, würden die Reichen rascher avancieren als die Armen, und in der Regel sind sie ohnedies beide untüchtig. Ohne eigenes Verschulden habe ich den Militärdienst zehnmal besser kennengelernt als jeder andere, und ich muss sagen, dass die meisten Offiziere nichts taugen. Je höher man kommt, desto schlimmer sieht es aus, mich selber mit inbegriffen. Zum Beispiel hieß es, im Krimkrieg, als der Handel mit Patenten seinen Höhepunkt erreicht hatte, hätten wir aufs schändlichste versagt, aber die blutige Schweinerei, die sie vor kurzem in Südafrika angerichtet haben, scheint ebenso arg gewesen zu sein – und da hatten die Herren keineswegs ihre Stellen gekauft.

Damals aber beschränkte sich mein Ehrgeiz darauf, ein schlichter Kornett zu werden und einem Eliteverband anzugehören. Das war einer der Gründe, warum ich mir das 11te Dragonerregiment ausgesucht hatte. Auch, weil sein Standort nicht weit von London entfernt war. Onkel Bindley gegenüber ließ ich davon nichts verlauten, zeigte mich vielmehr sehr eifrig, als brannte ich darauf, mir im Kampf gegen die Marathen oder die Sikhs meine ersten Sporen zu verdienen. Schnüffelnd schielte er an seiner Nase entlang, die sehr lang und schmal war, und sagte, mir hätte er niemals soldatischen Ehrgeiz zugetraut.

„Aber heutzutage scheint ja weiter nichts vonnöten zu sein als ein fesches Bein in Pantalons und der Hang zu Narreteien“, fuhr er fort. „Und reiten kannst du, soviel ich weiß.“

„Alles, was Beine hat, Onkel“, erwiderte ich.

„Übrigens spielt das keine sonderliche Rolle. Was mich bekümmert, ist, dass du, wie verlautet, den Alkohol nicht gut verträgst. Du wirst zugeben, aus einem Wirtshaus in Rugby – torkelnd, glaube ich – hinausgeschleppt zu werden, ist keine Empfehlung für eine Offiziersmesse.“

Ich beeilte mich, ihm zu versichern, dass der Bericht übertrieben sei.

„Das bezweifle ich“, sagte er. „Es kommt nur drauf an, ob du in deiner Besoffenheit still und friedlich warst oder ob du randaliert hast. Ein lärmender Säufer ist unerträglich – einem stillen kann man es zur Not hingehen lassen. Zumindest, wenn er Geld hat. Mir scheint, Geld entschuldigt heutzutage in der Armee so gut wie jedes Benehmen.“

Das war einer seiner Lieblingssarkasmen; ich muss betonen, dass die Familie meiner Mutter zwar vornehm, aber nicht sehr begütert war. Ich aber ließ mir das alles sanft wie ein Lämmlein gefallen.

„Jawohl“, fuhr er fort. „Ich bezweifle nicht im geringsten, dass du es mit deinem Monatswechsel schaffen wirst, dich in kürzester Zeit entweder umzubringen oder zugrunde zu richten. Dabei wirst du nicht schlimmer, wenn auch nicht besser sein als die Hälfte aller Subalternoffiziere im Dienst

Ihrer Majestät. Aber halt! Es handelt sich um die leichten Dragoner Nummer elf, oder wie?“

„Ach, ja, Onkel.“

„Und du bist auf dieses Regiment erpicht?“

„Ja, freilich“, sagte ich, ein wenig verwundert.

„Dann wirst du vielleicht deinen Spaß haben, bevor du den Weg allen Fleisches gehst“, sagte er mit einem verschmitzten Lächeln. „Hast du zufällig schon einmal vom Earl of Cardigan gehört?“

Ich musste nein sagen, woraus hervorgeht, wie wenig ich von militärischen Dingen Notiz genommen hatte. „Sonderbar. Wie du weißt, befehligt er das 11te Regiment. Den Titel hat er erst vor ungefähr einem Jahr geerbt, als er mit seinen Dragonern in Indien stand. Ein bemerkenswerter Mann. Soviel ich gehört habe, macht er kein Hehl aus seiner Absicht, die Elfer in das beste Kavallerieregiment der britischen Armee zu verwandeln.“

„Er scheint der richtige Mann für mich zu sein“, sagte ich mit Feuereifer.

„Aha, so, so! Nun ja, da dürfen wir ihm die Dienste eines so begeisterten Subalternoffiziers nicht vorenthalten, nicht wahr? Wir müssen die Angelegenheit deines Patents unverzüglich in die Wege leiten. Ich finde deine Wahl lobenswert, mein Junge. Ich bin überzeugt, du wirst den Dienst unter Lord Cardigan – äh – sowohl stimulierend als auch interessant finden. Ja, wenn ich es recht bedenke, wird die Kombination Seiner Lordschaft und deiner Wenigkeit für euch beide von Nutzen sein.“

Ich war zu sehr darauf aus, dem alten Esel um den Bart zu gehen, um zu beachten, was er sagte, sonst hätte ich begreifen müssen, dass alles, was ihm behagte, sehr wahrscheinlich für mich vom Übel sein würde. Er rühmte sich, meiner Familie, die er für bäurisch hielt, weit überlegen zu sein, und hatte meiner Person gegenüber nie viel anderes als Widerwillen an den Tag gelegt. Mir zu meinem Patent zu verhelfen, war natürlich etwas anderes; das war er einem Blutsverwandten schuldig; aber er entledigte sich seiner Pflicht ohne jede Begeisterung. Trotzdem musste ich stinkhöflich sein und Respekt heucheln.

Es zahlte sich aus, denn ich bekam mein Patent mit erstaunlicher Schnelligkeit. Ich schob es zur Gänze auf den Einfluss meines Onkels, weil ich damals nicht wissen sollte, dass im Lauf der letzten paar Monate Offiziere in stetem Strom aus dem Regiment ausgeschieden waren, ihr Patent verkauft hatten, sich hatten versetzen und abkommandieren lassen – und das alles wegen Lord Cardigan, von dem mein Onkel gesprochen hatte. Wenn ich ein wenig älter gewesen wäre und mich in den richtigen Kreisen bewegt hätte, dann hätte ich im Bilde sein müssen, aber in den paar Wochen, während ich auf mein Patent wartete, schickte mein Vater mich nach Leicestershire, und die wenigen Stunden, die mir in London vergönnt waren, verbrachte ich entweder allein oder in Gesellschaft der lieben Anverwandten, soweit sie mich beim Wickel kriegen konnten. Meine Mutter hatte Schwestern gehabt, und obwohl sie mich von Herzen verabscheuten, fühlten sie sich verpflichtet, sich des armen, mutterlosen Jünglings anzunehmen. Das behaupteten sie. Eigentlich aber hegten sie den peinlichen Verdacht, ich würde, mir selber überlassen, in schlechte Gesellschaft geraten, und sie hatten recht.

Ich sollte aber sehr bald erfahren, was mit Lord Cardigan los war.

In den letzten paar Tagen, als es galt, meine Uniformen zu kaufen, das gewaltige Drum und Dran herbeizuschaffen, das ein Offizier damals benötigte – weit mehr als heute –, zwei Pferde auszusuchen und die Überweisung meines

Wechsels zu arrangieren, blieb mir dennoch Zeit übrig und meine Gedanken weilten bei der schönen Miss Judy. Es zeigte sich, dass die mit ihr verbrachte Schäferstunde mir erst recht Appetit gemacht hatte; ich versuchte ihn mit einer Bauerndirne in Leicestershire und mit einer jungen Hure in Covent Garden zu stillen, aber die eine roch übel und die andere bestahl mich hinterher, und es war ohnedies weder die eine noch die andere ein Ersatz für Judy. Ich lechzte nach Judy, während ich zur gleichen Zeit wütend auf sie war; aber seit unserem Streit wich sie mir aus, und wenn wir einander im Hause meines Vaters begegneten, ignorierte sie mich ganz einfach.

Zuletzt wurde es mir zu viel, und am Vorabend meiner Abreise ging ich wieder zu ihr hinauf (nachdem ich mich vergewissert hatte, dass der Alte unterwegs war). Sie las und sah verteufelt begehrenswert aus in einem mattgrünen Negligee. Ich war leicht angetrunken. Der Anblick ihrer weißen Schultern und roten Lippen jagte mir den alten Kitzel durch die Adern.

„Was willst du von mir?" sagte sie eiskalt, aber darauf war ich gefasst. Ich hatte mir meine Tirade zurechtgelegt.

„Ich bin gekommen, um mich zu entschuldigen", erwiderte ich mit Armesündermiene. „Morgen verlasse ich das Haus. Vorher möchte ich um Verzeihung bitten für meine rüden Worte. Ich bereue sie, Judy, ich bereue sie ehrlich. Ich habe mich wie ein Lump und – und wie ein Lümmel benommen, und, also – ich möchte es, soweit ich kann, wieder gutmachen. Das ist alles."

Sie legte ihr Buch weg und drehte sich auf ihrem Hocker zu mir um, sah noch immer recht abweisend drein, sagte aber keinen Ton. Ich trat wie ein Schuljunge von einem Fuß auf den anderen – in dem Spiegel hinter ihr konnte ich das

Schauspiel verfolgen – und betonte noch einmal, wie sehr ich es bereute.

„Na schön“, sagte sie schließlich. „Du bereust es. Dazu hast du allen Grund.“

Ich schwieg, ohne sie anzusehen.

„Also schön“, fuhr sie nach einer Pause fort. „Gute Nacht.“

„Bitte, Judy“, sagte ich mit bestürztem Blick. „Du machst es mir sehr schwer. Wenn ich mich wie ein Flegel aufgeführt habe –“

„Stimmt.“

„– dann nur deshalb, weil ich zornig und gekränkt war und nicht begreifen konnte, warum du – warum du mir nicht erlaubst ...“ Ich ließ den Satz verebben, und dann brach es aus mir hervor, dass ich noch nie eine Frau wie sie gekannt hätte, dass ich mich in sie verliebt hätte und nur gekommen sei, um ihre Verzeihung zu erflehen, weil mir der Gedanke unerträglich sei, von ihr verabscheut zu werden, nebst weiteren Ergüssen in der gleichen Tonart. Man wird das alles recht albern und simpel finden, aber ich hatte ja noch nicht ausgelernt. Übrigens sagte mir der Spiegel, dass ich es ziemlich gut hin bekam. Zuletzt richtete ich mich hoch auf, machte ein ernstes Gesicht und sagte feierlich:

„Deshalb musste ich dich wiedersehen – um es dir zu sagen. Und um mich zu entschuldigen.“

Ich verbeugte mich leicht und machte kehrt, bereit, stehen zu bleiben und mich umzuschauen, falls sie mich nicht zurückhielt. (Ich hatte es im voraus geprobt.) Aber sie nahm, was ich sagte, für bare Münze. Als ich meine Hand auf die Klinke legte, rief sie:

„Harry!“ Ich drehte mich um. Sie lächelte ein wenig und sah betrübt drein. Dann fing sie richtig an zu lächeln, schüttelte den Kopf, sagte:

„Nun ja, Harry, wenn du mich um Verzeihung bittest – du sollst sie haben, was auch immer sie wert sein mag. Wir wollen einen Strich darunter machen ...“

„Judy!“ Mit großen Schritten kehrte ich zu ihr zurück, lächelnd wie eine gerettete Seele. „Oh Judy – ich danke dir!“ Und ich streckte die Hand aus, freimütig und mannhaft.

Sie stand auf, nahm meine Hand, lächelte noch immer, aber es lag nicht mehr wie früher ein lüstern mutwilliges Funkeln in ihrem Auge. Würdevoll und nachsichtig behandelte sie mich wie eine Tante den ungezogenen Neffen. Der Neffe aber – hätte sie es bloß gewusst – hatte nichts als Blutschande im Sinn.

„Judy“, sagte ich und hielt ihre Hand fest, „scheiden wir als Freunde?“

„Wenn du willst.“ Sie versuchte, mir ihre Hand zu entziehen. „Leb wohl, Harry, und viel Glück.“

Ich trat näher an sie heran und küsste ihre Hand, und sie schien es mir nicht zu verübeln. Ich Esel glaubte, das Spiel sei gewonnen.

„Judy“, hob ich von neuem an, „Judy, du bist anbetungswürdig. Ich liebe dich, Judy. Wenn du es nur wüsstest – du hast alles, was ich mir von einer Frau wünsche. Oh Judy, du bist die Schönste auf Gottes Erdboden, ich liebe dich von hinten und vorn, von der Brust bis zum Bauch und Popo – oh Judy!“

Ich zog sie an mich, aber sie riss sich los und wich zurück.

„Nein“, sagte sie mit stahlharter Stimme.

„Warum denn nicht?“ rief ich aus.

„Geh!“ sagte sie bleich, und ihre Blicke waren wie Dolche. „Gute Nacht!“

„Hol's der Teufel! Ich dachte, du hättest gesagt, dass wir als Freunde scheiden. Das ist aber gar nicht freundlich.“

Finster sah sie mich an. Ihr Busen wogte – wie die Romanschriftstellerinnen sich auszudrücken pflegen –, aber wenn sie Judys Busen im Negligee hätten wogen sehen, dann würden sie sich etwas Besseres ausgedacht haben, um weibliche Bedrängnis zu beschreiben.

„Es war töricht von mir, dich auch nur eine Sekunde lang anzuhören", sagte sie. „Verlass sofort dieses Zimmer!"

„Alles zu seiner Zeit", erwiderte ich, und mit einem schnellen Sprung hatte ich sie um die Mitte gepackt. Sie schlug nach mir, aber ich wich aus. Zusammen fielen wir aufs Bett. Ich spürte ihr weiches Fleisch und verlor die Besinnung. Als sie wie eine gereizte Tigerin abermals zuschlagen wollte, umkrampfte ich ihr Handgelenk und presste meinen Mund auf den ihren. Da biss sie mich mit voller Kraft in die Lippe.

Mit einem Schmerzensschrei ließ ich sie los, sprang auf und drückte die Hand an den Mund. Sie, tobend und keuchend, griff nach einem Porzellanteller und wollte ihn mir an den Kopf werfen. Freilich ging es weit daneben, aber nun geriet ich vollends außer Rand und Band. Ich verlor restlos die Fassung.

„Du Luder!" schrie ich und versetzte ihr eine kräftige Ohrfeige. Sie taumelte, ich schlug abermals zu, sie purzelte glatt übers Bett und landete auf der anderen Seite auf dem Fußboden. Ich sah mich nach einem Gegenstand um, mit dem ich mich über sie hermachen könnte, nach einem Stock, nach einer Peitsche, denn ich war außer mir und hätte sie am liebsten in Stücke gerissen. Aber es war nichts zur Hand, und als ich ums Bett lief, um an sie ran zu kommen, da war mir inzwischen eingefallen, dass das Haus von Dienstboten wimmelte und dass ich gut daran täte, meine endgültige Abrechnung mit Miss Judy auf einen anderen Zeitpunkt zu vertagen.

Wütend, fluchend blieb ich vor ihr stehen und blickte auf sie hinunter. Mit Hilfe eines Stuhls richtete sie sich auf, fasste sich ans Gesicht, war aber recht tapfer. „Feigling!" sagte sie, mehr nicht. „Feigling!"

„Es ist nicht feige, eine unverschämte Hure zu züchtigen!" entgegnete ich. „Hast du noch nicht genug?"

Sie weinte. Es war kein Schluchzen, aber die Tränen liefen ihr an den Wangen herab. Sie ging auf recht unsicheren Beinen zu ihrem Stuhl vor dem Spiegel, setzte sich und betrachtete ihr Spiegelbild. Wieder überhäufte ich sie mit den ausgesuchtesten Schimpfnamen, die mir nur einfallen wollten, aber sie bearbeitete ihre Wange, die rot und zerschunden war, mit einer Hasenpfote und beachtete mich nicht. Sie gab auch keinen Ton mehr von sich.

„Na, hol dich der Teufel!" sagte ich schließlich, und damit lief ich zur Tür hinaus. Ich zitterte vor Wut. Der Schmerz in meiner heftig blutenden Lippe erinnerte mich daran, dass sie mir die Hiebe im voraus vergolten hatte. Aber ich hatte mich auf alle Fälle revanchiert. Sie würde Harry Flashman nicht so schnell vergessen!

Kapitel 3

Die leichten Dragoner Nummer elf waren erst neulich aus Indien zurückgekehrt, wo sie seit der Zeit vor meiner Geburt gedient hatten. Sie waren für den Kampf ausgebildet und – ich sage es ohne falschen Stolz, denn ich habe mich nie meiner Truppe gerühmt, sondern als einfaches Faktum – wahrscheinlich der beste Kavallerieverband in England, wenn nicht in der ganzen Welt. Trotzdem hatten sie seit ihrer Heimkehr in rascher Folge einen Offizier nach dem anderen eingebüßt. Die Ursache war James Brudenell, Earl of Cardigan.

Sie haben zweifellos alles gehört, was über den Mann gesagt worden ist. Die Regimentsskandale, die Attacke der leichten Brigade, seine Eitelkeit, Sturheit und Extravaganz – das alles ist in die Geschichte eingegangen. Wie die meisten historischen Daten beruhen auch diese auf einigermaßen verbürgten Tatsachen. Ich aber habe ihn so gut gekannt wie wohl kein zweiter Offizier und fand ihn abwechselnd amüsant, beängstigend, rachsüchtig, charmant und geradezu gefährlich.

Kein Zweifel, dass Gott ihn als das Urbild eines Narren geschaffen hatte, obwohl man ihm das Fiasko bei Balaklawa nicht ankreiden darf; da sind Raglan und Airey gemeinsam die Schuldigen gewesen. Und er war arrogant wie kein anderer Mensch, dem ich je begegnet bin – wie kein anderer unerschütterlich davon überzeugt, dass er stets im Recht sei, auch dann, wenn seine Verbohrtheit offen zutage trat. Das war der springende Punkt, der Schlüssel zu seinem Charakter: Nie konnte er sich irren.

Es heißt, er sei doch wenigstens tapfer gewesen. Er war es nicht. Er war bloß dumm, viel zu dumm, um sich je zu fürchten. Furcht ist ein Gefühl, und seine Gefühle beschränkten sich auf die Region zwischen Knie und Brustbein; sie rührten nie an seinen Verstand, und auch den hatte er nur in bescheidenem Maß mitbekommen.

Trotz alledem konnte man ihn nicht als einen schlechten Soldaten bezeichnen. Gewisse menschliche Fehler, wie zum Beispiel Dummheit, Arroganz und Engstirnigkeit, sind militärische Vorzüge. Bei Cardigan vermischten sich diese drei Eigenschaften mit einer Leidenschaft für Details und Akkuratesse. Er war ein Perfektionist, und das Exerzierreglement war seine Bibel. Was auch immer zwischen den Einbanddeckeln dieses Buches geschrieben stand, wusste er mit bewundernswertem Nutzeffekt zu vollziehen oder vollziehen zu lassen, und Gott gnade dem Unglückswurm, der den perfekten Vollzug störte. Er würde einen erstklassigen Ausbildungsunteroffizier abgegeben haben; nur ein Mensch mit einem Gehirn, das solch abgrundtiefer Torheit fähig ist, konnte sechs Regimenter ins Tal von Balaklawa führen.

Ich widme ihm jedoch etliche Zeilen, weil er in Harry Flashmans Karriere eine nicht unwesentliche Rolle gespielt hat; und da ich mir vorgenommen habe zu zeigen, wie aus dem Flashman des „Tom Brown" der ruhmreiche Flashman mit einer vierzölligen Rubrik im „Who's Who" und im Lauf der Zeit ein immer üblerer Filou wurde, muss ich erwähnen, dass er mir ein guter Freund war. Natürlich hat er mich nie verstanden, und das ist nicht erstaunlich: Ich ließ mir es ganz besonders angelegen sein.

Als ich ihn in Canterbury kennenlernte, hatte ich mir mein künftiges Verhalten beim Militär bereits gründlich überlegt. Ich war darauf aus, mir möglichst viel Spaß und sündige Freuden zu gönnen – meine Zeitgenossen, die sonntags das Lob Gottes singen und während der Woche ins Kinderbordell schleichen, würden mich ohnedies mit frommem Augenaufschlag der Lasterhaftigkeit zeihen –, aber ich habe es stets verstanden, meinen Vorgesetzten gegenüber manierlich zu sein und in ihren Augen zu brillieren, ein Charakterzug, den Hughes, Gott sei mit ihm, hervorgehoben hat. Hierzu war ich also fest entschlossen, und da das wenige, was ich über Cardigan wusste, mir verraten hatte, dass er den allergrößten Wert auf Eleganz und Pomp legte, gab ich mir mit meinem Einzug in Canterbury einige Mühe.

Mit einer Kutsche kam ich vor der Regimentsunterkunft vorgefahren, prangend in meiner funkelnagelneuen Uniform. Der Kutsche folgten meine Pferde und ein mit Zubehör beladener Karren. Leider sah Cardigan mich nicht ankommen, aber man musste es ihm hinterbracht haben. Als ich ihm in seinem Dienstzimmer vorgestellt wurde, war er bei bester Laune.

„Hawhaw!" sagte er, während er mir die Hand reichte. „Das ist also Mr. Fwashman." Er nuschelte ein wenig und sprach das L und das R wie ein W aus. „Guten Tag, Sir. Willkommen in unserer Mitte. Er sieht gut aus, Jones." Diese Bemerkung war an den Offizier gerichtet, der neben ihm stand. „Es ist mir eine wahre Freude, einen so eleganten Offizier vor mir zu sehen ... Mr. Fwashman, wie groß sind Sie?"

„Eins achtzig, Sir", erwiderte ich. Es stimmte ungefähr.

„Hawhaw! Und wie schwer sind wir im Sattel, Sir?"

Ich gab hundertfünfundsiebzig Pfund an.

„Ein bisschen schwer für einen leichten Dragoner", sagte er kopfschüttelnd. „Aber es wird durch manches andere aufgewogen. Sie haben eine propere Figur, Mr. Fwashman, und eine gute Haltung. Sehen Sie zu, dass Sie Ihren Pflichten redlich genügen, dann werden wir sehr gut miteinander auskommen. Wo haben Sie gejagt?"

„In Leicestershire, Mylord", antwortete ich.

„Besser könnte es gar nicht sein. Nicht wahr, Jones? Schön, Mr. Fwashman – wir sehen uns hoffentlich öfter. Hawhaw!"

Nun hatte mich, soweit ich mich entsinnen konnte, noch nie in meinem ganzen Leben jemand so verdammt höflich behandelt mit Ausnahme von Speichelleckern wie Speedicut, die nicht in Betracht kamen. Ich stellte fest, dass seine Lordschaft mir gefiel und ahnte nicht, dass ich ihn von seiner besten Seite kennengelernt hatte. In solcher Stimmung konnte er weiß Gott recht charmant sein. Er sah gut aus, war größer als ich, kerzengerade und sehr schlank, sogar seine Hände. Obwohl er kaum vierzig Jahre alt war, hatte er schon eine Glatze, mit einem Haarbüschel über jedem Ohr und einem prächtigen Backenbart. Er hatte eine Schnabelnase, die Augen waren blau, ein wenig hervorstehend und völlig starr – sie betrachteten die Welt mit der heiteren Gelassenheit des Edelmanns, dessen entferntester Vorfahr ebenfalls als Edelmann zur Welt gekommen war. Es ist die Miene, für die der Parvenü sein halbes Vermögen hergeben würde, jener unbeugsame Blick des verwöhnten Glückspilzes, der mit unerschütterlicher Gewissheit weiß, dass er recht hat und dass die Welt eigens zu seiner Befriedigung und Freude geschaffen wurde. Es ist der Blick, der die Untergebenen in den Staub zwingt und Revolutionen verursacht. Ich sah ihn damals, und er blieb, solange ich den Mann kannte, unverändert, sogar während des Anwesenheitsappells unterhalb des Chausseedamms, als ein finsteres Schweigen den Aufruf der Namen begrüßte und den Verlust von fünfhundert seinem Befehl unterstellten Soldaten bezeugte. „Es war nicht meine Schuld", sagte er. Er glaubte es nicht nur, er *wusste* es.

Ich sollte ihn, bevor der Tag zu Ende ging, in einer anderen Laune erleben. Zum Glück aber war nicht ich das Ziel seines Zorns, eigentlich eher das Gegenteil. Der Offizier vom Tagesdienst, ein netter junger Hauptmann namens Reynolds [3], mit einem ziegelroten Teint, den er sich in Indien geholt hatte, führte mich durchs Lager. Er war ein tüchtiger Soldat, aber sehr still und alles eher als ein Kraftkerl. Ich behandelte ihn ziemlich von oben herab, zweifellos recht unverschämt, aber er nahm es ohne Widerspruch hin, beschränkte sich darauf, mir zu erklären, was dieses und jenes sei, beschaffte mir einen Diener und zeigte mir zuletzt die Stallungen, in denen meine Stute – die ich übrigens auf den Namen Judy getauft hatte – und das Dienstpferd untergebracht waren.

Die Stallknechte hatten Judy mit ihrem besten Zaumzeug geschmückt – es war das feinste, das der beste Sattler in ganz London aufzuweisen hatte. Reynolds bewunderte sie. Und siehe da, wer kommt angeritten, wenn nicht Mylord schäumend vor Wut. Er zügelte seinen Gaul neben uns und deutete mit zornbebender Hand auf eine Abteilung, die soeben unter dem Befehl ihres Sergeanten in den Stallhof eingebogen war.

„Captain Reynolds!“ brüllte er. Sein Gesicht war puterrot. „Ist das Ihre Abteilung?“

Reynold bejahte.

„Sehen Sie die Schafsfelle?“ sagte Cardigan mit Donnerstimme. Er meinte die Sattelfelle. „Sehen Sie sie, Sir? Ich möchte gern wissen, was für eine Farbe sie haben. Wollen Sie es mir gefälligst sagen, Sir?“

„Weiß, Mylord.“

„Weiß, sagen Sie? Sind Sie von Sinnen, Sir? Sind Sie farbenblind? Diese Felle sind nicht weiß, sie sind gelb – infolge von Unachtsamkeit, Schlamperei und Vernachlässigung! Ich sage Ihnen, sie sind schmutzig."

Reynold schwieg, und Cardigan fuhr in seiner Strafpredigt fort.

„Das ging ohne Zweifel in Indien an, wo man Ihnen beigebracht hat, was Sie wahrscheinlich als Ihre Pflicht bezeichnen. Hier aber dulde ich so etwas nicht, haben Sie mich verstanden, Sir?" Der Blick seiner rollenden Augen wanderte durch den Stall und blieb an Judy haften. „Wem gehört dieses Pferd?" fragte er.

Ich sagte ihm Bescheid. Triumphierend drehte er sich zu Reynolds um.

„Sehen Sie, Sir – ein Neuling in unseren Reihen, und er kann Ihnen und Ihren kostbaren Kumpanen aus Indien Pflichtgefühl einbläuen. Mr. Fwashmans Schafsfell ist weiß, Sir, so weiß, wie das Ihre zu sein hätte – und wäre, wenn Sie auch nur das geringste von Disziplin und Ordnung verstünden. Aber Sie verstehen eben nichts davon, das lassen Sie sich gesagt sein, Sir."

„Aber Mr. Flashmans Schafsfell ist neu, Sir", entgegnete Reynolds, und er hatte recht. „Mit der Zeit verfärbt es sich."

„Jetzt kommen Sie mir auch noch mit Ausflüchten!" schnauzte Cardigan. „Hawhaw! Ich sage Ihnen, Sir, wenn Sie sich Ihrer Pflicht bewusst wären, würden Sie sie reinigen oder, wenn sie zu alt sind, erneuern lassen. Aber davon wissen Sie natürlich nichts. Ihre schlampigen indischen Sitten sind Ihnen wohl gut genug. Nun denn, *mir* passen sie nicht – das lassen Sie sich gesagt sein! Morgen sind diese Schafsfelle sauber, haben Sie mich gehört, Sir? Sauber – oder ich ziehe Sie zur Verantwortung, Captain Reynolds."

Damit trabte er davon, den Kopf in die Höhe gereckt, und ich hörte ihn draußen vor dem Stallhof jemanden mit dem gewohnten „Hawhaw!" begrüßen.

Ich war recht zufrieden mit dem Lob, das man mir gespendet hatte, und ich glaube, ich habe es Reynolds zu verstehen gegeben. Er musterte mich von oben bis unten, als sähe er mich zum ersten Mal vor sich. Dann sagte er mit jenem seltsamen, walisisch klingenden Akzent, den eine lange Dienstzeit in Indien verleiht: „Ja ja, ich sehe schon, Sie werden es weit bringen, Mr. Flashman. Lord Hawhaw mag vielleicht uns Indienoffiziere nicht leiden, aber er liebt die Schwerenöter, und ich bezweifle nicht, dass Sie ganz schön schwerenötern werden."

Ich fragte ihn, was mit einem „Schwerenöter" gemeint sei.

„Ach", antwortete er, „der Schwerenöter, wissen Sie, staffiert sich fein heraus, gibt seine Visitenkarte in den besten Häusern ab, wird von den Mamas umworben, promeniert mit schmachtender Miene im Park und ist nun eben von Kopf bis Fuß ein exquisiter Kavalier. Manchmal lässt er sich sogar herbei, eine Weile Soldat zu spielen – wenn es nicht mit seinen gesellschaftlichen Pflichten kollidiert. Adieu, Mr. Flashman."

Ich merkte sehr wohl, dass Reynolds eifersüchtig war. In meinem Dünkel fand ich das erfreulich. Aber was er gesagt hatte, stimmte durchaus. Das Regiment zerfiel in zwei ziemlich gleich starke Parteien, die der Indienoffiziere – soweit sie nicht nach der Rückkehr in die Heimat ausgeschieden waren – und die der Schwerenöter, denen ich mich selbstverständlich hinzu gesellte. Alle, selbst die vornehmsten unter ihnen, begrüßten mich als einen der ihren, und ich verstand es, mich beliebt zu machen. Ich war zwar noch nicht so zungenfertig wie in späteren Jahren, aber es dauerte nicht lang, da wussten sie mich als einen lustigen Bruder zu schätzen – gut zu Pferde, gut Freund mit der Flasche (denn ich nahm mich anfangs sehr in acht) und zu jedem Unfug aufgelegt. Ich ließ mir es angelegen sein, den Herren zu schmeicheln – natürlich nicht offen, aber darum nicht weniger wirksam. Es gibt eine Speichelleckerei, die nichts mit Scharwenzeln zu tun hat: Man stellt sich dreist und herzlich und weiß ganz genau, wie weit man gehen darf. Außerdem hatte ich Geld und machte kein Hehl daraus.

Die Indienoffiziere waren übel daran. Cardigan konnte sie nicht ausstehen. Reynolds und Forrest waren ihm die liebsten Sündenböcke. Unermüdlich setzte er ihnen zu, das Regiment zu verlassen und, wie er sich ausdrückte, Gentlemen Platz zu machen. Warum er den Leuten, die in Indien gedient hatten, so abgeneigt war, habe ich nie recht herausbekommen. Manche behaupteten, es liege nur daran, dass sie nicht zur eleganten Welt gehörten, keine vornehmen Beziehungen hätten, und das traf bis zu einem gewissen Grad zu. Er war ein Snob, wie er im Buch steht, aber ich glaube, sein Hass gegen die Indienoffiziere hatte tiefere Wurzeln. Sie waren schließlich echte Soldaten mit langjähriger Erfahrung, während er, Cardigan, in seinen zwanzig Dienstjahren nie außerhalb des Schießstands einen Schuss hatte knallen hören. [4]

Was auch immer der Grund gewesen sein mochte, er machte ihnen das Leben zur Hölle, und im ersten Halbjahr meiner Dienstzeit nahmen mehrere Offiziere ihren Abschied. Auch wir Schwerenöter hatten nichts zu lachen, weil er ein verteufelt strenger Zuchtmeister war und nicht alle feschen Kavaliere auch tüchtige Offiziere waren. Ich merkte, woher der Wind wehte, und büffelte fleißiger als jemals in Rugby, meisterte den Drill, was nicht sehr schwierig war, und vervollkommnte mich in den Regeln des Lagerlebens. Man hatte mir einen ausgezeichneten Diener namens Basset besorgt, einen dickköpfigen Einfaltspinsel, der alles wusste, was ein Soldat wissen muss, aber kein Jota mehr, und der ein genialer Stiefelputzer war. Gleich zu Beginn unserer Bekanntschaft verabreichte ich ihm eine Tracht Prügel; dadurch schien ich erst recht in seiner Achtung zu steigen, und er behandelte mich wie ein Hund seinen Herrn.

Zum Glück machte ich beim Appell und auch auf dem Exerzierplatz eine gute Figur, und darauf kam es bei Cardigan an. Wahrscheinlich waren mir zu Pferde nur der Regimentshauptfeldwebel und ein paar Sergeanten ebenbürtig und Seine Lordschaft beglückwünschte mich mehrere Male zu meiner Reitkunst.

„Hawhaw!“ sagte er. „Ich sage euch, Fwashman sitzt fest im Sattel. Aus ihm wird noch einmal ein Adjutant werden.“

Ich stimmte ihm zu. Flashman saß sehr fest im Sattel.

In der Messe ging alles ziemlich glatt. Es war das ein leichtlebiges Völkchen und das Geld saß locker in der Tasche. Abgesehen von den Einladungen und dem standesgemäßen Leben, das Cardigan von uns verlangte, wurde oft und um hohe Summen gespielt. Diese Ausgaben schreckten die Indienleute ab, zur Freude Cardigans, der ihnen immerzu höhnisch vorhielt, wenn sie mit Gentlemen nicht Schritt halten könnten, sollten sie lieber auf ihre Bauernhöfe zurückkehren oder sich als Krämer etablieren – „Schuhe, Töpfe und Pfannen verkaufen“ –; dabei lachte er schallend, als wäre das der beste Witz der Welt gewesen.

Seltsamerweise – vielleicht ist es gar nicht so seltsam – erstreckte sich sein Vorurteil nicht auf die Mannschaft. Das waren lauter zähe Burschen und, soweit ich es beurteilen konnte, ausgezeichnete Soldaten. Er war ihnen ein wahrer Tyrann. Keine Woche verging ohne ein Kriegsgerichtsurteil wegen Pflichtversäumnis, Fahnenflucht oder Trunkenheit. Letzteres Vergehen war allgemein üblich, wurde aber nicht allzu ernst genommen; in den beiden anderen Fällen verhängte er strenge Strafen. Auf den Sattelplätzen neben der

Reitbahn fanden häufig Auspeitschungen statt, denen wir allesamt beiwohnen mussten. Etliche der älteren Offiziere – die „Inder" – murrten ein wenig und taten entrüstet, aber ich vermute, sie würden das Schauspiel nicht gern versäumt haben. Ich persönlich hatte meinen Spaß daran und pflegte mit Bryant, meinem speziellen Kumpan, zu wetten, ob der Mann vor dem zehnten Peitschenhieb aufschreien oder wann er das Bewusstsein verlieren werde. Auf jeden Fall war es unterhaltsamer als die meisten anderen Vergnügungen.

Bryant war ein sonderbares Bürschchen. Gleich zu Anfang meiner Karriere schloss er sich an mich an und blieb wie eine Klette hängen. Er war ein unverfrorener Speichellecker, hatte wenig Geld, aber das Talent, sich beliebt zu machen und stets zur Hand zu sein. Er war nicht dumm und brachte es fertig, anständig, wenn auch nicht übermäßig vornehm auszusehen. Er wusste tausend Klatschgeschichten zu erzählen, kannte alle Welt und war recht schlagfertig. Er brillierte auf den Abendgesellschaften, wie wir sie in unserer Messe für die gute Gesellschaft von Canterbury veranstalteten, in deren Kreisen er sich einen Namen gemacht hatte. Mit allen Neuigkeiten kam er als erster an, und er wusste sie auf eine Weise wiederzugeben, über die Cardigan sich amüsierte (das war nun freilich nicht allzu schwierig). Ich fand ihn brauchbar, tolerierte ihn demzufolge und benutzte ihn, wenn es mir passte, als meinen Hofnarren – denn auch diese Rolle beherrschte er exzellent. Forrest pflegte zu sagen: Wenn man Bryant einen Tritt in den Arsch versetzt, vollführt er allemal einen artigen Luftsprung.

Die Indienoffiziere behandelte er mit ausgesuchter Bosheit, was ihn gleichfalls bei Cardigan lieb Kind machte – ach, ich kann Ihnen sagen, wir hatten es recht lustig in unserer kleinen Messe – und ihm ihren Hass eintrug. Die meisten verachteten auch mich genauso wie die übrigen Herrchen;

wir aber verachteten sie aus anderen Gründen, also waren wir in dieser Hinsicht quitt.

Ein einziger Offizier jedoch missfiel mir ganz und gar – es war prophetisch –, und ich ahnte sogleich, dass er meine Gefühle von Anfang an erwiderte. Er hieß Bernier, ein hochgewachsener, harter Raubvogeltyp mit einer langen Nase, einem schwarzen Bart und schwarzen, dicht beieinanderstehenden Augen. Er war der beste Fechter und Schütze im ganzen Regiment und, bevor ich auf dem Schauplatz erschien, auch der beste Reiter. Das war wohl nicht gerade ein Anlass für ihn, mich ins Herz zu schließen, aber unser eigentlicher Hass datierte von jenem Abend, da er eine abfällige Bemerkung über Nabobfamilien dunkler Abkunft fallen ließ und dabei, wie mir schien, in meine Richtung blickte.

Ich hatte ziemlich viel Wein konsumiert, sonst hätte ich den Mund gehalten, denn er sah akkurat so aus wie die Gesellen, die man in Amerika „Killing Gentlemen" nennt. Ja, er ähnelte sogar einem Amerikaner, den ich später kennenlernte, dem berühmten James Wild Bill Hickok, der ebenfalls ein todsicherer Schütze war. Aber da ich leicht beschwipst war, sagte ich, ich wäre lieber ein britischer Nabob und riskierte die dunkle Abkunft, als ausländisches Halbblut in den Adern zu haben. Bryant wieherte wie immer, wenn ich einen Witz machte, und rief aus: „Bravo, Flash! England, England über alles!" Ringsumher wurde gelacht, weil meine gewohnte Herzhaftigkeit und Derbheit mir den Ruf eingetragen hatten, ein richtiger kleiner John Bull zu sein. Bernier hatte meine Worte nur zur Hälfte aufgeschnappt, weil ich so leise gesprochen hatte, dass nur meine nächste Umgebung es hören konnte; irgendjemand aber muss sie ihm nachher hinterbracht haben. Von dieser Stunde an hatte er für mich nichts anderes mehr übrig als ab und zu einen eiskalten Blick, und es wurde nie ein Wort zwischen uns gewechselt. Was seinen fremdländischen Namen betraf, war er überempfindlich. Kein Wunder: Wenn man weit genug zurückging, stellte sich heraus, dass er eigentlich von französischen Juden abstammte.

Aber erst ein paar Monate nach diesem Vorfall kam es zwischen mir und ihm zu einem ernsthaften Zerwürfnis, das mein Ansehen begründete – das Ansehen, das ich noch heute genieße. Ich überspringe vieles, was sich im ersten Jahr ereignet hat – zum Beispiel Cardigans Fehde mit der „Morning Post" [5], die das Regiment und die Öffentlichkeit im allgemeinen in große Aufregung versetzte, an der *ich* jedoch nicht beteiligt war – und komme zu dem berühmten Bernier-Flashman-Duell, von dem nach wie vor ab und zu die Rede ist. Auch heute noch denke ich nur voller Stolz und Freude daran.

Es war fast auf den Tag ein Jahr, nachdem ich Rugby verlassen haue, als ich durch den Park von Canterbury spazierte und zu irgendeiner Mama unterwegs war, um ihr eine Visite abzustatten. Ich war in vollem Wichs und im Großen und Ganzen sehr mit mir zufrieden, da sah ich einen Offizier Arm in Arm mit einer Dame unter den Bäumen promenieren. Es war Bernier, und ich war neugierig, was für eine Färse er sich vor den Pflug gespannt hatte. Eigentlich war sie alles eher als ein Kälbchen, vielmehr ein mutwilliges, schwarzhaariges Frauenzimmerchen mit einer Stupsnase und einem frechen Lächeln. Ich musterte sie aufmerksam, und in meinem Kopf wuchs ein großartiger Gedanke heran.

Ich hatte in Canterbury nach und nach zwei oder drei Liebschaften angeknüpft, aber es war nichts Besonderes gewesen. Die meisten jüngeren Offiziere unterhielten am Ort oder in London eine ständige Geliebte; ich aber hatte mir bisher kein festes Verhältnis zugelegt. Ich vermutete, das

Dämchen sei Berniers momentane Favoritin. Je genauer ich sie mir ansah, desto mehr machte sie auf mich den Eindruck eines schön molligen und nicht unerfahrenen Betthäschens. Dass sie Bernier gehörte – der sich für unwiderstehlich hielt –, würde mir das Abenteuer erst recht versüßen.

Ich vergeudete keine Zeit, erkundigte mich unverzüglich nach ihrer Adresse, suchte mir eine Zeit aus, da Bernier im Dienst war, und sprach bei der Dame vor. Sie bewohnte ein nettes, geschmackvoll eingerichtetes, aber in keiner Weise prunkvolles Häuschen. Berniers Börse war weit magerer als die meine – ein Vorteil für mich. Ich machte ihn mir zunutze.

Sie selber war, wie sich herausstellte, Französin, also konnte ich mit ihr unverblümter reden als mit einer jungen Engländerin. Ich erklärte ihr rundheraus, dass ich an ihr Gefallen gefunden hätte, und forderte sie auf, mich als einen Freund zu betrachten – als einen engen Freund. Ich deutete an, dass ich vermögend sei – sie war ja schließlich doch nur eine Hure, trotz ihres vornehmen Gehabes.

Zuerst heuchelte sie Entrüstung und kam mir mit allerlei Ach und Aber, aber als ich so tat, als wolle ich gehen, schlug sie andere Töne an. Abgesehen von meinem Geld glaube ich, dass sie mich nicht übel fand.

Mit ihrem Fächer spielend, musterte sie mich mit großen Mandelaugen und mimte das schelmische Gör.

„Sie haben also keine hohe Meinung von uns Französinnen?“ sagte sie.

„Aber im Gegenteil“, sagte ich, wieder charmant. „Von Ihnen zum Beispiel hege ich die höchste Meinung. Wie heißen Sie?“

„Josette.“ In ihrem Mund klang es allerliebst.

„Nun denn, Josette, trinken wir auf unsere künftige Bekanntschaft – auf meine Kosten.“ Damit warf ich meine

Geldbörse auf den Tisch. Ihre Augen weiteten sich. Es war keine kleine Börse.

Sie mögen mich für einen Grobian halten. Aber es ersparte mir Zeit und Scherereien und vielleicht auch Geld – das Geld, das Dummköpfe vergeuden, wenn sie die Schöne mit Präsenten umwerben, bevor das Vergnügen beginnt. Sie hatte Wein im Hause, wir tranken einander zu und plauderten gute fünf Minuten, bis ich sie scherzend dazu bewog, sich auszuziehen. Sie machte es sehr anmutig, mit viel Schmollen und aufreizenden Blicken, aber als sie nackt war, schäumte sie vor Übermut und Feuer, und ich war so ungeduldig, dass ich sie hernahm, ohne vom Stuhl aufzustehen. Ob es an ihren französischen Künsten lag, dass ich sie ungemein ergötzlich fand, oder daran, dass sie Berniers Geliebte war, weiß ich nicht, aber ich gewöhnte mir an, sie des Öfteren zu besuchen, und trotz meines heilsamen Respekts vor Bernier war ich unvorsichtig. Eines Abends – es mochte kaum eine Woche verflossen sein – waren wir eifrig miteinander beschäftigt, da wurden auf der Treppe Schritte laut, die Tür sprang auf, und der Mann in persona stand vor uns. Eine Weile betrachtete er uns mit finsterer Miene, während Josette sich kreischend in die Laken verkroch und ich mit wehenden Hemdschößen unters Bett krabbelte: Sein Anblick hatte mir eine panische Angst eingejagt. Aber er sagte keinen Ton. Wenige Sekunden später fiel die Tür ins Schloss. Ich kroch unterm Bett hervor und tastete nach meiner Hose. In diesem Augenblick wünschte ich mir nichts anderes, als einen möglichst großen Abstand zwischen mich und ihn zu legen. Einigermaßen hastig kleidete ich mich an.

Josette begann zu lachen. Ich fragte sie, was zum Teufel sie denn gar so lustig finde.

„Ach, wie komisch!“ sagte sie kichernd. „Du – du halb unterm Bett, und Charles, wie er bitterböse deinen *derrière* anstarrt!“

Ich ersuchte sie, den Mund zu halten, sie hörte zu lachen auf und versuchte, mich ins Bett zurück zu locken. Sie sagte, Bernier habe sich zweifellos davongemacht. Sie setzte sich auf und wackelte verführerisch mit ihren Brustwarzen. Ich schwankte zwischen Lüsternheit und Furcht, bis sie aus dem Bett sprang und die Tür verriegelte. Dann sagte ich mir, warum solle ich nicht meinen Spaß haben, solange sich die Gelegenheit bietet, und zog mich wieder aus. Aber ich muss gestehen, dass es nicht gerade die vergnüglichste Kurzweil war, die ich erlebt habe, obwohl Josette sich von ihrer muntersten Seite zeigte. Ich vermute, dass die Situation für sie einen besonderen Nervenkitzel bedeutete.

Ich wusste nachher nicht recht, ob es ratsam sei, in die Messe zurückzukehren. Ich war überzeugt, Bernier werde mich zur Rede stellen. Aber als ich Mut fasste und zum Abendessen erschien, beachtete er mich überhaupt nicht – zu meinem größten Erstaunen. Ich konnte mir keinen Reim darauf machen. Als er am nächsten und am übernächsten Tage noch immer beharrlich schwieg, schwoll mir wieder der Kamm, und ich stattete sogar Josette einen neuerlichen Besuch ab. Sie hatte ihn nicht zu sehen bekommen, also glaubte ich annehmen zu dürfen, dass er nicht die Absicht habe, mir auf den Pelz zu rücken. Ich gelangte zu der Überzeugung, dass er schließlich doch ein Waschlappen sei und mir gutwillig seine Mätresse abgetreten habe – nicht etwa aus Furcht (dessen war ich sicher), sondern weil er sich nicht mit einer Schlampe abgeben wollte, die ihn betrog. Natürlich steckte etwas ganz anderes dahinter. Er konnte mich nicht zur Rede stellen, ohne den Grund zu nennen und sich lächerlich zu machen, und da er die Regimentssitten besser kannte als ich, zögerte er, wegen eines Liebchens einen Ehrenhandel heraufzubeschwören. Aber es fiel ihm schwer, sich zu beherrschen.

Da ich das nicht wusste, warf ich mich wieder in die Brust und weihte Bryant in das Geheimnis ein. Der Arschkriecher war begeistert. Es dauerte nicht lang, da wussten es alle Schwerenöter. Nun war es nur noch eine Frage der Zeit, dass die Bombe platzte. Ich hätte es wissen müssen.

Es war eines Abends nach dem Essen, und wir spielten Karten, während Bernier und einige der Indienleute in der Nähe beisammen saßen. Wir spielten Vingt-et-un, und ganz zufällig machte ich eine scherzhafte Bemerkung über die Karodame, von der ich behauptete, sie sei meine Glückskarte. Forrest hielt die Bank, und als er meine fünf Karten mit einem As und der Karokönigin übertrumpfte, rief Bryant, der boshafte Esel, aus:

„Hallo! Er hat dir deine Königin weggeschnappt, Flashy! Nun stehst du da als der betrogene Betrüger, bei Gott!“

„Was meinst du damit?“ fragte Forrest, während er die Karten und die Einsätze an sich nahm.

„Du weißt doch, bei Flashy ist es umgekehrt“, sagte Bryant. „Er macht sich mit den Königinnen der anderen aus dem Staub.“

„Aha“, sagte Forrest lächelnd. „Aber die Karokönigin ist eine brave Engländerin, nein, Flash? Wie ich gehört habe, ist es mehr nach deinem Geschmack, *französische* Füllen zu besteigen.“

Da gab es ein lautes Gelächter. Blicke wanderten in Berniers Richtung. Ich hätte die Herrschaften zum Schweigen bringen sollen, war aber töricht genug mitzumachen.

„Gegen französische Füllen ist partout nichts einzuwenden“, sagte ich, „solange der Jockey ein Engländer ist. Natürlich schadet es nicht mit einem französischen Trainer, aber in einem Rennen hält er nicht durch."

Es war weiß Gott nicht sehr geistreich – auch wenn man den Portwein berücksichtigt, den wir uns einverleibt hatten –, genügte aber, um dem Fass den Boden auszuschlagen. Ehe ich mich es versah, wurde mir der Stuhl unterm Hintern weggerissen und als ich mich auf dem Fußboden wälzte, blickte Bernier leichenblass und mit zuckenden Lippen auf mich herab.

„Was zum Teufel –" begann Forrest, während ich mich aufrappelte. Auch die anderen waren aufgesprungen. Ich stand schon halbwegs auf den Beinen, da versetzte Bernier mir einen Schlag ins Gesicht, ich verlor das Gleichgewicht und fiel wieder um.

„Um Himmels willen, Bernier!" rief Forrest. „Bist du verrückt?" Sie mussten ihn festhalten, sonst hätte er mich wohl an Ort und Stelle massakriert. Als ich sah, dass er wehrlos war, erhob ich mich fluchend auf und wollte mich auf ihn stürzen, aber Bryant packte mich beim Arm: „Nein, nein, Flash! Sieh dich vor, Flashy!" Und jetzt umringten sie auch mich.

In Wahrheit wurde mir beinahe übel vor Angst, denn jetzt war der Würfel gefallen. Der beste Schütze im ganzen Regiment hatte mich geohrfeigt, aber nicht aus freien Stücken, sondern durch mich dazu provoziert – (Angst hin, Angst her, mein Gehirn hat in kritischen Situationen immer recht schnell und klar gearbeitet) –, und da konnte es keinen anderen Ausweg geben als ein Rencontre. Es sei denn, dass ich mir den Schlag gefallen ließe: Das hätte das Ende meiner Laufbahn in der Armee und in der guten Gesellschaft bedeutet. Gegen ihn anzutreten aber war der kürzeste Weg ins Grab. Es war ein grauenhaftes Dilemma, und in diesem Augenblick, da man uns beide festhielt, sagte ich mir, ich müsse Zeit haben, nachzudenken, einen Plan zu schmieden, einen Ausweg zu finden. Ich riss mich los und stapfte wortlos zur Tür hinaus wie ein Mensch, der sich schleunigst davonmachen muss, bevor er sich an einem Mitmenschen vergreift.

Ich brauchte fünf Minuten angestrengter Überlegung. Dann kehrte ich hocherhobenen Hauptes in die Messe zurück. Mein Herz hämmerte, ich sah zweifellos fuchsteufelswild aus, und wenn ich zitterte, glaubte man, es sei vor Zorn.

Als ich hereinkam, verstummten die Gespräche. Noch heute, sechzig Jahre später, spüre ich jenes betretene Schweigen, sehe ich die eleganten blauen Gestalten vor mir, das funkelnde Silber auf dem Tisch und Bernier, wie er für sich, sehr bleich, am Kamin steht. Ich ging geradenwegs auf ihn zu. Meine Worte hatte ich mir zurecht gelegt.

„Captain Bernier“, sagte ich, „Sie haben mir mit der Hand einen Schlag ins Gesicht versetzt. Das war unbedacht, denn ich könnte Sie, wenn ich wollte, mit einer Hand zerstückeln.“ (John Bull Flashman, der sich mit echt britischem Freimut kein Blatt vor den Mund nimmt) „Aber ich ziehe es vor, wie ein Gentlemen zu fechten – auch wenn *Sie* andere Methoden bevorzugen.“ Ich machte auf dem Absatz kehrt. „Leutnant Forrest, wollen Sie mein Sekundant sein?“

Wie aus der Pistole geschossen, kam Forrests Ja. Bryant sah gekränkt drein. Er hatte erwartet, ich würde ihn benennen, aber ihm hatte ich eine andere Rolle zugedacht.

„Und wer wird Sie vertreten?“ fragte ich Bernier in eisigem Ton. Er nannte Tracy, einen der Indienoffiziere. Ich verbeugte mich vor Tracy und setzte mich an den Kartentisch, als ob nichts passiert wäre.

„Mr. Forrest wird sich um die Details zu kümmern haben“, sagte ich zu den anderen. „Wollen wir abheben, wer die Bank übernimmt?“

Sie glotzten mich an. „Himmel, Flash, bist du kaltschnäuzig!“ rief Bryant aus.

Achselzuckend nahm ich die Karten zur Hand, und das Spiel ging weiter. Die anderen waren alle sehr aufgeregt – viel zu aufgeregt, um zu merken, dass meine Gedanken nicht bei den Karten waren. Zum Glück erfordert Vingt-et-un recht geringe Konzentration.

Nach einer Weile kam Forrest, der sich mit Tracy beraten hatte, zu mir, um mir zu sagen, mit Erlaubnis Lord Cardigans, mit der man seiner Meinung nach ohne weiteres rechnen dürfe, würden wir uns um sechs Uhr morgens hinter der Reitbahn einfinden. Es sei anzunehmen, dass ich Pistolen wählen würde – ich als der Beleidigte hatte die Wahl. [6] Ich nickte sehr von oben herab und ersuchte Bryant, schneller auszuteilen. Wir spielten noch einige Runden, dann erklärte ich, ich sei bettreif, zündete mir meine Zigarre an und schlenderte mit einem munteren Gutenacht zur Tür hinaus, als sei mir der Gedanke an die Pistolen im Morgengrauen ebenso gleichgültig wie das Frühstücksei. Was auch immer geschehen mochte – für diese Nacht zumindest war ich in der Achtung meiner Kameraden sehr gestiegen.

Auf dem Weg in mein Quartier blieb ich unter den Bäumen stehen. Nach einer Weile kam, wie ich erwartet hatte, Bryant herbeigeeilt, voller Aufregung und Besorgnis. Er fing zu stottern an, was ich doch für ein Teufelskerl und was für ein Kampfhahn Bernier sei, aber ich fiel ihm ins Wort.

„Tommy“, sagte ich. „Du bist kein reicher Mann.“

„Wie, bitte?“ sagt er. „Was zum –“

„Tommy“, sage ich, „möchtest du zehntausend Pfund haben?“

„Um Gottes willen!“ sagt er. „Wofür?“

„Dafür, dass Bernier morgen früh mit einer ungeladenen Pistole antritt“, sagte ich rundheraus. Ich kannte meinen Mann.

Er starrte mich an, begann dann wieder zu stottern. „Herr Jesus, Flash, bist du wahnsinnig? Ungeladen. Also ...“

„Ja oder nein“, sage ich. „Zehntausend Pfund.“

„Aber das ist Mord!“ quäkte er gottsjämmerlich. „Wir würden am Galgen enden!“ Wie Sie sehen, kein Gedanke an Ehre – oder dergleichen Bockmist.

„Niemand wird am Galgen enden“, erwiderte ich. „Und sprich leiser, hast du gehört? Nun denn, Tommy, du hast schon so manche Gesellschaft mit deinen Tachenspieler-Kunststücken verblüfft – ich habe es erlebt. Du schaffst es im Schlaf. Für zehntausend?“

„Mein Gott, Flash! Ich traue mich nicht.“ Wieder fing er zu babbeln an, aber diesmal mit gedämpfter Stimme. Ich ließ ihn eine Weile salbadern, da ich wusste, er würde klein beigeben. Er war ein geldgieriger kleiner Schmutzfink und der Gedanke an zehntausend Pfund musste ihm wie Aladins Höhle vorkommen. Ich erklärte ihm, wie ungefährlich und simpel es sein würde – ich hatte es mir ausgedacht, als ich die Messe zum ersten Mal verließ.

„Erst einmal gehst du zu Reynolds und leihst seine Duellpistolen. Dann begibst du dich zu den Sekundanten und offerierst ihnen deine Dienste als Lader – du bist ja immer bei allem mit dabei, sie werden dich gern akzeptieren und sich's nicht zweimal überlegen.“

„Nein!“ rief er aus. „Sie wissen, dass wir dicke Freunde sind, Flashy.“

„Du bist ein Offizier und ein Ehrenmann“, erwiderte ich vorwurfsvoll. „Wer würde sich denn nur eine Sekunde lang träumen lassen, dass du fähig wärest, dich zu einer so verräterischen Handlungsweise zu erniedrigen, ha? Nein,

nein, Tommy, es geht wie am Schnürchen. Und morgen früh, wenn der Wundarzt und die Sekundanten zuschauen, lädst du die Pistolen – mit äußerster Sorgfalt. Du wirst mir doch nicht einreden wollen, dass du nicht ohne weiteres eine Pistolenkugel verschwinden lassen kannst!"

„Ach ja, ja freilich. Aber –"

„Zehntausend Pfund."

Er leckte sich die Lippen. „Herr Jesus!" sagte er schließlich. „Zehntausend Pfund. Puh! Auf Ehrenwort, Flash?"

„Auf Ehrenwort", erwiderte ich und zündete mir eine frische Zigarre an.

„Gemacht!" rief er aus. „Mein Gott, du hast den Teufel im Leib, Flash! Du wirst ihn aber nicht töten? An einem Mord will ich nicht mitschuldig sein."

„Captain Bernier wird von mir ebenso wenig zu befürchten haben wie ich von ihm", sagte ich. „Marsch, lauf und sprich mit Reynolds."

Er gehorchte aufs Wort. Er war eine rührige kleine Ratte, das muss ich ihm lassen. Wenn er sich erst einmal auf etwas festgelegt hatte, dann machte er sich mit ganzer Seele ans Werk.

Ich begab mich in mein Quartier, schickte Basset weg und legte mich auf mein Bett. Als ich mir überlegte, was ich getan hatte, wurde mein Hals trocken, und meine Hände schwitzten. Trotz der dreisten Fassade, mit der ich Bryant geblufft hatte, hatte ich eine Todesangst: Gesetzt den Fall, es geht etwas schief, und Bryant macht Mist. In jenem Augenblick fieberhafter Überlegung draußen vor der Messe war mir alles so einfach vorgekommen. Vielleicht spornt die Furcht den Verstand an, aber man denkt wohl nicht klar genug, weil man den Ausweg sieht, den man sehen *will*, und Hals über Kopf auf ihn zusteuert. Ich malte mir aus, wie Bryant sich ungeschickt anstellt oder allzu genau überwacht wird – wie Bernier mir mit einer geladenen Pistole in einer felsenfesten Hand entgegentritt – wie die Mündung auf meine Brust zielt – wie die Kugel mich trifft und ich mit einem Aufschrei zu Boden stürze und verröchle …

Fast hätte ich laut aufgeschrien, so grauenhaft war der Gedanke. Schluchzend blieb ich im finsteren Zimmer liegen. Gern wäre ich aufgestanden und weggelaufen, aber das erlaubten mir die Beine nicht. Also begann ich zu beten. Das war mir, möchte ich sagen, seit ungefähr meinem achten Lebensjahr nicht mehr passiert. Aber ich musste immer wieder an Arnold und ans höllische Feuer denken (was recht bezeichnend war), und zuletzt blieb mir nichts übrig, als nach der Branntweinflasche zu greifen: Es hätte ebenso gut Brunnenwasser sein können.

In dieser Nacht tat ich kein Auge zu, hörte die Uhr die Viertelstunden schlagen, bis der Tag heraufzudämmern begann und ich Bassets Schritte vernahm. Ich hatte meine fünf Sinne noch so weit beisammen, dass ich wusste, es gehe nicht an, mich mit geröteten Augen und am ganzen Leibe zitternd von ihm überraschen zu lassen. Ich stellte mich schlafend, schnarchte wie eine Orgel und hörte ihn sagen:

„Wenn das nicht die Höhe ist! Das höre man sich an, schläft tief wie ein Baby. Hat man je soviel Schneid erlebt?“

Eine zweite Stimme, wohl die eines anderen Offiziersdieners, antwortete:

„Sie sind alle gleich, lauter hoffnungslose Narren. Bald wird er nicht mehr schnarchen, nachdem Bernier sich ihn vorgeknöpft hat. Sein Schlaf wird viel zu tief sein.“

Schön, Bursche, dachte ich, wer immer du auch sein magst – überstehe ich es, müsste es mit dem Teufel zugehen, wenn ich dich nicht hinter die Reitbahn beförderte und wir dein Rückgrat zu sehen bekämen, während der Feldwebel dir die neunschwänzige Katze zu kosten gibt. Wir wollen hören, wie laut du selber schnarchen kannst. Und mit dieser Zorneswallung fühlte ich plötzlich, wie die Zuversicht an die Stelle der Furcht trat – Bryant würde es schon deichseln! –, und als man mich holte, war ich zumindest gefasst, wenn nicht heiter.

Wenn ich mich fürchte, werde ich nicht wie die meisten Menschen blass, sondern rot im Gesicht, so dass meine Angst für Zorn gelten kann: das ist mir mehr als einmal zupass gekommen. Bryant erzählt, ich sei an jenem Morgen rotwangig wie ein Truthahn zur Reitbahn marschiert. Er sagt, die Kameraden seien überzeugt gewesen, ich sei wutentbrannt und entschlossen, Bernier ins Jenseits zu befördern. Freilich gaben sie mir nicht die geringste Chance. Sie verhielten sich mäuschenstill, als wir über den Paradeplatz gingen, während der Trompeter die Reveille blies.

Natürlich war Cardigan von der Affäre benachrichtigt worden, und manche meinten, er würde vielleicht intervenieren, um das Blutbad zu verhindern. Aber als er von der Ohrfeige hörte, sagte er ganz einfach:

„Wo treffen sie sich?" – und schlief wieder ein, mit der Weisung, man möge ihn um fünf Uhr wecken. Er war ein Gegner des Duells – obwohl er sich selber unter berüchtigten Umständen duelliert hatte –, sah jedoch ein, dass es in diesem Falle dem Ansehen des Regiments nur schaden würde, wenn man den Streit gütlich schlichtete.

Bernier und Tracy waren schon zur Stelle, desgleichen der Wundarzt, und unter den Bäumen hing leichter Nebel. Während wir auf sie zugingen, stapften unsere Schritte dumpf über den Rasen, der noch taufeucht war, Forrest an meiner Seite, Bryant mit den anderen hinterdrein, den Pistolenkasten unterm Arm. In einem Abstand von etwa fünfzig Metern hatten sich neben der Umzäunung einige Offiziere aufgepflanzt. Ich sah Cardigans Glatze über seinem weiten Pelerinenmantel. Er rauchte eine Zigarre.

Bryant und der Wundarzt riefen Bernier und mich zu sich, und Bryant fragte uns, ob wir nicht gewillt wären, uns zu versöhnen. Keiner von uns sagte ein Wort. Bernier war bleich und blickte starr über meine Achsel hinweg, und in diesem Augenblick war ich, wie nur je in meinem ganzen Leben, nahe daran, kehrtzumachen und wegzulaufen. Ich hatte das Gefühl, meine Gedärme würden jeden Augenblick zu sprudeln beginnen, und meine Hände zitterten unter dem Mantel.

„Also schön", sagte Bryant und begab sich zusammen mit dem Wundarzt zu einem Tischchen, das man im Freien aufgestellt hatte. Er holte die Pistolen aus ihrem Futteral. Von der Seite sah ich, wie er die Feuersteine prüfte, Pulver auf die Pfanne schüttete und im Kugelkasten herum rumorte. Ich wagte nicht genauer hinzuschauen, und just in dieser Sekunde kam Forrest herbei und führte mich an meinen Platz zurück. Als ich mich wieder umdrehte, bückte sich soeben der Wundarzt, um eine heruntergefallene Pulverflasche aufzuheben, und Bryant rammte den Ladepfropf in einen Lauf.

Sie steckten die Köpfe zusammen, dann marschierte Bryant auf Bernier zu und reichte ihm eine der beiden Pistolen. Die andere brachte er mir. Es stand niemand hinter mir. Als meine Finger den Kolben umkrampften, zwinkerte mir Bryant hastig zu. Das Herz sprang mir in den Hals hinauf. Unbeschreiblich war die Erleichterung, die meinen Körper durchströmte und in allen Gliedern prickelte. Ich würde am Leben bleiben ...

„Meine Herren, Sie sind beide entschlossen, diese Begegnung fortzusetzen?" Bryant sah uns der Reihe nach an. Bernier sagte: „Ja" – hart und klar. Ich nickte.

Bryant trat aus der Schusslinie zurück, die Sekundanten und der Wundarzt gesellten sich zu ihm, während Bernier und ich durch etwa zwanzig Schritt voneinander getrennt waren – Aug in Auge. Er kehrte mir eine Schulter zu, die Pistole in der herabhängenden Hand, und sah mir fest ins Gesicht, als wählte er sein Ziel. Auf diese Entfernung konnte er die Punkte aus einer Spielkarte pflücken.

„Man braucht nur *einmal* abzudrücken“, rief Bryant mit lauter Stimme. „Sobald ich mein Taschentuch fallen lasse, dürft ihr eure Pistolen in Anschlag bringen und Feuer geben. Ich werde es in wenigen Sekunden fallen lassen.“ Und er hielt mit der einen Hand ein weißes Tuch in die Höhe.

Ich hörte, wie Bernier den Hahn seiner Waffe spannte. Seine Blicke waren unverwandt auf mich gerichtet. Abermals ein Reinfall, Bernier, dachte ich mir; wegen nichts und wieder nichts regst du dich auf. Das Taschentuch flatterte zu Boden.

Berniers rechter Arm zuckte empor wie ein Eisenbahnsignal, und bevor ich auch nur den Hahn meiner Pistole gespannt hatte, blickte ich in die Mündung seiner Waffe: Eine Zehntelsekunde später spuckte sie mir den Pulverrauch entgegen, und auf den Knall folgte ein Zischen, das meine Wange streifte. Es war der Ladepropf. Ich wich einen Schritt zurück. Bernier starrte mich entgeistert an – offenbar konnte er es nicht fassen, dass ich noch auf den Beinen stand – und jemand rief aus: „Herr Jesus – verfehlt!“ Zornig gebot eine zweite Stimme Schweigen.

Jetzt war ich an der Reihe. Einen Augenblick lang hatte ich große Lust, das Schwein über den Haufen zu knallen. Bryant aber würde vielleicht den Kopf verlieren, und es gehörte ohnedies nicht zu meinem Plan. Jetzt stand es in meiner Macht, mir einen Namen zu machen, der sich binnen einer Woche wie ein Lauffeuer durch die gesamte Armee verbreiten würde – braver, guter Flashy, der einem anderen das Mädchen gestohlen und sich von ihm hat ohrfeigen lassen, aber viel zu anständig ist, um, selbst im Duell, den Gegner zu übervorteilen.

Regungslos wie Statuen standen sie da, alle Augen waren auf Bernier gerichtet, alle warteten sie darauf, dass ich ihn niederschießen würde. Ich spannte den Hahn meiner Pistole und musterte meinen Gegner.

„Vorwärts, dass dich der Teufel hole!" schrie er urplötzlich, das Gesicht kreideweiß vor Wut und Angst. Ich sah ihn eine Weile an, hob dann die Pistole nicht höher als bis an die Hüfte, aber mit seitwärts gerichtetem Lauf. Nur einen Moment lang hielt ich sie fast lässig in der Schwebe, damit jeder deutlich sehe, dass ich absichtlich danebenzielte. Dann drückte ich ab. Was mit diesem Schuss geschah, gehört längst der Regimentsgeschichte an. Die Kugel hätte im Erdreich landen sollen. Zufälligerweise aber hatte der Wundarzt seine Tasche und die Spiritusflasche just in dieser Richtung etwa dreißig Meter von mir entfernt auf den Rasen gestellt, und wie es das Schicksal wollte, fegte der Schuss den Hals glatt von der Flasche. „Danebengeschossen, bei Gott!" schrie Forrest. „Er hat danebengeschossen."

Unter lauten Ausrufen kamen sie herbeigeeilt. Der erstaunte Wundarzt zeterte gotteslästerlich über seine zertrümmerte Flasche. Bryant klopfte mir auf die Schulter, Forrest schüttelte mir die Hand, Tracy machte große Augen – er hatte ebenso wie alle anderen den Eindruck, ich hätte nicht nur Bernier geschont, sondern mich gleichzeitig auch als ein erstaunlich guter Schütze bewährt. Was Bernier betraf, so hat wohl noch nie ein Mensch auf Gottes Erdboden mörderischer dreingeschaut; aber ich ging mit ausgestreckter Hand schnurstracks auf ihn zu, und er war gezwungen einzuschlagen. Er musste sich Mühe geben, um mir nicht seine Pistole ins Gesicht zu schleudern, und als ich sagte:

„Nichts für ungut, also, mein Lieber, ja?“ –, stieß er ein paar unzusammenhängende Worte zwischen den Zähnen hervor, machte auf dem Absatz kehrt und ging weg.

Cardigan war nichts von alledem entgangen. Er hatte aus der Ferne zugesehen, und es dauerte nicht lang, da wurde ich aus einer weinseligen Frühstücksrunde weggerufen – denn die Kavaliere, die lieben Schwerenöter hatten es sich nicht nehmen lassen, den Anlass groß zu feiern, und ergingen sich in überschwänglichen Dithyramben, wie ich doch so mutig dem Gegner die Stirn geboten und dann absichtlich danebengeschossen hätte. Cardigan beorderte mich in sein Dienstzimmer, dort waren Jones, der Adjutant und ein bitterböser Bernier versammelt.

„Das dulde ich nicht, lassen Sie sich's gesagt sein!“ sagte Cardigan. „Ha, Fwashman, kommen Sie her! Hawhaw! Nun denn, reichen Sie ihm sofort die Hand, sage ich, Captain Bernier, und lassen Sie mich hören, dass die Affäre bereinigt und der Ehre Genüge getan ist.“

Ich ergriff das Wort. „Für mich ist sie erledigt, und es tut mir ehrlich leid, dass sie je aufs Tapet kam. Aber die Ohrfeige stammte nicht von mir, sondern von Captain Bernier. Doch hier ist abermals meine Hand.“

Bernier sagte mit wutbebender Stimme: „Warum haben Sie danebengeschossen? Sie haben mich verhöhnt. Warum haben Sie nicht auf mich geschossen, wie es einem Mann geziemt?“

„Aber mein lieber Herr!“ entgegnete ich. „Ich habe mich nicht erdreistet, Ihnen vorzuschreiben, wohin Sie zielen sollen. Sagen Sie mir nicht, wohin *ich* hätte zielen sollen.“

Wie ich gehört habe, ist diese Bemerkung inzwischen in mehrere Zitatensammlungen aufgenommen worden; binnen einer Woche stand sie in der *Times*, und Wellington soll, als er sie hörte, gesagt haben:

„Verdammt gut. Und auch verdammt richtig."

So hatte sich denn Harry Flashman mit dieser Heldentat einen Namen gemacht – einen Namen, der schneller berühmt wurde, als wenn ich mutterseelenallein eine feindliche Batterie erstürmt hätte. So ist die Fama, besonders im Frieden. Die ganze Geschichte machte die Runde, eine Zeitlang zeigte man sogar in der Straße mit dem Finger auf mich, ein Geistlicher schrieb mir aus Birmingham, da ich Gnade gewährt hätte, würde ich sicherlich der Gnade teilhaftig werden, und Parkin, der Büchsenmacher aus der Oxford Street, schickte mir zwei silbern beschlagene Pistolen mit meinen eingravierten Initialen (gut fürs Geschäft, sollte ich meinen). Außerdem wurde im Unterhaus in einer kleinen Anfrage auf die verwerfliche Unsitte des Duellierens hingewiesen, und Macaulay antwortete, da einer der an der Affäre Beteiligten so viel gesunden Verstand und Menschlichkeit bewiesen habe, beklage die Regierung zwar derartige Rencontres, gebe sich jedoch der Hoffnung hin, das gute Beispiel werde Schule machen. („Hört, hört!" und laute Beifallsrufe.) Von meinem Onkel hieß es, er habe gesagt, an seinem Neffen sei anscheinend mehr daran, als er je vermutet hätte, und sogar Basset stolzierte mit geschwellter Brust umher, als der Diener eines so kaltblütigen Kämpen.

Der einzige, der mein Verhalten kritisierte, war mein Vater. Er schrieb in einem seiner seltenen Briefe:

„Sei das nächste Mal nicht wieder so ein infernalischer Idiot. Man duelliert sich nicht, um danebenzuschießen, sondern um den Gegner kalt zu machen."

Jetzt also, da ich Josette mit dem Recht des Siegers für mich beanspruchen durfte – ich muss sagen, sie hatte einen ganz gehörigen Respekt vor mir – und mein Ruf als mutiger, zielsicherer und grundanständiger Kerl fest verankert war, war ich recht sehr mit mir zufrieden. Der einzige Haken war Bryant, aber mit ihm wurde ich mühelos fertig.

Nachdem er mir am Tage des Duells hinreichend um den Bart gegangen war, kam er allmählich auf seine zehntausend Pfund zu sprechen. Er wusste, dass ich oder wenigstens mein Vater über große Gelder verfügte – ich aber wusste genau, dass es mir nie und nimmer gelingen würde, dem Alten zehntausend Pfund zu entlocken. Das sagte ich Bryant, und er schnappte nach Luft, als hätte ich ihm einen Tritt vor den Bauch versetzt.

„Du hast sie mir doch versprochen!“ blökte er.

„Ein albernes Versprechen, meinst du nicht? – wenn du dir's genau überlegst. Ich meine, zehn Tausender – wer würde denn mit einer so ungeheuerlichen Summe herausrücken?“

„Du gemeiner Lügner!“ Er weinte fast vor Wut. „Du hast mir dein Ehrenwort gegeben!“

„Um so dümmer von dir, mir zu glauben“, erwiderte ich.

„Sehr richtig, bei Gott!“ stieß er hervor. „Wir werden es dir schon besorgen! Ich lasse mich nicht von dir übers Ohr hauen, Flashman, ich werde –“

„Was denn?“ sagte ich. „Es herumerzählen? Gestehen, dass du einen Duellanten mit ungeladener Pistole hast antreten lassen? Das wird eine interessante Geschichte sein. Bryant gesteht ein todeswürdiges Verbrechen. Daran hast du wohl noch gar nicht gedacht. Freilich würde es dir kein Mensch glauben – aber man würde dich bestimmt wegen unehrenhaften Verhaltens an die Luft setzen, meinst du nicht auch?“

Jetzt sah er, wie der Hase lief. Er war machtlos. Er stampfte mit den Füßen auf und raufte sich die Haare. Dann verlegte er sich aufs Bitten, aber ich lachte ihn aus, und zuletzt gelobte er, eines Tages mit mir abzurechnen.

„Du wirst es bereuen!“ rief er aus. „Bei Gott, ich werde dich beim Wickel kriegen!“

„Auf jeden Fall eher, als dass du von mir zehntausend bekommst“, entgegnete ich, und er verkrümelte sich. Ich machte mir seinetwegen nicht die geringste Sorge. Was ich gesagt hatte, war die reine, unverfälschte Wahrheit. Um seiner eigenen Sicherheit willen wagte er nicht den Mund aufzutun. Natürlich würde er, hätte er sich nur einen Augenblick lang besonnen, von allem Anfang an Unrat gewittert haben, als ich mich bereit erklärte, ihn mit zehntausend Pfund zu bestechen. Aber er war geldgierig, und ich habe lange genug gelebt, um zu entdecken, dass es keine Torheit gibt, die ein Mensch nicht in Erwägung ziehen würde, wenn es um Geld oder um ein Weib geht.

Aber wenn ich mir auch zu der glücklichen Wendung, welche die Angelegenheit genommen, gratulieren durfte und heute, wenn ich zurückblicke, sagen kann, es sei das einer der wichtigsten und nützlichsten Vorfälle in meinem Leben gewesen, sollten mir sehr schnell gewisse Unannehmlichkeiten aus ihm erwachsen. Es geschah wenige Wochen später und endete damit, dass ich für eine Weile das Regiment verlassen musste.

Vor nicht allzu langer Zeit war dem Regiment die (angebliche) Ehre widerfahren, Albert, dem künftigen Gatten der Königin, bei seiner Ankunft in unserem Lande zu eskortieren. Er war Oberst des Regiments geworden, und unter anderem hatte man uns eine neu entworfene Uniform verliehen und unseren Namen in den der Elften Husaren umgewandelt. Dies nur nebenbei; worauf es ankam, war, dass er sich mehr als üblich für uns interessierte. Die Kunde von dem Duell erregte so viel Aufsehen, dass er sie ganz besonders zur Kenntnis nahm, und da er ein neugieriger deutscher Gschaftlhuber war, fand er den Anlass heraus.

Das hätte mir fast ein für allemal den Garaus gemacht. In seinem neuen, eleganten Regiment gab es, wie sich herausstellte, Offiziere, die sich mit französischen Huren zusammen taten und sich ihretwegen sogar duellierten. Er schlug Krach, und Cardigan sah sich gezwungen, mich herbei zu zitieren und mir zu sagen, in meinem eigenen Interesse würde ich mich für ein Weilchen absentieren müssen.

„Es ist gefordert worden", sagte er, „dass Sie aus dem Regiment ausscheiden – auf die Dauer, wie es meiner Meinung nach *offiziell* beabsichtigt ist. Ich aber beabsichtige, die Order als temporär zu deuten. *Ich* habe nämlich keine Lust, die Dienste eines viel versprechenden Offiziers zu verlieren – weder Seiner Königlichen Hoheit noch sonst jemand zuliebe, das sage ich offen. Natürlich könnten Sie einen längeren Urlaub antreten, aber ich halte es für besser, dass Sie ausscheiden. Ich werde Sie, lieber Flashman, in einen anderen Verband abkommandieren lassen, bis das Getue sich gelegt hat."

Mir gefiel das alles nicht sonderlich, und als er mir mitteilte, das Regiment, das er für mich ausgesucht habe, stehe in Schottland, da hätte ich fast rebelliert. Ich war mir aber darüber im klaren, dass es sich nur um ein paar Monate handeln würde, und stellte mit Erleichterung fest, dass ich Cardigan nach wie vor auf meiner Seite hatte. Wäre Reynolds der Betroffene gewesen, ja, dann hätte die Sache ganz anders ausgesehen. Ich aber zählte zu Cardigans Favoriten. Und man muss es dem alten Lord Hawhaw nachsagen: Wenn du bei ihm lieb Kind warst, dann hielt er zu dir, ob zu Recht oder zu Unrecht, mit gutem Grund oder grundlos. Alter Esel.

Kapitel 4

Ich habe in allzu vielen Ländern gedient und allzu viele Menschen kennengelernt, als dass ich so töricht wäre, mich zum Richter über sie aufwerfen zu wollen. Ich berichte nur, was ich gesehen habe – die Schlussfolgerungen überlasse ich Ihnen. Schottland und die Schotten missfielen mir; das Klima war mir zu feucht, das Volk zu ungehobelt. Sie besitzen die guten Eigenschaften, die mich anöden – Sparsamkeit, Fleiß und ernste Frömmigkeit. Die jungen Frauen sind zumeist grobknochig, etepetete und unbändig, im Bett zweifellos recht brauchbar, je nach Geschmack. (Ein Bekannter, der es mit der Tochter eines schottischen Pastors hatte, meinte, der Vorgang gemahne an einen Ringkampf mit einem Dragonerfeldwebel.) Die Männer fand ich muffig, feindselig und habgierig, und *sie* fanden *mich* frech, arrogant und geschniegelt. Die Sympathien waren also auf beiden Seiten nicht groß.

Im Großen und Ganzen: Wie Sie sehen werden, gab es Ausnahmen. Am besten schmeckten mir der Portwein und der rote Bordeaux, für den die Schotten eine feine Nase haben. Mit dem Whisky aber habe ich mich nie befreunden können.

Der Ort, an den ich versetzt wurde, war Paisley in der Nähe von Glasgow, und als ich das hörte, da hätte ich um ein Haar meinen Abschied genommen. Aber ich sagte mir, nach wenigen Monaten würde ich doch wieder bei den Elften sein, und ich müsse die bittere Pille schlucken, auch wenn das bedeutete, eine Zeitlang auf alle Annehmlichkeiten des Lebens zu verzichten. Meine bösen Ahnungen bewahrheiteten sich, und zwar im Übermaß, doch brauchte ich mich wenigstens nicht zu langweilen, wovor ich mich am meisten gefürchtet hatte. Bei weitem nicht.

Damals machte sich in sämtlichen Industriegebieten Großbritanniens eine wachsende Unruhe bemerkbar, die mir sehr wenig besagte. Ich habe mir eigentlich auch nie die Mühe gegeben, Einzelheiten nachzulesen. Die werktätige Bevölkerung war in Erregung geraten, man bekam allerlei zu hören. In den Fabrikstädten fanden Krawalle statt, Leinenweber zertrümmerten Webstühle, Chartisten [7] wurden verhaftet – aber wir jungen Hähne nahmen keine Notiz davon. Wer auf dem Lande aufgewachsen war oder in London lebte, wusste nichts damit anzufangen. Ich sagte mir lediglich, dass die Armen meuterten, dass sie mehr Geld für weniger Arbeit haben wollten und dass die Fabrikbesitzer des Teufels wären, wenn sie sie gewähren ließen. Es mag mehr dahinter gesteckt haben, aber ich bezweifle es, und niemand hat mich je davon überzeugen können, dass es etwas anderes gewesen sei als ein Krieg zwischen diesen beiden. So war es und so wird es immer sein, solange der eine etwas hat, das der andere nicht hat, und den letzten beißen die Hunde. Oder es holt ihn der Teufel.

Der Teufel schien die Arbeiter zu holen, mit gütigem Beistand unserer Regierung, und wir Soldaten waren ihr Schwert. Truppen wurden eingesetzt, um den Agitatoren das Handwerk zu legen, die Aufruhrakte wurde verlesen, hier und dort kam es zu Zusammenstößen zwischen den beiden Parteien, es gab Todesopfer. Heute, da ich Geld auf der Bank habe, bin ich einigermaßen neutral, damals aber verwünschten alle, die ich kannte, von ganzem Herzen das Arbeiterpack und sagten, man müsse die Kerle aufknüpfen, auspeitschen und deportieren, und ich war, wie der Herzog sagen würde, durchaus dafür. Sie können sich heutzutage keinen Begriff davon machen, wie sehr die Gemüter in Wallung geraten waren; die Fabrikarbeiter waren der Feind, als wären es lauter Franzosen oder Afghanen gewesen. Überall, wo sie aufmuckten, hieß es kräftig zuschlagen, und das hatten *wir* zu besorgen.

Wie Sie sehen, hatte ich recht nebulose Vorstellungen von den Ursachen und Hintergründen, aber ich war in gewisser Hinsicht weitblickender als die meisten, und was ich sah, war folgendes: Britische Soldaten gegen Ausländer ins Feld zu führen, ist eine Sache für sich – aber würden sie gegen ihre eigenen Leute kämpfen? Die meisten Kavalleristen im 11ten Regiment zum Beispiel waren vom selben Schlag und gehörten derselben Klasse an wie die arbeitende Bevölkerung, und ich konnte mir nicht recht denken, dass sie ohne weiteres bereit sein würden, gegen ihresgleichen anzutreten. Ich machte meine Bedenken geltend, bekam aber stets nur das eine zu hören: Die Disziplin wird es schaffen. Na schön, dachte ich mir, vielleicht ja, vielleicht nicht. Aber wer auch immer zwischen dem Pöbel auf der einen und einer Rotte von Rotröcken auf der anderen Seite ins Gedränge geraten mag, so wird es doch auf keinen Fall der liebe, gute Flashy sein.

Als ich nach Paisley beordert wurde, ging es dort recht ruhig zu, aber die Behörden hatten ein argwöhnisches Auge auf das ganze Gebiet, das als eine Brutstätte des Aufruhrs galt. Man hatte sich – für alle Fälle – vorgenommen, die Miliz zu drillen, und diese Aufgabe wurde mir übertragen. Ein Offizier aus einem Eliteverband bildet irreguläre Infanterie aus – das wäre eigentlich zu erwarten gewesen. Zum Glück erwies sich das Material als gut; viele der älteren Leute hatten in Spanien gegen Napoleon gekämpft und der Sergeant mit dem 42ten Regiment bei Waterloo gestanden. Infolgedessen gab es anfangs für mich nicht viel zu tun.

Ich wurde bei einem der reichsten Fabrikbesitzer untergebracht, einem verknöcherten alten Geldsack mit langer Nase und hartem Blick. Er residierte einigermaßen glanzvoll in einem großen Haus zu Renfrew und hieß mich bei meiner Ankunft auf seine Art willkommen.

„Wir haben keine hohe Meinung vom Militär, Sir", sagte er mit seinem breiten schottischen Akzent, „und könnten uns sehr gut ohne euch behelfen. Da wir aber dank einer schlappen Regierung und des verdammten Reformblödsinns in diese missliche Lage geraten sind, müssen wir uns damit abfinden, dass die Herren Soldaten bei uns herumwimmeln. Ein Skandal! Haben Sie sich das Lumpengesindel in meiner Fabrik schon mal angesehen, Sir? Wenn es nach mir ginge, hätte ich in dieser Minute die Hälfte schon nach Australien verschifft! Dann den übrigen ein bis zwei Wochen lang den Riemen enger schnallen – da würden wir sehr schnell von ihrem Gezeter verschont bleiben."

„Sie dürfen unbesorgt sein, Sir", erwiderte ich. „Wir werden Sie beschützen."

„Unbesorgt?" sagte er verächtlich. „Ich bin kein Angsthase, Sir. John Morrison zittert nicht vor dem Gezeter seiner eigenen Arbeiter, das lassen Sie sich gesagt sein, junger Mann. Und ob ihr uns beschützen könnt, na, das wird sich zeigen." Er sah mich an und rümpfte die Nase.

Ich sollte im Familienkreis leben (dazu musste er sich angesichts der Mission, die mich hierher geführt hatte, wohl oder übel bequemen), und nach einer Weile führte er mich aus seinem Arbeitszimmer durch die düstere Halle des herrschaftlichen Palais in den Salon. Das ganze Haus war infernalisch düster und kalt und roch nach Moder und Biederkeit, aber als er die Tür zum Salon aufstieß und mich über die Schwelle bugsierte, vergaß ich meine Umgebung.

„Mr. Flashman“, sagte er, „hier sehen Sie meine Frau und meine vier Töchter.“ Er ratterte ihre Namen herunter wie bei einem Anwesenheitsappell. „Agnes, Mary, Elspeth, Grizel.“

Ich schlug die Hacken zusammen und verbeugte mich mit Bravour. Der goldverbrämte blaue Umhang und die rosarote Hose der 11ten Husaren waren längst berühmt geworden und standen mir ausgezeichnet. Vier Köpfe neigten sich und einer nickte: Das war Mrs. Morrison, ein hochgewachsenes, spitznäsiges Frauenzimmer mit all den halbverwelkten Reizen eines Geiers. Ich musterte hastig das Inventar an Töchtern: Agnes, drall, schwarzhaarig, attraktiv – sie würde angehen. Mary, drall und unscheinbar – kam nicht in Frage. Grizel, ein mageres Mäuschen und Schulmädchen – nein. Elspeth ähnelte keiner ihrer Schwestern. Sie war schön, blond, blauäugig und rotwangig, und sie allein lächelte mir zu, mit dem offenen, einfältigen Lächeln einer unverfälschten dummen Gans. Ich merkte sie mir sogleich vor und widmete dann meine volle Aufmerksamkeit der Herrin des Hauses.

Ich kann Ihnen sagen, es war kein Honiglecken, dieser mürrischen Xanthippe den Hof zu machen, in deren Augen ich, wie alle Soldaten, Engländer und Männer unter fünfzig, ein frivoler, gottloser, unzuverlässiger Nichtsnutz war. Darin schien ihr Gatte sie zu bestärken, und die Töchter sagten den ganzen Abend kein Wort zu mir. Am liebsten hätte ich sie alle (mit Ausnahme Elspeths) zum Teufel gewünscht; statt dessen gab ich mir Mühe, recht liebenswürdig und bescheiden und der Alten gegenüber sogar unterwürfig zu sein, und als wir uns ans Abendessen machten, das mit großem Prunk serviert wurde, war sie so weit aufgetaut, dass sie mich das eine oder andere Mal mit einem säuerlichen Lächeln beehrte.

Na, dachte ich, das ist immerhin etwas, und als ich Morrisons Tischgebet mit einem lauten „Amen!“ quittierte, stieg ich abermals in ihrer Achtung. Um das Eisen zu schmieden, solange es heiß war, erkundigte ich mich – es war ein Sonnabend –, wann am nächsten Morgen der Gottesdienst stattfinde. Von diesem Augenblick an ging Morrison so weit, mich ab und zu einer höflichen Antwort zu würdigen. Trotzdem war ich froh, als ich endlich in mein Zimmer flüchten durfte – obwohl es eine finstere, muffige Gruft war.

Sie werden sich fragen, warum ich mir die Mühe machte, mich bei diesen puritanischen Rüpeln einzuschmeicheln. Die Antwort lautet, dass ich mir es immer habe angelegen sein lassen, Leute, die mir je von Nutzen sein könnten, höflich zu behandeln. Außerdem hatte ich halb und halb ein Auge auf Miss Elspeth geworfen, und da war nichts zu erhoffen, wenn nicht die Mutter eine gute Meinung von mir hatte.

So beteiligte ich mich denn an den gemeinsamen Andachten, begleitete die Familie in die Kirche, lauschte abends dem Gesang Miss Agnes', half Miss Grizel bei ihren Schularbeiten, heuchelte Interesse an Mrs. Morrisons Konversation – die voller Bosheit und Krittelei war und sich auf das Tun und Lassen ihrer Bekannten in Paisley beschränkte –, ließ mich von Miss Mary mit dem Thema ihrer Gartenblumen unterhalten und ertrug geduldig Vater Morrisons eintöniges Lamento über den argen Zustand des Handels und die Unfähigkeit der Regierung. Inmitten dieser wilden Freuden des Kriegerlebens plauderte ich gelegentlich mit Miss Elspeth und fand sie unbeschreiblich dumm. Aber sie war unleugbar begehrenswert, und ungeachtet all der Frömmigkeit und Angst vor dem höllischen Feuer, die man ihr eingebläut hatte, glaubte ich zuweilen einen mutwilligen Ausdruck in ihrem Auge und um die Unterlippe zu bemerken; binnen einer Woche hatte ich sie dermaßen in mich verliebt gemacht, wie nur je ein junges Mädchen verliebt sein kann. Das war nicht gar so schwer. Flotte junge Kavalleristen mit breiten Schultern ließen sich selten in Paisley blicken, und ich hatte mir vorgenommen, die Dame zu bezaubern.

Aber *„zwischen Lipp' und Kelchesrand schwebt der dunklen Mächte Hand“*, wie man bei der Kavallerie zu sagen pflegte und die Schwierigkeit bestand darin, Miss Elspeth zur rechten Zeit am rechten Ort zu erwischen. Untertags nahm mich die Miliz sehr in Anspruch, und an den Abenden bewachten ihre Eltern sie beflissener als je eine Anstandsdame – freilich mehr der Form halber, da sie allem Anschein nach volles Vertrauen zu mir hatten. Aber mir war es doch verdammt lästig, und nachgerade fing es an, mich beträchtlich nach ihr zu gelüsten. Schließlich aber war es der Herr Vater selbst, der die Angelegenheit zu einem günstigen Abschluss brachte – und damit mein und Elspeths ganzes Leben von Grund auf veränderte.

Es war an einem Montag, neun Tage nach meiner Ankunft, als in einer der Fabriken ein kleiner Tumult ausbrach. Einem jungen Arbeiter war der Arm in einer Maschine zerfleischt worden. Seine Kollegen erhoben ein lautes Geschrei, und in den Straßen außerhalb der Fabriktore wurde eine Versammlung abgehalten. Das war alles, aber irgendein verblödeter Friedensrichter verlor den Kopf und verlangte, das Militär habe einzugreifen, um „die Aufrührer in die Knie zu zwingen“. Ich schaffte mir seinen Sendboten vom Leibe, erstens, weil keine Gefahr zu drohen schien – wenn auch nach allem, was man hörte, die Teilnehmer an der Versammlung eifrig die Fäuste schüttelten und wüste Drohungen ausstießen –, zweitens, weil es nicht meine Gewohnheit ist, mir Sorgen auf den Hals zu laden.

Richtig: Die Leute verliefen sich. Zuvor aber war es dem wichtigtuerischen Magistratsherrn geglückt, Panik zu verbreiten. Er befahl, die Geschäfte zuzusperren, die Fensterläden zu schließen und Gott weiß was noch für Dummheiten. Ich sagte ihm ins Gesicht, dass er ein Esel sei, befahl meinem Sergeanten, die Miliz nach Hause zu schicken (aber sie auf Abruf in Bereitschaft zu halten) und trabte nach Renfrew hinüber.

Dort befand Mr. Morrison sich in einem Zustand heller Verzweiflung. Er lugte durch den Türspalt, sein Gesicht war aschgrau, er fragte mich:

„Um Himmels willen, kommen sie schon?“ Und im Haus: „Warum sind Sie nicht an der Spitze Ihrer Truppe, Sir? Sollen wir uns Ihrer Nachlässigkeit wegen abschlachten lassen?“

Ich erwiderte in recht scharfem Ton, dass keine Gefahr drohe; andernfalls aber habe er gefälligst in seiner Fabrik für Ruhe und Ordnung zu sorgen, um das Gesindel in die Schranken zu weisen. Er greinte mich an – ich habe selten einen Menschen so verängstigt gesehen; da ich selber ein waschechter Angsthase bin, spreche ich aus Erfahrung.

„Mein Platz ist hier“, wimmerte er, „und meine Pflicht, Heim und Kinder zu verteidigen!“

„Ich dachte, die Damen seien heute in Glasgow“, sagte ich, während ich an ihm vorbei in die Halle ging. „Klein-Elspeth ist zu Hause geblieben“, erwiderte er stöhnend. „Wenn der Mob bei uns einbricht –“

„Ach um Gottes willen!“ warf ich ein. Allmählich ging es mir über die Hutschnur: zuerst der alberne Magistratsherr, jetzt der wimmernde Morrison. „Von einem Mob ist überhaupt nicht die Rede. Die Leute sind alle längst nach Hause gegangen.“

„Aber werden sie denn auch zu Hause bleiben?" jammerte er mit Tränen in den Augen. „Oh, sie hassen mich, Mr. Flashman, der Teufel soll sie holen! Wie denn, wenn sie anmarschiert kommen? Oh, wehe mir – und meiner armen kleinen Elspeth!"

Die arme kleine Elspeth saß auf der Fensterbank. Völlig unbekümmert bewunderte sie ihr Spiegelbild in der Glasscheibe. Als ich sie erblickte, kam mir ein glänzender Einfall.

„Wenn Sie gar so beunruhigt sind, Sir, dann schicken Sie sie doch gleichfalls nach Glasgow." (Ich sagte es in möglichst gleichgültigem Ton.)

„Sind Sie wahnsinnig, Sir? Allein auf der Straße, ein junges Ding?"

Ich beschwichtigte ihn und erklärte mich bereit, sie zu ihrer Mama zu geleiten.

„Und mich wollen Sie hier zurücklassen?" rief er aus.

Ich schlug ihm vor mitzukommen. Aber davon wollte er nichts hören. (Später wurde mir klar, dass er wahrscheinlich seinen Geldschrank im Haus hatte.)

Nach vielem Gestotter und Hin und Her siegte die Angst um seine Tochter – die, was den *Mob* betraf, völlig unbegründet war –, und wir wurden mit dem Gig weggeschickt, ich auf dem Kutschbock, sie neben mir, vergnügt trällernd beim Gedanken an eine Lustpartie, der zärtliche Vater Weisungen und Verwirrung hinter uns her rufend, während wir davon ratterten.

„Nehmen Sie sich meines armen Lämmchens an, Mr. Flashman!"

„Darauf dürfen Sie sich verlassen, Sir." Und ich hielt Wort.

Die Ufer des Clyde waren zu jener Zeit sehr hübsch und noch nicht, wie heute, mit schmutzigen Elendsquartieren bedeckt. Ich erinnere mich, dass ein sanfter Abendnebel in der Luft hing und eine warme Sonne über einem herrlichen Tag unterging, und nach ein oder zwei Meilen schlug ich vor, halt zu machen und am Wasser durchs Gesträuch zu schlendern. Miss Elspeth war Feuer und Flamme. Wir ließen das Pony grasen und wanderten in ein kleines Gehölz. Ich fragte Elspeth, ob wir uns nicht hinsetzen sollten, und wieder hatte sie partout nichts dagegen – wie mir ihr wunderbares leeres Lächeln verriet. Ich flüsterte ihr wohl ein paar scherzhafte Worte ins Ohr, spielte mit ihrem Haar, küsste sie dann auf den Mund. Miss Elspeth ließ sich es nicht verdrießen. Nun machte ich mich ernstlich ans Werk, und Miss Elspeths Eifer kannte keine Grenzen mehr. Noch vierzehn Tage später hatte ich tiefe, rote Kratzspuren auf dem Rücken.

Als wir fertig waren, blieb sie schläfrig wie ein schnurrendes Kätzchen im Gras liegen und nach einigen zufriedenen Seufzern fragte sie:

„Das war es nun, was der Pfarrer meint, wenn er von Unzucht redet, ja?“

Verwundert sagte ich, ja, allerdings.

„Hm“, sagte Elspeth. „Warum ist er denn dagegen?“

Mir schien es an der Zeit, uns schleunigst wieder auf den Weg zu machen. Unwissenden Frauen war ich begegnet, und ich wusste, dass Miss Elspeth einen hohen Rang unter ihnen einnehmen musste, aber bis dahin hatte ich nicht geahnt, dass sie so gar keinen Begriff von den elementarsten menschlichen Beziehungen hatte. (Aber es gab zu meiner Zeit sogar verheiratete Frauen, die den Zusammenhang zwischen den Possen ihrer Männer im ehelichen Bett und dem Kinderkriegen nicht begriffen hatten.) Sie verstand ganz einfach nicht, was sich zwischen uns abgespielt hatte. Sicherlich hatte es ihr behagt; darüber hinaus aber machte sie sich überhaupt keine Gedanken: – keine Furcht vor den

Folgen, kein schlechtes Gewissen, kein Sinn dafür, dass hier etwas zu verheimlichen sei.

Ich kann Ihnen sagen, dass ich ordentlich verdutzt war. Ich glaubte zu hören, wie sie vergnügt zu ihrer Frau Mutter sagt: „Mama, du wirst nie erraten, was Mr. Flashman und ich heute Abend getrieben haben ..." Nicht etwa, dass es mir viel ausgemacht hätte; alles in allem war mir die Meinung der Morrisons völlig egal, und wenn sie nicht ordentlich auf ihre Tochter aufpassen konnten, waren sie selber schuld. Aber je weniger Scherereien, desto besser: In ihrem eigenen Interesse hoffte ich, sie würde den Mund halten.

Ich führte sie zum Gig zurück und half ihr beim Einsteigen, und dabei dachte ich mir: Was bist du doch für eine wunderschöne dumme Gans. Seltsamerweise empfand ich in diesem Augenblick eine jähe Zuneigung zu ihr, wie kein anderes meiner Weiber sie mir je eingeflößt hatte – obwohl manche von ihnen bessere Liebhaberinnen gewesen waren. Es hatte nichts mit unseren Kapriolen im Grase zu tun. Als ich ihr goldblondes Haar sah, das lose an ihrer Wange herabhing, und das frohe Lächeln in ihren Augen sah, da verspürte ich ein heißes Verlangen, sie zu behalten, nicht nur fürs Bett, sondern um sie in meiner Nähe zu haben. Ich wollte ihr Gesicht beobachten und die Art, wie sie die Haare glättete, und den festen, heiteren Blick, mit dem sie mich ansah. Ich entsinne mich, dass ich mir sagte: Holla, Flashy, nimm dich in acht, mein Sohn! Aber es wollte nicht von mir weichen, dieses wunderlich leere Gefühl in meinem Innern, und unter allen Erinnerungen aus meinem Leben ist keine deutlicher als die an jenen warmen Abend am Clyde, da Elspeth unter den Bäumen zu mir empor lächelte.

Fast ebenso deutlich, aber weniger erfreulich ist die Erinnerung an Morrison, wie er mir ein paar Tage später die geballte Faust unter die Nase hielt und puterrot vor Zorn ausrief:

„Du gottverdammter Schubiak! Du diebischer, verkommener Mädchenschänder! Dafür sollst du mir baumeln, Gott sei mein Zeuge! Meine leibliche Tochter unter meinem eigenen Dach! Herr Jesus! Kommst angeschlichen, du schändliche Viper …"

Und noch einiges mehr in der gleichen Tonart, bis ich dachte, jetzt müsse ihn endlich der Schlag treffen. Miss Elspeth hatte meine Erwartungen fast aufs Haar gerechtfertigt – nur war es nicht die Mama gewesen, der sie es beichtete, sondern Agnes. Natürlich lief es aufs gleiche hinaus, und das Haus war in hellem Aufruhr. Die einzige, die kaltes Blut bewahrte, war Elspeth selbst. Aber das nützte mir wenig. Selbstverständlich wies ich Morrisons Anschuldigung entrüstet von mir, aber als er Elspeth herbei schleifte, um mich mit meiner Infamie zu konfrontieren, sagte sie ganz sachlich, jawohl, es sei am Ufer des Flusses auf dem Wege nach Glasgow passiert. War sie wirklich so einfältig? Das ist ein Punkt, über den ich mir nie klar geworden bin. Nun half mir kein Leugnen mehr. Deshalb drehte ich den Spieß um, putzte Morrison nach Strich und Faden herunter und fragte ihn, was er denn erwarte, wenn er eine blitzsaubere Tochter mit einem Mann allein lässt, der schlechthin nur zuzugreifen braucht. Ich erklärte, wir Soldaten seien keine Mönche. Er heulte förmlich vor Wut und warf ein Tintenfass nach mir, das mich zum Glück verfehlte. Unterdessen waren auch noch andere Personen auf dem Schauplatz erschienen; die Töchter – mit Ausnahme Elspeths – wurden hysterisch, und Mrs. Morrison kam mit einer so blutrünstigen Miene auf mich zu, dass ich kehrtmachte und ums liebe Leben rannte.

Ich ließ mir nicht einmal Zeit, meine Sachen zu packen – sie wurden mir übrigens nicht nachgesandt – und beschloss, nach Glasgow zu übersiedeln; in Paisley würde mir das Pflaster viel zu heiß sein. Ich wollte ein Wörtchen mit dem Orts-Kommandanten reden und ihm im Vertrauen – Gentlemen unter sich! – erklären, dass es ratsam sei, mir eine andere Tätigkeit zuzuweisen, die es mir ersparte, nach Paisley zurückzukehren. Natürlich würde dieses Gespräch einigermaßen peinlich sein, denn auch er zählte zu jenen vermaledeiten Presbyterianern; deshalb verschob ich es von einem Tag auf den anderen. So kam es denn, dass ich ihn überhaupt nicht aufsuchte.

Stattdessen erhielt ich selber Besuch. Es war das ein etwa fünfzigjähriger Mann mit aufrechter Haltung und forschen Manieren, von einer fast militärischen Adrettheit, mit sonnengebräuntem Gesicht und harten, grauen Augen. Er sah aus, als könnte er, wenn er wollte, ein recht lustiger Kumpan sein, aber als er bei mir anklopfte, merkte ich sogleich: Der Mann meint es ernst.

„Mr. Flashman, wenn ich nicht irre?" sagte er. „Mein Name ist Abercrombie."

„Na, dann viel Glück", entgegnete ich. „Heute kaufe ich nichts, also machen Sie bitte beim Weggehen die Tür zu."

Er neigte den Kopf zur Seite und sah mich scharf an. „Gut. Das erleichtert mir mein Geschäft. Ich hatte befürchtet, an einen aalglatten Burschen zu geraten, aber ich sehe, dass Sie kein Blatt vor den Mund nehmen."

Ich fragte ihn, was zum Teufel mit diesem Kauderwelsch gemeint sei.

„Das Einfachste von der Welt", sagte er und nahm kaltschnäuzig Platz. „Wir haben gemeinsame Bekannte. Mrs. Morrison in Renfrew ist meine Schwester – Elspeth Morrison meine Nichte."

Das war eine ungemütliche Neuigkeit, denn sein Aussehen gefiel mir nicht. Er machte einen allzu selbstsicheren

Eindruck. Aber ich sah ihm fest ins Gesicht und sagte, da habe er eine sehr schöne Nichte.

„Dass Sie das sagen, beruhigt mich. Ich fände den Gedanken betrüblich, dass des Königs Husaren ohne Geschmack seien."

Er starrte mich unverwandt an, also machte ich eine Runde durchs Zimmer.

„Die Sache ist die", fuhr er fort, „dass wir die Hochzeit vorbereiten müssen. Sie werden keine Zeit verlieren wollen."

Ich hatte eine Flasche und ein Glas zur Hand genommen; aber als ich das hörte, stellte ich beides schnell wieder hin. Es hatte mir den Atem verschlagen.

„Was zum Teufel soll das heißen?" fragte ich. Dann lachte ich laut auf. „Sie glauben doch nicht, dass ich sie heiraten werde? Du lieber Gott, Sie sind wohl total verrückt."

„Warum?" sagte er.

„Weil Sie mich für dumm verkaufen wollen", erwiderte ich. Plötzlich ärgerte ich mich über diesen kleinen Rotzer und den Ton, den er sich mir gegenüber erlaubte. „Wenn jedes Frauenzimmer, das nichts dagegen hat, sich im Heu zu tummeln, einen Ehemann bekäme, würden verdammt wenig alte Jungfern auf Gottes Erdboden herumlaufen. Bilden Sie sich tatsächlich ein, dass ich mich wegen einer solchen Bagatelle zu einer Heirat zwingen lasse?"

„Die Ehre meiner Nichte ..."

„Die Ehre Ihrer Nichte! Die Ehre der Tochter eines Schlot-Barons! Und *mir* mutet man zu, diese lädierte Ehre am Altar zu reparieren, ja? Ach, ich durchschaue das Spiel. Eine vortreffliche Gelegenheit, die Nichte an den Mann zu bringen – sie mit einem Gentleman zu verheiraten. Sie wittern ein Vermögen, habe ich recht? Also, lassen Sie sich von mir gesagt sein –"

Er fiel mir ins Wort. „Was die Vortrefflichkeit der Partie betrifft, so möchte ich meine Nichte lieber mit einem Berberaffen verheiratet sehen. Ich nehme jedoch an, dass Sie die Hand meiner Nichte ausschlagen.“

„Der Teufel hole Ihre Unverschämtheit! Aber Sie haben recht. Machen Sie jetzt, dass Sie wegkommen!“

„Ausgezeichnet.“ Seine Augen leuchteten! „Nichts Besseres habe ich mir erhofft.“ Er stand auf und zog seinen Rock straff.

„Was soll denn das nun wieder heißen, zum Kuckuck?“ Er lächelte mir zu. „Ich werde einen Freund zu Ihnen schicken. Er wird die Sache ordnen. Ich persönlich halte nichts vom Zweikampf, aber in diesem Fall wird es mir ein Vergnügen sein, Ihnen entweder eine Kugel oder eine Klinge zu verpassen.“ Er stülpte den Hut auf. „Wissen Sie, ich glaube kaum, dass seit fünfzig Jahren oder noch länger in Glasgow ein Duell stattgefunden hat. Es wird ziemliches Aufsehen erregen.“

Ich sperrte Mund und Nase auf, hatte mich aber recht schnell wieder gefasst. „Du lieber Himmel!“ sagte ich höhnisch. „Sie glauben wohl, dass ich mich mit Ihnen schlagen werde?“

„Nein?“

„Ein Gentleman schlägt sich mit einem Gentleman.“ Verächtlich musterte ich ihn von oben bis unten. „Nicht aber mit einem Krämer.“

„Wieder falsch geraten“, sagte er vergnügt. „Ich bin Rechtsanwalt.“

„Dann bleiben Sie bei Ihren Paragraphen. Wir schlagen uns auch nicht mit Advokaten.“

„Wenn sich's vermeiden lässt – das kann ich mir vorstellen. Aber es wird Ihnen schwerfallen, Mr. Flashman, einem *Kameraden* die gebührende Satisfaktion zu verweigern. Sehen Sie, obwohl ich heute nur noch Milizoffizier bin, gehörte ich früher einmal dem 93ten Infanterieregiment an – Sie haben wohl von den Sutherlands gehört? – und hatte die Ehre, den Hauptmannsrang zu bekleiden. Ich habe sogar eine Zeitlang im Felde gedient." Jetzt lächelte er fast gütig. „Wenn Sie meine Angaben bezweifeln, verweise ich Sie an meinen früheren Kommandeur, Oberst Colin Campbell [8]. Ich empfehle mich, Mr. Flashman."

Er stand an der Tür, bevor ich die Sprache wiederfand. „Hol euch beide der Teufel! Ich werde mich nicht mit Ihnen schlagen!"

Er drehte sich um. „Dann wird es mir ein Genuss sein, Sie auf der Straße mit einer Reitpeitsche zu traktieren. Darauf können Sie sich verlassen. Ihr Kommandeur – Lord Cardigan, nicht wahr? – wird sich zweifellos freuen, wenn er die Meldung in der *Times* zu lesen bekommt."

Ich saß in der Patsche, das merkte ich gleich. Es würde das Ende meiner Karriere bedeuten – den absoluten Ruin –, und noch dazu von der Hand eines Provinzlers, eines belämmerten Infanteristen, eines verabschiedeten Offiziers. Überwältigt von Wut und panischer Furcht verwünschte ich den Tag, da mir diese infernalische Nichte vor Augen gekommen war, und zermarterte mir das Gehirn, um einen Ausweg zu finden. Ich versuchte es auf andere Weise.

„Vielleicht sind Sie sich darüber im klaren, mit wem Sie es zu tun haben", sagte ich und fragte ihn, ob er noch nie von der Affäre Bernier gehört habe: Dieses Ereignis musste sich sogar in dem Kaff Glasgow herumgesprochen haben.

„Ich glaube mich an eine kurze Notiz zu erinnern", erwiderte er. „Du meine Güte, Mr. Flashman, soll ich überwältigt sein? Soll ich verzagen? Ich werde eben versuchen müssen, die Pistole fest in der Hand zu halten, nicht wahr?"

„Zum Teufel mit Ihnen!“ schrie ich. „Halt – einen Augenblick!“

Er blieb stehen und sah mich erwartungsvoll an.

„Schön“, sagte ich. „Hol's der Kuckuck. Wie viel verlangen Sie?“

„Damit habe ich gerechnet“, sagte er. „Wenn eine Ratte wie Sie in die Enge getrieben wird, dann greift sie nach der Börse. Sie vergeuden Ihre Zeit, Flashman. Sie versprechen mir, Elspeth zu heiraten – oder Ihr Leben ist verwirkt. Entweder oder. Entschließen Sie sich.“

Und davon konnte ich ihn nicht abbringen. Ich flehte ihn an, ich beschwor ihn und gelobte, alles zu tun, was in meiner Macht stehe, um den angerichteten Schaden wieder gut zu machen – nur nicht durch eine Heirat. Fast wäre ich in Tränen ausgebrochen. Aber ich hätte ebenso gut versuchen können, einen Stein zu erweichen. Heiraten oder sterben – darauf lief es hinaus, denn ich bezweifelte nicht, dass er sich als ein verdammt guter Schütze erweisen würde. Es ließ sich nicht vermeiden: Zu guter Letzt musste ich klein beigeben und mich bereit erklären, die junge Dame zu ehelichen.

„Wollen Sie sich nicht doch lieber schlagen?“ sagte er mit ehrlichem Bedauern. „Schade. Ich fürchte, die Konvention wird meiner armen Elspeth einen erbärmlichen Mann aufbürden – aber, na ja ...“ Und er ging dazu über, die Formalitäten zu besprechen – er kannte sie alle wie am Schnürchen.

Nachdem ich ihn endlich losgeworden war, griff ich zur Schnapsflasche und die Lage kam mir weniger fatal vor. Ich konnte mir immerhin kein Frauenzimmer denken, mit dem ich lieber zur Kirche und ins Bett gegangen wäre, und wenn man Geld hat, braucht eine Frau keine allzu große Last zu sein. Binnen kurzem würden wir Schottland verlassen, dann würde es mir erspart bleiben, mit ihren jämmerlichen Angehörigen umzugehen. Es war aber trotzdem recht ärgerlich – wie sollte ich es meinem Vater beibringen? Nicht ums Verrecken konnte ich mir vorstellen, wie er es aufnehmen würde; er würde mich nicht gerade enterben, aber mir vielleicht ganz schön die Leviten lesen ...

Ich schrieb ihm erst, als die Sache vorbei war. Sie fand in der Abtei von Paisley statt, die mit ihrem düsteren Gewölbe genau den passenden Rahmen lieferte, und wenn Sie die frömmlerisch langen Gesichter der Verwandtschaft meiner holden Braut gesehen hätten, würde sich Ihnen glatt der Magen umgedreht haben.

Die Morrisons hatten wieder mit mir zu reden begonnen und waren in der Öffentlichkeit äußerst höflich zu mir: Natürlich handelte es sich um eine jähe Liebesheirat zwischen dem schneidigen Husaren und der schönen Provinzlerin, also mussten sie so tun, als sei ich in ihren Augen das Ideal eines Schwiegersohns. Abercrombie aber, dieser Kannibale, trieb sich beharrlich in meiner Nähe herum, um mir auf die Finger zu schauen, und alles in allem war es eine unerfreuliche Angelegenheit.

Als es überstanden war und die Gäste angefangen hatten, sich nach schottischer Sitte sinnlos zu besaufen, wurden Elspeth und ich von ihren Eltern in eine Kutsche gesetzt. Der alte Morrison kriegte das heulende Elend und bot einen widerwärtigen Anblick.

„Mein Lämmchen!“ schnuffelte er unaufhörlich. „Mein liebes armes Lämmchen!“

Ich muss sagen, das Lämmchen sah bezaubernd aus und nicht ergriffener, als hätte sie sich statt eines Ehemanns ein Paar Handschuhe besorgt. Sie hatte den ganzen Klimbim ohne einen Muckser über sich ergehen lassen, allem Anschein nach weder glückselig noch betrübt, was mich ein wenig kränkte.

Dafür sabberte ihr Herr Vater um so mehr; für mich aber hatte er nichts übrig als einen tiefen, hohlen Seufzer, und als er seiner Gattin Platz machte, schlug ich auf die Pferde ein, und schon waren wir weg.

Ich kann mich um alles in der Welt nicht mehr erinnern, wo wir die Flitterwochen verbracht haben – in einem gemieteten Häuschen an der Küste, das weiß ich noch, aber der Name ist mir entfallen – und es ging recht lebhaft zu. Elspeth wusste nicht, wo Gott wohnt, doch das einzige, was sie aus ihrer gewohnten heiteren Lethargie aufzurütteln vermochte, war anscheinend ein Mann in ihrem Bett. Sie war eine mehr als willige Spielgefährtin. Ich brachte ihr einige Kunststücke bei, die Josette mich gelehrt hatte und die sie sich so beflissen zu eigen machte, dass ich arg mitgenommen war, als wir nach Paisley zurückkehrten.

Dort erwartete mich der Schlag, der mich, wie ich glaube, schlimmer traf als je ein Missgeschick in meinem ganzen Leben. Als ich den Brief öffnete und las, konnte ich anfangs kein Wort über die Lippen bringen. Ich musste ihn noch einmal und noch einmal lesen, bevor ich den Sinn erfasste.

„Lord Cardigan hat von der Ehe erfahren, die Mr. Flashman aus unserem Regiment kürzlich mit Miss Morrison aus Glasgow eingegangen ist. Angesichts dieser Heirat meint Seine Lordschaft, dass Mr. Flashman nicht mehr den Wunsch hegen wird, bei den 11ten Husaren (Prinz Alberts Regiment) zu dienen, sondern es vorziehen wird, entweder seinen Abschied zu nehmen oder sich in ein anderes Regiment versetzen zu lassen.“

Das war alles. Unterschrift: „*Jones*“ – Cardigans Kreatur.

Was ich gesagt habe, weiß ich nicht mehr, aber es genügte, um Elspeth zu alarmieren. Sie kam herbeigeeilt, legte die Arme um meine Taille und fragte, was denn los sei.

„Die Hölle ist los!“ erwiderte ich. „Ich muss sofort nach London.“

Als sie das hörte, stieß sie einen Freudenschrei aus und konnte sich vor Aufregung nicht fassen: die Sehenswürdigkeiten und die vornehme Gesellschaft und eine Wohnung in der Stadt und meinen Vater kennenlernen – Gott sei uns gnädig! – und dergleichen Gefasel mehr. Mir war so übel zumute, dass ich ihr gar keine Beachtung schenkte, und *sie* schien von *mir* keine Notiz zu nehmen, wie ich so da saß inmitten der Koffer und Kisten, die man aus der Kutsche in unser Schlafzimmer gebracht hatte. Ich erinnere mich, dass ich sie anschnauzte und eine dumme Gans nannte und sie ersuchte, den Mund zu halten; da schwieg sie eine Weile, legte dann aber von neuem los und erörterte des langen und breiten die wichtige Frage, ob sie sich für eine französische oder eine englische Zofe entscheiden solle.

Wutschäumend machte ich mich auf den Weg in den Süden. Ich konnte es nicht erwarten, Cardigan zu treffen. Ich wusste ja Bescheid: Der alte Trottel hatte die Heiratsanzeige gelesen und festgestellt, Elspeth sei keine „passende Partie" für einen seiner Offiziere. Ihnen wird das vielleicht lächerlich klingen, aber so verhielt es sich damals in einem Regiment wie dem Elften. Töchter aus den Kreisen der guten Gesellschaft waren akzeptabel, aber alles, was nach Handel und Gewerbe oder nach Bürgertum schmeckte, war für seine stolze Lordschaft eine Mesalliance. Na, er würde schon zu spüren bekommen, dass er nicht die Nase über Harry Flashman rümpfen durfte. So überlegte ich es mir in meiner jugendlichen Torheit.

Zuerst brachte ich Elspeth ins Haus meines Vaters. Ich hatte ihm während der Flitterwochen geschrieben, und in seinem Antwortbrief hieß es: „*Wer ist denn um Gottes willen das unglückselige Wurm? Weiß sie, was sie sich eingebrockt hat?*" An dieser Front war also alles auf seine Art in bester Ordnung. Und als wir ankamen, wer war die erste Person, der wir in der Halle begegneten, wenn nicht Judy im Reitdress! Sowie sie Elspeth erblickte, beehrte sie mich mit einem ironischen Lächeln – das schlaue Biest ahnte wahrscheinlich, was hinter der Heirat steckte –, aber ich rächte mich auf der Stelle.

„Elspeth", sagte ich, „das ist Judy, das Betthäschen meines Vaters."

Da wurde die Dame feuerrot. Ich überließ es den beiden, sich miteinander anzufreunden, und fragte nach meinem Vater. Wie gewöhnlich war er ausgegangen, also machte ich mich unverzüglich auf die Suche nach Cardigan und traf ihn in seiner Stadtwohnung an. Als ich meine Karte hinauf schickte, wollte er mich zuerst nicht empfangen, aber ich stieß seinen Lakaien beiseite und ging nach oben.

Es hätte eine stürmische Auseinandersetzung werden sollen, mit bösen Worten, dass es nur so hagelte – aber nein, keine Spur. Der bloße Anblick, wie er da in seinem Cutaway vor mir stand, als habe er soeben die himmlischen Heerscharen inspiziert, verschlug mir den Atem. Als er in seinem kältesten Ton wissen wollte, warum ich ihn belästigte, stotterte ich meine Frage hervor: Weshalb er mich aus dem Regiment geworfen habe.

„Wegen Ihrer Heirat, Fwashman", sagte er. „Sie müssen sich über die Folgen im klaren gewesen sein. Diese Ehe ist unakzeptabel. Ich bezweifle nicht, dass es sich um eine vortreffliche junge Person handelt, aber sie ist ein – Niemand. Unter diesen Umständen lässt es sich nicht umgehen, dass Sie Ihren Abschied nehmen."

„Aber ich habe eine hochanständige Frau geheiratet, Mylord", entgegnete ich. „Ich versichere Ihnen, Sie stammt aus einer der besten Familien. Ihr Vater –"

Er fiel mir ins Wort. „– besitzt eine Fabrik. Hawhaw. Das geht nicht. Mein lieber Mann, denken Sie denn nicht an Ihre Stellung? An die Ehre des Regiments? Wenn man mich fragte, Sir: ‚*Und wer ist Mr. Flashmans Gattin?*' – könnte ich dann antworten: ‚*Ach, ihr Vater ist ein Leinenweber aus Glasgow, wussten Sie das nicht?*'"

„Sie richten mich zugrunde, Mylord!" Ich hätte heulen mögen vor Zorn über den schieren, einfältigen Snobismus des Mannes. „Wo soll ich hin? Welches Regiment wird mich aufnehmen, wenn die Elften mich an die Luft setzen?"

„Sie werden keineswegs an die Luft gesetzt, Fwashman", sagte er in entschieden freundlichem Ton. „Sie nehmen Ihren Abschied. Das ist etwas ganz anderes. Hawhaw. Sie lassen sich abkommandieren. Das ist nicht schwer. Ich mag Sie gut leiden, Fwashman, ja, ich hatte sogar große Hoffnungen auf Sie gesetzt, aber Sie haben sie durch Ihr törichtes Verhalten zunichte gemacht. Eigentlich sollte ich äußerst böse sein. Aber ich werde Ihnen helfen. Sie müssen wissen, dass ich bei der Gardekavallerie nicht ohne Einfluss bin."

„Wo soll ich hin?" fragte ich abermals in kläglichem Ton.

„Ich habe darüber nachgedacht – lassen Sie sich das gesagt sein. Es wäre nicht angebracht, Sie in ein anderes in der Heimat stationiertes Regiment zu versetzen. Meiner Meinung nach wird es ratsam sein, wenn Sie nach Übersee gehen. Nach Indien. Ja –"

„Indien?" Entsetzt starrte ich ihn an.

„Ja, freilich – Indien. Dort kann man Karriere machen – wussten Sie das nicht? Ein paar Jährchen Auslandsdienst, und die Angelegenheit des Austritts aus meinem Regiment wird vergessen sein. Dann können Sie nach England zurückkehren und sich ein anderes Kommando zuweisen lassen."

Das sagte er so liebenswürdig, so überzeugt, dass ich nichts einwenden konnte. Ich wusste, was er jetzt von mir hielt: In seinen Augen hatte ich mich nicht besser gezeigt als die Indienoffiziere, die er verachtete. Ach ja, er war auf seine Art recht gutherzig. Freilich kann man in Indien „Karriere“ machen, wenn man nichts anderes verdient – und wenn man das Fieber, die Hitze, die Pest und die feindseligen Eingeborenen überlebt. Meine Stimmung sank auf den Nullpunkt. Das blasse, hochmütige Gesicht und die sanfte Stimme schienen in weite Fernen zu entschwinden. Ich verspürte nichts als einen dumpfen Zorn und den festen Entschluss, wohin auch immer, nur nicht nach Indien zu gehen – nicht tausend Cardigans zuliebe ...

„Du weigerst dich also, hm?“ sagte mein Vater, als ich ihm Bericht erstattete.

„Eher soll mich der Teufel holen“, erwiderte ich.

„Er wird dich holen, wenn du nicht zur Besinnung kommst.“ Er lachte in sich hinein und schien sich kolossal zu amüsieren. „Was willst du denn sonst tun – was stellst du dir vor?“

„Verkaufen“, sagte ich.

„Kommt nicht in Frage. Ich habe dir dein Patent gekauft, und bei Gott, du wirst es behalten.“

„Du kannst mich nicht dazu zwingen.“

„Da hast du recht. Aber von dem Tage an, da du dein Patent zurückgibst, bekommst du keinen roten Heller mehr zu sehen. Wovon wirst du leben, he? Noch dazu mit einer Frau, die du zu versorgen hast, mein Lieber. Nein, nein, Harry. Du hast dir die Suppe eingebrockt, jetzt musst du sie auslöffeln.“

„Du meinst, es bleibt mir keine Wahl?“

„Es bleibt dir keine Wahl. Schau, lieber Sohn und vermutlicher Erbe, ich werde dir sagen, wie der Hase läuft. Du bist ein Verschwender und Taugenichts – ach ja, ich gebe zu, dass neben anderen ich daran schuld bin, aber dies nur nebenbei. Auch *mein* Vater war ein Taugenichts, aber es ist doch so etwas wie ein Mann aus mir geworden. Wer weiß, vielleicht wird auch aus dir einer werden. Aber nicht hierzulande – davon bin ich felsenfest überzeugt. Eventuell unter der Voraussetzung, dass du für die Folgen deiner eigenen Idiotie einstehst – und das bedeutet Indien. Kannst du mir folgen?"

„Aber Elspeth!" sagte ich. „Du weißt, Indien ist kein Land für eine Frau."

„Dann nimm sie nicht mit. Auf jeden Fall nicht im ersten Jahr, bis du dich ein bisschen eingelebt hast. Sie ist ein nettes Persönchen. Und schau mich nicht so kläglich an! Du wirst dich eine Weile ohne sie behelfen – soviel ich weiß, gibt es auch in Indien Weiber, da kannst du nach Belieben herum huren."

„Wie ungerecht!" rief ich aus.

„Ungerecht? Ja, ja, es soll dir eine Lehre sein. Nichts in diesem Leben ist gerecht, du Tropf. Und komm mir ja nicht mit dummen Redensarten, dass du sie doch nicht einfach zurücklassen kannst – sie wird hier recht gut aufgehoben sein."

„Bei dir und Judy."

„Bei mir und Judy", sagte er honigsüß. „Und ich bin nicht sicher, ob ihr nicht der Umgang mit einem Wüstling und einer Dirne besser bekommen wird als deine Gesellschaft."

So fügte es sich, dass ich nach Indien segelte, und so wurde der Grundstein einer strahlenden Soldatenlaufbahn gelegt. Ich fühlte mich schlecht behandelt. Wenn ich den Mut dazu besessen hätte, würde ich meinen Erzeuger höflichst ersucht haben, sich zum Teufel zu scheren, aber er hatte mich in der Hand und wusste es nur allzu gut. Ganz abgesehen von den finanziellen Aspekten, wäre ich nicht fähig gewesen, ihm zu trotzen – genauso wenig, wie ich mit Cardigan fertig geworden war. Ich hasste sie beide aus tiefster Seele. Cardigan wurde mir mit der Zeit ein wenig sympathischer, weil er sich, wenn auch auf seine arrogante, bornierte, hochnäsige Art, Mühe gab, mich anständig zu behandeln. Meinem Vater habe ich nie verziehen. Er benahm sich schweinisch, machte kein Hehl daraus und amüsierte sich auf meine Kosten. Was mich eigentlich am meisten gegen ihn erbitterte: Dass er partout nicht glauben wollte, mir liege auch nur das geringste an Elspeth.

Kapitel 5

Es mag Länder geben, in denen der Soldat sich wohler fühlt als in Indien, aber ich habe sie nicht kennengelernt. Mögen Grünschnäbel noch so sehr über die Hitze, die Fliegen, den Schmutz, die Eingeborenen und die Seuchen klagen: An die drei ersteren muss man sich gewöhnen, vor Krankheiten muss man sich hüten (dazu reicht ein wenig gesunder Menschenverstand), und was die Eingeborenen betrifft, na, wo sonst auf der Welt findet man ein so fügsames, unterwürfiges Sklavenvolk? Auf jeden Fall gefielen sie mir besser als die Schotten; ihre Sprache war leichter zu verstehen.

Falls das jemand als Schattenseiten sehen sollte: Es gab genug Lichtblicke. Erstens einmal die Macht – die Macht des weißen Mannes über den Farbigen –, und Macht ist eine schöne Sache, wenn man sie besitzt. Sodann das gemächliche Tempo, reichlich Zeit für jede Art von Sport, für frohe Geselligkeit, ohne die lästigen Fesseln, die man in England nicht los wird. Man kann sich sein Leben einrichten, wie es einem beliebt, und ist bei den Niggern ein großer Herr, und wenn man so wie ich ein gutes Einkommen hat und über die richtigen Beziehungen verfügt, verkehrt man in den besten Kreisen, die sich um den Generalgouverneur scharen. Weiber gibt es in Hülle und Fülle.

Auch Geld ist dort zu verdienen, unter der Voraussetzung, dass man im Felde Glück hat und weiß, woher der Wind weht. Während meiner ganzen Dienstzeit habe ich an

Sold nicht halb soviel bezogen, wie ich in Indien erbeutete – aber das ist ein anderes Kapitel.

Von alledem wusste ich natürlich nichts, als wir im Hugli-Fluss bei Kalkutta vor Anker gingen und ich die roten Ufer betrachtete und in der Sonnenglut schwitzte und den Gestank in die Nase bekam und mir wünschte, lieber in den tiefsten Tiefen der Hölle zu schmoren. Es war eine abscheuliche viermonatige Reise an Bord eines überfüllten und stickigen Indienfahrers gewesen, ohne Ablenkung, ohne Vergnügungen welcher Art auch immer, und ich war darauf gefasst, in Indien nichts Erfreulicheres vorzufinden.

Ich sollte einem der einheimischen Lanzenreiter-Regimenter der Ostindischen Kompanie [9] im Distrikt von Benares zugeteilt werden, aber dazu kam es gar nicht. Langsam mahlen die Mühlen der Bürokratie. Bevor die entsprechenden Weisungen eintrafen, musste ich mich ein paar Wochen lang in Kalkutta müßig herumtreiben. Inzwischen aber hatte ich auf eigene Faust mein Schicksal beim Wickel oder, besser gesagt, bei der Vorhaut gepackt.

Anfangs aß ich in der Festung zusammen mit den Artillerieoffizieren, lauter kläglichen Figuren. In ihrer Messe sah es schlimmer aus als in einem Schweinestall. Die Lebensmittel waren an und für sich hundsmiserabel, und wenn dann die schwarzen Köche sie zurecht gemanscht hatten, hätte man sie nicht einmal einem Schakal zum Fraß vorwerfen mögen.

Das sagte ich den Herren gleich beim ersten Mal und entfesselte einen Sturm der Entrüstung, ich, der Neuling, noch nicht trocken hinter den Ohren.

„Aha, nicht gut genug für unsere Schwerenöter“, sagte einer. „Wir bedauern, dass wir Eurer Lordschaft keine *foie gras* servieren können, und bitten um Entschuldigung, weil uns das Tafelsilber abhanden gekommen ist.“

„Schmeckt es immer so entsetzlich?“ fragte ich. „Was ist es denn?“

„Der erste Gang, Euer Gnaden?“ sagte der Witzbold. „Ei, man nennt es Curry, wussten Sie das nicht? Curry ist ein Gewürz, das die Fleischmaden nicht vertragen.“

„Es sollte mich wundern, wenn nur die Maden es nicht vertragen“, sagte ich angeekelt. „Kein einigermaßen normaler Mensch kann diesen Mist verdauen.“

„Uns bekommt er“, sagte ein anderer. „Sind wir keine normalen Menschen?“

„Das werden Sie selber am besten wissen, mein Herr. Wenn ich euch einen guten Rat geben darf: Hängt euren Koch auf.“ Damit stelzte ich zur Tür hinaus, verfolgt von ihrem erbosten Murren. Aber wie sich zeigte, war diese Messe nicht übler als jede andere in Indien und noch nicht einmal die schlechteste. Die Mannschaftsmesse spottete jeder Beschreibung, und es wunderte mich, dass die armen Teufel diese fürchterliche Kost in einem so beschwerlichen Klima überlebten. Natürlich lautete die Antwort: Viele überlebten es nicht.

Mir aber leuchtete ein, dass ich als mein eigener Herr besser fahren würde. Deshalb rief ich Basset, den ich aus England mitgebracht hatte – der kleine Scheißer hatte, als ich das 11te verließ, bei dem Gedanken, mich zu verlieren, Rotz und Wasser geheult, der Himmel mag wissen, warum –, gab ihm eine Handvoll Geld und beauftragte ihn, mir einen Koch, einen Butler, einen Reitknecht und ein halbes Dutzend sonstiger Dienstboten zu besorgen. Ihre Dienste waren für praktisch nichts zu haben. Dann begab ich mich selber auf die Wachstube, stöberte dort einen Eingeborenen auf, der leidlich englisch sprach, und machte mich mit ihm auf den Weg, um ein Haus zu suchen [10].

Ich fand, was ich suchte, unweit der Festung, ein hübsches Anwesen mit einem kleinen Garten und einer abgeschirmten Veranda. Mein Nigger holte den Besitzer, einen Dickwanst mit rotem Turban. Wir feilschten inmitten einer Schar schnatternder Farbiger, ich zahlte ihm halb soviel, wie er verlangt hatte, und richtete mich mit meinem Gefolge häuslich ein.

Zuallererst ließ ich mir den Koch kommen und sagte zu ihm durch meinen Nigger: „Du wirst kochen und zwar mit äußerster Sauberkeit. Du wirst dir die Hände waschen, verstanden, und nur das beste Fleisch und das beste Gemüse einhandeln. Wo nicht, werde ich dir die Peitsche zu kosten geben, bis nicht der kleinste Fetzen Haut auf deinem Rücken übrig bleibt."

Nickend, grinsend und katzbuckelnd plapperte er drauflos, da packte ich ihn beim Kragen, warf ihn zu Boden und peitschte ihn mit meiner Reitgerte, bis er laut schreiend von der Veranda ins Gras kollerte.

„Sag ihm, so wird es ihm morgens und abends ergehen, wenn seine Speisen nicht genießbar sind", sagte ich zu meinem Nigger. „Und die anderen mögen es sich zu Herzen nehmen."

Sie jaulten vor Angst, nahmen sich es aber zu Herzen, am allermeisten der Koch. Ich ließ es mir angelegen sein, tagtäglich einen von ihnen auszupeitschen, zu ihrem Besten und meinem Vergnügen, und diesen Vorsichtsmaßnahmen schreibe ich es zu, dass ich während meiner gesamten Dienstzeit in Indien kaum je mit etwas Schlimmerem zu Bett lag als mit einem leichten Fieber, und dem Fieber entgeht man nicht. Der Koch war, wie sich herausstellte, ein guter Koch, die anderen hielt Basset mit Zunge und Stiefel bei der Stange, so schafften wir es im Großen und Ganzen recht gut.

Mein Nigger – er hieß Timbu-Soundso – war mir anfangs von großem Nutzen, weil er englisch konnte, aber nach ein paar Wochen schickte ich ihn weg. Ich habe schon erwähnt, dass ich sprachbegabt bin, aber das wurde mir erst in Indien klar. Auf der Schule war ich im Lateinischen und Griechischen ziemlich schwach gewesen, weil mich diese toten Sprachen nicht interessierten. Eine Sprache aber, die man ringsumher zu hören bekommt, ist doch etwas ganz anderes. Jede Sprache hat für mich ihren eigenen Rhythmus, mein Ohr fängt die Laute ein und hält sie fest; ich weiß, was der Mann sagen will, auch wenn ich die Wörter nicht verstehe, und meine Zunge übernimmt mühelos jeden neuen Akzent. Auf alle Fälle: Nachdem ich vierzehn Tage lang Timbu zugehört und ihm Fragen gestellt hatte, sprach ich bereits so gut hindustanisch, dass ich mich verständlich machen konnte, und zahlte ihn aus. Ich hatte nämlich eine interessantere Lehrkraft gefunden.

Sie hieß Fetnab, und ich kaufte sie (natürlich nicht offiziell, obwohl es auf dasselbe hinauslief) einem Händler ab, dessen Warenlager aus Weibern bestand, die er an die britischen Offiziere und Zivilbeamten in Kalkutta verhökerte. Sie kostete mich 500 Rupien, ungefähr 50 Guineen – ein wahrer Gelegenheitskauf. Sie dürfte sechzehn Jahre alt gewesen sein, hatte ein recht hübsches Gesicht, einen goldenen Knopf in dem einen Nasenflügel und große, schräge, braune Augen. Wie die meisten indischen Tanzmädchen war sie wie eine Sanduhr geformt, mit einer Taille, die ich mit meinen beiden Händen umspannen konnte, dicken Brüsten wie Melonen und einem großen Hintern.

Möglicherweise war sie ein bisschen zu feist, aber sie beherrschte die siebenundneunzig Varianten des Liebesakts, auf welche die Hindus angeblich so großen Wert legen – obwohl es, wohlgemerkt, lauter Mumpitz ist, weil sich die vierundsiebzigste Stellung als die gleiche erweist wie die dreiundsiebzigste, nur mit gekreuzten Fingern. Aber im Lauf der Zeit brachte sie mir alles bei, denn sie war sehr beflissen, rieb sich stundenlang am ganzen Körper mit duftendem Öl ein und verrichtete Yoga-Übungen, um für das nächtliche Treiben geschmeidig zu bleiben. Immer seltener dachte ich an Elspeth, und sogar die Erinnerung an Josette verblasste.

Ich machte sie mir aber auch in anderer Hinsicht zunutze. Zwischen den Touren plauderten wir, denn sie war ein rechtes Plappermäulchen, und durch sie lernte ich mehr Finessen des Hindi begreifen, als der gelehrteste Munschi sie mir hätte eintrichtern können. Hier habt ihr meinen Rat, was er nun wert sein mag: Wenn ihr eine fremde Sprache gründlich erlernen wollt, dann studiert sie im Bett mit einer Einheimischen – eine Stunde in den Armen einer jungen Griechin hat mir die Klassiker näher gebracht als vier Jahre unter Arnolds Fuchtel.

So verbrachte ich denn meine Zeit in Kalkutta – die Nächte mit Fetnab, die Abende in einer der Messen oder als Hausgast, die Tage im Sattel, auf dem Schießstand oder auf der Jagd – oder ich schlenderte ganz einfach durch die Straßen der Stadt. Sehr bald wurde ich für die Nigger zu einer vertrauten Erscheinung, weil ich mich in ihrer eigenen Sprache mit ihnen unterhalten konnte zum Unterschied von der überwiegenden Mehrheit der Offiziere – selbst diejenigen, welche jahrelang in Indien gedient hatten, waren meistens viel zu faul, um Hindi zu lernen, oder betrachteten es als unter ihrer Würde.

Noch etwas wurde mir beigebracht – im Hinblick auf das Regiment, dem ich zugeteilt werden sollte – nämlich, wie man mit einer Lanze umgeht. Als Fechter hatte ich mich bei den Husaren bewährt, aber eine Lanze ist doch etwas anderes als ein Säbel. Jeder beliebige Dummkopf kann sie unter den Arm klemmen und drauflos reiten, aber wenn du dich nützlich machen willst, musst du imstande sein, sie in ihrer ganzen Länge – über drei Meter – zu handhaben, so, dass du mit der Spitze eine Spielkarte vom Boden aufspießen oder einen Hasen im Lauf durchbohren kannst. Ich war entschlossen, vor meinen Kameraden zu brillieren, deshalb engagierte ich einen eingeborenen Rissaldar* von der bengalischen Kavallerie als Lehrmeister; damals hatte ich nichts anderes im Sinn, als gegen Strohpuppen anzurennen oder Wildschweine zu erlegen: Man hielt sich nicht gerne bei dem Gedanken auf, mit eingelegter Lanze feindliche Kavallerie anzugreifen.

Diese Lektionen aber sollten mir zumindest einmal das Leben retten; es war also gut angelegtes Geld. Sie lösten auch auf wunderliche Art das Problem meiner unmittelbaren Zukunft.

Eines Morgens befand ich mich auf dem Exerzierplatz draußen vor der Stadt in Begleitung meines Rissaldars, eines großen, hageren, hässlichen Teufels aus dem Grenzvolk der Pathanen, namens Muhammed Iqbal. Er war ein hervorragender Reiter und wusste die Lanze perfekt zu handhaben. Unter seiner Anleitung eignete ich mir sehr rasch die erforderlichen Kenntnisse an. An diesem Morgen ließ er mich gegen Pflöcke anrennen, und ich spießte ihrer so viele auf, dass er lächelnd erklärte, er müsse mir für den Unterricht ein höheres Honorar berechnen.

Wir schickten uns an, den Rennplatz zu verlassen, der an diesem Morgen ziemlich menschenleer war, bis auf einen von zwei Offizieren eskortierten Palankin**, der meine Neugier erregt hatte, als Iqbal plötzlich ausrief: „Schau, Husur***,

* Anführer einer indischen Kavallerieeinheit
** Sänfte oder Tragsessel
*** Sir, Herr, (Paschtu), entspricht „Sahib“ in Indien

ein besseres Ziel als kleine Pflöcke!" – und auf einen Pariahund zeigte, der in einem Abstand von etwa fünfzig Metern umher schnüffelte. Iqbal legte seine Lanze ein und stürmte auf ihn los, aber der Hund wich ihm pfeilschnell aus. Da rief ich „Ho! Hallo!" und setzte hinterdrein. Iqbal hatte noch immer einen Vorsprung, aber ich lag nur um wenige Pferdelängen hinter ihm, als er abermals nach dem Köter stieß, der laut kläffend im Zickzack vor ihm herlief. Wieder verfehlte er sein Ziel und schimpfte wie ein Rohrspatz. Der Köter machte fast zwischen den Pferdehufen kehrt und sprang an seinem Fuß hoch. Ich senkte die Lanzenspitze und hatte das große Glück, das Biest zu durchbohren.

Mit einem Triumphgeschrei hob ich das zappelnde und immer noch jaulende Tier hoch in die Luft empor und schleuderte es hinter mich. Iqbal rief aus: „Schabasch!", und ich fing an mich in die Brust zu werfen, als eine Stimme ertönte:

„Sie dort! Sie, Sir! Kommen Sie, bitte, sofort hierher!"

Es war die Sänfte, der wir uns genähert hatten. Die Vorhänge wurden zurückgezogen, und der Insasse entpuppte sich als ein stattlicher, grimmig dreinblickender Herr im Gehrock mit sonnengebräuntem Gesicht und einer schönen Glatze. Er hatte den Hut abgenommen und winkte mir eindringlich zu, also ritt ich zu ihm hin.

„Guten Morgen!" sagte er sehr höflich. „Darf ich mich nach Ihrem Namen erkundigen?"

Es bedurfte nicht erst der Anwesenheit der beiden berittenen Dandys neben der Sänfte, um mir zu verraten, dass ich es mit einem Offizier hohen Ranges zu tun hatte. Ich stellte mich vor.

„Gratuliere, Flashman", sagte er. „Flinkere Arbeit habe ich selten gesehen. Hätten wir ein Regiment aus lauter Leuten, die mit einer Lanze so trefflich umzugehen verstehen wie Sie, dann würden uns die verdammten Sikhs und Afghanen keine Scherereien mehr bereiten, äh, Bennet?"

„Freilich nicht, Sir", erwiderte einer der exquisiten Adjutanten und musterte mich von Kopf bis Fuß. „Mr. Flashman ... Der Name kommt mir bekannt vor. Waren Sie nicht bis vor kurzem bei den Elften Husaren?"

„He, was höre ich da?" sagte sein Vorgesetzter. Seine grauen Augen funkelten. „Bei Gott, tatsächlich! Schaut euch nur seine Kirschhose an ..." Ich trug noch die rosaroten Breeches der Husaren, wozu ich strenggenommen nicht berechtigt war, aber sie brachten meine Figur wunderbar zur Geltung. „Ja, allerdings Bennet. Aber gottverdammich, Flashman – Flashman – natürlich, die Affäre im vergangenen Jahr! Sie sind der Mann, der absichtlich danebengeschossen hat! Also, ich muss schon sagen – verdammt noch mal! Was um Gottes willen machen Sie denn hier, Sir?"

Ich erklärte es ihm recht behutsam und versuchte anzudeuten, ohne es auszusprechen, dass meine Ankunft in Indien die indirekte Folge meines Duells mit Bernier sei (was übrigens fast stimmte). Der hohe Herr stieß einen Pfiff und einen verwunderten Ausruf aus.

Ich war ihm wohl neu und ungewöhnlich genug, um sein Interesse zu wecken. Er fragte mich nach Strich und Faden aus, und ich beantwortete seine Fragen einigermaßen wahrheitsgetreu. Ich meinerseits erfuhr, dass er den Generalsrang bekleidete, Crawford hieß und dem Stab des Generalgouverneurs angehörte, folglich ein einflussreicher und bedeutender Kommandeur war.

„Bei Gott, da haben Sie Pech gehabt, Flashman", sagte er. „Aus den Gefilden der stolzen Rothosen verbannt, ha? Dummes Zeug, aber diese belämmerten Milizobersten haben ja keine Grütze im Kopf. Äh, Bennet? Und jetzt wollen Sie in die Dienste der Kompanie treten, ja? Schön, sie zahlt gut, aber es ist eine Affenschande. Sein Leben damit vergeuden, dass man den Sowars* beibringt, einen guten Paradegalopp zu reiten. Staubige Plackerei. Also schön, Flashman, viel Erfolg. Ich empfehle mich, Sir."

Und damit hätte es wohl sein Bewenden gehabt, wenn mir nicht ein sonderbarer Zufall zu Hilfe gekommen wäre. Ich hatte meine Lanze hochgenommen, die Spitze zwei Meter über meinem Kopf, und ein wenig Hundeblut träufelte auf meine Hand. Mit einem Ausruf des Ekels drehte ich mich zu Iqbal um, der stumm hinter mir saß, und sagte:

„Khabadar, rissaldar! Larnce sarf karo, dschuldi!" Das heißt: *„Aufgepasst, Sergeant! Nimm die Lanze und säubere sie schleunigst."* Damit warf ich sie ihm zu. Er fing sie auf, und ich kehrte ihm wieder den Rücken, um mich von General Crawford zu verabschieden, der soeben die Vorhänge hatte zuziehen wollen und plötzlich innehielt.

„He, Flashman!" sagte er. „Wie lange sind Sie denn schon in Indien? Wie? Drei Wochen, sagen Sie? Aber verdammt noch mal, Sie sprechen ja die Landessprache!"

„Nur ein paar Worte, Sir."

„Machen Sie mir nichts vor, Sir, ich habe eine ganze Menge Worte gehört. Erheblich mehr, als ich in dreißig Jahren erlernt habe. Äh, Bennet? Zu viele Hem und Hum für meinen Geschmack. Aber das ist außerordentlich, junger Mann, gottverdammich! Wo haben Sie's her?"

Nun erklärte ich ihm auch meine besondere Sprachbegabung. Er schüttelte sein kahles Haupt und sagte, dergleichen habe er noch nie vernommen. „Ein geborener Linguist und ein geborener Lanzenreiter, bei Gott! Eine seltene Kombination – viel zu kostbar für die Company** – dort reiten sie ohnedies alle wie die Säue. Hören Sie zu, junger Mann, so

---

* Indischer Kavallerist

** Die East India Company, die eigene Truppen unterhielt

früh am Morgen kann ich nicht klar denken. Wir wollen uns später mit dem Fall beschäftigen. Äh, Bennet?"

Und weg war er. Aber ich versäumte nicht, ihn noch am selben Abend aufzusuchen, prächtig herausstaffiert in meiner Rothosenmontur; er sah mich an und sagte: „Bei Gott, das darf ich Emily Eden nicht vorenthalten. Sie würde es mir nie verzeihen!"

Zu meinem Erstaunen war das seine Art anzudeuten, dass ich ihn in den Palast des Generalgouverneurs zu begleiten habe, wo er zum Essen erwartet wurde; ich folgte ihm nur allzu bereitwillig und hatte das Privileg, mit den Exzellenzen auf der großen Marmorveranda Limonade zu trinken, während eine glanzvolle Gästeschar wie ein kleiner Hofstaat rings umher stand. In drei Sekunden bekam ich mehr Vornehmheit zu sehen als in den drei Wochen, die ich seit meiner Ankunft in Kalkutta zugebracht hatte. Das alles war mir äußerst angenehm. Um ein Haar aber hätte ich es mir mit Crawford versalzen. Er erzählte Lord Auckland von meinem Duell mit Bernier, worauf Seine Lordschaft und Lady Emily, seine Schwester, eine recht strenge Miene aufsetzten – ich fand sie beide mehr als muffig –, bis ich so kaltblütig wie nur möglich erklärte, dass ich die Angelegenheit, wäre es nach mir gegangen, vermieden hätte – dass sie mir leider aufgezwungen worden sei. Da nickte Lord Auckland beifällig, und als sich herausstellte, dass ich in Rugby unter Arnold studiert hatte, wurde er geradezu höflich. Lady Emily war zuckersüß – dem Himmel sei Dank für die Husarenhose! Als sie erfuhr, ich sei erst neunzehn Jahre alt, nickte sie teilnahmsvoll und sprach von den schönen, jungen Sprossen am Baum des britischen Weltreichs. Sie erkundigte sich nach meinen Angehörigen. Nein – eine Frau in England?

„So jung und getrennt sein! Wie hart ist doch der Dienst!"

Gouverneur Lord Auckland, ihr Bruder, bemerkte in ziemlich trockenem Ton, nichts hindere einen Offizier daran, seine Frau nach Indien mitzunehmen, aber ich murmelte vor mich hin, dass ich mir erst meine Sporen verdienen wolle, ein idiotischer, aber genialer Einfall, der Lady Emily behagte. Ihr Bruder erwähnte, dass eine erstaunliche Anzahl junger Offiziere sich irgendwie über die Abwesenheit ihrer Gattinnen hinweg zu trösten wüssten, und Crawford lachte in sich hinein; Lady E. aber stand jetzt ganz auf meiner Seite, zeigte ihnen die kalte Schulter und erkundigte sich nach meinem künftigen Standort.

Ich sagte es ihr, und da ich den Eindruck hatte, wenn ich meine Karten gut ausnützte, würde ich vielleicht dank ihrem Interesse an meiner Person eine bequemere Stellung ergattern können – mir schwebte etwas Ähnliches vor wie Adjutant des Generalgouverneurs –, gab ich zu verstehen, dass ich mich nicht sonderlich darum reiße, in die Dienste der Company zu treten.

„Das kann ich ihm nicht verdenken", sagte Crawford. „Der Mann reitet wie ein junger Gott. Perlen vor die Säue, äh, Flashman? Außerdem spricht er hindustanisch. Habe es mit eigenen Ohren gehört."

„Tatsächlich?" sagte Auckland. „Das zeugt von einem bemerkenswerten Lerneifer, Mr. Flashman. Vielleicht aber haben Sie es Doktor Arnold zu verdanken."

„Warum musst du Mr. Flashman das Lob vorenthalten, das er verdient?" sagte Lady E. „Ich finde seine Leistung *höchst* ungewöhnlich. Meiner Meinung nach sollte man ihm eine Stellung beschaffen, in der seine Talente *richtig* ausgenützt werden können. Sind Sie nicht auch dieser Meinung, Herr General?"

„Ganz Ihrer Meinung, Madam“, erwiderte Crawford. „Sie hätten ihn hören müssen. *‚He, Rissaldar!‘* sagt er, *‚hu mdiddel-dum-karo‘* – und der Kerl hat jedes Wort verstanden.“

Sie werden begreifen, dass mir das alles zu Kopf stieg. Frühmorgens war ich noch ein x-beliebiger Subalternoffizier gewesen – jetzt überhäuften mich ein Generalgouverneur, ein General und die First Lady Indiens mit Komplimenten (mochte sie auch eine dumme alte Gans sein). Du bist ein gemachter Mann, Flashy, sagte ich mir; dir winkt der Stab – und Aucklands nächste Worte schienen mich in meinen Hoffnungen zu bestärken.

„Na, dann wollen wir etwas für ihn ausfindig machen“, sagte er zu Crawford. „Erst gestern habe ich General Elphinstone sagen hören, er brauche ein paar tüchtige Adjutanten.“

Schön, das war zwar keine Spitzenposition, aber Adjutant eines Generals zu sein, würde mir erst einmal reichen.

„Bei Gott“, sagte Crawford, „Eure Exzellenz haben recht. Was meinen Sie, Flashman? Hätten Sie Lust, Adjutant eines Armeekommandeurs zu werden? Besser als ein Companyposten dort, wo die Füchse einander gute Nacht sagen, äh?“

Natürlich antwortete ich, dass ich mich höchst geehrt fühlen würde. Schon wollte ich mich bedanken, da schnitt er mir das Wort ab.

„Sie werden noch dankbarer sein, sobald Sie erfahren, *wohin* der Dienst unter Elphinstone Sie führen wird“, sagte er lächelnd. „Bei Gott, ich wünschte mir, in Ihrem Alter zu sein und die gleiche Chance zu haben. Natürlich ist es zum größten Teil eine Company-Truppe – eine ausgezeichnete Truppe –, aber um zu erreichen, was die Herren sich vorgenommen hatten, mussten sie hübsch ein paar Jährchen dienen – so wie das auch Ihnen nicht erspart geblieben wäre.“

Ich war ganz Feuer und Flamme, und Lady E. lächelte und seufzte in einem.

„Der arme Junge“, sagte sie. „Sie dürfen ihn nicht auf die Folter spannen.“

„Na, morgen wird es ohnedies publik werden“, erwiderte Crawford. „Elphinstone kennen Sie natürlich nicht, Flashman – er befehligt die Benares-Division – das heißt, bis Mitternacht. Dann übernimmt er die Indus-Armee. Was sagen Sie *dazu*, äh?“

Es klang nicht übel, und ich zeigte mich begeistert.

„Jawohl, Sie sind ein wahrer Glückspilz“, sagte Crawford freudestrahlend, der Weihnachtsmann in Person. „Wie viele junge Offiziere würden nicht ihr rechtes Bein für die Chance opfern, unter ihm zu dienen. Dort kann ein schneidiger Lanzenreiter seine ersten Sporen verdienen, bei Gott!“

Ein unangenehmes Prickeln lief mir am Rücken entlang, und ich erkundigte mich, wo das wohl sein möge. „Natürlich in Kabul“, antwortete er. „Wo denn sonst als in Afghanistan?“

Der alte Trottel bildete sich faktisch ein, ich müsse mich über diese Neuigkeit wie ein Schneekönig freuen, und mir blieb nichts übrig, als ihm etwas vorzuheucheln. Am liebsten hätte ich den grinsenden Idioten links und rechts geohrfeigt, so wütend war ich. Ich hatte gedacht, wie gut es mir doch geglückt sei, auf einen Schlag mit den höchsten Kreisen des Landes bekannt zu werden – und was hatte es mir eingebracht? Den, allen Berichten zufolge, heißesten, beschwerlichsten, gefährlichsten Winkel der Welt.

In Kalkutta war damals von nichts anderem die Rede als von Afghanistan und der Expedition nach Kabul und meistens drehte sich das Gespräch um die Barbarei der Eingeborenen und die Unwirtlichkeit des Landes. Wärst du doch, sagte ich mir, vernünftig gewesen und hättest dich in aller

Stille nach Benares schicken lassen – aber nein, ich hatte es mir nicht verkneifen können, Lady Emily zu ködern, und jetzt sah es so aus, als würde man mir zum Dank für meine Mühe die Gurgel durchschneiden.

Fieberhaft überlegend behielt ich mein beflissenes Lächeln bei. Aber es gab keinen Ausweg mehr; ich musste mich fügen und so tun, als behagte es mir.

An diesem Abend verabreichte ich Fetnab die schönste Tracht Prügel, die sie je in ihrem verwöhnten Dasein bezogen hatte, und zerbrach einen Nachttopf am Schädel des Aufwarteboys.

Man ließ mir nicht einmal Zeit, mich auf das Unvermeidliche vorzubereiten. Gleich am nächsten Tag empfing mich General Elphinstone (oder Elphy Bey, wie die Spötter ihn nannten) und entpuppte sich als ein älterer, fummeliger Herr mit einem braunen, runzligen Gesicht und einem dichten weißen Bart. Er war auf seine klapprige Art recht freundlich, aber einen unwahrscheinlicheren Heerführer hätte man sich kaum vorstellen können, da der Mann an die sechzig und noch nicht einmal sehr gesund war.

„Es ist für mich eine hohe Ehre", sagte er in Bezug auf sein neues Kommando, „aber ich wünschte mir, es lastete auf jüngeren Schultern – ja, eigentlich hielte ich's für richtig." Er schüttelte den Kopf, und ich dachte mir: Na, da bist du an den Rechten geraten; mit ihm ins Feld zu ziehen, wird eine wahre Lust sein. Aber er hieß mich in seinem Stab willkommen und sagte, ich käme ihm äußerst gelegen; er habe sogleich Verwendung für mich. Da seine jetzigen Adjutanten ihren Dienst bei ihm gewöhnt seien, wolle er sie vorläufig behalten und ihnen die Reisevorbereitungen anvertrauen; mich werde er nach Kabul vorausschicken, und das bedeutete wohl, ich hätte seine bevorstehende Ankunft anzukündigen und sein Quartier rechtzeitig ausfegen zu lassen.

So musste ich denn meinen Haushalt auflösen, Kamele und Maultiere für den Transport mieten, Reiseproviant beschaffen und mir ganz allgemein eine Menge Unkosten und Mühseligkeiten zumuten. Ich kann Ihnen sagen, meine Diener hüteten sich in jenen Tagen, mir über den Weg zu laufen.

Nachdem die erste Enttäuschung sich gelegt hatte, sah ich ein, dass es zwecklos sei, Geschehenes ändern zu wollen, und nahm es von der Sonnenseite. Schließlich und endlich würde ich Adjutant eines kommandierenden Generals sein, also einen angesehenen Rang bekleiden, der mir in kommenden Jahren von Nutzen sein würde.

In Afghanistan herrschte momentan Ruhe, und Elphy Beys Bestallung konnte bei seinem Alter nicht lange währen. Ich durfte Fetnab und mein Hausgesinde einschließlich Bassets mitnehmen, und Elphy Beys Einfluss verschaffte mir die Erlaubnis, Muhammed Iqbal in mein Gefolge einzureihen. Er sprach natürlich Paschtu, die Sprache der Afghanen, und konnte mir unterwegs Unterricht erteilen. Außerdem hätte man sich kaum einen besseren Gefährten und Ratgeber wünschen können.

Bevor wir aufbrachen, besorgte ich mir möglichst viele Auskünfte über die Lage in Afghanistan. Mir kam sie verteufelt riskant vor, und es gab in Kalkutta auch noch andere – freilich nicht Gouverneur Auckland, den alten Esel –, die meine Ansicht teilten. Angst vor den Russen war der Grund gewesen, warum wir eine Expedition nach Kabul entsandt hatten, mitten in eines der übelsten Länder auf dem Globus. Afghanistan war, wenn Sie wollen, ein Pufferstaat zwischen Indien und dem sehr stark von Russland beeinflussten turkistanischen Territorium. Immerzu mischten sich die Russen in afghanische Angelegenheiten ein, in der Hoffnung, südwärts vorstoßen und vielleicht sogar Indien erobern zu können. Deshalb lag uns sehr viel an Afghanistan. Auf Veranlassung des eingebildeten schottischen Possenreißers Burnes hatte die Regierung mir nichts dir nichts das Land überfallen und in Kabul eine Marionette, Schah Dschudschah, auf den Königsthron gesetzt, an Stelle des alten Dost Mohammed, den man russischer Sympathien verdächtigte.

Wenn er mit den Russen sympathisierte, lag es nach allem, was ich gesehen und gehört habe, ausschließlich daran, dass wir ihn durch unsere stupide Politik dazu getrieben hatten. Auf jeden Fall gelang es unseren nach Kabul beorderten Streitkräften, Schudschah zu krönen, während der alte Dost hinaus komplimentiert und in Indien hinter Schloss und Riegel gesetzt wurde.

Soweit ging alles glatt, aber die Afghanen wollten von Schudschah überhaupt nichts wissen, und wir mussten in Kabul eine Armee zurücklassen, um seinen Thron zu stützen. Das war die Armee, die Elphy Bey befehligen sollte. Es war eine recht gute Armee, teils aus Truppen der Königin, teils aus Verbänden der Company zusammengesetzt, mit sowohl britischen als auch einheimischen Regimentern, aber sie hatte alle Hände voll zu tun, um die Stämme an der Kandare zu halten, denn abgesehen von Dosts Anhängern gab es Dutzende kleiner Häuptlinge und Tyrannen, die keine Gelegenheit vorbeigehen ließen, Unfug zu stiften, und die gewohnte afghanische Kurzweil mit Blutfehden, Raubzügen und mutwilligem Massenmord nahm ihren ungezügelten Verlauf.

Unsere Armee verhütete größere Aufstände – jedenfalls im Augenblick –, musste jedoch unermüdlich ihre Patrouillen reiten, Festungen bemannen, die räuberischen Stammesführer beschwichtigen oder bestechen; alle Welt fragte sich, wie lange das so fortgehen könne. Die ganz Schlauen sagten, eine Explosion stehe bevor, und als wir unsere Reise antraten, da war mein erster und alleiniger Gedanke: Flashman, wenn die Bombe platzt, wirst nicht du derjenige sein, der in die Luft fliegt. In den Flammen eines Freudenfeuers zu enden – das hätte mir gerade noch gefehlt.

Kapitel 6

Es gibt meiner Meinung nach nichts Langweiligeres auf Erden als eine Reise, deshalb werde ich mich hüten, Sie mit einer Beschreibung unserer Pilgerfahrt von Kalkutta nach Kabul zu belästigen. Sie nahm kein Ende, wir schwitzten erbärmlich, und ich bezweifle, dass wir mit dem Leben davon gekommen wären, wenn wir nicht Muhammed Iqbals Rat befolgt und unsere Uniform mit der einheimischen Tracht vertauscht hätten. In der Wüste, im Buschwerk der Ebenen, in den felsigen Schluchten, in den Wäldern, in den kleinen Lehmdörfern, Lagern und Ortschaften – überall die gleiche grauenhafte und erbarmungslose Hitze. Die Haut hing in Fetzen, die Augen brannten, und man hatte das Gefühl, der ganze Körper verwandle sich in einen Sack dürrer Knochen. In den losen Gewändern und Pyjamahosen aber war es kühler – das heißt, man schmorte gelinde, ohne zu verkohlen.

Basset, Iqbal und ich waren beritten, die Diener trotteten hinterdrein und trugen die Sänfte mit Fetnab, aber das Tempo war so unerträglich langsam, dass ich sie mir nach einer Woche alle bis auf den Koch vom Hals schaffte. Die Diener erhielten unter großem Lamento den Laufpass, Fetnab verkaufte ich einem Artilleriemajor, durch dessen Lager wir kamen. Ich tat es nicht gern, weil ich mich an sie gewöhnt hatte, aber sie quengelte unterwegs und war nachts viel zu müde und apathisch, als dass es vergnüglich gewesen wäre. Trotzdem kann ich mich kaum an ein Frauenzimmer erinnern, das mir mehr Spaß gemacht hätte als die kleine Fetnab.

Von nun an ging es schneller voran, in westlicher und nordwestlicher Richtung, quer über die Ebenen und mächtigen Ströme des Pandschab, durchs Land der Sikhs bis hinauf nach Peschawar, wo Indien aufhört. Jetzt fühlte man sich durch nichts mehr an Kalkutta erinnert. Hier war die Hitze trocken und wild – genau wie die Menschen, diese hageren, hässlichen, jüdisch aussehenden Gestalten, bis an die Zähne bewaffnet und, nach ihrem Anblick zu schließen, zu jeder Schandtat bereit. Keiner aber war hässlicher und sah gefährlicher aus als der Orts-Gouverneur, ein massiger, graubärtiger Stierschädel in einem schmutzigen alten Waffenrock, ausgebeulter Hose und einem mit goldenen Troddeln geschmückten Käppi. Er war, so unglaublich es klingt, ein Italiener mit dem gezwirbelten und gewichsten Schnurrbart, wie ihn heutzutage die Leierkastenmänner zu tragen pflegen, und sprach englisch mit dem schrecklichen Akzent des Welsch-Amerikaners. Er hieß Avitabile [11], und die Sikhs wie die Afghanen fürchteten ihn mehr als den Gottseibeiuns. Er war als Glücksritter nach Indien verschlagen worden, befehligte die Armee Schah Schudschahs und hatte die Aufgabe, unseren Leuten in Kabul freien Zugang zu den Pässen zu sichern.

Dieser Aufgabe wurde er auf geradezu bewundernswerte Weise gerecht, indem er sich der einzigen Mittel bediente, die diese Untiere begreifen – Terror und nackte Gewalt. Als wir durch seinen Torbogen ritten, baumelten im Sonnenschein fünf tote Afghanen an den Querpfosten, was gleichzeitig beruhigend und enervierend war. Niemand schenkte ihnen größere Aufmerksamkeit als etlichen zerquetschten Fliegen, am allerwenigsten Avitabile, der sie hatte aufknüpfen lassen.

„Verdammt noch mal, junger Mann“, sagte er, „was glauben Sie denn, wie ich den Frieden aufrecht erhalten soll, wenn ich nicht immer wieder den einen oder anderen Schweinehund wegputze? Wissen Sie, dass das Gilzai sind? *Brave* Gilzai – seit ich mich ihrer angenommen habe. Die bösen Gilzai hausen oben in den Bergen zwischen Peschawar und Kabul, sie bewachen die Pässe und lecken sich die Lippen und denken sich alles mögliche – aber dass vorläufig nichts daraus wird, dafür hat Avitabile gesorgt. Freilich bezahlen wir sie für ihr Wohlverhalten, aber glauben Sie, dass es das Geld ist, das sie veranlasst, zu kuschen? Oh nein, Sir, es ist die Furcht vor Avitabile" – er zeigte mit seinem feisten Daumen auf die eigene Brust –, „die ihnen die Lust zu neuen Abenteuern raubt. Aber wenn ich nicht ab und zu den einen oder anderen aufhängen ließe, würden sie sich nicht mehr vor mir fürchten. Klar?"

An diesem Abend lud er mich zum Essen ein. Wir aßen ein ausgezeichnetes Hühnerragout und hinterher Obst auf einer Terrasse mit dem Ausblick auf die schmutzigen Dächer von Peschawar, während die Geräusche und Gerüche des Bazars zu uns herauf fluteten. Avitabile war ein unterhaltsamer Gastgeber und erzählte die ganze Nacht lang von Neapel, Weibern und Wein. Er schien Gefallen an mir zu finden, und wir betranken uns recht ordentlich. Er gehörte zu jenen Zechern, die mit jedem Glase immer lärmender und lauter werden. Ich kann mich erinnern, dass wir aus voller Kehle um die Wette sangen, aber als wir uns torkelnd auf den Weg ins Bett machten, blieb er vor meinem Zimmer stehen, legte mir seine breite, schmutzige Pfote auf die Schulter, sah mich mit seinen hellgrauen Augen an und sagte mit sehr nüchterner, stiller Stimme:

„Junger Mann, ich glaube, im Grunde Ihres Herzens sind Sie genauso einer wie ich – ein Kondottiere, ein Racker. Vielleicht mit einem Schuss Ehrgefühl, ein bisschen Courage, ich weiß es nicht. Aber hören Sie jetzt gut zu – Sie wagen sich über den Khaiber hinaus, und eines schönen Tages, sehr bald, werden die Gilzai und andere sich nicht mehr vor mir fürchten. Wenn es so weit ist, dann nehmen Sie ein schnelles Pferd und ein paar Afghanen, auf die Sie sich verlassen können – es gibt welche, zum Beispiel die Kassilbaschi – und wenn die Stunde schlägt, dann sputen Sie sich, bevor Sie auf dem Feld der Ehre fallen." Er sagte es ganz ernst, ohne jeden Hohn. „Helden beziehen keinen höheren Sold als die Hasenfüße, junger Mann. Schlafen Sie *gut*."

Er nickte mir zu und stapfte durch den Korridor davon, die goldene Troddelmütze noch immer fest auf dem Scheitel. In meinem trunkenen Zustand beachtete ich wenig, was er gesagt hatte, aber später fiel es mir wieder ein.

Am nächsten Morgen ritten wir nordwärts in eine der schrecklichsten Gegenden der Welt – den hohen Khaiber-Pass, wo der Weg sich zwischen sonnenversengten Felswänden dahin schlängelt und die Berggipfel auf den Wanderer zu lauern scheinen, um ihn aus dem Hinterhalt zu überfallen. Auf der Straße gab es einigen Verkehr, wir überholten einen Nachschubkonvoi, der nach Kabul unterwegs war, meistens aber waren nur die afghanischen Bergbewohner zu sehen, flinke Krieger in Käppchen oder Turbanen und langen Röcken, über der Achsel enorm langläufige Flinten, Dschessails genannt, und im Gürtel den Khaiber-Dolch, der wie ein spitzes Hackmesser aussieht. Mohammed Iqbal freute sich über das Wiedersehen mit seinen heimatlichen Gefilden und überredete mich, mein stockendes Paschtu an seinen Landsleuten auszuprobieren; sie sahen äußerst verdutzt drein, als sie einen englischen Offizier ihre Sprache, wenn auch noch so gebrochen, sprechen hörten und waren recht freundlich. Aber ihre Erscheinung behagte mir ganz und gar nicht. Ich spürte die Tücke in ihren schwarzen Augen – außerdem ist es etwas Sonderbares mit Männern, die wie der Satan aussehen, aber unterm Turban Ringellöckchen und Schmachtlocken tragen.

Jenseits des Khaiber brauchten wir noch drei Tage und drei Nächte bis Kabul, und das Gelände wurde Schritt für Schritt immer infernalischer. Es war mir ein Rätsel, wie eine britische Armee mit ihrem tausendköpfigen Tross, ihren Karren und Wagen und Kanonen jemals diese felsigen Pfade hatten bewältigen können. Endlich aber erreichten wir unser Ziel. Ich sah die gewaltige Zitadelle Bala Hissar dräuend über die Stadt emporragen und hinter ihr auf der rechten Seite neben dem Ufer die säuberlichen Umrisse des Kantonnements*, wo in der Ferne die Rotjacken sich wie kleine Puppen bewegten und leise Trompetenstöße über den Fluss schallten. Es war sehr hübsch im sommerlichen Abend – vor uns die Obst- und Blumengärten, während die Festungsmauern uns den Anblick der trostlosen Stadtviertel entzogen. Ach ja, *damals* war es hübsch.

Wir ritten über die Brücke und nachdem ich mich gemeldet, gebadet und die Regimentsuniform angezogen hatte, wurde ich an den kommandierenden General verwiesen, dem ich Depeschen von Elphy Bey auszuhändigen hatte. Er hieß Sir Willoughby Cotton und sah denn auch wie ein Baumwollbündel aus, rund, fett und rotbackig. Als ich in sein Zimmer kam, musste er sich soeben von einem hochgewachsenen, gut aussehenden Offizier in verschossener Uniform die Leviten lesen lassen; zwei Dinge wurden mir auf der Stelle klar: In der Garnison von Kabul kannte man keine Rücksicht auf die private Sphäre und keine Hemmungen; die ranghöheren Offiziere zögerten keinen Augenblick lang, ihre internen Angelegenheiten vor den Untergebenen zu erörtern.

---

* Ortsunterkunft, Lager

„– der größte Dummkopf diesseits des Indus“, sagte der hochgewachsene Offizier, als ich hereinplatzte. „Ich sage Ihnen, Cotton, Ihre Armee sitzt wie ein Bär in der Falle. Wenn ein Aufstand losbricht, wie sehen wir aus? Hilflos festgefahren inmitten einer Bevölkerung, die uns glühend hasst, einen Wochenmarsch von der nächsten freundlich gesinnten Garnison entfernt, während ein Hornochse wie McNaghten in seinen Briefen an den noch schlimmeren Hornochsen Auckland in Kalkutta erklärt, es sei alles in bester Ordnung. Gott sei uns gnädig! Jetzt löst man Sie ab –“

„Gott sei Dank!“ warf Cotton ein.

„– und schickt uns Elphy Bey, der nach McNaghtens Pfeife tanzen wird und ohnedies nicht fähig wäre, auch nur eine Eskorte zu befehligen. Das Schlimmste aber ist, dass McNaghten und die übrigen politischen Schafsköpfe sich wirklich einbilden, wir hätten nichts zu befürchten! Burnes ist nicht um ein Jota besser – auch wenn er nichts anderes im Kopf hat als die Afghaninnen –, aber sie sind alle so fest davon überzeugt, dass sie recht haben! Das ist es, was mich rasend macht. Und wer zum Teufel sind denn Sie?“

Das galt mir. Ich verbeugte mich und überreichte meine Briefe Cotton, der froh zu sein schien, dass ich das unangenehme Tête-à-tête störte.

„Sehr erfreut, Sir, Sie kennenzulernen“, sagte er, die Briefe auf den Tisch werfend. „Elphys Herold, äh? Schau, schau! Sagten Sie ‚Flashman‘? Na, das ist doch merkwürdig. Ein Flashman hat zusammen mit mir in Rugby studiert, ach, vor vierzig Jahren. Ein Verwandter?“

„Mein Vater, Sir.“

„Was Sie nicht sagen! Na, verdammt noch mal! Flashys Junge.“ Er strahlte übers ganze Gesicht. „Ja, es müssen vierzig Jahre sein ... Ich hoffe, es geht ihm gut. Ausgezeichnet, ausgezeichnet. Was darf ich Ihnen anbieten, Sir? Ein Glas

Wein? Hier, ein Trunk dem Boten! Ihr Vater wird Ihnen natürlich von mir erzählt haben, oder wie? Ich war ein rechter Tausendsassa. Wissen Sie, ich wurde relegiert."

Die Gelegenheit war zu schön, als dass ich sie mir entgehen lassen durfte. „Auch ich bin aus Rugby relegiert worden, Sir."

„Du meine Güte – was Sie nicht sagen! Weshalb, Sir?"

„Wegen Trunkenheit, Sir."

„Nein! Gottverdammich! Wer hätte geglaubt, dass man wegen so was geschasst wird? Nächstens werden sie die Studenten wegen Notzucht relegieren. Das wäre zu meiner Zeit nicht möglich gewesen. Ich wurde wegen Meuterei davon gejagt, Sir – ja, wegen Meuterei! Ich hatte einen Aufstand der gesamten Schule angezettelt! [12]. Fabelhaft! Auf Ihre Gesundheit, Sir!" Der Offizier im verschossenen Waffenrock hatte recht säuerlich dreingesehen. Jetzt sagte er, schön und gut, aus der Schule davon gejagt werden – ihm aber mache die Aussicht Sorge, aus Afghanistan davon gejagt zu werden.

„Verzeihung", sagte Cotton und wischte sich die Lippen ab. „Ich vergesse meine Manieren. Mr. Flashman – General Nott. General Nott kommt aus Kandahar, wo er den Befehl führt. Wir haben uns über die Lage der Armee in Afghanistan unterhalten. Nein, nein, Flashman, nehmen Sie Platz. Wir sind nicht in Kalkutta. Im aktiven Dienst ist es umso besser, je mehr man weiß. Bitte, fahren Sie fort, Nott."

Also saß ich ein wenig verwirrt und geschmeichelt da (Generäle äußern sich für gewöhnlich nicht in Anwesenheit ihrer Untergebenen), während Nott seine Tirade fortsetzte. Anscheinend hatte er sich durch irgendein Schreiben Sir William McNaghtens, des britischen Gesandten in Kabul und höchsten Zivilbeamten im Lande, beleidigt gefühlt und forderte Cotton auf, seinen Protest zu unterstützen. Der Gedanke schien Cotton nicht recht zu behagen.

„Es ist ganz einfach eine Frage der Politik“, sagte General Nott. „Das Land, was auch immer McNaghten denken mag, ist uns feindlich gesinnt, und darauf haben wir uns einzustellen. Wir versuchen es auf dreierlei Art – durch den Einfluss, den Schudschah auf seine widerspenstigen Untertanen ausübt und der recht gering ist, durch die Schlagkraft unserer Armee, die mit Respekt gesagt nicht so allmächtig ist, wie McNaghten sich einbildet, da uns eines der kriegerischsten Völker der Welt fünfzig zu eins überlegen ist, und drittens dadurch, dass wir uns das Wohlwollen wichtiger Häuptlinge erkaufen. Habe ich recht?“

„Gut gesprochen“, erwiderte Cotton. „Füllen Sie Ihr Glas, Mr. Flashman.“

„Wenn eines dieser drei Instrumente versagt – Schudschah, unsere Stärke oder unser Geld – sind wir erledigt. Ach ja, ich weiß, dass ich ein Miesmacher bin, wie McNaghten es nennen würde. Er meint, wir sind hier so geborgen wie die Wachen vor dem Buckingham-Palast. Er irrt sich, das wissen Sie. Wir werden vorläufig geduldet, und auch damit wird es Essig sein, wenn er sich in den Kopf setzt, den Gilzai-Häuptlingen die Subsidien zu kürzen.“

„Wir würden Geld sparen“, sagte Cotton. „Übrigens ist es, soviel ich weiß, nur ein Gedanke.“

„Auch wer sich kein Verbandzeug kauft, während er verblutet, spart Geld“, entgegnete Nott, ein Bonmot, das Cotton mit einem schallenden Gelächter quittierte. „Ja, lachen Sie nur, Sir Willoughby, aber die Sache ist ernst. Sie sagen, es sei nur ein Gedanke, ein Vorschlag, die Subsidien zu kürzen. Schön, vielleicht kommt es nicht so weit. Aber wenn die Gilzai auch nur den geringsten Verdacht schöpfen – wie lange werden sie dann noch die Pässe offen halten? Sie beherrschen den Khaiber-Pass – unsere Lebensader, wohlgemerkt! – und lassen unsere Konvois kommen und gehen, aber wenn sie ihre Subsidien gefährdet sehen, werden sie sich nach anderen Einkommensquellen umschauen. Das würde bedeuten, dass die Konvois aus dem Hinterhalt überfallen und ausgeplündert werden, und da hätten wir uns eine schöne Suppe eingebrockt. Deshalb ist es dumm von McNaghten, an so etwas auch nur zu denken, geschweige denn, es auszusprechen."

„Was soll ich tun?" fragte Cotton mit gerunzelter Stirn.

„Ersuchen Sie ihn dringend, auf solche Abenteuer zu verzichten. Auf mich hört er nicht. Und schicken Sie jemanden zu den Gilzai, mit Geschenken für den alten Dingsda in Mogala – Scher Afzul. Ich habe mir sagen lassen, dass die übrigen Gilzai-Khans unter seiner Fuchtel stehen."

„Sie kennen sich hier überraschend gut aus", sagte Cotton kopfschüttelnd. „Wenn man bedenkt, dass das gar nicht Ihr Gebiet ist."

„Jemand muss sich auskennen", sagte Nott. „Dreißig Jahre in den Diensten der Company bringen einem so manches bei. Wollte Gott, ich dürfte annehmen, dass McNaghten ebenso fleißig gelernt hat. Aber er tappt vergnügt drauflos, und sein Horizont geht nicht über die eigene Nase hinaus. Ja, ja, Cotton, Sie dürfen von Glück sagen. Sie machen sich rechtzeitig davon."

Cotton protestierte; er, Nott, sei ja doch wirklich ein Miesmacher. (Es zeigte sich sehr bald, dass diese Bezeichnung jedem angehängt wurde, der sich erdreistete, McNaghten zu kritisieren oder Zweifel an der Sicherheit der britischen Streitkräfte in Kabul zu äußern.) Sie setzten ihr Gespräch ein Weilchen fort. Cotton war sehr höflich zu mir. Offenbar sollte ich mich gleich zu Hause fühlen. Wir dinierten zusammen mit seinem Stab in seinem Hauptquartier, und bei dieser Gelegenheit lernte ich einige der Männer kennen, meist rangjüngere Offiziere, deren Namen im Lauf des nächsten Jahres allen Engländern geläufig sein würden – „Laienprediger“ Burnes mit seinem gezierten schottischen Tonfall und dem hübschen Schnurrbärtchen, George Broadfoot, der, gleichfalls Schotte, neben mir saß, Vincent Eyre, „Gentleman Jim“ Skinner, Colonel Oliver und verschiedene andere. Sie plauderten mit erstaunlichem Freimut, kritisierten oder verteidigten ihre Vorgesetzten in Anwesenheit der Generäle, verurteilten diese Taktik und lobten jene, und Cotton und Nott beteiligten sich an dem Gespräch.

Über McNaghten wusste man wenig Gutes zu sagen; die Lage der Armee wurde allgemein als recht betrüblich erachtet. Ich hatte den Eindruck, die Herren seien allzu leicht ins Bockshorn zu jagen, und machte eine diesbezügliche Bemerkung zu Broadfoot. „Warten Sie, bis Sie ein paar Monate hier gewesen sind“, antwortete er brüsk. „Es ist ein übles Land und ein übles Volk, und wenn wir nicht binnen zwölf Monaten einen Krieg am Hals haben, wird es mich wundern. Haben Sie schon einmal von Akbar Khan gehört? Nein? Er ist der Sohn des früheren Königs, Dost Mohammed, den wir zugunsten dieses Harlekins Dschudschah abgesetzt haben, und hält sich momentan in den Bergen auf. Er pilgert von einem Stammeshäuptling zum andern und wirbt Anhänger für die Stunde, da er das Land gegen uns aufwiegeln wird. McNaghten will es natürlich nicht glauben, aber er ist ein Döskopp.“

„Könnten wir nicht zumindest Kabul halten?“ fragte ich. „Das müsste doch möglich sein mit fünftausend Mann gegen undisziplinierte Wilde.“

„Diese Wilden sind tüchtig“, erwiderte er. „Zum Beispiel schießen sie besser als wir. Und wir sind hier schlecht platziert, ohne ausreichende Befestigungsanlagen rund um das Kantonnement. Sogar die Einkaufsläden liegen außerhalb des Umkreises. Mit der Truppe geht es bergab. Sie ist verweichlicht, die Manneszucht lässt zu wünschen übrig. Obendrein haben wir unsere Familien bei uns, und das ist bedenklich, wenn es Kugeln hagelt. Wer denkt an seine Pflichten, wenn er Weib und Kind zu betreuen hat? Und nach Cottons Abgang wird Elphy Bey uns befehligen." Er schüttelte den Kopf. „Sie kennen ihn besser als ich, aber ich würde meinen nächsten Jahressold opfern für die Nachricht, dass er wegbleibt und dass wir an seiner Stelle Nott bekommen. Auf jeden Fall würde ich nachts ruhiger schlafen."

Das klang recht deprimierend, aber im Lauf der nächsten paar Wochen bekam ich auf Schritt und Tritt ganz ähnliche Dinge zu hören. Offenbar fehlte jedes Vertrauen zur militärischen und politischen Führung, und das schienen die Afghanen zu spüren; sie waren unverschämt, hatten keinen großen Respekt vor uns. Als Adjutant Elphy Beys, der noch unterwegs war, hatte ich reichlich Zeit, um mich in Kabul umzuschauen, einem großen, schmutzigen Häusergewirr voll enger Gassen und abscheulicher Gerüche. Selten aber wagten wir uns in die Stadt, weil wir den Leuten nicht sehr willkommen waren und im Kantonnement ein recht behagliches Leben führten. Der Dienst war alles eher als anstrengend; dafür veranstaltete man so oft wie möglich ein Pferderennen, rekelte sich in den Obstgärten, plauderte bei eisgekühlten Getränken auf den Veranden. Es fanden sogar Cricketspiele statt, an denen ich teilnahm. In Rugby hatte ich mich als Ballmann ausgezeichnet, und meine neuen Freunde machten mehr mit den von mir erzielten Toren her als mit der Tatsache, dass ich Paschtu besser zu beherrschen anfing als irgendeiner unter ihnen mit Ausnahme von Burnes und den Diplomaten.

Anlässlich eines dieser Wettspiele bekam ich zum ersten Mal Schah Schudschah, den König, zu sehen, der als Gast McNaghtens erschienen war, ein stattlicher, braunbärtiger Mann, der mit ernster Miene zusah und, als McNaghten ihn fragte, wie es ihm gefalle, erwiderte:

„Seltsam und mannigfaltig sind die Wege Gottes."

Was den Gesandten McNaghten betraf, so verachtete ich ihn auf den ersten Blick. Er hatte ein Pfaffengesicht mit spitzer Nase und spitzem Kinn und sah einen misstrauisch schnüffelnd durch seine Brillengläser an. Er war eitel wie ein Pfau, stolzierte in seinem Zylinder und Gehrock hocherhobenen Hauptes umher und mimte den großen Herrn. Es lag, wie jemand bemerkte, auf der Hand, dass er immer nur das sah, was er sehen wollte. Jeder andere an seiner Stelle, zum Beispiel, würde gemerkt haben, dass seine Armee sich in einem erbärmlichen Zustand befand – nicht aber McNaghten. Er schien sich sogar einzubilden, Schudschah sei bei der Bevölkerung beliebt und wir seien Ehrengäste in seinem Land; wenn er gehört hätte, wie die Leute im Bazar uns „Kafirs*" nannten, würde er vielleicht seinen Irrtum eingesehen haben. Aber er war viel zu hochmütig, um hinzuhören.

Trotzdem verging mir die Zeit recht angenehm. Als Burnes, der politische Agent, von meinen Paschtu-Kenntnissen erfuhr, interessierte er sich für mich, und da er nicht nur einflussreich war, sondern außerdem einen ausgezeichneten Tisch führte, stellte ich mich gut mit ihm. Natürlich war er ein pompöser Esel, aber ziemlich gut informiert; von Zeit zu Zeit verkleidete er sich als Afghane, mischte sich unter die Menge im Bazar, lauschte den Gerüchten und schnupperte umher. Dafür hatte er auch noch andere Gründe, nämlich, dass er stets hinter irgendeiner Afghanin her war

---

* Aggressiver islamischer Ausdruck für Ungläubige

und in die Stadt musste, um ihrer habhaft zu werden. Ich begleitete ihn des öfteren auf seinen Expeditionen. Sie waren sehr ergiebig.

Die Afghaninnen sind eher gut aussehend als schön, aber sie haben einen großen Vorteil vor anderen Frauen: Ihre Männer machen sich nicht allzu viel aus ihnen. Die Afghanen sind fast alle pervers veranlagt und haben eine ausgesprochene Vorliebe für junge Burschen. Es konnte einem übel werden, wenn man sie diese geschminkten Epheben anschmachten sah, als wären es junge Mädchen, und unsere Soldaten fanden es ungeheuer komisch. Das bedeutete aber, dass die Afghaninnen immerzu nach Männern gierten, und man konnte unter ihnen wählen – hochgewachsen waren sie und graziös mit langer, gerader Nase und stolzem Mund, eher muskulös als fett und im Bett sehr aktiv. Natürlich war das ihren Männern nicht gerade recht und wurde wiederum uns angekreidet.

Die ersten Wochen verstrichen, wie gesagt, sehr angenehm, und ich begann, den Pessimisten zum Trotz, an Kabul Gefallen zu finden, als ich aus meinem gemächlichen Trott aufgescheucht wurde, dank meinem Freunde Burnes und den Besorgnissen General Notts, der sich wieder nach Kandahar begeben, aber das Echo seiner Warnungen in Sir Willoughby Cottons Ohr zurückgelassen hatte. Sie müssen Alarm geschlagen haben; als Cotton mich zu sich rufen ließ, sah er recht verdrossen drein. Burnes stand neben ihm. „Flashman", sagte Cotton zu mir, „Sir Alexander behauptet, dass Sie sich ausgezeichnet mit den Afghanen vertragen."

Da ich an die Weiber dachte, bejahte ich die Frage.

„Hm – schön. Und Sie beherrschen ihr schreckliches Kauderwelsch?"

„Leidlich, Sir."

„Das heißt, bedeutend besser als die meisten von uns. Na ja, ich glaube nicht, dass es sich gehört, aber auf Sir Alexanders Vorschlag –“ (hier lächelte Burnes mir zu, aber ich hatte irgendwie das Gefühl, dass dieses Lächeln nichts Gutes verheiße) „– und da Sie der Sohn eines Jugendfreundes sind, werde ich Ihnen etwas zu tun geben – eine Aufgabe, die, wie ich gleich betonen will, Ihrer Beförderung nützen wird, wenn Sie sie gut bewältigen, haben Sie mich verstanden?“ Er musterte mich eine Weile, sagte dann in brummigem Ton zu Burnes: „Verdammt noch mal, Sandy, wissen Sie, er ist verteufelt jung.“

„Nicht jünger, als ich es war“, erwiderte Burnes.

„Hm. Also, schön, es wird wohl seine Richtigkeit haben. Nun hören Sie mal zu, Flashman – Sie haben von den Gilzai gehört. Die Gilzai beherrschen die Pässe zwischen Afghanistan und Indien und sind von einer infernalischen Heimtücke. Sie waren dabei, als Nott mit mir über die Subsidien sprach, die sie von uns erhalten, und dass das Gerücht umgeht, die Politikaster hätten vor, sie zu kürzen. Vollidioten, mit Respekt zu sagen, Sandy! Also, mit der Zeit wird es uns nicht erspart bleiben, aber vorläufig muss man die Gilzai bei dem Glauben lassen, dass alles in Butter sei, ist Ihnen das klar? Sir William McNaghten hat sich einverstanden erklärt – er hat sogar Briefe an Scher Afzul in Mogala geschrieben, der sozusagen die Meute anführt.“

Ich fand diese Doppelzüngigkeit nicht eben sehr schön, aber McNaghtens Verhalten war, wie sich zeigen sollte, typisch für unseren Umgang mit den Afghanen.

„Sie werden unser Postbote sein. Sie überbringen Scher Afzul unsere Gunstbezeigungen, händigen ihm die amtlichen Schreiben aus, betonen, wie prächtig alles sich gestaltet habe, gehen dem alten Beelzebub um den Bart – übrigens ist er halb wahnsinnig –, beschwichtigen ihn, falls er nach wie vor wegen der Gelder besorgt sein sollte, und so weiter und so fort."

„Es wird alles in den Briefen stehen", sagte Burnes. „Sie liefern lediglich – im Notfall – zusätzliche Beteuerungen."

„Einverstanden, Flashman?" fragte Cotton. „Erfahrungen sammeln. Diplomatische Mission, ha?"

„Es ist sehr wichtig", fügte Burnes hinzu. „Sehen Sie, wenn die Leute Unrat wittern oder misstrauisch werden, würde uns das schlecht bekommen."

Und mir, dachte ich, weiß Gott noch schlechter. Ich fand keinen rechten Geschmack an der Sache. Von den Gilzai wusste ich nur, dass sie wie alle Landbewohner Afghanistans wüste Mordgesellen sind, und der Gedanke, mich ganz allein in ihre Bergnester zu wagen, ohne die leiseste Hoffnung auf Hilfe, falls etwas schief ging – also, Kabul mochte zwar nicht der Hyde Park sein, aber man war hier vorläufig einigermaßen sicher. Und wie die Afghaninnen mit Gefangenen verfahren, genügte, dass sich bei mir bei dem bloßen Gedanken der Magen umdrehte – mir waren die Geschichten zu Ohren gekommen.

Etwas davon musste sich in meiner Miene bemerkbar gemacht haben, denn Cotton fragte mich in ziemlich scharfem Ton, was denn los sei. Ob ich den Auftrag nicht übernehmen wolle?

„Doch, doch, Sir, selbstverständlich", sagte ich unverfroren. „Aber – nun ja, ich weiß, dass ich recht ungeübt bin. Ein erfahrener Offizier –"

„Zieren Sie sich nicht!" sagte Burnes lächelnd. „Sie sind unter diesen Menschen heimischer als so mancher andere mit zwanzig Dienstjahren auf dem Buckel." Er zwinkerte mir zu. „Vergessen Sie nicht, Flashman, ich habe Sie losgehen sehen. Haha! Und Sie schauen dümmer aus, als Sie sind. Nichts für ungut, ich meine, Sie haben ein ehrliches Gesicht.

Da Sie außerdem Paschtu können, werden Sie das Vertrauen der Leute gewinnen."

„Aber müsste ich nicht eigentlich als General Elphinstones Adjutant in Kabul –"

„Elphy ist erst in einer Woche fällig", sagte Cotton barsch. „Gottverdammich, Mann, das ist eine seltene Gelegenheit! Jeder junge Mensch an Ihrer Stelle würde Feuer und Flamme sein."

Ich sah, dass jeder Versuch, weitere Ausflüchte zu machen, mir nur zum Nachteil geraten würde, deshalb beteuerte ich, dass ich mir selbstverständlich nichts Besseres wünschte, ich hätte nur sicher sein wollen, dass ich der rechte Mann sei, und so weiter. Damit war der Fall erledigt. Burnes führte mich zu der großen Wandkarte und zeigte mir, wo Mogala liegt – natürlich am Rande der Welt, fünfzig Meilen von Kabul entfernt, in einer wüsten Berggegend südlich des Dschugdulluk-Passes. Er wies mir die Route an, die ich einzuschlagen hatte, sicherte mir einen guten Führer zu und brachte das versiegelte Paket zum Vorschein, das ich dem halb wahnsinnigen (zweifellos auch halb vertierten) Scher Afzul überreichen sollte.

„Sehen sie zu, dass er es eigenhändig entgegennimmt", sagte er. „Er ist unser Freund – im Augenblick. Trauen Sie aber ja nicht seinem Neffen Gul Schah. Er war früher allzu eng mit Akbar Khan liiert. Sollten uns die Gilzai Unannehmlichkeiten bereiten, wird Gul dahinterstecken, also nehmen Sie sich vor ihm in acht. Und ich brauche Sie nicht erst zu ermahnen: Gehen Sie vorsichtig mit dem alten Afzul um – er kann sehr schlau sein, wenn er bei Verstand ist, und das ist er die meiste Zeit. In seinem Bereich ist er Herr über Leben und Tod. Da sind Sie mit eingeschlossen. Freilich ist es unwahrscheinlich, dass er sich an Ihnen vergreifen wird, aber stellen Sie sich gut mit ihm."

Ich begann mir zu überlegen, ob ich nicht in den nächsten paar Stunden erkranken könnte – vielleicht an Gelbsucht oder sonst einer infektiösen Geschichte. Cotton besiegelte endgültig mein bitteres Los.

„Wenn es mulmig wird“, sagte er, „müssen Sie sich ganz einfach aus dem Staub machen.“

Diesem väterlichen Rat fügten er und Burnes einige Worte hinzu, wie ich mich zu verhalten hätte, wenn die Frage der Subsidien aufs Tapet käme, schärften mir ein, den Mann um jeden Preis zu beruhigen (wer *mich* beruhigen würde, davon war nicht die Rede) und entließen mich in Gnaden. Burnes sagte zuletzt noch, er setze große Hoffnungen auf mich, ein Gefühl, das zu teilen mir schwer fiel.

Aber es ließ sich nicht ändern, und der nächste Morgen sah mich die Straße nach Osten ziehen, zwischen Iqbal und einem afghanischen Führer, mit fünf Lanzenreitern aus dem 16ten Regiment als Eskorte, die zwar grade nur ausreichen würde, um mich vor einem der umherschweifenden Straßenräuber zu schützen, deren Afghanistan nie ermangelt, mir aber doch Mut machte. In der frischen Morgenluft und bei dem Gedanken, dass wahrscheinlich alles glatt gehen und die Mission sich als ein weiteres Sprungbrett in der Karriere Flashmans erweisen werde, wurde mir wohler zumute.

Der Sergeant, der die Lanzenreiter befehligte, hieß Hudson und hatte sich bereits als ein zuverlässiger und tüchtiger Mann bewährt. Bevor wir aufbrachen, schlug er mir vor, meinen Kavalleristensäbel zu Hause zu lassen – eine schäbige Waffe, der Griff drehte sich in der Hand um [13] – und statt dessen einen der persischen Krummsäbel mitzunehmen, wie manche Afghanen sie benutzen. Sie sind leicht und stark und verteufelt scharf. Ebenso sachverständig besorgte er den Proviant für die Leute und das Futter für die

Pferde. Er gehörte zu jenen stillen, mittelgroßen, vierschrötigen Gesellen, die genau zu wissen scheinen, was sie machen, und es tat mir wohl, ihn und Iqbal als Rückendeckung zu haben.

Unser erster Tagesmarsch brachte uns bis Khurd-Kabul, auf dem zweiten verließen wir bei Tezeen den gebahnten Weg und wandten uns in südöstlicher Richtung dem Gebirge zu. Es war schon bis dahin recht beschwerlich gewesen, jetzt aber wurde es beängstigend: nichts als sonnenversengtes Gestein und zackige Gipfel mit Felsschluchten, die wie Backöfen waren. Immer wieder stolperten unsere Ponys über das lose Geröll. Bis zu zwanzig Meilen weit hinter Tezeen bekamen wir kaum eine lebende Seele zu sehen. Als die Nacht hereinbrach, kampierten wir auf einem Hochpass an der windgeschützten Seite einer Felswand, hinter der das Tor zur Hölle liegen mochte. Es war bitterkalt, der Wind fegte durch die Passenge, in der Ferne heulte ein Wolf, und wir hatten gerade genug Holz, um unser Feuer in Gang zu halten. Ich hüllte mich in meine Decke, verfluchte den Tag, da ich mich in Rugby betrunken hatte, und wünschte mir, mit Elspeth oder Fetnab oder Josette in einem warmen Bett zu liegen. Am nächsten Tage arbeiteten wir uns an einem langgestreckten, steinigen Hang empor, als Iqbal plötzlich etwas in sich hinein murmelte und den Zeigefinger hob. Hoch oben auf einer Felsenkuppe war eine Gestalt zu sehen, die fast augenblicklich verschwand. „Gilzai-Späher", sagte Iqbal. Im Lauf der nächsten Stunde bekamen wir ein weiteres Dutzend zu Gesicht – in den Klüften zu beiden Seiten unseres steilen Pfades, hinter Felsblöcken oder auf den Gesimsen –; über die letzten paar Meilen hinweg bewachten sie uns rechts und links und in unserem Rücken. Dann verließen wir einen Pass und unser Führer deutete voraus auf eine von einer wuchtigen grauen Burg gekrönten

Anhöhe mit einem runden Turm hinter der Außenmauer und einigen Hütten außerhalb des befestigten Tors. Das war Mogala, Feste des Gilzai-Häuptlings Scher Afzul. Selten hat mir etwas gleich auf den ersten Blick so sehr missfallen.

Jetzt ließen wir unsere Pferde kantern, und die Reiter, die uns gefolgt waren, galoppierten zu beiden Seiten ins Freie, hielten mit uns Schritt, kamen aber nicht allzu nahe heran. Sie ritten auf afghanischen Ponys, waren mit langläufigen Dschessails und mit Lanzen bewaffnet und sahen recht verwegen aus; etliche trugen Kettenpanzer über ihren Gewändern, einige hatten Pickelhelme auf. Mit ihrer exotischen Tracht und den wilden, bärtigen Gesichtern schienen sie einem orientalischen Märchen entsprungen zu sein – und waren es denn auch.

Dicht am Tor standen nebeneinander vier Holzkreuze, und zu meinem Entsetzen stellte ich fest, dass die geschwärzten, verkrümmten, an diese Kreuze angenagelten Bündel Menschenleiber waren. Scher Afzul sorgte offenbar auf seine eigene Art und Weise für Disziplin. Der Anblick entlockte einigen unserer Soldaten ein halblautes Murren. Ängstliche Blicke wanderten zu den Bewachern, die links und rechts vom Torweg Aufstellung genommen hatten. Mir selber war ein wenig mulmig zumute, aber ich dachte mir, hol der Teufel dieses Mohrenpack, wir sind Engländer! und befahl mit lauter Stimme: „Vorwärts, Jungs, stramm gesessen!“ und mit klappernden Hufen preschten wir durch das düstere Gewölbe.

Mogala mochte von einer Mauer zur anderen ungefähr eine Viertelmeile messen, aber die Befestigungen umschlossen neben dem riesigen Bergfried Kasernen und Stallungen für Scher Afzuls Krieger, Lagerhäuser und Rüstkammern und das Wohngebäude des Khans, das nun freilich eher ein kleiner Palast war als ein Haus. Es stand in einem hübschen

Garten, beschattet von der Außenmauer und hohen Zypressen, und war innen ungefähr so eingerichtet, wie man es in Burtons „Tausendundeine Nacht“ liest: Gobelins an den Wänden, Teppiche auf dem Fliesenboden, kunstvoll geschnitzte Holzparavents in den Durchgängen und eine allgemein luxuriöse Atmosphäre. Der Mann, dachte ich mir, lässt sich es gut gehen, will aber nichts riskieren: überall standen Wachtposten umher, kräftige und bis an die Zähne bewaffnete Burschen.

Scher Afzul erwies sich als ein Mann um die Sechzig mit pechschwarz gefärbtem Bart und einem faltigen, hässlichen Gesicht, dessen Hauptmerkmale zwei wild glühende Augen waren, deren Blick einen glatt durchbohrte. Er empfing mich recht höflich in seinem schönen Audienzsaal, umgeben von seinem Hofstaat, aber ich zweifelte nicht an Burnes' Behauptung, dass er halb wahnsinnig sei. Seine Hände zuckten unaufhörlich, und er hatte die Gewohnheit, beim Sprechen den mit einem Turban bedeckten Kopf aufs heftigste hin und her zu bewegen. Aber er hörte aufmerksam zu, während einer seiner Minister McNaghtens Brief vorlas, und machte einen zufriedenen Eindruck. Das Geschenk, das Cotton mitgeschickt hatte, wurde von ihm und seinen Leuten mit Freudenrufen begrüßt: zwei sehr schmucke, von Manton angefertigte Pistolen in einem Samtfutteral mit dazu passender Kugeltasche und Pulverflasche. Der Khan ließ sich es nicht nehmen, sofort in den Garten hinauszugehen, um sie auszuprobieren. Er war ein erbärmlicher Schütze, aber beim vierten Versuch gelang es ihm, einen wunderschönen Papagei zu köpfen, der auf einer Stange saß und die Knallerei mit schrillem Kreischen begleitet hatte, bis der Glückstreffer dem Unwesen ein Ende setzte.

Der Beifall war groß, Scher Afzul wackelte mit dem Kopf und lächelte befriedigt.

„Ein prachtvolles Geschenk", sagte er zu mir. (Ich stellte mit Vergnügen fest, dass mein Paschtu es mir erlaubte, ihm zu folgen.) „Du bist uns umso willkommener, Flashman Bahadur*, als deine Pistolen das Ziel nicht verfehlen. Bei Gott, das ist die Waffe eines Soldaten!"

Ich zeigte mich hocherfreut und hatte den glücklichen Einfall, eine meiner eigenen Pistolen dem Sohn des Khans zu überreichen, einem gescheiten, hübschen, etwa sechzehnjährigen Jungen namens Ilderim. Er stieß einen Jubelruf aus, und seine Augen strahlten, während er die Waffe streichelte. Ich hatte mir einen guten Start verschafft.

Dann trat einer der Höflinge vor, und als ich ihn ansah, lief es mir kalt über den Rücken. Er war groß – so groß wie ich –, mit den breiten Schultern und der schlanken Taille eines Athleten. Der schwarze Rock stand ihm gut, er trug hohe Stiefel und an Stelle eines Gürtels eine seidene Schärpe, in der sein Säbel steckte. Auf seinem Kopf saß einer jener blankpolierten Stahlhelme mit senkrechten Zinken, und das Gesicht unter dem Helm war auffallend schön, mit den etwas niedlichen orientalischen Zügen, die mir persönlich nicht gefallen. Sie kennen sie sicherlich – gerade Nase, sehr volle Lippen, Wangen und Kinn wie bei einer Frau. Er hatte einen gegabelten Bart und zwei der kältesten Augen, die ich je gesehen habe. Ich hielt ihn sogleich für einen üblen Gesellen und irrte mich nicht.

„Papageien erlege ich mit einer Schleuder", sagte er. „Taugen die Feringi**-Pistolen auch zu etwas Besserem?"

Scher Afzul nahm es ihm verdammt übel, dass er seine schönen neuen Waffen schlecht machen wollte, drückte ihm eine der Pistolen in die Hand und forderte ihn auf, sein Glück zu versuchen. Zu meinem Erstaunen machte der

* höflicher Zusatz zum Namen bei den Paschtuni

** Ausländer, Franke

Barbar auf den Fersen kehrt, zielte auf einen im Garten beschäftigten Sklaven und schoss ihn über den Haufen.

Ich kann Ihnen sagen, ich war wie vor den Kopf geschlagen. Mein Blick wanderte von dem zappelnden Leib im Gras zu dem kopfschüttelnden Khan und dem Mörder, der achselzuckend die Pistole zurückgab. Natürlich war es nur ein Nigger, den er getötet hatte, und ich wusste, dass bei den Afghanen ein Menschenleben spottbillig ist; sie bringen einen Menschen so unbekümmert um, wie wir einen Fasan erlegen oder einen Fisch fangen. Aber für einen Mann mit meinem Temperament ist es irritierend zu wissen, dass er sich in der Gewalt – Gast hin, Gast her, ich befand mich in ihrer Gewalt – finsterer Halunken befindet, die so grundlos und bedenkenlos morden. Dieser Gedanke ging mir mehr auf die Nerven als die Untat selbst.

Ilderim, der junge Sohn des Khans, musste etwas gemerkt haben und wies den Schwarzberockten zurecht – nicht etwa, wohlgemerkt, weil er einen Mord begangen, sondern weil er einen Gast unhöflich behandelt hatte.

„Man beißt nicht die Hand des hochgeehrten Fremdlings, Gul Schah", lauteten seine Worte, und was er meinte, war: Einem geschenkten Gaul schaut man nicht ins Maul. Im Augenblick war ich zu sehr von meinem jüngsten Erlebnis fasziniert, als dass ich recht hingehört hätte, aber als der Khan mich unter einem hastigen Wortschwall wieder ins Haus geleitete, fiel mir ein, dass dieser Gul Schah der Kerl war, vor dem Burnes mich gewarnt hatte – ein Freund des Erzrebellen Akbar Khan. Ich behielt ihn im Auge, während ich mit Scher Afzul plauderte, und mir schien, dass auch er mich nicht aus den Augen ließ.

Scher Afzul äußerte sich recht vernünftig, meist über die Falkenjagd und grimmigere Varianten des Blutvergießens, aber der irre Glanz in seinen Augen war ebenso unverkennbar wie die Tatsache, dass sein bösartiger Jähzorn jeden Augenblick hervorzubrechen drohte. Er war es gewöhnt, den Tyrannen zu spielen, und nur zu Ilderim, den er vergötterte, war er mehr als höflich. Ab und zu fuhr er Gul an, aber der hochgewachsene schöne Mann mit Helm und Säbelschärpe sah ihm fest ins Auge und schien keine Sekunde lang die Fassung zu verlieren.

Abends speisten wir im Audienzsaal des Khans, saßen auf Kissen, langten mit den Fingern in die Schalen mit Schmorfleisch, Reis und Obst und tranken einen angenehmen nicht sehr starken afghanischen Branntwein. Wir waren ein rundes Dutzend, einschließlich Gul Schahs, und nachdem wir gegessen und vorschriftsmäßig gerülpst hatten, befahl Scher Afzul, für die Unterhaltung seiner Gäste zu sorgen. Die Kurzweil bestand aus einem guten Trickkünstler, ein paar klapperdürren Jünglingen mit einheimischen Flöten und Tomtoms und drei bis vier Tänzerinnen. Ich hatte so getan, als belustigten mich der Taschenspieler und die Musikanten, aber eine der Tänzerinnen schien mir mehr als einen höflichen Blick zu verdienen – ein prächtiges Geschöpf, sehr groß und langbeinig, mit einem mürrischen, kalten Gesicht und hellrot gefärbten Haaren, die ihr zu einem Zopf geflochten am Rücken herabhingen. Sehr viel mehr Hüllen hatte sie nicht mitgebracht; im übrigen trug sie eine tief an den Hüften festgeschnallte Satinhose und zwei Brustscheiben aus Messing, die sie auf Scher Afzuls Wunsch entfernte.

Er winkte sie zu sich heran, und der Anblick des goldfarbenen, nahezu nackten Körpers, wie er sich geschmeidig wand und drehte, ließ mich momentan vergessen, wo ich mich befand. Als sie ihren Tanz zu den dumpfen Tönen der Trommeln beendete, das geschminkte Gesicht schweißbedeckt, musste ich sie wohl mit meinen Augen verschlungen haben, denn Scher Afzul, vor dem sie sich bis zur Erde verneigte, packte sie beim Arm und zog sie näher heran, und mir fiel auf, dass Gul Schah sich auf seinem Kissen plötzlich vornüber beugte.

Auch Scher Afzul hatte es gemerkt; boshaft lächelnd ließ er seine Blicke hin und her wandern und begann mit der freien Hand den Körper des Mädchens zu streicheln. Sie fügte sich mit steinerner Miene, Gul aber machte ein Gesicht so finster wie das schwärzeste Gewitter. Höhnisch kichernd sagte Scher Afzul zu mir: „Gefällt sie dir, Flashman Bahadur? Hättest du Lust, dich mit so einer Katze zu balgen? Da – sie gehört dir!" Und er versetzte ihr einen so heftigen Stoß, dass sie mir kopfüber in den Schoß fiel. Ich fing sie auf. Mit einem Fluch war Gul Schah aufgesprungen. Seine rechte Hand langte nach dem Säbelgriff.

„Sie ist für keinen Feringi-Hund bestimmt!" rief er aus.

„Bei Gott – nein?" schrie Scher Afzul ihn an. „Wer sagt dir denn das?"

Gul Schah blieb ihm die Antwort nicht schuldig, und es kam zu einem netten kleinen Wortwechsel, der damit endete, dass Scher Afzul ihm die Tür wies. Ich hatte den Eindruck, dass das Mädchen ihm ein bisschen enttäuscht nachblickte, als er davon stapfte. Scher Afzul entschuldigte sich bei mir und sagte, ich dürfe mich nicht an Gul Schahs Benehmen stoßen, Gul Schah sei ein unverschämter Galgenstrick und gierig hinter den Weibern her. Ob mir die Kleine gefalle? Sie heiße Narriman, und wenn sie mir nicht zu Willen sei, solle ich nicht zögern, sie nach Herzenslust auszupeitschen.

Das alles richtete sich, wie ich wohl merkte, gegen Gul Schah, den es vermutlich nach diesem Frauenzimmer gelüstete, so dass Scher Afzul Gelegenheit hatte, ihn zu kujonieren. Ich befand mich in einem gewissen Dilemma. Ich hatte kein Verlangen, mir Gul Schahs Feindschaft zuzuziehen, konnte mir es aber nicht leisten, sozusagen Scher Afzuls

Gastfreiheit zurückzuweisen –, zumal diese Gastfreiheit noch außerdem sehr warm und nackt in meinem Schoß lag, atemlos noch von der Anstrengung des Tanzes und für mich recht aufregend.

Also bedankte ich mich und wartete ungeduldig, während die Zeit verging und Scher Afzul endlos von seinen Pferden, seinen Hunden und seinen Falken erzählte. Endlich war es überstanden, und mit Narriman an meiner Seite wurde ich in das private Zimmer geführt, das man mir zugeteilt hatte. Es war ein schöner, balsamischer Abend, aus dem Garten wehten Blumendüfte herein, und ich sah einer schlaflosen Nacht entgegen. Wie sich herausstellte, war es ein schauerlicher Reinfall: Sie lag da wie ein abgestochenes Schwein und starrte zur Decke hinauf, als wäre ich nicht vorhanden. Zuerst versuchte ich es mit Schmeicheleien, dann mit Drohungen. Schließlich aber, Scher Afzuls Rat befolgend, legte ich sie übers Knie und traktierte sie mit meiner Reitpeitsche. Da fiel sie plötzlich wie ein Panther mit Zähnen und Klauen über mich her und hätte mir um ein Haar die Augen ausgekratzt. Ich wurde so wütend, dass ich aus Leibeskräften auf sie eindrosch, aber sie wehrte sich trotz ihrer Nacktheit wie eine Furie; erst als ich ihr ein paar gesalzene Hiebe versetzte, wollte sie weglaufen. Dicht vor der Tür holte ich sie ein, und nach einem wilden Handgemenge glückte es mir, sie zu vergewaltigen. (Übrigens war das das einzige Mal in meinem ganzen Leben, dass ich es nötig hatte.) Es ist nicht ohne, aber ich würde es mir nicht gern zur Gewohnheit machen. Ich ziehe willige Frauen vor.

Nachher schob ich sie zur Tür hinaus – ich wollte nicht gern im Lauf der Nacht durch einen Daumennagel im Auge geweckt werden – und die Wächter führten sie ab. Die ganze Zeit hatte sie kein Wort geäußert.

Als Scher Afzul mein zerkratztes Gesicht sah, erkundigte er sich nach Einzelheiten, und als ich berichtete, was geschehen war, da konnten er und seine Schranzen sich vor Vergnügen nicht lassen. Gul Schah war nicht anwesend, aber ich bezweifle nicht, dass eifrige Zungen ihm die Mär hinterbringen würden.

Mir war es egal – und damit beging ich einen Fehler. Gul war zwar nur ein Neffe des Khans und noch dazu von unehelicher Geburt, aber dank seiner kriegerischen Fähigkeiten von großem Einfluss auf die Gilzai. Er fieberte danach, Scher Afzul zu stürzen und ihm seinen Thron zu rauben. Wenn ihm das glückte, würde die britische Garnison in Kabul übel daran sein, denn die Gilzai nahmen uns gegenüber eine sehr schwankende Haltung ein, und Gul würde den Ausschlag geben. Er hasste die Engländer. An Afzuls Stelle würde er die Pässe gesperrt haben, auch wenn das den Verlust der Laks bedeutete, die Indien zahlte, um sich den Zutritt zu sichern. Afzul aber war trotz seines Alters viel zu zäh und schlau, als dass man ihn schon jetzt hätte absetzen können, und Ilderim, wenn auch noch ein Knabe, sehr beliebt; seine Thronfolge galt als verbürgt. Beide waren uns freundlich gesinnt und konnten die übrigen Gilzai-Häuptlinge bei der Stange halten.

Dieses und so manches andere erfuhr ich in den nächsten zwei Tagen, da ich und meine Begleitung Ehrengäste in Mogala waren. Ich hielt Augen und Ohren offen. Die Gilzai waren äußerst gastfreundlich, von Afzul an bis hinunter zu den Dörflern, deren Hütten außerhalb der Mauer kauerten. Eines muss ich dem Afghanen zugute halten: Er ist, wenn ihm der Sinn danach steht, heimtückisch, bösartig, grausam, aber ein Prachtkerl, solange er dein Freund ist. Es kommt nur drauf an, haargenau zu beurteilen, *wann* er aufhört, dein Freund zu sein. Selten wird man rechtzeitig gewarnt.

Wenn ich aber an jene Zeit zurückdenke, darf ich sagen, dass ich mit den Afghanen wahrscheinlich besser ausgekommen bin als die meisten meiner Landsleute. Ich kann mir vorstellen, dass Thomas Hughes behaupten würde, charaktermäßig ähnle ich ihnen in mancher Hinsicht, und ich würde es nicht bestreiten. Wie dem auch sei, diese ersten Tage machten mir Spaß. Es fanden Pferderennen und auch andere Reiterwettbewerbe statt, und ich verschaffte mir ein erhebliches Ansehen dadurch, dass ich ihnen zeigte, wie man ein persisches Pony über die Hürden treiben kann. Hinzu kam die Falkenjagd, in der Scher Afzul ein Meister war, und jeden Abend ein festliches Gelage. Scher Afzul schenkte mir ein anderes Tanzmädchen, unter viel Gekicher und guten Ratschlägen, wie ich mit ihr umzugehen hätte; diese Ratschläge aber erwiesen sich als überflüssig.

So vergnüglich das alles sein mochte, konnte man doch keine Sekunde lang vergessen, dass man sich in Afghanistan die ganze Zeit auf des Messers Schneide bewegt, umgeben von erbarmungslosen und blutdürstigen Barbaren. Am zweiten Tag wurden vier Mann wegen Straßenraubes auf dem Burghof vor einer begeisterten Menschenmenge hingerichtet und ein fünfter, ein untergeordneter Häuptling, vom Leibarzt Scher Afzuls geblendet. Das ist bei den Afghanen eine übliche Form der Bestrafung. Wenn einer so einflussreich ist, dass man ihn nicht wie einen gewöhnlichen Verbrecher abschlachten kann, beraubt man ihn seines Sehvermögens, damit er keinen Schaden mehr anzurichten vermag. Es war ein widerliches Schauspiel. Einer meiner Soldaten und einige Gilzai gerieten sich in die Haare, weil er sie als dreckige Ausländer beschimpfte, was sie partout nicht begreifen konnten. „Ein Blinder ist ein Toter“ – so drückten sie sich aus. Ich musste mich bei Scher Afzul entschuldigen und Sergeant Hudson befehlen, den Mann strafexerzieren zu lassen.

Über alledem hatte ich Gul Schah und Narriman beinahe vergessen. Das war sehr unvorsichtig. Am dritten Tag, als ich es am wenigsten erwartete, wurde ich unsanft an jene Affäre erinnert.

Scher Afzul hatte eine Wildschweinjagd angeordnet. Wir vergnügten uns eine gute Stunde lang in den bewaldeten Schluchten des Mogala-Tals, wo es im Unterholz von Ebern wimmelt. Wir waren etwa zwanzig Mann, einschließlich Hudsons, Muhammed Iqbals und meiner Wenigkeit, unter der Leitung Scher Afzuls. Es war recht spannend, aber auch mühselig, und in dem wilden Gelände fiel es der Jagdgesellschaft schwer, beisammen zu bleiben. Muhammed Iqbal und ich folgten einer Schweißfährte, wurden von unseren Gefährten getrennt, gerieten aus dem dichten Forst in einen Engpass, und dort warteten sie auf uns – vier Reiter mit eingelegten Lanzen: Stumm kamen sie auf uns zugedonnert. Ich wusste instinktiv, dass das Guls Spießgesellen waren, die mich umbringen – und, zweifellos, dadurch auch Scher Afzul in den Augen der Engländer kompromittieren wollten.

Iqbal, ein Pathane, der den Kampf liebte, stieß einen Jubelschrei aus, rief: „Vorwärts, Husur!“ und ritt ihnen entgegen. Ich fackelte nicht lange; wenn er mit einer Übermacht anbinden wollte, war das ganz und gar seine Sache. Ich riss mein Pony herum und sprengte mit verhängten Zügeln auf den Wald zu, der Sicherheit halber mit dem einen Auge über die Achsel schielend.

Ich weiß nicht, ob er gemerkt hatte, dass ich ihn im Stich ließ. Es würde ihm nichts ausgemacht haben. So wie ich war er mit einer Lanze, auch mit Säbel und Pistole bewaffnet, also entledigte er sich erst einmal des Wurfgeschosses, schleuderte es dem Anführer des Gilzai-Trupps in die Brust und fiel mit geschwungenem Säbel über die drei übrigen her. Einen hieb er zusammen, die beiden anderen aber schwenkten an ihm vorbei – sie hatten es auf mich abgesehen.

Als sie hinter mir herjagten, gab ich meinem Pferd die Sporen. Iqbal seinerseits setzte ihnen nach. Er forderte mich mit wilden Zurufen auf, kehrt zu machen und mich dem Feind zu stellen, aber ich hatte nichts anderes im Kopf, als diesen höllischen Speerspitzen und den bärtigen Wolfsgesichtern zu entrinnen. Ich ritt wie von Furien gejagt – da stolperte das Pony, ich flog über seinen Kopf hinweg, schlug krachend ins Gesträuch und landete auf einem Steinhaufen, mühsam nach Luft japsend.

Die Büsche retteten mir das Leben. Die Gilzai konnten nicht ohne weiteres an mich herankommen Sie mussten das Dickicht umgehen. Ich rappelte mich auf und versteckte mich hinter einem Baumstamm. Eines der Ponys bäumte sich auf und hätte beinahe den Reiter abgeworfen. Er stieß einen Schrei aus und ließ die Lanze fallen, um sich im Sattel zu halten und da stürzte sich Iqbal auf die beiden, seinen Schlachtruf auf den Lippen. Der Gilzai, der sich an der Mähne seines Ponys festhielt, starrte mich finster an, seinem Mund entfuhren die wildesten Flüche, und plötzlich wurde das wutverzerrte Gesicht buchstäblich mitten entzweigerissen, da Iqbals Säbel auf seinen Kopf herab sauste, Käppchen und Schädel zerspaltend, als wären sie aus Holz gewesen. Der andere Reiter, der versucht hatte, mir um den Baumstamm herum eins zu versetzen, machte in dem Augenblick kehrt, als Iqbal seinen Säbel befreite, und die beiden wurden handgemein, Ross und Reiter in einem einzigen Knäuel. Einen atemberaubenden Augenblick lang hielten sie einander umschlungen, Iqbal bemüht, dem anderen die Spitze des Säbels in die Lende zu stoßen, während der Gilzai seinen

Dolch gezückt hatte. Ich hörte das dumpfe Echo der Schläge und Iqbals Rufe: „Husur! Husur!“ Dann lösten sich die Ponys voneinander, und die Kämpfer stürzten in den Staub.

Hinter meinem Baumstamm hervor sah ich plötzlich meine Lanze knapp einen Meter entfernt auf der Erde liegen, wo sie bei meinem Sturz hingefallen war. Warum ich nicht einem lebenslangen Instinkt folgte, ganz einfach weglief und die beiden es ausfechten ließ, weiß ich nicht – wahrscheinlich hatte ich das dunkle Gefühl, ich würde mich mit Schande bekleckern. Auf jeden Fall wagte ich mich ins Freie und griff nach der Lanze, und als der Gilzai just dabei war, die Oberhand zu gewinnen, und sein blutiges Messer schwang, rannte ich ihm die Lanzenspitze in den Rücken. Mit einem Aufschrei ließ er das Messer fallen, brach zusammen, wälzte sich strampelnd und fuchtelnd im Staube und starb.

Iqbal versuchte sich aufzurappeln, aber es war um ihn geschehen. Sein Gesicht war grau, ein großer roter Fleck quoll durch sein Hemd. Finster sah er mich an. Als ich zu ihm hinlief, gelang es ihm, sich auf dem einen Ellbogen hoch zu stemmen.

„Sur kabadsch!“ stieß er keuchend hervor. „Ya, Husur! Sur kabadsch!“

Dann sank er ächzend zurück; aber als ich neben ihm niederkniete, öffnete er noch einmal die Augen, ein leises Stöhnen kam von seinen Lippen, und er spuckte mir, so gut er konnte, ins Gesicht. Sterbend hatte er mich auf Hindi „Sohn einer Sau“ genannt, die schlimmste Beschimpfung, die ein Moslem kennt. Natürlich konnte ich seinen Gesichtspunkt begreifen.

Da stand ich nun, umgeben von fünf Toten – das heißt, vier waren tot, während der Mann, den Iqbal als ersten nieder gesäbelt hatte, stöhnend mit zerschmetterter Schläfe weiter oben im Hohlweg lag. Ich war durch den Sturz und die Aufregung ziemlich mitgenommen, sagte mir aber, je schneller er seinen letzten Seufzer tue, desto besser, also stolperte ich mit der Lanze zu ihm hin, zielte etwas unsicher und stieß sie ihm in die Gurgel. Gerade hatte ich sie aus der Wunde gezogen und mich auf dem Schlachtfeld umgesehen, da ließen sich Rufe und Hufgeklapper vernehmen, und Sergeant Hudson kam aus dem Walde galoppiert.

Im Nu hatte er es erfasst – die Leichen, den blutbespritzten Boden und mittendrin den tapferen Flashy als einzigen Überlebenden. Kaum aber hatte er, der tüchtige Soldat, konstatiert, dass ich wohlbehalten sei, machte er die Runde, um sich zu vergewissern, dass keiner der Feinde sich etwa nur tot stelle. Beim Anblick Iqbals stieß er einen traurigen Pfiff aus, sagte dann gelassen: „Befehle, Sir?“

Nach und nach kam ich wieder zu Atem und zur Besinnung und überlegte mir, was nun zu tun sei. Ich war überzeugt, dass Gul dahinter steckte; wie aber würde Scher Afzul reagieren? Er könnte geltend machen, dass sein guter Ruf bei den Briten ohnedies zum Teufel sei, und, um einer üblen Sache die beste Seite abzugewinnen, uns allen den Hals abschneiden. Das war ein erheiternder Gedanke, aber bevor ich Zeit gehabt hatte, ihn zu verdauen, erscholl aus dem Walde ein Prasseln und lautes Hallo, und herbei kam der Rest der Jagdgesellschaft mit Afzul an der Spitze.

Vielleicht hatte die Furcht meinen Verstand geschärft – das passiert mir oft. Blitzschnell entschloss ich mich zu dem denkbar besten Kurs: mich aufs hohe Ross zu setzen. Sie hatten kaum erst ihre Verwunderung geäußert und den Namen Gottes angerufen, während sie sich aus dem Sattel schwangen, da trat ich vor Afzul hin und hielt ihm die blutige Lanze unter die Nase.

„Gastfreundschaft der Gilzai!“ rief ich mit Donnerstimme „Schau dir das an! Mein Diener ermordet, ich selber durch ein Wunder entronnen! Ist das die Ehre der Gilzai?“

Er starrte mich an wie von Sinnen, sein Mund zuckte grauenhaft, und eine Minute lang glaubte ich mich verloren. Dann schlug er die Hände vors Gesicht und begann von Schande und Entehrung zu babbeln und von den Gästen, die sein Salz gegessen hätten. Ich glaubte, jetzt hätte ihn vorübergehend der helle Wahnsinn gepackt, und das kam mir zugute. Er hörte nicht auf zu jammern und sich den Bart zu raufen; zuletzt ließ er sich aus dem Sattel gleiten und trommelte mit den Fäusten auf den Erdboden. Seine Kreaturen umringten ihn schleunigst, lamentierten und riefen Allah an – alle bis auf Ilderim, der sich das Blutbad ansah und ganz einfach sagte:

„Das ist Gul Schahs Werk, Vater!“

Dem alten Afzul verschlug es erst einmal den Atem. Dann schwenkte er in eine andere Bahn ein, schrie fürchterlich, wie er Gul die Augen und die Eingeweide aus dem Leibe reißen und ihn an Haken aufhängen würde, damit er Zoll für Zoll verrecke, und dergleichen ausgezeichnete Einfälle mehr. Ich kehrte ihm den Rücken und bestieg mein Pony, das Hudson heran geführt hatte, und da kam Afzul auf mich zugelaufen, packte meinen Stiefel und gelobte mit Schaum vor dem Munde, diesen Angriff auf meine Person und seine Ehre entsetzlich zu rächen.

„Meine Person ist meine Angelegenheit“, sagte ich, von Kopf bis Fuß der britische Offizier, „und deine Ehre die deine. Ich nehme deine Entschuldigung an.“ Nachdem er sich ausgetobt hatte, flehte er mich an, ich solle ihm sagen, was er tun könne, um den Schaden wett zu machen. Er zitterte nicht schlecht um seine Ehre – und zweifellos auch um die Subsidien – und schwor, was auch immer ich verlangte, werde geschehen: Nur möge ich ihm und den Seinen verzeihen.

„Mein Leben! Das Leben meines Sohnes! Tribute, Schätze, Flashman Bahadur! Geiseln! Ich will vor McNaghten Husur hintreten und mich demütigen! Ich werde zahlen!“

Er stammelte drauflos, bis ich ihm ins Wort fiel und erklärte, Ehrenschulden ließen wir Briten uns nicht bezahlen. Aber ich hielt es für geraten, den Bogen nicht zu hart zu spannen, solange er in dieser Laune war, deshalb fügte ich hinzu, es sei ja, abgesehen vom Tode meines Dieners, eine Bagatelle, die wir möglichst schnell vergessen wollten.

„Aber meine Ehre soll dir verbürgt werden!“ rief er aus. „Ja, du wirst sehen, dass die Gilzai ihre Schulden begleichen! In Gottes Namen – meinen Sohn, meinen Sohn Ilderim gebe ich dir als Geisel mit! Bring ihn McNaghten Husur zum Zeichen meiner Treue! Beschäme mich nicht in meinem Alter, Flashman Husur!“

Geiseln zu stellen ist bei den Afghanen üblich und in diesem Falle fand ich die Sitte nicht unvorteilhaft. Solange Ilderim sich in meinem Gewahrsam befand, brauchten wir nicht zu befürchten, dass der hysterische alte Narr, wenn sein Wahnsinn eine neue Wendung nahm, sich auf Dummheiten einließ. Und dem jungen Mann schien der Gedanke sehr zu behagen. Wahrscheinlich fand er es spannend, mich nach Kabul begleiten, die Armee der großen Königin sehen und noch dazu als mein Schützling in ihren Reihen reiten zu dürfen.

Also nahm ich Scher Afzul unverzüglich beim Wort und gelobte, damit sei die Schande getilgt; Ilderim werde nicht von meiner Seite weichen, bis ich ihn in Gnaden verabschiedete. Daraufhin wurde der alte Khan weinerlich, zückte seinen Khaiber-Dolch und Ilderim musste auf die blanke Klinge schwören, mir treu zu dienen. Alles jubelte, Afzul ging von einem toten Gilzai zum anderen, trat sie mit Füßen und ersuchte den lieben Gott, sie ordentlich zu verdammen. Sodann kehrten wir nach Mogala zurück. Die dringende Bitte, zum Beweis meiner Freundschaft ein wenig länger zu bleiben, lehnte ich ab: Ich hätte, sagte ich, meine Befehle zu befolgen und müsse schleunigst nach Kabul; es gehe nicht an, hier zu zögern, da ich eine so wichtige Geisel wie den Sohn des Khans von Mogala zu überbringen hätte.

Er nahm die Sache äußerst ernst und versprach, seinen Sohn reich auszustatten, wie es einem Prinzen gezieme (das war nun freilich ein bisschen übertrieben). Ein Dutzend Gilzai-Reiter sollten seine und meine Eskorte sein. Abermals wurden feierliche Eide geleistet, und zuletzt war Scher Afzul bei allerbester Laune. Es sei, beteuerte er, für die Gilzai eine Ehre, einem so glorreichen Krieger wie Flashman Husur dienen zu dürfen, der eigenhändig (Iqbal wurde bequemer weise vergessen) vier Feinde zur Strecke gebracht habe und den Gilzai für immer durch seinen Mut und seine Großherzigkeit teuer sein werde. Zum Beweis dessen werde er mir Gul Schahs Ohren, Augen und Nase nebst anderen wichtigen Organen schicken, sobald er sich des Mannes bemächtigt habe.

So verließen wir Mogala. Ich hatte mir an diesem ereignisreichen Morgen eine persönliche Gefolgschaft afghanischer Stammeskrieger und einen guten Ruf erworben. Bessere als Ilderim und die zwölf Gilzai hätte ich in ganz Afghanistan nicht auftreiben können und auch der Spitzname „Blutige Lanze“, den Scher Afzul mir angehängt hatte, war nicht von Übel. Übrigens hatte das alles zur Folge, dass Afzul geflissentlicher denn je um das Bündnis mit den Briten bemüht war; also hatte ich auch meine *Mission* erfolgreich durchgeführt. Als wir nach Kabul aufbrachen, war ich sehr mit mir zufrieden.

Natürlich vergaß ich nicht, dass ich mir außerdem einen gefährlichen und erbitterten Feind aufgehalst hatte. *Wie* erbittert Gul Schah war, sollte sich mit der Zeit erweisen.

Kapitel 7

Jedes Aufsehen, das die Affäre von Mogala nach unserer Rückkehr in Kabul hätte erregen können, wurde durch die am selben Tag fällige Ankunft des neuen Armeekommandeurs, General Elphinstones, meines Chefs und Gönners, überschattet. Damals ärgerte ich mich, weil ich mir einbildete, etwas ganz Vortreffliches geleistet zu haben, und war sehr pikiert, als keinem Menschen mein Scharmützel mit den Gilzai und die von mir beschafften Geiseln mehr wert waren als eine hochgezogene Braue und ein „Ach, nein, wirklich?" Aber im Rückblick kann ich sagen, dass Kabul und die Armee, ohne es zu ahnen, recht hatten, wenn sie Elphys Ankunft als einen äußerst bedeutsamen Vorfall betrachteten. Sie eröffnete ein neues Kapitel, sie war der Auftakt zu Ereignissen, die in der ganzen Welt ein Echo weckten. Elphy, aufs beste unterstützt durch den wackeren McNaghten, stand dicht vor dem Höhepunkt seiner Karriere und war im Begriff, das schändlichste, lächerlichste Debakel in der Militärgeschichte Großbritanniens zu inszenieren.

Thomas Hughes würde es zweifellos für bezeichnend halten, dass ich aus einer so ungeheuerlichen Katastrophe Ruhm, Ehre und Rang gewinnen sollte – ohne ihrer würdig zu sein. Wer aber meinen Lebensweg bis hierher verfolgt hat, wird sich darüber ganz und gar nicht wundem.

Mit Verlaub – wenn ich von Katastrophe rede, spreche ich aus eigener Erfahrung. Ich habe bei Balaklawa, bei Khanpur und am Little Big Horn gefochten. Man nenne mir die größten geborenen Dummköpfe, die im neunzehnten Jahrhundert eine Uniform getragen haben – Cardigan, Sale, Custer, Eaglan, Lucan: Ich habe sie alle gekannt. Man male sich jedes nur erdenkliche Missgeschick aus, das einer Kombination von Torheit, Feigheit und schierem Pech zu entspringen vermag, und ich werde Kapitel und Vers zitieren. Aber nach wie vor behaupte ich ohne Zögern, dass an reiner, hilfloser Stupidität, an prachtvoller Unfähigkeit in der Befehlsführung, an Unwissenheit im Verein mit mangelndem Urteilsvermögen – kurz, an echter Begabung für Katastrophen – Elphy Bey einzigartig war. Andere mögen Kritik verdient haben, Elphy jedoch überglänzt sie alle als der größte Militäridiot unserer oder jeder beliebigen anderen Zeit.

Nur er, er allein, war imstande, den Ersten Afghanischen Krieg aufflammen und einer so vernichtenden Niederlage entgegen rollen zu lassen. Es war nicht leicht: Er startete mit einer guten Truppe, einer sicheren Position, einigen ausgezeichneten Offizieren, einem desorganisierten Gegner und wiederholten Gelegenheiten, die Situation zu retten. Elphy aber, von der Aura des wahren Genies bestrahlt, schob alle diese Hindernisse mit unbeirrbarer Präzision zur Seite und schuf aus der Ordnung vollendetes Chaos. Selbst wenn uns das Glück lächelt, werden wir nimmer seinesgleichen sehen.

Das erzähle ich aber nicht als Vorwort zu einer kriegsgeschichtlichen Abhandlung, sondern aus einem ganz anderen Grund. Wenn man meine Laufbahn richtig beurteilen, wenn man begreifen will, auf welchen Umwegen aus dem relegierten Rowdy ein Held wurde, muss man wissen, wie es in jenem außergewöhnlichen Jahr 1841 ausgesehen hat. Die Geschichte des Krieges und seiner Anfänge liefert den Hintergrund, wenn auch der schneidige Harry Flashman als Hauptfigur den Vordergrund beherrscht.

So kam denn Elphy nach Kabul und wurde mit viel Tamtam und vollgepackten Straßen empfangen. Schudschah hieß ihn in der Bala Hissar willkommen, die Armee im Kantonnement zwei Meilen außerhalb der Stadt hielt ihm zu Ehren eine Parade ab, die Damen der Garnison umschwärmten ihn, McNaghten atmete erleichtert auf, als er Willoughbys Rücken sah, und man war allgemein recht zufrieden damit, einen so gütigen und populären Kommandeur zu bekommen. Nur Burnes schien, als ich mich an jenem ersten Tag bei ihm meldete, die Fröhlichkeit nicht zu teilen. „Es ist wohl in Ordnung, dass man sich freut", sagte er und strich sich auf seine affektierte Art das schwarze Schnurrbärtchen. „Aber, wissen Sie, Elphys Ankunft ändert nichts an den Dingen, wie sie sind. Schudschah sitzt nicht fester auf seinem Thron und die Befestigungen des Kantonnements sind nicht besser geworden, nur weil Elphy sein Antlitz über uns leuchten lässt. Ach ja, ich glaube, es wird schon werden, aber Kalkutta hätte uns doch vielleicht lieber einen stärkeren, forscheren Mann schicken sollen."

Eigentlich hätte ich ihm diese herablassende Bemerkung über meinen Chef ein bisschen verübeln müssen, aber als ich Elphy Bey später am selben Tage zu sehen bekam, bezweifelte ich nicht länger, dass Burnes recht hatte. In den Wochen, seit ich mich in Kalkutta von ihm getrennt hatte, war es mit ihm bergab gegangen. Er machte einen verbrauchten, fast klapprigen Eindruck und zog es vor, sich möglichst wenig zu bewegen. Seine Hand zitterte, als er sie mir reichte, und fühlte sich an wie ein Bündel dürrer Reiser in einem Sack. Er freute sich aber, mich zu sehen.

„Sie haben sich bei den Gilzai ausgezeichnet, Flashman", sagte er. „Sir Alexander Burnes hat mir berichtet, Sie hätten uns wichtige Geiseln zugeführt. Das ist eine exzellente Nachricht – besonders für unseren Freund, den Herrn Gesandten.“ Er wandte sich zu McNaghten, der Tee trinkend neben ihm saß und wie eine alte Jungfer seine Tasse in spitzen Fingern hielt. McNaghten schnaubte verächtlich durch die Nase. „Ich glaube, die Gilzai brauchen uns keine große Sorge zu machen“, sagte er. „Natürlich sind sie üble Briganten, aber eben doch nur Briganten. Lieber hätte ich Geiseln, die mir das Wohlverhalten Akbar Khans verbürgen.“

„Sollen wir Flashman beauftragen, uns welche zu besorgen?“ Elphy sah mich lächelnd an, um mir zu zeigen, dass ich mir McNaghtens Abfuhr nicht zu Herzen nehmen dürfe. „Er scheint in dieser Hinsicht sehr begabt zu sein.“ Er erkundigte sich nach den Einzelheiten meiner Mission, forderte mich auf, ihn mit dem jungen Ilderim Khan bekannt zu machen, und behandelte mich überhaupt äußerst zuvorkommend.

Aber es fiel mir schwer, nicht zu vergessen, dass dieser gebrechliche alte Herr mit seinem gemütlichen Geplauder der Befehlshaber einer Armee war. Selbst in diesen wenigen Minuten war alles, was er sagte, viel zu poliert und vage, und er beugte sich allzu sehr dem Willen McNaghtens, um als Heerführer Vertrauen einzuflößen.

„Wie, glauben Sie, würde er sich bewähren, wenn uns die Afghanen Scherereien machten?“ sagte Burnes zu einem späteren Zeitpunkt. „Na, hoffen wir, dass wir es nicht erfahren müssen.“

In den nächsten paar Wochen, die ich fast ständig in Elphys Umgebung verbrachte, begann ich diese Hoffnung zu teilen. Es lag nicht nur daran, dass der Mann zu alt und zu kraftlos war, um als Kommandeur viel zu taugen: Er stand von Anfang an unter der Fuchtel McNaghtens, und da McNaghten entschlossen war, sich einzubilden, alles sei in bester Ordnung, musste auch Elphy es glauben. Und keiner der beiden vertrug sich mit Elphys Stellvertreter Shelton, einem rüden Grobian. Diese Zwietracht an der Spitze nährte in den unteren Rängen Unruhe und Misstrauen.

Wenn das nicht schlimm genug war, so wurde es durch die Zustände innerhalb der Armee nur noch verschlimmert. Das Kantonnement war nicht der richtige Standort für eine Garnison, es fehlte an geeigneten Befestigungsanlagen, die wichtigsten Kaufläden lagen außerhalb seiner Mauern, und einige der wichtigsten Offiziere – zum Beispiel Burnes selber – hatten ihr Quartier zwei Meilen weit weg in der Stadt. Aber wenn man bei McNaghten protestierte – und besonders die aktivsten Leute wie Broadfoot ließen es nicht an Protesten fehlen – wurde man als Miesmacher abgetan und in schärfstem Ton darauf aufmerksam gemacht, wie unwahrscheinlich es sei, dass die Armee überhaupt zu kämpfen haben würde. Wenn dergleichen sich herumspricht, erlischt das Vertrauen, und der Soldat wird schlapp. Das ist überall gefährlich, besonders gefährlich aber in einem fremden Land mit einer unberechenbaren Bevölkerung.

Elphy freilich, der im Lager herum werkelte, und McNaghten, die Nase tief in seinem Briefwechsel mit Kalkutta, sahen keinerlei Anzeichen dafür, dass die friedliche Situation alles eher als stabil sei. Auch die meisten Offiziere und Soldaten merkten nichts; in ihrer Unwissenheit verachteten sie die Afghanen und hatten von allem Anfang an die Expedition als eine Festivität betrachtet. Einige unter uns aber witterten Unrat.

Ein paar Wochen nach Elphys Ankunft erwirkte Burnes meine Abkommandierung aus dem Stab, weil er sich meine Paschtu-Kenntnisse und mein Interesse an dem Land zunutze machen wollte. „Ach du meine Güte!“ seufzte Elphy. „Sir Alexander mischt sich in alles ein. Er nimmt mir sogar meine Adjutanten weg, als ob ich sie ohne weiteres entbehren könnte. Aber es gibt ja so viel zu tun, und ich schaffe es nicht, weil ich nicht gesund bin." Ich ging nicht ungern weg; als Elphys Adlatus war ich mir wie ein Krankenwärter in einer medizinischen Klinik vorgekommen.

Burnes lag daran, dass ich mich gründlich im Lande umsah, meine Beherrschung der Sprache vervollkommnete und mit möglichst vielen einflussreichen Afghanen bekannt wurde. Er erteilte mir eine Anzahl kleiner Aufträge ähnlich der Mogala-Mission; eigentlich war ich nichts weiter als ein Bote, sammelte aber wertvolle Erfahrungen, besuchte Städte und Dörfer in der Umgebung Kabuls, lernte Durani, Kohistani, Baruski und so weiter kennen und „fühlte ihnen den Puls", wie Burnes es formulierte.

„Das Soldatenhandwerk in allen Ehren", sagte er zu mir, „aber die Männer, die über das Wohl und Wehe einer Armee auf fremdem Boden entscheiden, sind wir Politiker. Wir treffen die Leute, auf die es ankommt, wir lernen sie kennen, wir wittern, woher der Wind weht. Wir sind die Augen und die Ohren – ja, und auch die Zunge. Ohne uns ist das Militär blind, taub und stumm."

Wenn also auch gewisse Flegel wie Shelton höhnische Bemerkungen machten über „junge Dachse, die sich in den Bergen herumtreiben und Nigger mimen", hörte ich auf Burnes und versuchte zu wittern, woher der Wind weht. Oft nahm ich Ilderim mit und zuweilen auch seine Gilzai; sie erklärten mir die im Bergland geltenden Überlieferungen und die Sitten der Bevölkerung – wer eine wichtige Rolle spielt, mit welchen Stämmen besser auszukommen ist und warum, dass die Kohistani uns freundlicher gesinnt sind als die Abisai, welche Clans einander befehden, wie man über die Perser und die Russen denkt, wo die besten Pferde zu haben sind, wie die Hirse angebaut und geerntet wird: alle die trivialen Auskünfte, die das Wechselgeld des Landlebens sind. Ich will nicht behaupten, dass ich mich in diesen wenigen

Wochen zu einem Fachmann entwickelt oder Afghanistan jemals „kennengelernt" hätte, aber ich schnappte hier und dort ein bisschen was auf und begriff mit der Zeit, dass diejenigen, die das Land nur vom Kantonnement in Kabul aus studierten, nicht besser Bescheid wussten, als man sich in einem Haus orientiert, wenn man die ganze Zeit nur in ein und demselben Zimmer hockt. Für jeden aber, der Augen hatte, um über Kabuls Grenzen hinaus zu schauen, waren die Sturmzeichen unverkennbar. Im Gebirge zog ein Gewitter herauf unter den wilden Stämmen, die Schah Schudschah nicht als ihren König anerkannten und die britischen Bajonette hassten, welche ihn im Elfenbeinturm der Zitadelle Bala Hissar beschützten. Es mehrten sich die Gerüchte, Akbar Khan, Sohn des alten Dost Mohammed, den wir entthront hatten, sei endlich aus dem Hindukusch herabgestiegen und sammle Anhänger unter den Häuptlingen; es hieß, er sei der Abgott der kriegerischen Clans und binnen kurzem werde er mit seinen Horden über Kabul herfallen, Schudschah stürzen und die Feringis entweder nach Indien zurückjagen oder Mann für Mann in ihrem Lager abschlachten.

McNaghten konnte von seinem hübsch möblierten Amtszimmer in Kabul aus derlei Gerüchte mit einem spöttischen Achselzucken abtun; anders aber klang es hoch oben auf den Kämmen jenseits des Dschugdulluk oder talwärts gegen Ghusni zu, wenn man von hastig einberufenem Kriegsrat und reitenden Boten hörte, von bewaffneten Versammlungen, die durch heilige Männer aufgestachelt wurden, und von Flammenzeichen längs der Pässe. Das verstohlene Lächeln, die prompten Beteuerungen, der Anblick großspurig umher stolzierender Ghazi, die bis an die Zähne bewaffnet waren und anscheinend nichts zu tun hatten, die Atmosphäre wachsender Unruhe – mir sträubten sich immer wieder die Haare im Nacken.

Sie dürfen mich nicht missverstehen: Die Arbeit, die man mir aufgehalst hatte, behagte mir nicht. In Gesellschaft Ilderims und meiner Gilzai wurde ich fast überall recht freundlich empfangen, und sie selber waren unfehlbare Augen und Ohren: Da sie das Salz der Königin Viktoria gegessen hatten, waren sie bereit, ihr im Notfall auch gegen die eigenen Landsleute zu dienen – aber es war trotzdem gefährlich. Sogar wenn ich Landestracht angelegt hatte, begegnete ich ab und zu finsteren Mienen und versteckten Drohungen, musste mit anhören, wie man sich über die Briten lustig machte und Akbars Namen pries. Als Freund der Gilzai und einigermaßen berühmter Mann – Ilderim versäumte keine Gelegenheit, mich als die „Blutige Lanze" vorzustellen –, wurde ich geduldet, wusste jedoch, diese Duldsamkeit könne jeden Augenblick ein jähes Ende nehmen. Anfangs hatte ich ständig die Hosen voll, aber nach einer Weile wurde ich fatalistisch; vielleicht rührt das vom Umgang mit Leuten her, die fest überzeugt sind, jedes Menschen Schicksal stehe unwandelbar auf seiner Stirn geschrieben.

So begannen sich denn in den Bergen die Wolken zusammenzuballen, während in Kabul die britische Armee Cricket spielte und Elphinstone und McNaghten einander Brieflein schrieben, in denen sie konstatierten, wie ruhig die Lage sei. Der Sommer schleppte sich dahin, die Wachtposten dösten in der stickigen Hitze des Lagers, Burnes gähnte und hörte sich träge meine Meldungen an, bewirtete mich fürstlich und ging mit mir in den Bazar, um zu huren – und eines schönen Tages erhielt McNaghten aus Kalkutta einen Brief, in dem über die Unterhaltskosten unserer Armee in Kabul geklagt wurde; da sah er sich nach möglichen Ersparnissen um.

Leider erwartete er gerade um diese Zeit seine Beförderung und Versetzung als Gouverneur nach Bombay. Das Bewusstsein, dass er Kabul bald verlassen werde, mag ihn unvorsichtig gemacht haben. Jedenfalls fiel ihm, als er nach Möglichkeiten suchte, die Ausgaben zu senken, jener Gedanke ein, der schon General Nott zutiefst erschreckt hatte. Er beschloss, den Gilzai die Subsidien zu kürzen.

Ich war soeben von einem Besuch bei der Garnison von Kandahar nach Kabul zurückgekehrt und erfuhr, dass man die Gilzai-Häuptlinge hatte kommen lassen und ihnen mitgeteilt hatte, sie würden von nun an statt der 8.000 Rupien pro Jahr nur noch 5.000 erhalten, um den freien Zugang zu den Pässen zu sichern. Als Ilderim davon hörte, machte er ein langes Gesicht und sagte:

„Es wird Verdruss geben, Flashman Husur. Er hätte besser daran getan, einem Ghazi Schweinefleisch anzubieten, als die Gilzai um ihr Geld zu prellen." Natürlich hatte er recht: Er kannte seine Landsleute. Als McNaghten den Gilzai-Häuptlingen seine Entscheidung übermittelte, lächelten sie vergnügt und ritten friedlich von dannen. Drei Tage später wurde der Munitionskonvoi aus Peschawar im Khurd-Kabul-Pass von einer Schar heulender Gilzai und Ghazi in Stücke gerissen. Sie plünderten die Karawane, schlachteten die Kameltreiber ab und machten sich mit zwei Tonnen Pulver und Blei aus dem Staub.

McNaghten war irritiert, aber unbekümmert. Da ihm Bombay winkte, würde er nicht Kalkutta wegen eines Scharmützels, wie er es nannte, alarmieren.

„Für diesen Unfug müssen sie eins auf den Deckel bekommen", sagte er und verfiel abermals auf eine brillante Idee: Er würde, um die Kosten zu vermindern, zwei Bataillone nach Indien zurückschicken und sie beauftragen, auf dem Heimweg den Gilzai eine Lektion zu erteilen. Zwei Fliegen auf einen Schlag. Die Sache hatte nur einen Haken: Seine zwei Bataillone mussten sich den Weg bis Gandamak fast Zoll für Zoll erkämpfen. Die Gilzai beschossen sie aus dem Hinterhalt und überfielen sie mit jähen Kavallerie-Attacken. Schlimm genug. Noch schlimmer war, dass unsere Truppen sich erbärmlich schlugen. Sogar unter dem Befehl General Sales – des hochgewachsenen, schönen „Fighting Bob", der seine Leute aufzufordern pflegte, auf ihn zu schießen, wenn sie Lust hätten zu meutern – war die Säuberung der Pässe ein langwieriger, kostspieliger Prozess.

Ich bekam einiges zu sehen, weil Burnes mich zweimal mit Briefen McNaghtens zu General Sale schickte, der dringend ermahnt wurde, Dampf dahinter zu setzen. Es war gleich beim ersten Mal ein erschütterndes Erlebnis. Ich hatte mit einer vergnüglichen Reitpartie gerechnet, die es denn auch bis zur letzten halben Meile war – bis ich auf Sales Nachhut stieß, die unter George Broadfoot jenseits des Dschugdulluk lagerte. Überall war es denkbar friedlich zugegangen, und ich überlegte mir gerade, wie übertrieben doch Sales Meldungen gewesen seien, als urplötzlich aus einer „Nullah", einem trockenen Flussbett, eine Reiterschar hervor preschte, heulend wie Wölfe und die Dolche schwenkend.

Ich gab ganz einfach meinem Pferd die Sporen, duckte mich und jagte den Bergpfad entlang, als wären sämtliche Höllengeister hinter mir her gewesen (sie *waren* hinter mir her). Halbtot taumelte ich in Broadfoods Lager. Zum Glück hielt er meine Angst für Erschöpfung. George hatte den schlechten Geschmack, alles eher komisch zu finden: ein Klotz ohne Nerven, der es gewöhnt war, im Feuer der Heckenschützen umher zu spazieren und seine Brillengläser zu putzen, obwohl sein roter Rock und sein noch röterer Bart ihn zu einer prächtigen Zielscheibe machten.

Er schien außerdem anzunehmen, es seien alle anderen genauso unbekümmert wie er, denn er schickte mich noch am selben Abend mit einem Schreiben nach Kabul zurück, in dem er rundheraus erklärte, es sei aussichtslos, die Pässe mit Gewalt öffnen zu wollen. Man werde mit den Gilzai verhandeln müssen. Ich unterstützte diesen Standpunkt Burnes gegenüber mit allem Nachdruck. Obwohl ich auf dem Rückweg nicht behelligt worden war, hielt ich es für ausgemacht, dass die Gilzai es ernst meinten, und an sämtlichen Postierungen längs der Kabulroute war die Rede davon, andere Stammeskrieger versammelten sich in den Bergen oberhalb der Pässe.

Als ich meinen Bericht erstattete, musterte Burnes mich mit merkwürdiger Miene; er glaubte, ich sei verängstigt und male den Teufel an die Wand. Jedenfalls protestierte er nicht, als McNaghten erklärte, Broadfoot sei ein Esel und Sale unfähig, und sie sollten sich gefälligst eifriger ins Zeug legen, wenn sie vor Einbruch des Winters den Zugang zu Dschalalabad – etwa zwei Drittel des Weges von Kabul nach Peschawar – gesäubert haben wollten. Also blieb es Sales Brigade überlassen, schlecht und recht weiter zu wursteln, und Burnes (der sich mit dem Gedanken trug, McNaghtens Posten als Gesandter zu übernehmen) schrieb, es herrsche „im Großen und Ganzen Ruhe". Na ja, er hat für seine Torheit büßen müssen.

Ein bis zwei Wochen später – es war bereits Oktober geworden – schickte er mich abermals mit einem Schreiben zu Sale. Mit der Säuberung der Pässe war man kaum voran gekommen, die Gilzai waren so aktiv wie nur je und unseren Truppen allemal überlegen, und es mehrten sich die Gerüchte, dass in Kabul selbst Unheil nahe. Burnes war immerhin so vernünftig, eine gewisse Besorgnis zu äußern, McNaghten aber nach wie vor total verblendet, während Elphy Bey ganz einfach von einem zum anderen blickte und allem zustimmte, was gesagt wurde. Doch auch Burnes hatte nicht begriffen, dass die Zeit drängte; ihm lag nur daran, Sale an den Wagen zu fahren, weil es ihm nicht glückte, den Gilzai ihre Mucken auszutreiben.

Diesmal ließ ich mich von meinen Gilzai unter Ilderim eskortieren, in der Annahme, die Herrschaften seien zwar theoretisch verpflichtet, auch gegen die eigene Sippe zu kämpfen, würden aber in der Praxis sehr wahrscheinlich davon absehen, sich auf eine Schießerei mit Brüdern einzulassen. Die Richtigkeit meiner Hypothese habe ich nicht ausprobiert. Als wir ostwärts über die Pässe zogen, zeigte sich deutlich, dass die Lage schlimmer war, als irgendwer in Kabul sich es vorgestellt hatte, und da sagte ich mir: Du für deine Person wirst gar nicht erst versuchen, dich zu Sale durchzuschlagen. Die ganze Gegend jenseits des Dschugdulluk war in Aufruhr geraten, und in den Bergen wimmelte es von feindlichen Afghanen, die entweder unterwegs waren, um Sales Streitkräfte endgültig zu vernichten, oder aber etwas Größeres vorbereiteten. Unter den Dorfbewohnern wurde von einem Dschihad, einem heiligen Krieg gemunkelt, der, wie es hieß, binnen kurzem aufflammen und die Feringis vertreiben werde. Sale war jetzt hoffnungslos abgeschnitten; es gab keine Möglichkeit mehr, ihn von Dschalalabad aus oder auch nur von Kabul aus zu entsetzen – ach, Kabul würde sehr bald alle Hände voll zu tun haben, um die eigene Haut zu retten.

Das bekam ich zu hören, als ich fröstelnd an einem Lagerfeuer neben der Surkab-Straße saß. Ilderim schüttelte den Kopf und sagte: „Du musst umkehren, Flashman Husur. Es ist zu gefährlich. Gib mir den Brief. Obwohl ich das Salz der Königin gegessen habe, werden meine Landsleute mich durchlassen.“

Das klang so vernünftig, dass ich ihm ohne Widerrede Burnes' an Sale gerichtetes Schreiben aushändigte und mich noch in derselben Nacht auf den Rückweg nach Kabul machte. Vier Gilzai-Geiseln begleiteten mich. Zu dieser Stunde wollte ich möglichst viele Meilen zwischen mich und die aufrührerischen Afghanen bringen. Hätte ich jedoch gewusst, was mich in Kabul erwartete, dann wäre ich zu Sale geritten und hätte mich glücklich geschätzt.

Nach einem anstrengenden Tagesmarsch erreichten wir Kabul vor Einbruch der Dunkelheit. Noch nie hatte ich eine so bedrückende Stille erlebt. Die Zitadelle Bala Hissar dräute über den menschenleeren Straßen, die wenigen, die sich blicken ließen, standen in kleinen Gruppen an den Ecken und in den Haustüren, über der ganzen Stadt lag eine Untergangsstimmung. In der Stadt selber war kein britischer Soldat zu sehen. Ich war froh, als ich die Residenz erreicht hatte, wo Burnes mitten im Zentrum wohnte, und das schwere Gittertor hinter mir zufallen hörte. Die bewaffneten Wachtposten, die für Burnes' persönliche Sicherheit sorgten, standen auf dem Hof bereit, während andere sich auf den Mauern der Residenz aufgepflanzt hatten; das Fackellicht beglänzte Gürtelschnallen und Bajonette, und das Ganze sah aus, als mache man sich auf eine Belagerung gefasst. Burnes selbst aber saß lesend in seinem Arbeitszimmer, kalt wie eine Hundeschnauze, bis er mich erblickte. Beim Anblick meiner offensichtlichen Hast und Verwahrlostheit – ich trug afghanische Tracht und war nach etlichen im Sattel verbrachten Tagen ziemlich schmutzig –, sprang er auf.

„Was zum Kuckuck haben Sie hier zu suchen?“ fragte er.

Ich sagte ihm Bescheid und fügte hinzu, sehr wahrscheinlich sei bereits eine afghanische Armee im Anmarsch, um meine Meldung zu bekräftigen.

„Das Schreiben an Sale!“ schnauzte er. „Wo ist es? Haben Sie es nicht überreicht?“

Ich erzählte ihm von Ilderim, und ausnahmsweise einmal vergaß der geschniegelte kleine Geck seine sorgfältig gepflegte Gelassenheit.

„Grundgütiger Himmel!“ rief er aus. „Sie haben den Brief einem Gilzai anvertraut?“

„Einem freundlich gesinnten Gilzai“, entgegnete ich. „Einer Geisel – vergessen Sie das nicht.“

„Sind Sie wahnsinnig?“ Sein Schnurrbärtchen zuckte. „Wissen Sie denn nicht, dass man sich auf keinen Afghanen verlassen darf, Geisel hin, Geisel her?“

„Ilderim ist der Sohn eines Khans und auf seine Weise ein Gentleman“, sagte ich. „Jedenfalls hieß es: dies oder nichts. Ich hätte mich nicht durchschlagen können.“

„Warum nicht? Sie sprechen Paschtu, Sie sind wie ein Eingeborener gekleidet und, weiß Gott, dreckig genug, um als Afghane zu gelten. Es war Ihre Pflicht, mein Schreiben eigenhändig zu überreichen – und mir eine Antwort zu bringen. Mein Gott, Flashman, was für eine schöne Geschichte, wenn man sich nicht einmal mehr auf einen britischen Offizier verlassen darf ...“

„Nun hören Sie zu, Sekundar“, begann ich, aber er richtete sich kerzengerade auf wie ein kleiner Kampfhahn und fiel mir ins Wort.

„Sir Alexander, wenn ich bitten darf“, sagte er mit eisiger Stimme, als hätte ich ihn noch nie mit heruntergelassener Hose hinter einem fetten afghanischen Luder herlaufen sehen. Er starrte mich an und machte ein paar Schritte um den Tisch.

„Ich glaube, mir geht ein Licht auf“, sagte er. „Ich habe mir in der letzten Zeit allerlei Gedanken über Sie gemacht,

Flashman – ob Sie zuverlässig seien oder ... Na schön, darüber wird ein Kriegsgericht entscheiden."

„Ein Kriegsgericht? Was zum Teufel!"

„Wegen vorsätzlicher Gehorsamsverweigerung", sagte er. „Vielleicht wird man Ihnen auch noch andere Dinge vorwerfen. Auf jeden Fall haben Sie sich als verhaftet zu betrachten und dieses Haus nicht zu verlassen. übrigens sitzen wir alle hier fest – die Afghanen lassen niemanden passieren."

„Nun, in Gottes Namen, ist damit nicht bestätigt, was ich Ihnen berichtet habe? Gegen Osten zu ist das ganze Land im Aufruhr, Mann, und jetzt in Kabul –"

„In Kabul kann von Aufruhr keine Rede sein. Es handelt sich um kleinere Unruhen, mit denen ich mich morgen früh zu beschäftigen gedenke." Da stand er vor mir, der selbstsichere kleine Esel in seinem sorgfältig gebügelten Leinenanzug mit einer Blume im Knopfloch und redete daher, als wäre er ein Schulmeister, der seinen ungezogenen Pennälern mit der Rute droht. „Vielleicht wird es Sie interessieren – da Sie sich durch Gerüchte ins Bockshorn jagen lassen –, dass man mir im Lauf des heutigen Abends zweimal mit dem Tode gedroht hat. Es heißt, ich würde morgen früh nicht mehr am Leben sein. Na ja, es wird sich zeigen."

„Sehr richtig", erwiderte ich. „Und was Ihre freundliche Bemerkung betrifft, ich ließe mich durch Gerüchte ins Bockshorn jagen, werden Sie vielleicht gleichfalls eines Besseren belehrt werden. Vielleicht wird Akbar persönlich dafür sorgen."

Sein Lächeln war alles eher als liebenswürdig. „Er befindet sich in Kabul und hat mir sogar eine Botschaft zukommen lassen. Ich bin überzeugt, dass er nichts Böses gegen uns im Schilde führt. Freilich gibt es ein paar Querköpfe, und es mag sich als nötig erweisen, ihnen eine Lehre zu erteilen. Das traue ich mir zu." Gegen so viel Selbstgefälligkeit war kein Kraut gewachsen, aber ich wehrte mich ganz entschieden gegen seine Absicht, mich vor ein Kriegsgericht zu stellen. Man hätte meinen sollen, jeder vernünftige Mensch würde meinen Fall verstanden haben, aber er schob meine Proteste mit einer Handbewegung zur Seite und wies mir schließlich die Tür. Ich trollte mich davon, wütend über die hoffärtige Dummheit des Mannes, und hoffte von ganzem Herzen, er werde über seinen Eigendünkel stolpern. Immer so gescheit, immer so selbstsicher – das war Mr. Burnes. Ich hätte ein Ruhegehalt dafür gegeben, ihn ausnahmsweise einmal auf die Nase fallen zu sehen.

Der Anblick sollte mir gratis zuteil werden.

Es kam urplötzlich, kurz vor der Frühstücksstunde, als ich mir die Augen rieb nach einer ziemlich schlaflosen Nacht, die sich äußerst träge und – für Kabul – recht geräuschlos dahingeschleppt hatte. Es war ein grauer Morgen, die Hähne krähten. Mit einem Mal vernahm ich ein fernes Murmeln, das zu einem Grollen anschwoll, und eilte ans Fenster. Still lag die Stadt vor mir, mit einem leichten Nebel über den Dächern. Die Wachtposten standen noch immer auf den Mauern des Residenzgeländes, und der ferne, allmählich herannahende Lärm ließ sich als das Getrappel und zunehmende Geschrei einer Menschenmenge identifizieren. Auf dem Hof ertönte ein Kommandoruf, Schritte kamen die Treppe herab gepoltert, und Burnes' Stimme rief nach seinem jüngeren Bruder Charlie, der zusammen mit ihm in der Residenz wohnte. Ich riss meinen Morgenrock vom Haken und lief hinunter, mein Puggaree* um den Kopf wickelnd. Als ich auf dem Hof ankam, knallte hinter der Mauer ein Musketenschuss, begleitet von einem wilden Aufschrei. Faustschläge donnerten gegen das Tor, und über den oberen Rand der Mauer hinweg sah ich die Vorhut einer

* Tuch für Turban, auch Helmtuch

anstürmenden Horde zwischen den nächstgelegenen Häusern herbeiströmen. Mit bärtigen Gesichtern und blitzenden Dolchen brandeten sie gegen die Mauer und wichen zurück, unter lautem Geschrei und wüsten Verwünschungen, während die Wachtposten mit dem Gewehrkolben auf sie einschlugen. Eine Sekunde lang dachte ich, sie würden abermals angreifen und unaufhaltsam über die Mauer hinweg fluten, aber sie hielten sich zurück, ein dichtes, kreischendes Menschengewimmel, Fäuste schüttelnd und Waffen schwenkend, während die auf der Mauer aufmarschierten Gardisten sich ängstlich nach Befehlen umsahen und den Daumen am Abzug ihrer Muskete hielten.

Burnes kam aus der Haustür geschlendert und blieb, allen sichtbar, auf der obersten Stufe stehen. Er sah so frisch und ruhig aus wie ein Landjunker, der morgens den ersten erquickenden Atemzug tut, aber als die Aufrührer ihn erblickten, verdoppelten sie ihr Geschrei und wälzten sich auf die Mauer zu, Drohungen und Beschimpfungen ausstoßend, während er sie lächelnd und kopfschüttelnd von links und rechts betrachtete. „Nicht schießen, Hawildar!“ sagt er zum Kommandeur der Wache, einem eingeborenen Sergeanten. „Das alles wird sich im Nu beruhigen.“

„Tod dem Sekundar!“ heulte der Mob. „Tod dem Feringi-Schwein!“

George Broadfoots jüngerer Bruder, Jim, und der kleine Charlie Burnes standen neben dem Sekundar. Beide sahen recht ängstlich drein; Burnes selber aber verlor keinen Augenblick lang die Fassung. Plötzlich hob er die Hand, und die Menge jenseits der Mauer verstummte. Lächelnd nahm er es zur Kenntnis, zupfte mit jener kleinen, zuversichtlichen Geste an seinem Schnurrbart und begann dann auf Paschtu eine Ansprache zu halten. Seine Stimme klang ruhig und muss ganz leise an ihre Ohren gedrungen sein, aber sie hörten ihm eine Weile zu, während er sie kalten Blutes aufforderte, nach Hause zu gehen und die Dummheiten sein zu lassen; er erinnerte sie daran, dass er stets ihr Freund gewesen sei und ihnen nichts zuleide getan habe.

Es hätte glücken können, denn er hatte ein gutes Mundwerk, aber als der Angeber, der er war, trieb er es um ein Jota zu weit und schlug einen gönnerhaft herablassenden Ton an. Zuerst wurde gemurrt, dann schwoll das Geschrei wieder an, noch wilder als vorher. Plötzlich stürzte ein Afghane herbei und schleuderte sich gegen die Soldaten, einen Wachtposten zu Boden werfend, dessen Nebenmann mit dem Bajonett auf den Afghanen losging. Jemand in der Menge feuerte seine Dschessail ab, und mit einem infernalischen Gebrüll fluteten die Massen heran und kletterten an der Mauer hoch.

Der Hawildar erteilte mit schallender Stimme einen Befehl, das unregelmäßige Rattern einer Salve ließ sich vernehmen, und der Hof wimmelte von Kämpfern. Rasende Afghanen hackten mit ihren Messern drauflos, die Wache wich zurück, wehrte sich mit dem Bajonett und wurde überrannt. Sie waren nicht aufzuhalten. Ich sah, wie Broadfoot Burnes ins Haus zerrte. Einen Augenblick später hatte auch ich mich verdrückt und warf einem heulenden Ghazi, dem ein Dutzend seiner Kameraden auf den Fersen folgte, die Tür vor der Nase zu.

Gott sei Dank war es eine feste Tür, wie alle Türen in der Residenz, sonst wären wir Mann für Mann binnen fünf Minuten abgeschlachtet worden. Als ich den Riegel vorschob, dröhnten von draußen her die Schläge, und während ich durch den Korridor zum Hauptflur rannte, wurde das Geschrei und Geknalle von dem dumpfen Donner zahlloser Fäuste und Säbelgriffe übertönt, die gegen die Türfüllungen und die Läden hämmerten – es war, als säße man in einer Kiste und irre Dämonen trommelten auf den Deckel. Plötzlich wurde das Getöse durch das Krachen einer anbefohlenen Salve zerrissen – einmal, zweimal-, und als das Geschrei sich für einen Augenblick legte, hörte ich den Hawildar den Rest der Wache ins Haus beordern. Verdammt wenig würde das nützen, dachte ich mir; sie hatten uns in die Enge getrieben, und es war nur noch die Frage, *wann* sie uns den Hals abschnitten, jetzt gleich oder etwas später.

Burnes und die anderen standen im Vorraum. Der Sekundar spielte sich wie üblich auf und heuchelte Sorglosigkeit in der Stunde der Not.

„*Weckst Duncan mit deinem Pochen*", zitierte er und lauschte mit schief geneigtem Kopf dem Gepolter der Menge. „Wie viele Mann haben wir im Haus, Jim?" Broadfoot antwortete, etwa ein Dutzend, und Burnes sagte: „Das ist ausgezeichnet. Das macht alles in allem, mal sehen, zwölf und die Dienerschaft und uns drei – hallo, da ist Flashman! Morgen, Flash, gut geschlafen? Verzeihung, dass Sie so brutal geweckt worden sind ... Ungefähr fünfundzwanzig, sollte ich meinen – auf jeden Fall zwanzig Mann, die sich wehren können."

„Das ist recht wenig", sagte Broadfoot, seine Pistolen überprüfend. „Es dauert nicht mehr lange, dann sind die Nigger eingedrungen. Wir können nicht jede Tür und jedes Fenster verteidigen, Sekundar."

Eine Musketenkugel schmetterte durch einen Laden und schlug eine Gipsstaubwolke aus der gegenüberliegenden Wand. Alle duckten sich, bis auf Burnes. „Unsinn!" sagte er. „Zugegeben – von hier unten geht es nicht, aber das haben wir auch nicht nötig. Jim, Sie gehen jetzt mit den Wachsoldaten nach oben und lassen sie von den Balkonen aus Feuer geben. Das wird diese Verrückten von den Seiten des Hauses vertreiben. Ich stelle mir vor, dass sie nicht über allzu viele Schusswaffen verfügen, ihr könnt also sorgfältig zielen, ohne dass ihr befürchten müsstet, getroffen zu werden – halbwegs. Rauf mit Ihnen, junger Mann, aber schleunigst!"

Broadfoot entfernte sich sporenklirrend, und einen Augenblick später rannten die rotberockten Dschawans* die Treppe hinauf. Burnes rief „Schabasch!", um sie anzufeuern, während er seinen Säbel über dem Anzug umschnallte und eine Pistole in den Gurt steckte. Er schien sich tatsächlich zu amüsieren, der Hornochse. Er klopfte mir auf die Schulter und fragte, ob ich mir nicht doch wünschte, ich wäre nicht umgekehrt – aber kein Wort der Anerkennung, dass meine Warnungen sich als berechtigt erwiesen hatten. Ich erinnerte ihn daran. Ich wies darauf hin, dass, wenn er auf mich gehört hätte, wir uns jetzt nicht den Hals abschneiden lassen müssten, aber er lachte nur.

„Nicht immerzu meckern, Flashy!" sagte er. „Dieses Haus könnte ich mit zwei Mann und einem Zuhälter verteidigen." Über unseren Köpfen waren unregelmäßige Gewehrschüsse zu hören. „Na? Jim setzt ihnen schon zu. Komm, Charlie, wir wollen uns den Spaß mit ansehen!" Er und sein Bruder eilten die Treppe hinauf, und ich blieb allein im Vestibül zurück.

„Was geschieht denn jetzt mit meinem verdammten Kriegsgericht?" rief ich ihm nach, aber er hörte mich nicht.

Na ja, anfangs glückte sein Plan. Broadfoots Leute verjagten tatsächlich durch ihr Feuer aus den oberen Fenstern und von den Balkonen aus das tobende Gesindel, und als ich in den ersten Stock hinaufkam, lagen etwa zwanzig tote Ghazi auf dem Hof. Von der Gegenseite her fielen vereinzelte Schüsse, und einer der Dschawans wurde am Schenkel verwundet, aber das Gros der Angreifer hatte sich auf die Straße zurückgezogen und begnügte sich damit, im Schutz der Mauer Verwünschungen auszustoßen.

---

* Indische Soldaten (Infanterie)

„Ausgezeichnet! Bahut atscha!", sagte Burnes, an einem Stumpen paffend und zum Fenster hinaus spähend. „Siehst du, Charlie, sie sind abgezogen. Sehr bald wird Elphy im Kantonnement neugierig werden und anfragen lassen, was das für ein Krach gewesen sei."

„Wird er also Truppen schicken?" fragte Klein Charlie.

„Aber selbstverständlich. Vielleicht ein Bataillon – das würde *ich* machen. Da es sich um Elphy handelt, wird er sehr wahrscheinlich eine Brigade schicken, äh, Jim?" Broadfoot schielte an seinem Pistolenlauf entlang, drückte ab, stieß einen Fluch aus und sagte: „Wenn er nur überhaupt jemanden schickt ..."

„Nicht nervös werden", sagte Burnes. „Hier, Flashy, eine Zigarre! Dann können Sie der Übung halber ein paar Kerle hinter der Mauer abschießen. Ich nehme an, dass Elphy sich binnen einer halben Stunde in Bewegung gesetzt haben wird, und dass wir in drei Stunden hier raus sind. Gut gezielt, Jim! So ist's richtig!"

Burnes irrte sich. Elphy schickte keine Truppen; ja, soviel ich erfahren habe, unternahm er überhaupt nichts. Ich glaube, wenn im Lauf der ersten Stunde auch nur ein Peloton aufmarschiert wäre, würde der Mob sich verlaufen haben; so aber fassten sie frischen Mut und begannen abermals an der Mauer hoch zu klettern und sich nach hinten zu schleichen, wo die Ställe ihnen Deckung gewährten. Wir unterhielten von den Fenstern aus ein stetes Feuer – ich persönlich erledigte drei Mann, einschließlich eines enormen Fettwanstes, worauf Burnes bemerkte: „Suchen Sie sich die Mageren aus, Flashy. Dieser Bursche hätte sich ohnedies nicht durch die Eingangstür zwängen können." Aber als zwei Stunden verstrichen, wurden seine Scherze spärlicher. Er machte sogar einen neuen Versuch, von einem Balkon aus mit den Angreifern zu reden, aber sie trieben ihn mit ein paar Schüssen und einem Hagel von Wurfgeschossen ins Zimmer zurück.

Inzwischen hatten einige Ghazi die Stallgebäude in Brand gesteckt, und der Rauch begann ins Haus zu treiben. Burnes fluchte vor sich hin Wir alle ließen unsere Blicke über die Dächer hinweg zum Kantonnement wandern, aber von Hilfe war noch immer keine Spur zu sehen, und mir pochte wieder die Furcht in der Kehle. Das Geheul der Menge war lauter geworden, lauter denn je, einige unserer Dschawans sahen ängstlich drein, und sogar Burnes runzelte die Stirn.

„Der Teufel hole Elphy Bey!“ sagte er. „Er lässt sich verdammt viel Zeit. Und ich glaube, diese Bestien haben von irgendwoher Musketen bekommen – hört mal!“ Er hatte recht; draußen fielen jetzt ebenso viele Schüsse wie aus dem Inneren des Hauses. Sie klatschten gegen die Wände, rissen Splitter aus den Fensterläden, und nach einer Weile schrie abermals ein Dschawan auf und taumelte mit zerschmetterter Schulter ins Zimmer zurück, während das Blut an seinem Hemd herunter rann.

„Hm“, sagte Burnes, „es wird brenzlig. Wie auf dem Jahrmarkt, hm, Charlie?“ Charlie lächelte gequält; er hatte eine Heidenangst und wollte es sich nicht anmerken lassen.

„Wie viele Patronen haben Sie noch, Flashy?“ fragte Burnes. Mir waren sechs geblieben, Charlie hatte gar keine mehr, die zehn Dschawans hatten insgesamt knapp vierzig Schuss.

„Und Sie, Jim?“ rief Burnes Jim Broadfoot zu, der am entfernteren Fenster stand. Broadfoots Antwort konnte ich in dem Lärm nicht verstehen; dann richtete er sich langsam auf, drehte sich zu uns um und blickte an seiner Hemdbrust herab. Dort wurde ein roter Fleck sichtbar, der sich plötzlich ausbreitete. Broadfoot wich zwei Schritte zurück und stürzte mit dem Kopf voran über den Fenstersims. Wir hörten den markerschütternden Aufschrei, mit dem er aufs

Pflaster schlug, und dann ein gewaltiges Freudengeheul der Menge. Das Feuer schien sich zu verdoppeln. Von rückwärts, wo der Rauch der brennenden Stallungen sich zu uns ins Haus wälzte, ertönte das taktmäßige Schmettern eines Rammbocks gegen die Hintertür.

Burnes gab einen Schuss durch sein Fenster ab und duckte sich. Dicht neben mir ging er in die Hocke, ließ seine Pistole um den Bügel wirbeln, stieß ein paar Pfiffe zwischen den Zähnen hervor und sagte: „Charlie, Flashy, ich glaube, es ist Zeit, dass wir aufbrechen."

„Wohin denn, zum Teufel?" fragte ich.

„Raus", erwiderte er. „Charlie, lauf mal schnell in mein Zimmer, in meinem Schrank findest du einheimische Gewänder. Bring sie her! Mach schnell!" Nachdem Charlie sich entfernt hatte, sagte Burnes zu mir: „Die Chance ist nicht sehr groß, aber ich glaube, es bleibt uns nichts anderes übrig. Wir werden es mit der Hintertür versuchen. Der Rauch scheint recht dick zu sein, und bei all dem Durcheinander werden wir uns vielleicht davonmachen können. Ah – brav, Charlie! Schick jetzt den Hawildar zu mir."

Während Burnes und Charlie hastig in ihre Gewänder schlüpften, sprach Burnes mit dem Hawildar, der wie er der Meinung war, der Mob werde wahrscheinlich ihm und seinen Leuten, da sie keine Feringi seien, nichts antun, sondern sich darauf konzentrieren, das Haus zu plündern.

„Dich, Sahib, aber würden sie bestimmt umbringen", fuhr er fort. „Geh, solange Zeit ist, und Gott sei mit dir."

„Und mit dir und den deinen", sagte Burnes, drückte ihm die Hand. „Schabasch und Salām, Hawildar. Fertig, Flash? Komm, Charlie!"

Mit Burnes an der Spitze und mir als drittem Mann marschierten wir die Treppe hinunter, quer durch das Vestibül und durch den Korridor in die Küche. Von der Hintertür her, die rechts von uns unseren Blicken entzogen war, ertönte das laute Knistern zersplitterten Holzes. Ich warf schnell einen Blick durch eine Schießscharte und sah, dass der Garten von Ghazi wimmelte. „Wir kommen gerade zurecht“, murmelte Burnes, als wir an der Küchentür anlangten. Ich wusste, dass sie in ein kleines abgegrenztes Gehege führte, in dem die Abfalltonnen standen; glückte es uns erst einmal, uns dort hineinzuschmuggeln – vorausgesetzt, dass man uns nicht das Haus verlassen sah –, hatten wir einigermaßen gute Aussicht, entwischen zu können.

Burnes schob geräuschlos den Riegel zurück und öffnete die Tür einen Spalt breit.

„Der Teufel hat's Glück!“ flüsterte er. „Vorwärts – dschuldi!“

Wir schlichen hinter ihm her zur Türe hinaus. Der Verschlag war leer. Er bestand aus zwei hohen Gitterwänden zu beiden Seiten der Tür. Durch das offene Ende war keine Menschenseele zu sehen, und der Rauch wogte in gewaltigen Schwaden herab, während links und rechts hinter den Bretterverschalungen der Mob die Luft mit ohrenbetäubendem Lärm erfüllte.

„Zumachen, Flashy!“ befahl Burnes schroff. Ich schloss die Tür hinter uns. „So – und jetzt tun wir so, als wollten wir einbrechen!“ Mit hämmernden Fäusten stürzte er sich auf die geschlossene Tür. „Aufmachen, ungläubiges Schwein!“ schrie er gellend. „Feringi-Schweine, eure Stunde hat geschlagen! Hierher, Brüder, Tod dem Schurken Sekundar!“

Seine Absicht begreifend, gesellten wir uns zu ihm, und es dauerte nicht lange, da kamen etliche Ghazi gelaufen, um nachzusehen, was los sei. Natürlich erblickten sie weiter nichts als drei Rechtgläubige, die sich Mühe gaben, eine Tür einzuschlagen, also nahmen sie eifrig an diesen Bemühungen teil. Nach einer Weile ließen wir es bleiben, Burnes schimpfte wie ein Rohrspatz, und wir verließen das Gehege, scheinbar, um nach einem weniger widerstandsfähigen Zugang zu suchen.

Überall im Garten und rings um die brennenden Stallungen nichts als Afghanen: Die meisten waren, wie mir schien, von einer blinden Raserei befallen, rannten umher und schrien ohne sonderlichen Grund, mit ihren Dolchen und Speeren fuchtelnd, und nach einer Weile gab unter infernalischem Jubelgeschrei krachend die Hintertür nach. Alles wälzte sich nun in diese Richtung. Wir drei setzten unseren Weg zum Tor des Stallhofes fort, vorbei an den brennenden Gebäuden; es war ein gruseliges Gefühl, durch das wüste Gedränge unserer Feinde zu eilen, und ich hatte Angst, dass der kleine Charlie, der die Landestracht nicht gewöhnt und bei weitem nicht so dunkelhäutig war wie Burnes und ich, sich verraten würde. Aber er zog die Kapuze tief in die Stirn, und wir gelangten ungefährdet durch das Tor ins Freie. Dort hatten sich die Mitläufer versammelt. Johlend und lachend beobachteten sie die Residenz und hofften ohne Zweifel, die Leiber der verhassten Feringis aus den oberen Fenstern stürzen zu sehen.

„Mögen die Hunde das Grab des Schweins Burnes schänden!“ grölte der Sekundar, spuckte in die Richtung der Residenz und erntete den lauten Beifall der Umstehenden. Dann sagte er zu mir: „Bisher ist es gut gegangen, aber was machen wir jetzt? Wandern wir ins Kantonnement und reden wir ein Wörtchen mit Elphy Bey! Bist du bereit, Charlie? Dann tu dein Bestes und wirf dich in die Brust wie ein richtiger Galgenstrick. Nimm dir ein Beispiel an unserem Flashy. Hat man je einen abscheulicheren Baschi-Bosuk gesehen?“

Mit Burnes an der Spitze drangen wir kühn in die Straße hinaus. Der Sekundar stieß die Nachzügler beiseite, die uns in die Quere kamen – wie ein regelrechter Jusufzai-Rüpel. Ich wollte ihn bitten, sich zu mäßigen, weil ich befürchtete, er würde den Leuten auffallen; sein Gesicht war den Kabulis nur allzu gut bekannt. Aber sie wichen ihm mit der einen oder anderen Verwünschung aus, und wir gelangten bis ans Ende der Straße, ohne entlarvt worden zu sein. Jetzt, sagte ich mir, jetzt sind wir im Nu zu Hause. Die Menge war noch immer recht zahlreich, aber nicht mehr so lärmend, und jeder Schritt brachte uns dem Punkt näher, von dem aus wir im schlimmsten Fall Hals über Kopf zum Lager laufen konnten.

Und dann machte Burnes, in seiner selbstsicheren Vermessenheit, alles mit einem Schlage kaputt.

Wir hatten das Ende der Straße erreicht, und da musste er nun partout stehenbleiben, um sich noch einmal aufzuspielen und einen letzten Fluch gegen die Feringis zu schleudern: Ich konnte mir vorstellen, dass er sich später vor den Garnisonsdamen brüsten und ihnen schildern würde, wie er die Afghanen durch wüste, gegen seine eigene Person gerichtete Drohungen genasführt habe. Aber er übernahm sich. Nachdem er sich selber aus vollem Hals als den Enkel von siebzig Pariahunden bezeichnet hatte, murmelte er Charlie leise etwas zu und lachte über seine eigene Geistreichelei. Nun lacht aber ein Afghane anders als ein Engländer. Er kichert schrill, während Burnes wieherte. Ich sah, wie sich jemand zu uns umdrehte, ich packte mit der einen Hand Burnes und mit der anderen Charlie am Arm und wollte sie weg zerren, da wurde ich zur Seite gestoßen, ein bulliger Ghazi riss Burnes an der Schulter herum und starrte ihm ins Gesicht.

„Dschao, hubschi!“ knurrte Burnes und stieß die Hand weg, aber der Kerl wandte kein Auge von ihm und rief plötzlich aus:

„Maschallah! Brüder, es ist Sekundar Burnes!"

Eine Sekunde lang herrschte Totenstille, dann brach ein gewaltiges Geschrei los. Der dicke Ghazi zog ein Khaiber-Messer; bevor er zustechen konnte, nahm Burnes seinen Arm in die Zange und brach ihm den Knochen, aber dann fielen etwa ein Dutzend andere über uns her. Einer sprang mich an. Ich versetzte ihm einen so heftigen Fausthieb, dass ich das Gleichgewicht verlor. Ich rappelte mich hoch, griff nach meinem Säbel und sah, wie Burnes den verwundeten Ghazi von sich abschüttelte und schrie:

„Lauf, Charlie, lauf!"

Charlie hätte ohne weiteres in eine Seitengasse flüchten können, aber er zögerte und blieb kreidebleich stehen, während Burnes sich zwischen ihn und die angreifenden Afghanen warf. Jetzt hatte er seinen Khaiber-Dolch gezogen. Er parierte einen Stoß des Anführers, wurde mit ihm handgemein und rief abermals:

„Weg von hier, Charlie! Hau ab, Mann!"

Und dann, als Charlie noch immer zögerte, wie versteinert vor Schreck, schrie Burnes mit verzweifelter Stimme:

„Lauf, Kind, bitte! Lauf!"

Es waren seine letzten Worte. Ein Khaiber-Messer stieß auf seine Schulter herab. Blut speiend taumelte er nach hinten. Dann stürzte sich der Mob auf ihn. Er musste ein halbes Dutzend tödliche Stiche davongetragen haben, noch bevor er zu Boden fiel. Charlie stieß einen Schrei des Entsetzens aus und lief zu seinem Bruder hin. Er hatte noch keine drei Schritte getan, da wurde er nieder geschlagen.

Das alles sah ich mit an, weil es sich in Sekunden ereignete. Dann hatte ich alle Hände voll zu tun. Ich sprang über den Mann weg, den ich zu Boden geschlagen hatte, und steuerte auf das Gässchen zu, aber ein Ghazi kam mir zuvor. Ich hatte meinen Säbel gezogen und wehrte seinen

Angriff ab, doch er versperrte mir den Weg, und die rasende Menge war mir auf den Fersen. Ich drehte mich um, focht wie ein Irrer, und sie wichen einen Augenblick lang zurück. Ich drückte mich mit dem Rücken gegen die nächste Hauswand, da schoben sie sich wieder heran, die Messer blitzten vor meinen Augen, ich schlug auf die zähnefletschenden Gesichter los, hörte die Schreie und die Verwünschungen. Dann bekam ich einen fürchterlichen Schlag in den Magen und stürzte vor dem Anprall der dicht gedrängten Menschenleiber zu Boden. Ein Fuß trat mir auf die Hüfte, und selbst als ich mir dachte, o Herr Jesus, das ist der Tod! huschte flüchtig eine Erinnerung an mir vorbei: wie sie im Gedränge des Schulhofspiels auf mir herum getrampelt hatten. Etwas knallte gegen meine Schläfe. Ich wartete auf den grauenhaften Stich geschliffenen Stahls. Dann verlor ich das Bewusstsein [14].

Kapitel 8

Als ich zur Besinnung kam, lag ich auf einem hölzernen Fußboden, mit der Wange an den Brettern. Mein Kopf schien sich vor Schmerzen zu öffnen und zu schließen, und als ich ihn hoch zu heben versuchte, merkte ich, dass er durch mein eigenes geronnenes Blut an den Brettern klebte, so dass ich einen Schmerzensschrei ausstieß, als die Haut losgerissen wurde.

Das erste, das ich wahrnahm, waren zwei Stiefel aus schönem, gelbem Leder, etwa zwei Meter von mir entfernt. Nach oben zu wurden eine Pyjamahose und die Schöße eines schwarzen Rocks sichtbar, dann eine grüne Schärpe und zwei magere, mit den Daumen eingehakte Hände und als Krönung des Ganzen ein dunkelbraunes, lächelndes Gesicht mit mattgrauen Augen unter einem Pickelhelm. Ich kannte das Gesicht von meinem Besuch in Mogala her und selbst in meinem konfusen Zustand dachte ich mir: schlimme Sache. Es war mein Erzfeind Gul Schah.

Er schlenderte heran und versetzte mir einen Fußtritt in die Rippen. Ich versuchte zu sprechen, aber die ersten Worte, die ich heiser vor mich hin flüsterte, lauteten: „Ich lebe ..."

„Vorläufig", sagte Gul Schah. Er hockte sich neben mir nieder, lächelte sein Wolfslächeln. „Sag mal, Flashman, was ist das für ein Gefühl, wenn man stirbt?"

„Was soll das heißen?" stieß ich krächzend hervor.

Er deutete mit dem Daumen über die Achsel. „Dort draußen auf der Straße: Du lagst auf der Erde, die Messer am Hals, und nur mein rechtzeitiges Eingreifen hat dir das Schicksal Sekundar Burnes' erspart. Übrigens wurde er in Stücke gerissen. Genau gesagt, waren es achtundfünfzig Stücke. Man hat sie nämlich gezählt. Du aber, Flashman, musst in jenem Augenblick gewusst haben, wie das ist, wenn man stirbt. Sag es mir – ich bin neugierig."

Ich hatte das dunkle Gefühl, dass diese Fragen nichts Gutes verhießen. Der Kerl sah so bösartig aus, dass es mir eiskalt über den Rücken lief. Aber ich hielt es für ratsam zu antworten.

„Es war grauenhaft."

Lachend auf den Fersen schaukelnd, warf er den Kopf zurück, und andere Stimmen lachten mit. Ich merkte, dass sich außer uns noch ungefähr ein halbes Dutzend Personen – meist Ghazi – im Raum befanden. Sie umringten mich mit höhnischer Miene und sahen womöglich noch tückischer aus als Gul Schah.

Nachdem er sich satt gelacht hatte, beugte er sich über mich. „Es kann noch grauenhafter sein", sagte er und spuckte mir ins Gesicht. Er roch nach Knoblauch.

Ich versuchte, mich aufzurichten, und fragte ihn, warum er mich gerettet habe. Er stand auf und versetzte mir abermals einen Tritt. „Ja, warum?" äffte er mich nach. Ich konnte es nicht verstehen, ich wollte es nicht verstehen. Aber ich dachte mir: tu so, als sei alles in Butter ...

„Ich bin Ihnen dankbar, Sir", sagte ich, „dass Sie mir rechtzeitig geholfen haben. Man wird Sie dafür belohnen – auch alle – und –"

„Und ob!" warf er ein. „Stellt ihn auf die Beine!"

Sie zerrten mich hoch, mir die Arme auf dem Rücken verrenkend. Ich sagte mit lauter Stimme, wenn sie mich ins Lager brächten, würde man sie gut bezahlen. Da schüttelten sie sich vor Lachen.

„Nur mit Blut werden die Briten zahlen“, sagte Gul Schah. „Mit deinem zuallererst.“

„Weshalb, zum Teufel?“ schrie ich.

„Warum, meinst du, habe ich die Ghazi davon abgehalten, dich zu vierteilen? Vielleicht, um deine kostbare Haut zu schonen? Um dich deinem Volk als Versöhnungsgabe zu überreichen?“ Er schob sein Gesicht dicht an das meine heran. „Hast du ein Tanzmädchen namens Narriman vergessen, du Schweinebastard? Für deinesgleichen nur eine Dirne wie alle anderen, die man nach Lust und Laune besudelt und dann vergisst! Ihr seid alle gleich, ihr Feringi-Säue. Ihr glaubt, ihr könnt uns ungestraft unsere Frauen, unser Land, unsere Ehre rauben und sie mit Füßen treten. Auf uns kommt es nicht an. Und wenn dann alles vorbei ist, unsere Frauen geschändet und unsere Schätze gestohlen, dann lacht ihr und zuckt die Achseln, ihr hergelaufenen Pariahunde!“ Er schrie aus vollem Hals – Schaum stand ihm vorm Mund.

„Ich wollte ihr nichts zuleide tun“, fing ich an. Er versetzte mir einen Schlag ins Gesicht. Keuchend stand er vor mir und starrte mich an. Dann beherrschte er sich mühsam.

„Sie ist nicht da“, sagte er schließlich, „sonst würde ich dich ihr übergeben, und sie würde dich eine Ewigkeit lang leiden lassen, bevor du stirbst. So aber werden wir in aller Bescheidenheit unser Bestes tun, um dich zu bedienen.“

„Hör mal!“ sagte ich. „Was auch immer ich getan haben mag – ich bitte dich um Verzeihung. Ich schwöre, ich habe nicht gewusst, dass dir etwas an dem Mädchen liegt. Ich werde dich schadlos halten. Verlange, was du willst. Ich bin ein reicher, ein wirklich reicher Mann.“ Ich bot ihm ein veritables Lösegeld und eine runde Summe als Schadensersatz für die junge Dame an, und da sah es ein Weilchen aus, als beruhigte er sich.

Als ich innehielt, sagte er: „Nur so weiter! Das hört sich schön an.“

Sein grausames Lächeln aber sagte mir, dass er sich über mich lustig machte. Ich schwieg.

„So sind wir also dort angelangt, wo wir begonnen haben“, fuhr er fort. „Glaub mir, Flashman, ich würde dich hundert Tode sterben lassen, aber die Zeit drängt. Es gibt noch andere Kehlen außer der deinen und wir sind ungeduldige Leute. Aber wir werden dein Hinscheiden so denkwürdig wie nur möglich gestalten, und wieder wirst du mir sagen, wie das ist, wenn man stirbt. Nehmt ihn mit.“

Sie schleppten mich aus dem Zimmer durch einen Korridor. Ich schrie aus vollem Hals um Hilfe und überhäufte Gul Schah mit den übelsten Beschimpfungen, die mir nur einfallen wollten. Ohne sich darum zu kümmern, schritt er voran, und nach einer Weile stieß er eine Tür auf. Sie zerrten mich über die Schwelle in ein niedriges Gewölbe, das vielleicht zwanzig Meter lang war. Halb und halb war ich auf Folterbänke und Daumenschrauben oder ähnliche Grässlichkeiten gefasst gewesen, aber der Raum war völlig kahl. Das einzig Merkwürdige war, dass er gegen die Mitte zu durch einen etwa drei Meter breiten und zwei Meter tiefen Graben in zwei Hälften geteilt wurde. Dieser Kanal war trocken. Die Öffnungen zu beiden Seiten, dort wo er in die Wände mündete, hatte man mit Schutt verstopft, und zwar offensichtlich erst vor kurzem: Ich konnte mir nicht vorstellen, warum.

Gul Schah wandte sich zu mir. „Bist du stark, Flashman?“

„Hol dich der Teufel!“ schrie ich. „Das wirst du büßen, du dreckiger Nigger!“

„Bist du stark?“ wiederholte er. „Antworte – sonst lasse ich dir die Zunge herausschneiden!“

Einer der Halunken packte mit seiner behaarten Pranke mein Kinn und hielt mir das Messer an die Lippen. Das war ein überzeugendes Argument. „Stark genug, gottverdammich."

„Das bezweifle ich", sagte Gul Schah lächelnd. „Wir haben neulich hier zwei Schurken hingerichtet, keiner von ihnen war ein Schwächling. Aber es wird sich ja zeigen." Zu einem seiner Leute sagte er: „Hol Mansur!" Zu mir gewandt, fuhr er hämisch fort: „Ich muss dir mein neues Steckenpferd erklären. Zum Teil wurde ich durch die ungewöhnliche Form dieses Kellers mit dem tiefen Graben in der Mitte, zum Teil durch ein albernes Spiel, das eure britischen Soldaten spielen, angeregt. Zweifellos hast auch du es schon gespielt. Das wird es dir und uns umso interessanter machen. Yah, Mansur – komm her!"

In diesem Augenblick watschelte eine groteske Gestalt zur Tür herein. Im ersten Augenblick wollte ich nicht glauben, dass es ein Mensch sei, denn er war nicht größer als 1 Meter 30, aber erschreckend anzusehen, buchstäblich so breit wie hoch mit riesigen klotzigen Armen und einer Brust wie ein Affe. Sein gewaltiger Oberkörper ruhte auf massigen Beinen. Hals war keiner zu sehen, das gelbe Gesicht war platt wie ein Teller mit einer scheußlichen verqueren Nase, einem schlitzartigen Mund und zwei schwarzen Knopfaugen. Der Körper war mit schwarzen Haaren bedeckt, der Schädel aber glatt wie ein Ei. Er hatte nichts anderes an als ein schmutziges Lendentuch, und als er auf Gul Schah zugeschlurft kam, verlieh ihm der Fackelschein in dem fensterlosen Gewölbe das Aussehen eines garstigen Nibelungen, der sich unter der Erde durch finstere Gänge schleppt.

„Ein schönes Männlein, nicht wahr?" sagte Gul Schah und betrachtete den scheußlichen Zwerg. „Deine Seele dürfte genauso schön sein, Flashman. Das gehört sich so, denn er ist dein Henker."

In barschem Ton erteilte er einen Befehl. Mit einem Blick auf mich und einem Zucken seines widerlichen Mundes, das ich für ein Lächeln hielt, sprang der Gnom plötzlich in den Graben hinunter und dann mit einem gewaltigen Satz an der anderen Seite hoch, nach der Kante greifend und sich nach oben schwingend wie ein Akrobat. Als das getan war, drehte er sich mit ausgestreckten Armen zu uns um, ein ekelhafter, gelber Riese *en miniature*.

Die Männer, die mich jetzt festhielten, zerrten meine Arme nach vorn und fesselten meine Handgelenke mit einem dicken Strick. Dann nahm einer von ihnen das Knäuel und trug es auf die Seite des Zwerges hinüber; das Männchen gab einen abscheulich glucksenden Laut von sich, hielt eifrig die Handgelenke hoch, und sie wurden genauso gefesselt wie die meinen. So standen wir einander an den entgegen gesetzten Kanten gegenüber, an die Enden ein und desselben Seils geknüpft, dessen schlaffer Teil in dem tiefen Graben ruhte.

Es war kein erklärendes Wort mehr gefallen, und in der höllischen Ungewissheit, was da kommen werde, versagten mir die Nerven. Ich versuchte wegzulaufen, aber sie hievten mich lachend zurück, und der Zwerg Mansur hopste auf seiner Seite des Grabens umher und schnippte vor Freude über meine Angst mit den Fingern.

„Lasst mich los, ihr Schweinehunde!" schrie ich aus voller Kehle. Gul Schah lächelte und klatschte in die Hände.

„Schatten erschrecken dich", sagte er höhnisch. „Schau – die Wirklichkeit! Yah, Asaf!"

Einer seiner Rüpel trat an den Rand des Grabens heran. In der Hand hielt er einen ledernen Sack, öffnete ihn vorsichtig, packte ihn unten an und stülpte ihn plötzlich um.

Zu meinem Entsetzen purzelten ein halbes Dutzend schmale, silbrige Dinger, übel glitzernd im Fackelschein, zappelnd in die Tiefe. Leise plumpsten sie auf den Boden der Grube und glitten dann mit erschreckender Schnelligkeit auf die Seitenwände zu. Sie konnten aber nicht hochklettern, also schlängelten sie sich in tödlicher Stille durch den seltsamen Käfig hin und her.

„Ihr Biss ist tödlich", sagte Gul Schah. „Hast du es jetzt begriffen, Flashman? Ihr nennt es Tauziehen – du gegen Mansur. Einem von euch muss es gelingen, den anderen in den Graben zu zerren und dann – dauert es nur ein paar Minuten, bis das Gift seine Wirkung getan hat. Glaub mir, die Schlangen werden gnädiger sein, als Narriman dich behandelt hätte."

„Hilfe!" brüllte ich, obwohl ich, weiß Gott, keine erwartete. Aber der Anblick dieser scheußlichen Geschöpfe, der Gedanke an ihre schleimige Berührung, an den Stich ihrer Fangzähne – ich glaubte den Verstand zu verlieren. Ich tobte und flehte, und das afghanische Schwein klatschte in die Hände und krümmte sich vor Lachen. Der Zwerg Mansur hüpfte auf und ab; er konnte sich vor Gier nicht fassen. Nach einer Weile trat Gul Schah einen Schritt zurück, rief ihm einen Befehl zu und sagte dann zu mir:

„Leg dich ins Zeug, Flashman, es geht um dein Leben. Und entbiete dem Scheitan meinen Salām."

Ich war so weit wie nur möglich zurückgewichen und stand halb gelähmt da, als der Zwerg ungeduldig mit den Handgelenken am Strick zu zerren begann. Der leichte Ruck brachte mich zur Besinnung. Wie ich schon einmal gesagt habe: Die Angst ist ein wunderbares Stimulans. Ich stemmte die Stiefelabsätze gegen den rauen Steinboden und schickte mich an, mit aller Kraft Widerstand zu leisten.

Grinsend trippelte der Zwerg rückwärts, bis das Seil zwischen uns straff gespannt war. Ich ahnte, was jetzt kommen werde und war auf den jähen Ruck gefasst, mit dem mein Gegner den Kampf eröffnete. Beinahe hätte ich den Boden unter den Füßen verloren, aber ich drehte mich um, das Seil über der Schulter und antwortete Zug um Zug. Das Seil dröhnte wie eine Bogensehne, gab dann nach. Mansur lächelte höhnisch und stieß einen geifernden, piepsenden Laut aus. Dann straffte er seine enormen Schultermuskeln, lehnte sich nach hinten und begann stetig zu ziehen. Er war, bei Gott, stark. Ich strengte mich an, bis meine Achseln knirschten und meine Arme zitterten, aber langsam, Zoll für Zoll, schlitterten meine Fersen über die raue Fläche auf den Graben zu. Die Ghazi feuerten ihn mit Freudenrufen an, Gul Schah näherte sich der Kante, um zuzuschauen, wie es mich unerbittlich ins Verderben riss, ich spürte wie der eine Fuß ins Leere glitt, mein Kopf wollte vor Anstrengung bersten, in meinen Ohren sauste es – und dann ließ der schneidende Schmerz in meinen Handgelenken nach. Erschöpft fiel ich hin, während auf der anderen Seite des Grabens der Zwerg lachend umher tänzelte und das Seil schlaff zwischen uns hing.

Die Ghazi waren begeistert und forderten ihn auf, mich mit einem letzten schnellen Ruck in die Grube zu befördern, aber er schüttelte den Kopf und trat wieder zurück, das Seil straff ziehend. Ich blickte hinunter. Mir war fast, als wüssten die Schlangen, was da im Gange sei, denn sie hatten sich unmittelbar unter mir zu einer zappelnden, zischenden Masse geballt. Schweißbedeckt vor Furcht und Wut rappelte ich mich rücklings hoch, legte mich mit meinem vollen Gewicht ins Zeug und versuchte, den Zwerg aus dem Gleichgewicht zu bringen. Das machte aber so wenig Eindruck auf ihn, als wäre er an einem Baumstamm verankert gewesen.

Er spielte mit mir wie die Katze mit der Maus. Ohne Frage war er der Stärkere von uns beiden. Zweimal zerrte er mich an des Grabes Rand, zweimal ließ er mich wieder los. Gul Schah klatschte in die Hände, und die Ghazi spendeten lauten Beifall. Dann rief Gul dem Zwerg einen Befehl zu. Mir wurde übel vor Grauen. Ich wusste, jetzt würden sie mir den Garaus machen. Verzweifelt wälzte ich mich vom Grabenrand weg und richtete mich auf. Meine Handgelenke waren zerschunden und blutig, meine Schultergelenke brannten und als der Zwerg am Strick zerrte, taumelte ich vornüber und hätte ihn beinahe erwischt, weil er auf kräftigeren Widerstand gefasst gewesen war und um ein Haar das Gleichgewicht verloren hätte. Ich zog ums liebe Leben, aber er nahm sich rechtzeitig zusammen, sah mich finster an und piepste ärgerlich, während er aufstampfte, um Fuß zu fassen.

Als er sich schließlich zurechtgefunden hatte, begann er wieder an dem Seil zu zerren, aber nicht mit voller Kraft, denn er zog mich immer nur Zoll um Zoll zu sich heran. Das war wohl das endgültige abscheulichste Raffinement. Ich wehrte mich wie ein Fisch an der Leine, aber gegen diesen steten, fürchterlichen Sog gab es keinen Widerstand. Ich war etwa drei Meter von der Kante entfernt, als er mir den Rücken kehrte, wie das eine Tauziehmannschaft zu tun pflegt, wenn sie ihre Gegner auf Trab gebracht hat. Ich war mir darüber im klaren, wenn ich einen letzten desperaten Versuch machen wollte, müsse es jetzt geschehen, solange ich noch einen gewissen Spielraum hatte. Durch ein zufälliges Nachgeben hatte ich ihn beinahe aus dem Gleichgewicht gebracht: Konnte ich es absichtlich schaffen? Mit dem Aufgebot meiner letzten Kraft stemmte ich die Fersen gegen den Boden und zog gewaltig an dem gestrafften Seil. Er hielt inne und warf einen Blick über die Achsel, Verwunderung auf seinem scheußlichen Gesicht. Dann grinste er breit und legte los. Meine Sohlen rutschten aus.

„Geh mit Gott, Flashman!“ sagte Gul Schah ironisch. Ich strampelte nach einem Halt für meine Füße, fand ihn knappe zwei Meter vor dem Grabenrand und tat dann einen Satz nach vorne. Der Sprung führte mich dicht an die Kante des Grabens, und der Zwerg Mansur plumpste, als das Seil nachgab, platt auf die Nase. Aber wie ein Schachtelmännchen war er gleich wieder auf den Beinen, pflanzte sich hin und riss so heftig an dem Strick, dass es mir beinahe die Schulter ausrenkte und ich kopfüber zu Boden fiel. Dann begann er stetig zu ziehen, so dass ich auf dem Boden entlang geschleift wurde, immer näher an den Rand heran, während die Ghazi jubelten und johlten und ich vor Grauen schrie: „Nein! Nein! Haltet ihn auf! Wartet! Ich bin zu allem bereit! Haltet ihn auf!“

Meine Hände schwebten bereits über der Kante, dann waren es die Ellbogen; plötzlich hatte ich nichts mehr unter meinem Gesicht, und durch die strömenden Tränen sah ich den Boden der Grube mit den umher gleitenden schmutzigen Nattern. Brust und Schulter hingen ins Leere, im nächsten Augenblick würde ich die Balance verlieren. Ich versuchte, den Kopf hoch zu recken, um an den Zwerg zu appellieren, und sah ihn am anderen Rande stehen. Er grinste boshaft, wickelte das schlaffe Seil um die rechte Hand und den rechten Ellbogen so, wie eine Wäscherin die Wäscheleine handhabt. Sein Blick wanderte zu Gul Schah, er bereitete den endgültigen Ruck vor, der mich über den Rand schleudern sollte, und da hörte ich mit einem Male das krachende Geräusch einer aufspringenden Tür, ein Geräusch, so laut, dass es mein frenetisches Gestammel und das Ohrensausen übertönte – und vernahm eine herrische Stimme, die etwas auf Paschtu sagte ...

Der Zwerg blieb stocksteif stehen und blickte an mir vorbei zur Tür. Ich wusste nicht, was er sah, und es kümmerte mich nicht. Obwohl ich vor Angst und Erschöpfung halbtot war, merkte ich, dass er abgelenkt worden war, dass das Seil zwischen uns schlaff herab hing und er dicht an der Kante des Grabens stand. Es war meine letzte Chance.

Nur mein Körper und die Beine hafteten noch an den Steinen, die Arme waren nach vorne gereckt. Jählings riss ich sie zurück, aufschluchzend, mit aller Kraft. Es war kein sonderlich kräftiger Ruck, aber Mansur wurde total überrumpelt. Er blickte zur Tür, mit großen runden Augen in seiner widerlichen Fratze. Allzu spät begriff er, dass er seine Aufmerksamkeit allzu früh hatte erschlaffen lassen. Der Ruck, so bescheiden er war, brachte ihn aus dem Gleichgewicht. Das eine Bein rutschte über die Kante. Mit einem Aufschrei versuchte er, sich zur Seite zu werfen, aber sein grotesker Körper landete am äußersten Rand und blieb dort einen Augenblick lang wie eine Wippe hängen. Dann stürzte er mit einem grauenhaften schrillen Geheul und ausgebreiteten Armen kopfüber in die Grube.

Mit einem Satz war er wieder auf den Beinen und langte nach oben, aber dank der Gnade Gottes war er auf einer der höllischen Vipern gelandet, und noch ehe er sich ganz aufgerichtet hatte, biss sie ihn ins nackte Bein. Kreischend trat er sie mit Füßen. Dieser Aufschub gab einer zweiten Bestie Gelegenheit, sich an seine Hand zu hängen. Blindlings schlug er um sich, unter gespenstischem Getöse, taumelte hin und her und hatte mindestens zwei Schlangen an sich baumeln. Mit seinem abscheulichen Watschelgang rannte er im Kreise und fiel dann vornüber aufs Gesicht. Wieder und wieder stießen die Vipern zu. Kraftlos versuchte er, sich aufzurappeln, brach zusammen, blieb zuckend liegen.

Ich war völlig geschlagen, keuchte wie ein Blasebalg, konnte mich nicht rühren. Gul Schah trat an den Graben heran und beschimpfte seine tote Kreatur. Dann drehte er sich um, zeigte auf mich und rief:

„Werft das Schwein hinterher!"

Sie packten mich und schleiften mich an den Rand des Grabens. Ich hatte nicht mehr die Kraft, mich zu wehren. Ich erinnere mich aber, dass ich laut protestierte – das sei nicht gerecht, ich hätte gewonnen und verdiente, dass man mich laufen lasse. Sie hielten mich über die Grube und warteten auf das endgültige Signal. Ich schloss die Augen, um mir den Anblick der wütenden Gesichter und der grässlichen Reptilien zu ersparen. Dann wurde ich urplötzlich zurück gerissen, die Hände fielen von mir ab. Erstaunt drehte ich mich um – auf wankenden Beinen. Alle waren sie verstummt, Gul Schah ebenso wie die übrigen.

In der Tür stand ein Mann. Er war knapp mittelgroß, mit der Brust und den Schultern eines Ringkämpfers und einem schmalen, zart geformten Kopf, den er, die Szene betrachtend, hin und her drehte. Er war schlicht gekleidet, trug einen grauen Rock mit einem Kettenpanzergürtel und war barhäuptig. Offensichtlich war er Afghane, hatte etwas von dem hübschen Aussehen, das bei Gul Schah so abstoßend wirkte: Hier aber waren die Züge kräftiger und rundlicher. Seine Haltung war herrisch, jedoch recht unbeschwert, ohne jene gespreizte Arroganz, die so viele seiner Landsleute zur Schau tragen.

Er kam näher, nickte Gul Schah zu und musterte mich mit höflichem Interesse. Verwundert stellte ich fest, dass seine Augen zwar orientalisch geformt, aber von lebhaftem Blau waren. Zusammen mit dem leicht gekräuselten Haar verliehen sie ihm einen europäischen Anstrich, der zu seiner derben, stämmigen Figur passte. Er schlenderte an den

Rand des Grabens heran, schnalzte, als er den toten Zwerg erblickte, bedauernd mit der Zunge und fragte in legerem Ton:

„Was ist denn hier passiert?"

Er sagte es so sanft wie ein Landpfarrer im Salon der Prinzessin, aber Gul Schah schwieg, also platzte *ich* damit heraus:

„Diese Hunde wollten mich ermorden!"

Er beehrte mich mit einem strahlenden Lächeln. „Aber ohne Erfolg!" rief er aus. „Ich beglückwünsche dich. Offenbar hast du in einer furchtbaren Gefahr geschwebt, der du durch deine Geschicklichkeit und Tapferkeit entronnen bist. Eine bemerkenswerte Leistung. Und was für eine Geschichte für die Ohren deiner Kindeskinder!"

Jetzt hatte ich es wirklich satt. Zweimal im Verlauf einer Stunde war ich einem gewaltsamen Tod nahe gewesen. Ich war zermürbt, erschöpft und mit meinem eigenen Blut beschmiert, und da sollte ich nun mit einem Wahnsinnigen konversieren. Beinahe wäre ich in Tränen ausgebrochen. Ein Stöhnen entrang sich meiner Kehle. „Ach, Herr Jesus!"

Der Mann zog die Braue hoch. „Nennst du den Namen des christlichen Propheten? Ja, wer bist du denn?"

„Ich bin ein britischer Offizier!" rief ich aus. „Diese Halunken haben mich gefangen genommen und gefoltert, und sie hätten mich mit ihren höllischen Schlangen umgebracht. Wer auch immer du sein magst, musst du –"

Er fiel mir ins Wort. „In Gottes hundert Namen! Ein Feringi-Offizier? Da wäre ja beinahe ein Unglück geschehen. Warum hast du nicht gesagt, wer du bist?" Ich starrte ihn mit offenem Munde an. In meinem Kopf drehte sich alles. Einer von uns beiden musste wahnsinnig sein. „Sie wussten es", krächzte ich. „Gul Schah hat es gewusst."

„Unmöglich", sagte der Mann kopfschüttelnd. „Das ist ausgeschlossen. Mein Freund Gul Schah wäre nicht fähig, so zu handeln. Da muss ein bedauerlicher Irrtum vorliegen."

„Hör zu!" sagte ich mit einer bittenden Gebärde. „Du musst mir glauben. Ich bin Leutnant Flashman aus dem Stab Lord Elphinstones, und dieser Mann hat versucht, mich umzubringen – nicht zum ersten Mal. Frag ihn doch, wieso ich hier bin! Frag ihn, den verlogenen, heimtückischen Schweinehund!"

„Nur nicht einem Gul Schah schmeicheln", erwiderte der Mann vergnügt. „Er nimmt es glatt für bare Münze. Nein, es handelt sich um ein Versehen, ein beklagenswertes Versehen, das aber nicht irreparabel ist. Dafür haben wir Gott zu danken – und freilich auch meiner rechtzeitigen Ankunft." Wieder lächelte er mir zu. „Aber du darfst es weder Gul Schah noch seinen Leuten verübeln. Sie wussten nicht, mit wem sie es zu tun haben."

Jetzt hatte ich nicht mehr den Eindruck, an einen zu üblen Scherzen aufgelegten Wahnsinnigen geraten zu sein. Die Stimme klang so sanft wie nur je, aber mit einem unverkennbar stählernen Vibrato. Schlagartig kehrten die Konturen der Wirklichkeit wieder. Ich spürte, dass der freundlich lächelnde Mann, der da vor mir stand, eine Stärke besaß, deren Gul Schah und seinesgleichen nie fähig sein würden: eine gefährliche Stärke. Gleichzeitig merkte ich mit unendlicher Erleichterung, dass ich in seiner Nähe nichts zu befürchten hatte. Das musste auch Gul Schah gespürt haben, denn er nahm sich zusammen und erklärte mürrisch, ich sei *sein* Gefangener – Feringi-Offizier hin, Feringi-Offizier her –, und er gedenke mit mir nach Gutdünken zu verfahren.

„Nein, er ist mein Gast", entgegnete der andere vorwurfsvoll. „Auf seinem Weg hierher ist ihm ein Unglück widerfahren. Er braucht Erquickung und Pflege. Abermals hast du dich geirrt, Gul Schah. Jetzt wollen wir seine Fesseln lösen, und ich werde ihn bewirten, wie es einem Gast von seiner Bedeutung gebührt."

Im Nu wurde der Strick zerschnitten, der meine Handgelenke zusammenschnürte, und zwei Ghazi – die gleichen übel riechenden Bestien, die vor wenigen Minuten bereit gewesen waren, mich in die Schlangengrube zu werfen – halfen mir, dieses Inferno zu verlassen. Ich fühlte, wie Gul Schahs Blicke sich in meinen Rücken bohrten, aber er sagte keinen Ton. Ich konnte es mir nur so erklären, dass dieses Haus dem starken Mann gehörte und infolgedessen, nach den Vorschriften mohammedanischer Gastfreundschaft, sein Wort Gesetzeskraft hatte. In meinem Zustand aber konnte ich die Zusammenhänge nicht erfassen und war nur froh, dass ich hinter meinem Wohltäter einher stolpern durfte. Man führte mich in ein gut eingerichtetes Zimmer. Unter der Aufsicht des starken Mannes wurde meine Kopfwunde gewaschen, das Blut von den zerschundenen Handgelenken weggespült und ein mit Salben bestrichener Verband angelegt. Dann tischte man mir kräftigen Pfefferminztee, Brot und Obst auf. Obwohl mir der Kopf infernalisch weh tat, war ich ausgehungert, da ich den ganzen Tag nichts gegessen hatte und während ich saß, plauderte der starke Mann.

„Kümmere dich nicht um Gul Schah." Er saß mir gegenüber und zupfte an seinem Bärtchen. „Er ist ein Barbar – wie alle Gilzai –, und da mir jetzt dein Spitzname einfällt, bringe ich dich mit einem Zwischenfall in Verbindung, der sich vor einiger Zeit in Mogala ereignet hat. ‚Blutige Lanze' – nicht wahr?" Wieder lächelte er mit blitzenden Zähnen sein gewinnendes Lächeln. „Ich nehme an, dass du ihm Anlass gegeben hast, dir zu grollen."

„Es ging um eine Frau", erwiderte ich. „Ich wusste nicht, dass er sie als sein Eigentum betrachtete." (Das stimmte zwar nicht – aber egal …)

„Allzu oft ist eine Frau mit im Spiel", sagte er zustimmend. „Aber ich bilde mir ein, dass mehr dahinter steckte. Der Tod eines britischen Offiziers in Mogala wäre Guls politischen Plänen zupass gekommen – ja, ja, ich sehe schon, wie es sich abgespielt haben mag. Aber das ist vorbei." Er hielt inne und betrachtete mich nachdenklich. „Ebenso wie der leidige Zwischenfall, der sich heute ereignet hat. Glaub mir, es wird am besten sein, wenn wir's vergessen. Nicht nur für dich persönlich, sondern auch für deine Landsleute in Afghanistan."

„Deine freundlichen Worte werden Sekundar Burnes und seinen Bruder nicht wieder zum Leben erwecken."

Er nickte. „Eine schreckliche Tragödie. Ich habe den Sekundar bewundert. Hoffen wir, dass man die Schurken, die ihn erschlagen haben, festnehmen und ihrer gerechten Strafe zuführen wird."

„Schurken?" sagte ich. „Grundgütiger Himmel, Mann, das waren Akbar Khans Krieger, nicht eine Räuberbande. Ich weiß nicht, wer du bist oder wie weit dein Einfluss reicht, aber du scheinst nicht auf dem Laufenden zu sein. Als Burnes ermordet und die Residenz geplündert wurde, hat ein *Krieg* begonnen. Wenn die Briten bisher noch nicht aus ihrem Kantonnement nach Kabul einmarschiert sind, wird es jeden Augenblick geschehen, darauf kannst du Gift nehmen."

„Ich glaube, du übertreibst", sagte er sanft. „Zum Beispiel, dieses Gerede von Akbar Khans Kriegern –"

„Ach, erzähl mir keine Geschichten! Gestern Abend bin ich aus dem Osten zurückgekehrt. Längs der Pässe von hier bis zum Dschugdulluk und darüber hinaus rebellieren die

Stämme. Tausende greifen zu den Waffen. Sie versuchen, Sales Truppen zu vernichten, sie werden hier erscheinen, sowie Akbar sich entschließt, Kabul zu erobern, Schah Schudschah die Gurgel abzuschneiden und sich seines Throns zu bemächtigen. Dann sei Gott der Garnison und den Loyalisten gnädig, die den Briten helfen, so wie du mir geholfen hast! Ich habe versucht, es Burnes beizubringen, aber er lachte und wollte nicht auf mich hören. So also sieht es aus." Ich verstummte. Das viele Reden hatte mich durstig gemacht. Nachdem ich einen Schluck Tee getrunken hatte, fügte ich hinzu: „Glaub es oder glaub es nicht – ganz nach Belieben."

Eine Weile verhielt er sich still. Dann bemerkte er, dass das recht beunruhigende Nachrichten seien, aber ich müsse mich irren. „Wenn es so wäre, wie du behauptest, würden die Briten sich schon gerührt haben – entweder weg aus Kabul oder in die Zitadelle Bala Hissar, wo sie sicher sein würden. Sie sind doch schließlich keine Dummköpfe."

„Du kennst Elphy Bey nicht, das ist sonnenklar. Oder McNaghten, dieses Rindvieh. Schau, die Herrschaften wollen es nicht wahrhaben, sie wollen sich einreden, dass alles in Butter sei. Sie glauben, Akbar Khan sitzt nach wie vor schmollend im Hindukusch, sie bestreiten, dass die Stämme zu seiner Fahne eilen, bereit, die Briten aus Afghanistan zu verjagen."

Er seufzte. „Du magst recht haben. Die Menschen machen sich oft Illusionen. Oder die anderen haben recht. Vielleicht ist die Gefahr geringer, als du meinst." Er stand auf. „Aber ich bin ein gedankenloser Gastgeber. Deine Wunde macht dir zu schaffen, du brauchst Ruhe, Flashman Husur. Ich werde dich nicht länger ermüden. Hier lässt man dich in Frieden. Morgen setzen wir unser Gespräch fort. Vor allem müssen wir uns überlegen, auf welchem Weg du ungefährdet zu den Deinen zurückkehren kannst." Er lächelte, die blauen Augen zwinkerten. „Wir wünschen nicht, dass Hitzköpfe wie Gul Schah weitere ‚Irrtümer' begehen. Nun also – Gott sei mit dir."

Ich rappelte mich hoch, war aber so schwach und erschöpft, dass er mich ersuchte, sitzen zu bleiben. Ich betonte, dass ich ihm für all seine Güte von Herzen dankbar sei, dass ich mich gern erkenntlich zeigen wolle, aber er lachte nur und wandte sich zum Gehen. Da fiel mir ein, dass ich noch immer nicht wusste, wer er war, und wieso es in seiner Macht gestanden hatte, mich den Klauen Gul Schahs zu entreißen. Ich fragte ihn danach. Er blieb an dem verhangenen Durchgang stehen.

„Was das betrifft", antwortete er, „so bin ich der Herr dieses Hauses. Meine engen Freunde nennen mich Bakbuk, weil ich zur Geschwätzigkeit neige. Andere legen mir nach Belieben die verschiedensten Namen bei." Er verbeugte sich. „Du kannst mich ja bei meinem richtigen Namen nennen. Er lautet Akbar Khan. Gute Nacht, Flashman Husur, und angenehme Ruhe. Es sind Diener in Rufweite, falls du etwas brauchen solltest."

Damit verschwand er. Ich starrte ihm mit offenem Mund nach und kam mir wie der größte Dummkopf aller Zeiten vor.

Kapitel 9

Weder am nächsten Tage noch im Lauf der nächsten Woche kehrte Akbar Khan zurück. Ich hatte also reichlich Zeit, mir alles durch den Kopf gehen zu lassen. Ich musste das Zimmer hüten und wurde streng bewacht, hatte es aber recht bequem. Ich bekam gutes Essen vorgesetzt und durfte auf einer kleinen, geschlossenen Veranda unter den Augen zweier bewaffneter Barukzis* umher spazieren. Meine Fragen aber und die Forderung, mich freizulassen, wurden keiner Antwort gewürdigt. Ich konnte nicht einmal erfahren, was sich in Kabul ereignete oder was unsere Truppen machten – oder was Akbar Khan selber vorhaben mochte. Oder warum er mich gefangen hielt.

Am achten Tage kehrte er endlich zurück. Er machte einen entspannten und zufriedenen Eindruck. Nachdem er die Wächter weggeschickt hatte, erkundigte er sich nach meinen Wunden, die fast schon geheilt waren, fragte, ob ich gut betreut worden sei und so weiter, und fügte hinzu, wenn ich etwas zu wissen wünschte, würde er sein Bestes tun, um mich zu unterrichten.

Na schön, ich verlor keine Zeit, ihm meine Wünsche mitzuteilen; lächelnd hörte er zu und strich sich den kurzen, schwarzen Bart. Zuletzt schnitt er mir mit erhobener Hand das Wort ab.

„Halt, halt, Flashman Husur! Ich sehe, du bist wie ein Verdurstender. Wir müssen deinen Durst allmählich stillen. Setz dich jetzt, trink Tee und hör zu.“

---

* Afghanische Volksgruppe

Ich setzte mich und er ging langsam auf und ab, eine stämmige, elastische Gestalt in seinem grünen Waffenrock und der grünen Pyjamahose, die in niedrige Reitstiefel gestopft war. Ich stellte fest, dass er etwas von einem Dandy hatte: Der Waffenrock war mit goldenen Spitzen verbrämt, das Hemd mit einem silbernen Saum versehen. Wieder jedoch imponierte mir die sichtliche schlummernde Kraft des Mannes. Sie machte sich sogar in seiner Haltung bemerkbar, in seiner breiten Brust, die stets so aussah, als holte er tief Atem, und den länglichen, kraftvollen Händen.

„Punkt eins", sagte er. „Ich behalte dich hier, weil ich dich brauche. Wie, das wirst du später sehen – nicht heute. Zweitens: In Kabul geht alles seinen guten Gang. Die Briten bleiben in ihrem Lager, die Afghanen beschießen sie ab und zu und machen viel Lärm. Der König von Afghanistan, Schah Schudschah –" hier kräuselte er belustigt die Lippen – „sitzt tatenlos unter seinen Weibern in Bala Hissar und bittet die Briten, ihm gegen seine aufsässige Bevölkerung behilflich zu sein. Kabul selbst wird von den Massen beherrscht. Jeder Pöbelhaufe unter seinem Anführer bildet sich ein, er allein habe den Briten Angst gemacht. Sie plündern ein bisschen, notzüchtigen ein bisschen, morden ein bisschen – unter ihren Landsleuten, wohlgemerkt – und damit begnügen sie sich bis auf weiteres. Da hast du die Lage. Ich finde sie zufriedenstellend. Ach, ja, die Bergstämme, die von dem Tod Sekundar Burnes' gehört haben und von dem Gerücht, ein gewisser Akbar Khan, Sohn des wahren Königs, Dost Mohammed, befinde sich in Kabul, rücken von allen Seiten gegen die Stadt vor, sie wittern Krieg und Beute. Nun, Flashman Husur, sind deine Fragen beantwortet."

Indem er mir ein halbes Dutzend Fragen beantwortete, hatte er hundert andere aufgeworfen. Eines aber wollte ich vor allem wissen:

„Du sagst, die Briten bleiben in ihrem Kantonnement. Aber Burnes' Tod! Haben sie nichts unternommen?“

„So gut wie nichts“, erwiderte er. „Das ist unklug, weil man es für Feigheit hält. Wir beide wissen, dass sie nicht feige sind. Die Masse der Kabulis weiß es nicht. Ich fürchte, man wird sie vielleicht zu noch schlimmeren Ausschreitungen ermuntern, als sie bisher schon begangen haben. Aber das wird sich zeigen. Und damit sind wir bei dem Zweck meines heutigen Besuchs angelangt – abgesehen davon, dass ich mich nach deinem Befinden erkundigen wollte.“ Wieder lächelte er jenes ansteckende Lächeln, das einen spöttischen Anstrich hatte, mir aber nicht missfallen wollte. „Du wirst verstehen – wenn ich auf der Stelle deine Neugier stille, habe auch ich Fragen an dich zu richten, die ich beantwortet haben möchte.“

„Schieß los“, sagte ich ein wenig misstrauisch.

„Bei unserer ersten Begegnung sagtest du – oder gabst es wenigstens zu verstehen –, Elfistan Sahib und MacLoten Sahib seien – wie soll ich mich ausdrücken – nicht übermäßig intelligent. War das ein wohlüberlegtes Urteil?“

„Elphinstone Sahib und McNaghten Sahib“, erwiderte ich, „sind zwei geborene Scheißidioten, wie jeder Mensch im Bazar dir verraten wird.“

„Die Menschen im Bazar genießen nicht den Vorzug, in Elfistan Sahibs Stab zu dienen“, sagte er trocken. „Deshalb lege ich Wert auf *deine* Meinung. Nun also – sind sie vertrauenswürdig?“

Diese Frage aus dem Munde eines Afghanen fand ich verdammt sonderbar. Beinahe hätte ich geantwortet, sie seien englische Offiziere, Kreuzdonnerwetter. Aber so mit Akbar Khan zu reden, wäre reine Zeitvergeudung gewesen.

„Ja, sie sind vertrauenswürdig“, sagte ich.

„Einer mehr als der andere? Welchem von den beiden würdest du dein Pferd oder deine Frau anvertrauen? – Ich nehme an, dass du keine Kinder hast."

Darüber brauchte ich nicht lange nachzudenken. „Ich würde mich darauf verlassen, dass Elphy Bey wie ein Gentleman handelt und sein Bestes tut. Aber sein Bestes würde wahrscheinlich nicht besonders viel taugen."

„Danke, Flashman", sagte er, „mehr brauche ich nicht zu wissen. Ich bedaure, dass ich unsere äußerst interessante kleine Diskussion abbrechen muss, aber ich habe vieles zu besorgen. Ich komme wieder, dann setzen wir unsere Gespräche fort."

„Einen Augenblick, bitte ..." begann ich, weil ich wissen wollte, wie lange er mich als einen Gefangenen zu behandeln gedenke, und einiges mehr, aber er wimmelte mich sehr höflich ab und ging weg. Und da saß ich nun, hol ihn der Kuckuck, weitere zwei Wochen fest, mit keiner anderen Gesellschaft als den stummen Barukzis.

Ich bezweifelte nicht, dass er mir die Lage in Kabul richtig geschildert hatte, konnte aber nicht daraus schlau werden. Ich fand es unsinnig: ein angesehener britischer Beamter wird ermordet und nichts geschieht, um ihn zu rächen. Genauso hatte es sich abgespielt. Als der Pöbel die Residenz plünderte und der Sekundar in Stücke zerhackt wurde, hatten Elphy und McNaghten sich gewaltig aufgeplustert, aber eigentlich nichts unternommen. Sie hatten einander mit Briefen bombardiert und die Alternativen erörtert: in die Stadt marschieren oder sich in die Zitadelle Bala Hissar zurückzuziehen oder Sale, der nach wie vor bei Gandamak durch die Gilzai in Schach gehalten wurde, nach Kabul zurück beordern. Zu guter Letzt geschah überhaupt nichts. Die Kabulis durchstreiften, wie Akbar erzählt hatte, in wüsten Haufen die Straßen der Stadt, machten, was ihnen behagte, und belagerten unser Kantonnement.

Natürlich hätte Elphy durch ein entschlossenes Eingreifen den Mob zur Raison bringen können, aber er begnügte sich damit, die Hände zu ringen und sich ins Bett zu legen, während McNaghten ihm in seinen Memoranden diverse Vorschläge machte, wie man das Kantonnement für den Winter verproviantieren könne. Den Kabulis, die anfangs zu Tode erschrocken waren, als ihnen klar wurde, was sie mit Burnes' Ermordung angerichtet hatten, schwoll gewaltig der Kamm. Sie begannen unsere Vorposten anzugreifen und des Nachts unsere Quartiere zu beschießen.

Einmal – ein einziges Mal -- versuchte man, mit ihnen fertig zu werden. Brigadier Shelton, der zänkische Vollidiot, sorgte dafür, dass auch dieser Versuch mit einem wunderschönen Fiakso endete. Er marschierte mit einer starken Mannschaft nach Bejmaru* und die Kabulis – nur ein schäbiger Haufen Krämer und Stallknechte, wohlgemerkt, keine richtigen afghanischen Krieger – jagten ihn und seine Truppe ins Lager zurück. Nachher war nichts mehr zu machen. Die Kampfmoral im Kantonnement sank auf den Nullpunkt, und die Afghanen vom flachen Lande, die abgewartet hatten, was passieren würde, sagten sich, da sei etwas zu holen, und fielen beutegierig über die Stadt her. Alle Anzeichen sprachen dafür, dass die Massen und die Stammeskrieger, wenn sie sich ernsthaft ans Werk machten, ohne weiteres das Lager überrennen konnten, wann auch immer sie Lust dazu verspürten.

Das alles erfuhr ich natürlich erst später. Colin Mackenzie, der es durchgemacht hat, sagte, es sei ein erschütternder Anblick gewesen, wie der alte Elphy Bey schwankte und sich jede Minute anders besann, während McNaghten noch im-

---

* Schlacht von Bejmaru (Beymaroo)

mer nicht glauben wollte, dass eine Katastrophe im Anzug sei. Was als ein Pöbelauflauf begonnen hatte, entwickelte sich rapide zu einer allgemeinen Erhebung. Den Afghanen fehlte nur noch der Führer, der die Zügel ergreifen und die Ereignisse in die gewünschten Bahnen lenken würde. Natürlich wartete dieser Mann bereits in den Kulissen, ohne dass Elphy und McNaghten es ahnten. Von einem Haus in Kabul aus beobachtete er den Lauf der Dinge, harrte des rechten Augenblicks und stellte mir ab und zu einige Fragen. Denn nach vierzehn Tagen suchte Akbar Khan mich abermals auf, höflich und liebenswürdig wie immer, und unterhielt sich mit mir über so verschiedene Themen wie die britische Politik in Indien und die Marschgeschwindigkeit britischer Truppen bei kaltem Wetter. Scheinbar wollte er nur ein wenig mit mir plaudern, in Wirklichkeit aber holte er mich nach Kräften aus, und ich ließ es geschehen. Mir blieb ja nichts anderes übrig.

Nun begann er täglich aufzutauchen. Ich wurde es müde, meine Freilassung zu fordern und zu erleben, wie meinen Fragen geschickt ausgewichen wurde. Aber es war nicht zu ändern; ich musste mich in Geduld fassen und zusehen, was dieser joviale, schlaue Herr mit mir vorhatte. Davon, was er sich selber vorgenommen hatte, machte ich mir mit der Zeit einen ziemlich guten Begriff, und die Ereignisse gaben mir recht.

Schließlich, über einen Monat nach Burnes' Tod, teilte mir Akbar Khan mit, ich würde nun auf freien Fuß gesetzt werden. Ich hätte ihn abküssen mögen, denn ich hatte die Gefangenschaft gründlich satt: nicht einmal eine kleine Afghanin, die mir geholfen hätte, die Zeit zu vertreiben! Er machte aber ein sehr ernstes Gesicht und bat mich, Platz zu nehmen, während er mir „im Namen der Führer der Rechtgläubigen" etwas zu sagen habe. Er hatte drei seiner Kumpane bei sich, und ich fragte mich, ob sie damit gemeint seien.

Den einen, seinen Vetter Sultan Dschan, hatte er schon früher einmal mitgebracht, einen tückisch aussehenden Burschen mit einem gegabelten Bart. Die beiden anderen hießen Muhammed Din, ein schöner alter Herr mit einem silbergrauen Bart, und Khan Hamet, ein einäugiger Halunke mit der Visage eines Pferdediebs. Sie setzten sich und sahen mich an, und Akbar führte das Wort.

„Zuerst einmal, mein lieber Freund Flashman", begann er, ganz Charme, „muss ich dir sagen, dass du nicht nur in deinem eigenen Interesse, sondern auch im Interesse deiner Landsleute hier festgehalten worden bist. Ihre Lage ist schlimm. Ich weiß nicht, warum, aber Elfistan Sahib hat sich wie ein kraftloses altes Weib benommen. Er hat den Mob nach Lust und Laune umher toben lassen, er hat es versäumt, den Tod seiner Diener zu rächen, er hat seine Soldaten dem allerschlimmsten Schicksal preisgegeben – der Demütigung –, indem er sie ins Lager einsperrt hat, während der afghanische Pöbel ihrer spottet. Jetzt sind seine eigenen Truppen des bösen Spiels überdrüssig. Ihr Kampfgeist ist gebrochen."

Er hielt inne, wählte dann seine Worte mit äußerster Sorgfalt.

„Die Briten können nicht länger in Afghanistan bleiben", fuhr er fort. „Sie sind entmachtet, und wir wollen sie loswerden. Es gibt Leute, die der Meinung sind, wir sollten sie alle abschlachten. Dass *ich* nicht dafür bin, brauche ich wohl kaum zu betonen." Er lächelte. „Vor allem würde es vielleicht nicht gar so leicht sein."

„Nie und nimmer", sagte der alte Muhammed Din. „Diese selben Feringis haben die Festung Ghuzni erobert. Ich habe sie gesehen, bei Gott."

„Und zweitens – was würden wir ernten?“ fuhr Akbar fort. „Die Weiße Königin würde ihre Kinder rächen. Nein, ich würde einen friedlichen Abzug nach Indien vorziehen. Ich bin kein Feind der Engländer, aber sie sind jetzt schon allzu lang Gäste meines Landes gewesen.“

„Einer von ihnen vier Wochen zu lang“, sagte ich, und da lachte er.

„Du, Flashman, bist ein Feringi, der gern bleiben darf, solange es ihm behagt. Die anderen aber müssen weg.“

„Sie sind gekommen, um Schudschah auf den Thron zu setzen“, entgegnete ich. „Sie werden ihn nicht im Stich lassen.“

„Sie haben sich bereits einverstanden erklärt“, sagte Akbar in honigsüßem Ton. „Ich persönlich habe die Abzugsbedingungen mit MacLoten Sahib vereinbart.“

„Du hast mit McNaghten gesprochen?“

„Ja, freilich. Die Briten sind mit mir und den Häuptlingen übereingekommen, dass sie nach Peschawar marschieren, sobald sie den erforderlichen Proviant heran geschafft und ihre Zelte abgebrochen haben. Schudschah behält den Thron – so wurde es vereinbart – und den Briten wird sicheres Geleit über die Pässe verbürgt.“

So sollten wir denn Kabul verlassen. Ich hatte nichts dagegen, ich fragte mich nur, wie Elphy und McNaghten sich in Kalkutta herausreden würden. Ruhmloser Rückzug, von Niggern vertrieben, das macht keinen guten Eindruck. Dass Schudschah den Thron behalten sollte, war natürlich reine Augenwischerei. Sobald wir erst einmal aus dem Weg waren, würden sie ihn still und heimlich blenden, ihn in einer Festung einsperren und damit basta. Und der Mann, der an seine Stelle treten sollte, saß vor mir und passte auf, wie ich reagieren würde.

„Schön“, sagte ich schließlich, „schön und gut, aber was habe *ich* damit zu tun? Ich meine, ich werde eben ganz einfach zusammen mit den anderen davon trotten, oder wie?“

Akbar beugte sich vor. „Vielleicht hat es zu einfach geklungen. Es gibt Probleme. So hat zum Beispiel MacLoten den Abzug der Truppen nicht nur mit mir, sondern auch mit den Durani, den Gilzai und den Kussibalschi vereinbart – lauter gleichberechtigten Partnern. Wenn die Briten verschwinden, bleiben alle diese Parteien zurück, und wer wird ihrer Herr werden?“

„Schah Schudschah, deinen Worten zufolge.“

„Er kann nur regieren, wenn eine einheitliche Mehrheit der Stämme ihn unterstützt. So, wie es momentan aussieht, wird das äußerst schwierig sein, weil sie einander mit scheelen Augen betrachten. Oh, MacLoten Sahib ist nicht so dumm, wie du meinst. Er hat sich alle Mühe gegeben, uns zu entzweien.“

„Nun, kannst nicht du sie einigen? Du bist Dost Mohammeds Sohn, nicht wahr – und vor vier Wochen habe ich überall in den Bergen nichts anderes gehört als Akbar Khan und was für ein Teufelskerl er sei!“

Lachend klatschte er in die Hände. „Wie erfreulich! Ja, allerdings, ich habe meine Gefolgschaft –“

„Ganz Afghanistan“, brummte Sultan Dschan. „Was Schudschah betrifft –“

Akbar fiel ihm ins Wort, mit einem Male sehr kühl: „Ich habe, was ich habe, aber das genügt nicht, wenn ich Schudschah so kräftig unterstützen soll, wie es geboten ist.“

Eine Weile herrschte Schweigen, ein nicht sehr gemütliches Schweigen, dann fuhr er fort:

„Die Durani mögen mich nicht, und sie sind mächtig. Es wäre ratsam, ihnen die Flügel zu stutzen. Ihnen und einigen anderen. Das ist nach dem Abzug der Engländer nicht mehr möglich. Mit britischer Hilfe kann es rechtzeitig geschehen."

Oho, dachte ich, da haben wir's.

„Ich schlage folgendes vor", sagte Akbar und sah mir fest ins Auge. „MacLoten muss das Abkommen mit den Durani brechen. Er muss mir helfen, sie zu bändigen. Dafür werde ich ihm gestatten – sobald die Durani und ihre Bundesgenossen beseitigt sind, liegt die Macht in meinen Händen! – weitere acht Monate in Kabul zu bleiben. Nach Ablauf dieser acht Monate bin ich Schudschahs Wesir, seine rechte Hand. Dann wird es im Land so still sein, so still, dass man das Quieken einer Kandahar-Maus in Kabul hört – so still, dass die Briten sich in Ehren zurückziehen können. Ist das nicht annehmbar? Die Alternative ist ein überstürzter Abzug unter Gefahren, gegen die es augenblicklich keine Garantie gibt, weil niemand imstande ist, die wilderen Stämme zu zügeln. Und Afghanistan wird den Parteien ausgeliefert, die einander bekriegen."

Im Verlauf eines unehrenhaften Lebens habe ich die Beobachtung gemacht, dass ein Schurke, wenn er einen heimtückischen Plan entwirft, eifriger bemüht ist, sich selber zu überzeugen, als seine Zuhörer mitzureißen. Akbar wollte seinen afghanischen Gegnern den Garaus machen, weiter nichts – und das war denn auch durchaus begreiflich; trotzdem wollte er sich selber als ein Gentleman vorkommen.

„Bist du gewillt, Flashman, MacLoten Sahib heimlich von meinem Vorschlag zu unterrichten?"

Auch wenn er mich ersucht hätte, der Königin Viktoria einen Heiratsantrag zu unterbreiten, hätte ich eingewilligt, deshalb sagte ich ohne Zögern „Ja."

„Du kannst hinzufügen, dass ich im Zusammenhang mit dieser Vereinbarung eine Anzahlung von zwanzig Laks Rupien und viertausend jährlich auf Lebenszeit verlange. Ich glaube, das wird MacLoten Sahib angemessen finden, da ich ihm wahrscheinlich seine politische Karriere rette."

Und auch deine eigene, dachte ich mir. Schudschahs Wesier, in der Tat. Wenn erst einmal die Durani beseitigt waren, hieß es Adieu Schudschah, und lang lebe König Akbar! Freilich hatte ich persönlich nichts dagegen; ich würde mich auf jeden Fall der flüchtigen Bekanntschaft mit einem gekrönten Haupt rühmen dürfen – wenn es sich auch nur um den König von Afghanistan handelte.

„Jetzt also", fuhr Akbar fort, „musst du meine Vorschläge MacLoten persönlich überbringen und zwar in Gegenwart der hier anwesenden Muhammed Din und Khan Hamet, die dich begleiten werden. Wenn es so aussieht" – er lächelte sein Lächeln –, „als hätte ich kein Vertrauen zu dir, mein Freund, dann will ich betonen, dass ich mich auf niemanden verlasse. Es ist keineswegs auf dich gemünzt."

„Der kluge Sohn", krächzte Khan Harnet, zum ersten Mal den Mund öffnend, „misstraut seiner Mutter." Zweifellos kannte keiner seine Familie so gut wie er. Ich wies darauf hin, dass Akbars Plan McNaghten vielleicht als ein Verrat an den Stammeshäuptlingen erscheinen werde und die Rolle, die er dabei spielen sollte, als unehrenhaft. Akbar nickte und sagte:

„Vergiss nicht, dass ich mit MacLoten Sahib gesprochen habe. Er ist ein Politiker."

Diese Antwort schien er für erschöpfend zu halten, also ließ ich es dabei bewenden. Dann sagte Akbar:

„Du wirst MacLoten sagen, wenn er einverstanden ist – was ich annehme –, muss er sich mit mir übermorgen vor Mohammeds Festung außerhalb der Lagermauern treffen. Er muss innerhalb des Lagers eine starke Truppe bereithalten, die auf Kommando los marschiert und die Durani samt ihren Bundesgenossen, die sich in meiner Gesellschaft befinden, festnimmt. Nachher werden wir die Verfügungen treffen, die wir für richtig halten. Sind wir uns einig?" Er sah seine drei Gefährten an, die zustimmend nickten.

„Sag MacLoten Sahib", sagte Sultan Dschan mit einem widerlichen Grinsen, „wenn er will, kann er den Kopf Amanullah Khans haben, der den Sturm auf Sekundar Burnes' Residenz angeführt hat. Ferner, dass in dieser Angelegenheit wir von den Barukzi die Freundschaft der Gilzai genießen."

Wenn sowohl die Barukzi als auch die Gilzai an dem Komplott beteiligt waren, hatte Akbar, wie mir schien, festen Boden unter den Füßen; dieser Meinung würde auch McNaghten sein. Mir aber, der ich diese vier Gesichter, den aalglatten Akbar und sein schurkisches Trio, vor mir sah, stank das Ganze in die Nase wie ein verendetes Kamel. Lieber hätte ich mich Gul Schahs Vipern anvertraut als diesen Ehrenmännern.

Ich verzog aber keine Miene, und am selben Nachmittag wunderte sich der Wachtposten am Haupteingang des Kantonnements über den Anblick Leutnant Flashmans, der, angetan mit dem Kettenpanzer eines Barukzi-Kriegers und begleitet von Muhammed Din und Khan Harnet [15], feierlich aus der Stadt geritten kam. Sie hatten angenommen, ich sei längst tot – schon vor vier Wochen zusammen mit Burnes in Stücke gerissen –, aber da tauchte ich überlebensgroß vor ihnen auf. Wie ein Lauffeuer verbreitete sich die Neuigkeit, und als wir vor den Toren anlangten, erwartete uns dort eine vielköpfige Schar mit dem hochgewachsenen Colin Mackenzie [16] an der Spitze.

„Wo zum Teufel kommen denn Sie her?" fragte er, die blauen Augen weit aufgerissen.

Ich beugte mich zu ihm hinab, damit niemand mich höre, und flüsterte: „Akbar Khan ..." Er starrte mich an, um festzustellen, ob ich verrückt sei oder scherze, und sagte dann: „Folgen Sie mir sofort zum Gesandten." Er bahnte uns einen Weg durch die Menge. Rund um uns her gab es ein großes Geschrei, man bestürmte mich mit Fragen, aber Mackenzie bugsierte uns alle drei geradenwegs zum Quartier des Gesandten.

„Hat es nicht Zeit?" fragte McNaghten verdrossen. „Mein Essen wartet." Ein Dutzend Worte aus Mackenzies Mund jedoch brachten ihn sogleich auf andere Gedanken. Er musterte mich durch seine Brillengläser, die wie immer auf der Nasenspitze saßen. „Mein Gott, Flashman! Lebend! Und von Akbar Khan, sagen Sie? Wer sind denn diese Männer?" Er deutete auf meine Begleiter.

„Sie haben mir einmal empfohlen, Geiseln aus *Akbars* Lager zu beschaffen, Sir William", sagte ich. „Nun, hier sind sie, wenn es Ihnen beliebt."

Er nahm es nicht sehr gnädig auf, sondern befahl mir in schroffem Ton, sofort mit ihm essen zu gehen. Die beiden Afghanen hätten sich natürlich unter keinen Umständen an den Tisch eines Ungläubigen gesetzt. Sie blieben in McNaghtens Amtszimmer zurück, dort wurde ihnen ein Imbiss serviert. Muhammed Din erinnerte mich daran, dass Akbars Botschaft nur in seiner und Khan Hamets Anwesenheit überbracht werden dürfe. Deshalb begnügte ich mit damit, McNaghten zu sagen, mir sei zumute, als sei ich bis an den Hals mit Schießpulver angefüllt, aber wir müssten uns gedulden.

Immerhin konnte ich ihm, während wir aßen, Burnes' Ermordung und mein Abenteuer mit Gul Schah schildern. Ich erzählte es sehr schlicht und ohne Umschweife, aber McNaghten rief immer wieder aus: „Du meine Güte!", und als ich von meinem Tauziehen berichtete, fiel ihm die Brille in seinen Curry. Mackenzie betrachtete mich unverwandt, an seinem blonden Schnurrbart zupfend; als ich fertig war und McNaghten vor lauter Verwunderung ins Stottern geriet, sagte Mackenzie nur: „Gut gemacht, Flash." Das war in seinem Munde ein hohes Lob. Er, ein zäher, kaltblütiger, steifnackiger Geselle, galt – vielleicht mit Ausnahme George Broadfoots – als der Tapferste in der Garnison von Kabul. Wenn er es weitererzählte, und damit durfte ich rechnen, würden Flashys Aktien abermals steigen; das sollte mir nur recht sein.

Beim Portwein versuchte McNaghten, mich in Bezug auf Akbar auszuholen, aber ich sagte, damit müssten wir warten, bis wir uns zu den beiden Afghanen gesellt hatten. Mir freilich war es egal, aber es verschnupfte McNaghten und das war für mich stets ein triftiger Grund. Er bemerkte sarkastisch, ich sei wohl allem Anschein nach total verwildert, aber Mackenzie erklärte kurzerhand, ich hätte recht, worauf Seine Exzellenz zu schmollen begann. Mürrisch erklärte er, es sei aber sehr schön, wenn militärische Dreikäsehochs sich erlaubten, hochgestellte Beamte Ihrer Majestät zu brüskieren; je eher wir zur Sache kämen, desto besser. So verlegten wir denn unsere Sitzung in McNaghtens privates Arbeitszimmer. Wenige Minuten später kamen Muhammed und Hamet herein, begrüßten den Gesandten mit ausgesuchter Höflichkeit und wurden mit einem kühlen Kopfnicken beehrt. Er war nun einmal ein eingebildeter Laffe. Dann erläuterte ich Akbars Vorschlag.

Ich sehe sie noch vor mir: McNaghten zurückgelehnt in seinem Korbsessel, die Beine gekreuzt, die Fingerspitzen aneinandergelegt – die beiden Afghanen, die kein Auge von ihm wenden – Mackenzie, der an der Wand lehnt, an einer Zigarre pafft und die Afghanen beobachtet. Niemand sagte ein Wort, solange ich redete, keiner rührte sich. Ich fragte mich, ob McNaghten begriffen hatte, was ich sagte; er zuckte nicht mit der Wimper.

Als ich meinen Sermon beendet hatte, wartete er eine volle Minute, nahm langsam die Brille ab, putzte die Gläser und sagte dann gelassen:

„Sehr interessant. Wir müssen uns überlegen, was Sirdar Akbar gesagt hat. Seine Botschaft ist von größtem Gewicht und außerordentlicher Bedeutung. Aber sie lässt sich natürlich nicht in aller Eile beantworten. Nur eines will ich sofort sagen: Der Gesandte Ihrer Königlichen Majestät kann den grausamen Vorschlag, ihm den Kopf Amanullah Khans anzubieten, unter keinen Umständen in Erwägung ziehen. Ich finde ihn abstoßend." Er wandte sich zu den beiden Afghanen. „Die Herren werden müde sein, ich werde sie also nicht länger aufhalten. Morgen setzen wir das Gespräch fort."

Es war noch früh am Abend, aber die beiden Afghanen schienen die Diplomatensprache zu verstehen. Sie verbeugten sich feierlich und zogen sich zurück. McNaghten sah ihnen nach, bis die Tür hinter ihnen zufiel. Dann sprang er auf.

„In elfter Stunde gerettet!" rief er aus. „Teilen und herrschen! Mackenzie, genau so etwas hatte ich mir erträumt." Sein blasses, verfallenes Gesicht war jetzt ein einziges Lächeln. „Ich wusste ja – ich wusste es – ich wusste, dass diese Menschen auch untereinander keine Loyalität kennen. Da seht ihr jetzt, dass ich recht behalten habe!"

Mackenzie betrachtete aufmerksam seine Zigarre. „Das heißt, Sie akzeptieren den Vorschlag."

„Akzeptieren? Ja, selbstverständlich. Das ist eine einmalige Gelegenheit. Acht Monate, äh? In acht Monaten kann viel passieren. Vielleicht werden wir Afghanistan überhaupt nicht verlassen – wenn ja, dann in allen Ehren." Er rieb sich die Hände und begann in den Papieren auf seinem Schreibtisch zu wühlen. „Das wird unserem Freund Elphinstone auf die Beine helfen, äh, Mackenzie?"

„Mir gefällt es nicht", erwiderte Mackenzie. „Ich halte es für ein Komplott."

McNaghten blieb stehen und sah ihn an. „Ein Komplott?" Dann lachte er ein kurzes, scharfes Lachen. „Oho, ein Komplott! Lassen Sie mich *damit* zufrieden – überlassen Sie es mir!"

„Mir gefällt es nicht im geringsten", wiederholte Mackenzie.

„Und warum nicht, bitte? Sagen Sie mir, warum es Ihnen nicht gefällt. Ist es nicht logisch? Akbar will Hahn im Korb sein, also müssen seine Feinde, die Durani, weg. Freilich wird er uns für seine Zwecke ausnützen, aber es gereicht *uns* zum Vorteil."

„Die Sache hat einen Haken", bemerkte Mackenzie. „Nie im Leben hat er Aussicht, König Schudschahs Wesir zu werden. In diesem Punkt zumindest lügt er."

„Na und? Ich sage Ihnen, Mackenzie, es spielt nicht die geringste Rolle, ob in Kabul er oder Schudschah regiert. Bis dahin haben wir unsere Position gesichert. Mögen sie einander nach Herzenslust befehden. Dadurch werden wir nur umso stärker."

„Auf Akbar darf man sich nicht verlassen", begann Mackenzie, aber McNaghten rümpfte die Nase und schnitt ihm das Wort ab.

„Eine der ersten politischen Regeln scheinen Sie nicht zu kennen: Man darf sich stets darauf verlassen, dass der Mensch seine eigenen Interessen verfolgt. Ich weiß ganz genau, dass Akbar die unbestrittene Macht über seine Landsleute anstrebt. Na, und wer will es ihm verübeln? Außerdem glaube ich, dass Sie ihm Unrecht tun. Bei unseren Zusammenkünften hat er einen stärkeren Eindruck auf mich gemacht als irgendein anderer Afghane, dem ich begegnet bin. Ich halte ihn für einen Mann von Wort."

„Das sagen wahrscheinlich auch die Durani", warf ich ein. Zum Dank dafür funkelte mich die eiskalte Brille an. Mackenzie aber nahm mich schnell beim Wort und fragte mich um meine Meinung.

„Auch ich traue Akbar nicht über den Weg", erwiderte ich. „Wohlgemerkt, ich kann ihn recht gut leiden, aber er ist nicht aufrichtig."

„Flashman kennt ihn wahrscheinlich besser als wir", sagte Mackenzie, und McNaghten explodierte.

„Nun aber, Captain! Wissen Sie, ich werde mich doch wohl auf mein eigenes Urteil verlassen dürfen! Auch wenn es dem Urteil eines so hervorragenden Diplomaten wie Mr. Flashman widerspricht." Verächtlich schnaubend setzte er sich an seinen Schreibtisch. „Es würde mich interessieren, genau zu erfahren, was Akbar durch ein verräterisches Verhalten uns gegenüber zu gewinnen hätte. Was für einen anderen Zweck sollte sein Vorschlag haben als den, der auf der Hand liegt? Nun, könnt ihr mir das sagen?"

Mackenzie drückte seine Zigarre aus. „Wenn ich es Ihnen sagen könnte, Sir – wenn ich das Spiel durchschauen könnte – wenn ich wüsste, was für eine List dahinter steckt –, dann wäre mir bedeutend wohler zumute. Was ich *nicht* sehe und was ich *nicht* verstehe – *das* macht mir Sorge, wenn es sich um Afghanen handelt."

„Wahnvorstellungen – Hirngespinste!" sagte McNaghten und wollte kein Wort mehr hören. Offensichtlich war er Feuer und Flamme für Akbar Khans Plan und sein Entschluss so unerschütterlich, dass er am nächsten Morgen Muhammed und Hamet holen ließ und ihnen seine Zustimmung schriftlich gab. Das fand ich geradezu dumm, weil es ein konkreter Beweis für McNaghtens Beteiligung an einer

Machenschaft war, die auf einen glatten Wortbruch hinauslief. Einige seiner Berater wollten ihn wenigstens davon abhalten, es schwarz auf weiß zu Papier zu bringen, aber er ließ nicht mit sich reden.

„Der Mann ist desperat – das ist der Jammer", sagte Mackenzie zu mir. „Akbars Vorschlag kam im rechten Augenblick, als McNaghten den letzten Hoffnungsschimmer erlöschen sah und damit rechnete, sich mit eingezogenem Schwanz aus Kabul verdrücken zu müssen. Er redet sich um jeden Preis ein, Akbars Angebot müsse ehrlich gemeint sein. Nun, junger Mann, ich weiß nicht, was *Sie* vorhaben. Ich aber nehme morgen meine Pistolen mit."

Ich selber war recht nervös, und der Anblick Elphy Beys, als McNaghten mich am Nachmittag zu ihm mitnahm, war auch nicht gerade erheiternd. Der alte Herr lag auf einer Chaiselongue auf seiner Veranda, während eine der Garnisonsdamen – ich habe vergessen, wer es war – ihm aus der Bibel vorlas. Er hätte sich gar nicht herzlicher über das Wiedersehen mit mir freuen können und lobte meinen Heldenmut über den grünen Klee, aber er sah so alt und verfallen aus in seiner Bettmütze und dem Nachtgewand, dass ich mir dachte, mein Gott, was haben wir für Aussichten, wenn so jemand uns befehligt?

McNaghten war recht kurz angebunden, denn als Elphy von Akbars Plan hörte, ließ er die Nase hängen und fragte, ob McNaghten nicht irgendeine verräterische Absicht befürchte.

„Durchaus nicht", erwiderte McNaghten. „Ich ersuche Sie, schnell und in aller Stille zwei Regimenter und zwei Geschütze für die Einnahme der Festung Mohammed Khans bereitzustellen, wo wir morgen früh Sirdar Akbar treffen werden. Alles übrige überlassen Sie mir."

Elphy sah noch unglücklicher drein. „Mir ist nicht wohl zumute“, sagte er sichtlich bekümmert. „Wissen Sie, ich fürchte, man darf sich nicht auf diese Burschen verlassen. Jedenfalls ist es ein sonderbares Komplott.“

„Ach du lieber Gott!“ rief McNaghten aus. „Wenn Sie ernsthaft dieser Meinung sind, schlage ich vor, den Kampf aufzunehmen. Ich bin überzeugt, wir werden sie in die Pfanne hauen.“

„Ausgeschlossen, mein lieber Sir William“, sagte Elphy. Es war erschütternd, seine brüchige Greisenstimme zu hören. „Sehen Sie, ich kann nicht mehr mit der Truppe rechnen.“

„Also, dann müssen wir eben die Vorschläge des Sirdar akzeptieren.“

Elphy wollte sich nicht beruhigen, und McNaghten war vor Ungeduld außer sich. Schließlich stieß er hervor: „Davon verstehe ich mehr als Sie!“, machte auf den Absätzen kehrt und stapfte davon.

Elphy war tief bestürzt und jammerte über den betrüblichen Stand der Dinge und den Mangel an Einigkeit. „Nehmen wir an, dass er recht hat und mehr davon versteht als ich. Ich hoffe es wenigstens. Aber Sie müssen sich in acht nehmen, Flashman – ihr alle müsst euch in acht nehmen.“

Das Gehabe der beiden Herren war mir an die Nieren gegangen, aber der Abend erfrischte meine welken Lebensgeister. Ich war bei Lady Sale eingeladen, in deren Haus sich zahlreiche Offiziere und ihre Frauen versammelt hatten, und da stellte sich heraus, dass ich es über Nacht zu einer gewissen Berühmtheit gebracht hatte. Mackenzie hatte überall von meinen Heldentaten erzählt und alle hatten einen Narren an mir gefressen. Sogar Lady Sale, ein böser alter Drache mit einer messerscharfen Zunge, behandelte mich höflich. „Captain Mackenzie hat uns die bemerkenswerte Geschichte Ihrer Abenteuer erzählt“, sagte sie. „Sie müssen müde sein. Kommen Sie, setzen Sie sich zu mir.“

Natürlich wollte ich diese Abenteuer mit einem Achselzucken abtun, aber man ersuchte mich, den Mund zu halten. „Wir haben uns wenig zugute zu rechnen“, sagte Lady Sale. „Deshalb müssen wir mit dem wenigen möglichst viel hermachen. Sie zumindest haben *Mut* und Verstand bewiesen, was man von gewissen *älteren* Häuptern unter uns leider nicht behaupten kann.“

Damit war natürlich Elphy gemeint. Sie und die anderen Damen verloren keine Zeit, seinen Charakter zu zerpflücken. Auch von McNaghten hielten sie nicht allzu viel, und ich wunderte mich über die Boshaftigkeit ihrer Ansichten. Erst später begriff ich, dass es die Angst war, die ihnen den Schnabel wetzte; sie hatten allen Grund, sich zu fürchten.

Jetzt aber fanden sie ein Vergnügen daran, Elphy und den Herrn Gesandten herabzusetzen, und es ging recht lustig zu. Gegen Mitternacht verließ ich die muntere Gesellschaft. Es schneite, hell schien der Mond, und auf dem Weg zu meinem Logis dachte ich an die Weihnachtszeit in England, an die Wagenfahrt von Rugby heimwärts nach beendetem Semester, an den warmen Brandy-Punch in der Halle, an das prasselnde Kaminfeuer im Speisesaal, wo mein Vater und seine Busenfreunde miteinander plauderten, lachten und sich das Hinterteil wärmten. Ich wünschte mir, ich wäre daheim an der Seite meiner jungen Frau, und bei dem Gedanken an Elspeth wurde mir schwül zumute. Bei Gott, seit vielen Wochen hatte ich kein Weib mehr gehabt, und im Kantonnement war nichts Weibliches aufzutreiben. Dem würde ich aber schleunigst abhelfen, sowie wir am nächsten Morgen die Affäre Akbar erledigt hatten und alles wieder in normalen Bahnen verlief. Vielleicht war es die Reaktion auf das Gegreine der Damen, aber bevor ich einschlief, kam es mir vor, als habe McNaghten wahrscheinlich recht und unser Komplott mit Akbar sei trotz allem die beste Lösung.

Ich war vor Tagesanbruch auf den Beinen und legte meine afghanische Tracht an, unter der sich zwei Pistolen besser verstecken ließen als unter einem Uniformrock. Ich schnallte den Säbel um und ritt zu dem Tor hinüber, wo McNaghten und Mackenzie bereits mit ein paar eingeborenen Soldaten auf mich warteten. McNaghten, in Gehrock und Zylinder, saß auf einem Maultier und putzte einen Kavallerie-Kornett aus Bombay herunter. Anscheinend war die Eskorte nicht angetreten, und Brigadier Shelton hatte noch nicht die Truppen zusammengetrommelt, welche die Durani überwältigen sollten.

„Sagen Sie dem Brigadier, wenn es auf *ihn* ankommt, ist nie etwas fertig oder in Ordnung! Immer dasselbe! Wir sind von militärischer Unfähigkeit umgeben. Nun, so geht es *nicht*! Ich begebe mich jetzt zu der anberaumten Zusammenkunft, und Shelton muss seine Leute binnen einer halben Stunde marschbereit haben. *Muss*, sage ich! Haben Sie mich verstanden?“

Der Kornett rannte davon. McNaghten schnäuzte sich und erklärte, er gedenke nicht länger zu warten. Mackenzie beschwor ihn, sich wenigstens so lange zu gedulden, bis Anzeichen dafür vorlagen, dass Shelton sich in Bewegung gesetzt hatte, aber McNaghten erwiderte:

„Ach, wahrscheinlich liegt er noch im Bett. Aber ich habe Le Geyt verständigen lassen. Er wird sich um die Sache kümmern. Aha, da kommen Trevor und Lawrence! Nun, meine Herren, genug Zeit vergeudet! Vorwärts!“

Das gefiel mir nicht. Es war vereinbart worden, dass Akbar und die Stammeshäuptlinge einschließlich der Durani sich bei Mohammeds Festung versammeln würden, die eine knappe Viertelmeile von den Toren des

Kantonnements entfernt lag. Nachdem McNaghten und Akbar einander begrüßt hatten, sollte Shelton im Eilmarsch anrücken. Unsere Truppen würden sodann gemeinsam mit den übrigen Stammesführern die Durani umzingeln und überwältigen. Shelton aber war nicht marschbereit, wir hatten nicht einmal eine Eskorte, und ich befürchtete, wir fünf Mann und die eingeborenen Soldaten – ungefähr ein halbes Dutzend – würden es nicht sehr gemütlich haben, bevor Shelton auf dem Schauplatz erschien.

Dieser Meinung war auch der junge Lawrence. Während wir durchs Tor trabten, fragte er McNaghten, ob es nicht ratsamer wäre zu warten. McNaghten schnauzte ihn an und sagte, wir könnten uns ja ganz einfach mit Akbar so lange unterhalten, bis Shelton auftauche und das Vorhaben seinen Lauf nehme.

„Wie denn aber, wenn sie uns hereinlegen wollen?" sagte Lawrence. „Es wäre doch gut, wenn die Truppen bereitstünden, um auf das gegebene Signal hin los zu preschen."

„Ich kann nicht länger warten!" rief McNaghten aus. Er zitterte an allen Gliedern – ich weiß nicht, ob vor Furcht, vor Kälte oder vor Erregung. Und ich hörte ihn murmeln, ja, er wisse selbst, dass man auf einen Verrat gefasst sein müsse – aber was solle er denn tun? Wir müssten ganz einfach hoffen, dass Akbar Wort halten werde. Auf jeden Fall wollte McNaghten lieber sein Leben aufs Spiel setzen, als sich, mit Schande bedeckt, hündisch aus Kabul weg zu schleichen.

„Ein Erfolg", fuhr er fort, „wird unsere Ehre retten und uns für alles übrige entschädigen."

Wir ritten über die beschneite Wiese auf den Kanal zu. Es war ein funkelnd klarer, bitterkalter Morgen. Grau und stumm lag Kabul vor uns. Zu unserer Linken schlängelte sich der Kabul-Fluss mit seinem schmutzigen Wasser zwischen den niedrigen Ufern dahin, und auf der anderen Seite hockte die gewaltige Bala Hissar wie ein Wachhund auf den weißen Feldern. Schweigend ritten wir weiter, die Hufe unserer Tiere knirschten im Schnee. Über die Schultern der vier Männer vor mir stiegen weiße Atemfahnen auf. Überall herrschte tiefe Stille.

Wir kamen zur Kanalbrücke. Jenseits der Brücke senkte sich das Gelände vor Mohammeds Festung zum Ufer hinab. Auf dem Hang wimmelte es von Afghanen. In ihrer Mitte hatte sich auf einem im Schnee ausgebreiteten Buchara-Teppich ein Häuflein Häuptlinge um Akbar Khan versammelt. Ihre Gefolgsleute warteten in einigem Abstand, aber ich schätzte ihre Zahl auf etwa fünfzig – Barukzi, Gilzai, Durani, ja, und bei Gott, Ghazi [17]. Das war ein übler Anblick. Reiner Wahnsinn, sagte ich mir, sich in dieses Gewimmel zu wagen: Selbst wenn Shelton im Schnellschritt anmarschiert käme, könnten sie uns, bevor er den halben Weg zurückgelegt hatte, die Hälse abschneiden.

Ich warf einen Blick über die Achsel in die Richtung des Kantonnements. Von Sheltons Soldaten keine Spur. Das war, wohlgemerkt, in diesem Stadium nur gut.

Wir ritten auf den unteren Rand des Hanges zu, und was mich zittern machte, war nicht die Kälte.

Akbar ritt uns auf einem schwarzen Schlachtross entgegen. Er selbst sah sehr schmuck aus in seinem stählernen Rücken- und Brustpanzer, wie ein Kürassier, einen grünen Turban um den Pickelhelm gewickelt. Er lächelte übers ganze Gesicht und begrüßte McNaghten mit lautem Zuruf. Sultan Dschan und die Häuptlinge hinter ihm sahen alle so jovial drein wie Weihnachtsmänner, sie nickten und verbeugten sich vor uns.

„Das kommt mir verdammt windig vor“, murmelte Mackenzie. Die Häuptlinge trabten auf uns zu, aber die übrigen Afghanen zu beiden Seiten schienen näher an die Mitte heran zu rücken. Ich würgte meine Furcht hinunter. Jetzt blieb uns nichts anderes übrig, als weiter zu machen. Akbar und McNaghten waren einander begegnet und reichten einander die Hand.

Einer der eingeborenen Kavalleristen führte eine reizende weiße Stute am Zügel, ein Geschenk McNaghtens, das Akbar freudig entgegen nahm. Als ich ihn so vergnügt sah, versuchte ich mir einzureden, alles sei in Ordnung: Das Komplott ist geschmiedet, McNaghten weiß, was er tut, und ich habe nichts zu befürchten. Auf jeden Fall hatten uns die Afghanen inzwischen umringt, machten aber einen recht freundlichen Eindruck. Nur Mackenzie gab durch seine Kopfhaltung und seine kalte Miene zu verstehen, dass er bereit sei, auf das erste Zeichen einer falschen Geste nach dem Pistolenkolben zu greifen.

„Nun denn!“ rief Akbar aus. „Wollen wir absitzen?“ Wir schwangen uns aus dem Sattel, Akbar führte McNaghten zu dem Teppich. Lawrence folgte ihnen auf dem Fuß und sah sich misstrauisch um. Er musste etwas gehört haben, denn Akbar lachte und sagte:

„Lawrence Sahib braucht nicht nervös zu sein. Er befindet sich unter Freunden.“

Mit einem Male hatte ich den alten Muhammed Din an meiner Seite. Er begrüßte mich mit einer Verbeugung, und ich sah, dass auch Mackenzie und Trevor in ein freundschaftliches Gespräch verwickelt wurden. Es ging so kameradschaftlich zu, dass ich hätte schwören mögen, die Herrschaften führten etwas im Schilde; McNaghten aber hatte allem Anschein nach seine Zuversicht wieder gewonnen und plauderte ungezwungen mit Akbar Khan. Eine innere Stimme riet mir, nicht still zu sitzen, sondern in Bewegung zu bleiben. Ich ging auf McNaghten zu, um zu hören, was sich zwischen ihm und Akbar abspielte. Der Kreis der Afghanen schien den Teppich immer enger zu umringen.

„Du wirst bemerkt haben, dass ich die Pistolen trage, die Lawrence Sahib mir geschenkt hat“, sagte Akbar Khan. „Ah, da kommt Flashman! Tritt näher, alter Freund, damit ich dich richtig sehe. MacLoten Sahib, lass dir's gesagt sein: Flashman ist mein Lieblingsgast.“

„Wenn du ihn zu mir schickst, Fürst“, erwiderte McNaghten, „ist er mein Lieblingsbote.“

„Ach ja“, sagte Akbar mit seinem strahlenden Lächeln. „Er ist der Fürst der Boten.“ Dann blickte er McNaghten fest ins Auge und fuhr fort: „Soviel ich weiß, hat die Botschaft, die er zu überbringen hatte, vor den Augen Eurer Exzellenz Gnade gefunden?“

Das Stimmengewirr rund um uns her verebbte, und es sah aus, als seien plötzlich alle Blicke auf McNaghten gerichtet. Er schien es zu spüren, nickte jedoch bejahend.

„Es ist also abgemacht?“ sagte Akbar Khan.

„Es ist abgemacht“, sagte McNaghten.

Ein paar Sekunden lang starrte Akbar ihn unverwandt an, dann warf er sich jählings nach vorn, schlang die Arme um McNaghten und hielt seine Hände fest. „Greift sie!“ schrie er mit lauter Stimme, und ich sah, wie Lawrence, der dicht hinter McNaghten stand, von zwei Afghanen in die Mitte genommen wurde. Ich hörte Mackenzie neben mir einen Schreckensruf ausstoßen. Er wollte zu McNaghten, aber einer der Barukzi vertrat ihm mit gezückter Pistole den Weg. Trevor hatte es auf Akbar abgesehen, wurde aber, kaum dass er einige Schritte getan hatte, zu Boden geschleudert. Nicht ohne Stolz denke ich an diesen Augenblick zurück. Während die anderen instinktiv drauflos stürzten, um McNaghten zu helfen, bewahrte ich als einziger kaltes Blut. Hier hatte Flashman nichts zu suchen, und ich sah nur *einen*

Ausweg. Man wird sich erinnern, dass ich zu Akbar und McNaghten unterwegs war. Sowie ich den Sirdar zupacken sah, rannte ich los, nicht auf ihn zu, sondern an ihm vorbei, und zwar so dicht, dass mein Ärmel seinen Rücken streifte. Gleich hinter ihm, am Rande des Teppichs, stand das kleine weiße Pferd, das McNaghten als Geschenk mitgebracht hatte. Ein Stallknecht hielt die Zügel, aber ich war schneller als er.

Mit einem jähen Satz schwang ich mich hinauf. Das kleine Biest bäumte sich hoch, schleuderte den Stallknecht zu Boden und hielt die anderen mit seinen ausschlagenden Vorderhufen im Schach. Dann machte es einen Sprung zur Seite, bevor ich es mit meiner Hand in der Mähne zum Gehorsam zwang. Ein einziger hastiger Rundblick war mir vergönnt, aber er zeigte mir den Fluchtweg.

Von allen Seiten her liefen Afghanen zu der auf dem Teppich versammelten Gruppe hin. Sie hatten ihre Messer gezückt und die Ghazi schrien Zeter und Mordio. Vor mir, bergabwärts, schienen ihre Reihen am lockersten zu sein. Ich stemmte meiner Stute die Fersen in die Flanken. Sie preschte los und überrannte einen mit einem verbrämten Käppchen geschmückten Halunken, der nach ihrem Kopf griff. Der Anprall brachte sie aus ihrem Kurs, und bevor ich sie zügeln konnte, jagte sie auf das Knäuel sich balgender Menschen in der Mitte des Teppichs zu.

Sie war eines jener reinrassigen, feurigen Geschöpfe, die nur aus Nerven und Schnelligkeit bestehen und ich konnte nichts weiter tun, als ihre Flanken zwischen meine Knie zu klemmen und mich anzuklammern. Mir blieb der Bruchteil einer Sekunde, um die Szene zu überblicken, bevor wir mitten drin waren. McNaghten, dem zwei Afghanen die Arme festhielten, wurde Hals über Kopf den Hang hinuntergestoßen; der Zylinder war ihm vom Kopfe gefallen, die Brille war weg, der Mund vor Entsetzen weit aufgerissen. Ich sah, wie sie Mackenzie wie ein Kissen über die Flanken eines Gauls warfen, in dessen Sattel ein dicker Barukzi saß. Mit Lawrence verfuhren sie auf die gleiche Weise; er wehrte sich wie ein Irrer. Trevor sah ich nicht, aber ich glaubte, ihn zu hören. Als meine kleine Stute wie der Blitz ins Getümmel fuhr, vernahm ich einen grauenhaften, gurgelnden Aufschrei und jubelnde Ghazi-Stimmen.

Ich hatte zu nichts anderem Zeit, als mich an meine Stute anzuklammern, aber trotz meines Entsetzens wurde ich gewahr, wie Akbar, den Säbel in der Hand, einen Ghazi davon jagte, der mit seinem Messer über Lawrence herfallen wollte. Mackenzie wetterte aus vollem Halse und ein anderer Ghazi stieß mit der Lanze nach ihm, aber Akbar, kaltschnäuzig und seelenruhig, schlug mit seinem Säbel den Lanzenschaft zur Seite und wieherte vor Lachen.

„Seid ihr denn nicht die Herren meines Landes?“ rief er aus. „Du wirst mich beschützen, nicht wahr, Mackenzie Sahib?“

Dann war meine Stute an ihm vorbei galoppiert. Ein paar Meter hatte ich noch zur Verfügung, um sie zu bändigen – und ich lenkte ihren Kopf bergab.

„Greift ihn!“ rief Akbar. „Nehmt ihn lebend fest!“ Hände langten nach dem Kopf der Stute und nach meinen Beinen, aber wir hatten, Gott sei Dank, unsere Geschwindigkeit und brachen durch. Unten, jenseits der Brücke, war das Ufer flach, und dahinter lag das Kantonnement. Hatte ich erst einmal auf diesem Gaul die Brücke hinter mir, dann konnte mir kein berittener Afghane mehr in die Nähe kommen. Keuchend vor Angst, klammerte ich mich an der Mähne fest und trieb die Stute an.

Mein Reittier zu fassen, durch das Getümmel zu preschen und drauflos zu galoppieren, musste länger gedauert haben, als ich mir einbildete, denn ich merkte plötzlich, dass McNaghten und die beiden Afghanen, die ihn weg schleppten, sich bereits zwanzig Meter weiter unten auf dem Hang bewegten, fast quer zu meiner Bahn. Als sie mich heransprengen sahen, wich einer der beiden zurück und riss eine Pistole aus dem Gürtel. Ich hatte keine Möglichkeit, dem Burschen auszuweichen. Mit der einen Hand zog ich den Säbel, mit der anderen hielt ich mich krampfhaft fest. Aber statt auf mich zu schießen, zielte er auf den Gesandten.

„Um Gottes willen!“ schrie McNaghten. Dann knallte es, er taumelte nach hinten und schlug die Hände vors Gesicht. Ich ritt mit voller Wucht gegen den Mann an, der geschossen hatte. Die Stute bäumte sich auf den Hanken hoch. Wir waren jetzt von einer johlenden Menge umgeben, die auf den gestürzten McNaghten los hackte und über den Schnee auf mich eindrang. Ich brüllte vor Wut und Angst und schlug blindlings mit dem Säbel um mich. Die Klinge pfiff durch die leere Luft, und ich hätte beinahe das Gleichgewicht verloren, aber das Pferd ruckte mich hoch, ich schlug abermals zu, und diesmal traf ich etwas, was knirschend zu Boden fiel. Flüche und Drohungen erfüllten die Luft. Ich tat einen wilden Satz vorwärts, und es gelang mir, eine Hand abzuschütteln, die nach meinem linken Bein griff. Irgendetwas knallte neben meinem Schenkel gegen den Sattel. Wiehernd preschte die Stute los.

Wieder ein Sprung, wieder ein Säbelhieb, und wir kamen ins Freie, verfolgt von dem schimpfenden und stolpernden Mob. Ich duckte mich und bohrte die Absätze in die Flanken des Pferdes. Wir sausten dahin wie ein Derby-Sieger auf der letzten Achtelmeile.

Wir hatten den Hang und die Brücke hinter uns gebracht, als ich weiter vorn eine kleine Reiterschar langsam in unsere Richtung traben sah. An der Spitze ritt Le Geyt. Das war die Eskorte, die McNaghten hätte beschützen sollen. Von Shelton und seinen Truppen aber war weit und breit nichts zu sehen. Na ja, sie würden vielleicht gerade zurecht kommen, um McNaghtens Leiche zu geleiten, falls die Ghazi etwas übrig ließen. Ich richtete mich in den Steigbügeln auf, blickte über die Schulter, um mich zu vergewissern, dass ich einen schönen Vorsprung vor meinen Verfolgern hatte, und rief aus vollem Hals Hallo.

Das hatte aber keine andere Wirkung, als dass die feigen Hunde kehrtmachten und mit vollem Karacho dem Kantonnement zustrebten. Le Geyt bemühte sich, sie zu sammeln, aber sie kümmerten sich nicht um ihn. Nun ja, ich selber bin ein Maulheld, doch was hier geschah, war einfach lächerlich; alles in allem kostet es nichts, so zu tun, als ob. Von diesem Gedanken befeuert, riss ich mein Pferd herum. Richtig: Die nächsten Afghanen waren hundert Meter weit entfernt und hatten es aufgegeben, mir nachzusetzen. Noch einmal so weit hinter ihnen hatte sich ein Menschengewimmel um die Stelle versammelt, an der McNaghten gestürzt war. Vor meinen Augen begannen die Kerle plötzlich zu johlen und zu tanzen. Ich sah, wie sie einen Speer hoch reckten, an dem etwas Graues aufgespießt war. Eine Sekunde lang schoss es mir durch den Kopf: „Na, jetzt kriegt Burnes den Posten!", und da fiel mir ein, dass Burnes tot war. Man mag sagen, was man will, der diplomatische Dienst ist eine riskante Sache.

Ich konnte Akbar in seinem glitzernden Brustpanzer ausmachen, er war von einer aufgeregten Menge umgeben, aber von Mackenzie oder Lawrence keine Spur. Bei Gott, dachte ich, du bist der einzige Überlebende. Als Le Geyt spornstreichs herankam, ritt ich impulsiv ein paar Schritte auf die Brücke zu und fuchtelte mit dem Säbel. Die Klinge war blutig, weil sie in dem Tumult zufällig einen Gegner getroffen hatte, und das muss recht imposant ausgesehen haben.

„Akbar Khan!“ schrie ich aus vollem Hals. Auf dem Hügelhang drehte sich der eine oder andere zu mir um. „Akbar Khan, du meineidiger, verräterischer Hund!“ Le Geyt, der neben mir angelangt war, redete auf mich ein, aber ich beachtete ihn nicht.

„Komm herunter, du Ungläubiger!“ rief ich. „Komm und stell dich wie ein Mann!“

Ich war überzeugt, dass er es nicht tun würde, auch wenn er mich hörte, was unwahrscheinlich war. Einige Afghanen aber, die sich in geringerem Abstand befanden, hörten mich. Man bewegte sich in meine Richtung.

Le Geyt schrie mir ins Ohr: „Machen Sie kehrt, Sir, ich bitte Sie! Sehen Sie nicht, dass sie angerückt kommen?“

Die Entfernung war noch immer beruhigend groß. „Du dreckiger Hund!“ rief ich. „Schämst du dich nicht, du, der du dich Sirdar nennst? Du mordest unbewaffnete alte Männer, aber wagst du dich an die Blutige Lanze heran?“ Wieder schwenkte ich meinen Säbel.

Le Geyt stöhnt: „Um Himmels willen, sie können es doch nicht mit allen aufnehmen!“

„Habe ich es nicht soeben getan?“ erwiderte ich. „Bei Gott, ich hätte Lust –“

Er packte mich beim Arm und zeigte mit dem Finger. Die Ghazi rückten an. Einzelne Gruppen liefen bereits über die Brücke. Ich konnte keine Schusswaffen sehen, aber sie kamen mir jetzt allzu nahe, es war nicht mehr gemütlich.

„Schickst mir deine Schakale auf den Hals, ja?“ plärrte ich. „Dich will ich vor mir haben, du afghanischer Hund! Schön, wenn du nicht willst, dann willst du nicht, aber wir sehen uns an einem anderen Tag!“

Damit riss ich mein Pferd herum, und wir machten uns schleunigst aus dem Staub, bevor die Ghazi Tuchfühlung mit uns bekamen. Sie sind, wenn sie wollen, recht flink auf den Beinen.

Am Tor des Lagers herrschte Chaos. Truppen formierten sich in aller Hast, überall rannten Diener umher. Shelton schnallte seinen Säbel um und erteilte mit barscher Stimme Befehle. Dann, puterrot im Gesicht, erblickte er mich.

„Mein Gott, Flashman! Was soll das bedeuten? Wo ist der Gesandte?"

„Tot", erwiderte ich. „In Stücke gerissen, und nicht nur er, sondern meines Wissens auch Mackenzie."

Er riss Mund und Augen auf. „Wer? Was? Wie? ..."

„Akbar Khan hat zugeschlagen, Sir", sagte ich eiskalt.

Und fügte hinzu: „Wir haben Sie und das Regiment erwartet, aber ihr seid nicht erschienen."

Man hatte sich um uns geschart – Offiziere, Beamte und sogar ein paar Soldaten, welche die Formation verlassen hatten.

„Nicht erschienen?" sagte Shelton. „In Gottes Namen, Sir, soeben wollte ich aufbrechen. Diesen Zeitpunkt hat der General bestimmt."

Darüber wunderte ich mich. „Na ja, zu spät. Verdammt zu spät."

Rings umher ein Stimmengewirr, laute Rufe: „Massaker!" – „Alle tot bis auf Flashman!" – „Mein Gott, schau dir ihn an!" – „Der Gesandte ist ermordet worden!" – und dergleichen mehr. Le Geyt bahnte sich einen Weg und wir verließen Shelton, der seine Leute anbrüllte, sie möchten gefälligst strammstehen, bis er herausgefunden habe, was, zum Donnerwetter und wie und warum. Er sprengte zu mir und wollte Näheres wissen. Nachdem ich ihm Bescheid gesagt hatte, beschimpfte er Akbar als einen schurkischen Verräter.

„Wir müssen sofort mit dem General sprechen", sagte er. „Wieso zum Teufel sind Sie mit dem Leben davongekommen, Flashman?"

Da rief Le Geyt aus: „Eine berechtigte Frage, Sir. Schauen Sie sich das an!" Er zeigte auf meinen Sattel. Ich erinnerte mich, dass ich während des Scharmützels einen Schlag neben meinem Bein gespürt hatte. Als ich hinsah, saß ein Khaiber-Dolch mit der Spitze in der Satteltasche. Einer der Ghazi musste ihn geschleudert haben; zwei Zoll weiter rechts oder links, und ich oder mein Pferd wäre kampfunfähig gewesen. Der bloße Gedanke daran, was das bedeutet hätte, nahm mir jede Lust, mich noch länger zu brüsten. Mir wurde übel, ich fühlte mich schwach.

Le Geyt stützte mich und vor Elphys Eingangstür half man mir aus dem Sattel, während die Menschen uns umschwirrten wie ein Bienenschwarm. Ich richtete mich auf. Als Shelton und ich die Stufen hinaufgingen, hörte ich Le Geyt sagen:

„Er hatte sich einen Weg mitten durch die Meute gebahnt, und auch nachher wäre er ganz allein zurück geritten, wenn ich ihn nicht daran gehindert hätte! Ja, ich sage es euch – er wäre umgekehrt, nur um über Akbar herzufallen."

Das belebte mich ein wenig, und ich dachte mir, ach ja, gib einem Köter einen schönen Namen, und er wird aller Welt Schoßhündchen sein. Dann führte uns Shelton, die anderen beiseite schiebend, in Elphys Arbeitsraum und trug seine oder vielmehr meine Geschichte vor.

Elphy hörte zu wie ein Mensch, der nicht glauben kann, was er sieht und hört. Er war entsetzt, das kränkliche Gesicht aschgrau, sein Mund zuckte. Und wieder überlegte ich mir: Um Gottes willen, was haben wir doch für einen

Befehlshaber! Seltsamerweise war es nicht der hilflose Ausdruck in den Augen des Mannes, die schlaffe Haltung oder selbst die sichtliche Bresthaftigkeit, die mich erschütterte – es war der Anblick seiner spindeldürren Füße und der Pantoffeln, die unter dem Morgenrock hervorguckten. Sie wirkten so lächerlich an einem Armeegeneral.

Als wir fertig waren, starrte er vor sich hin und sagte: „Mein Gott, was tun? Oh Sir William, Sir William, was für ein Jammer!“ Nach einer Weile nahm er sich zusammen und sagte, wir müssten uns jetzt überlegen, was zu geschehen habe, Dann sah er mich an.

„Flashman, Gott sei Dank, dass wenigstens Sie heil davongekommen sind. Wie ein Randolph Murray, ein einsamer Überbringer einer schrecklichen Nachricht. Befehlen Sie bitte meiner Ordonnanz, die ranghohen Offiziere zusammen zu rufen, und lassen Sie sich dann von den Ärzten anschauen.“

Er meinte wohl, ich sei verwundet. Ich glaube noch heute, dass er nicht nur körperlich, sondern auch geistig nicht mehr recht beisammen war. Er schien, wie die Verwandten meiner Frau es ausgedrückt haben würden, zu „spinnen“.

In den nächsten paar Stunden erhielten wir hinreichende Beweise dafür. Natürlich war das ganze Lager in Aufruhr geraten, und alle möglichen Gerüchte schwirrten umher. Unter anderem hieß es – ob man es glaubt oder nicht –, McNaghten sei gar nicht tot, sondern habe sich nach Kabul begeben, um seine Gespräche mit Akbar fortzusetzen, und das ließ Elphy sich einreden, obwohl er meinen Bericht gehört hatte. Der alte Narr versteifte sich stets auf das, was er glauben wollte, statt auf die Stimme der Vernunft zu hören. Aber sein Tagtraum währte nicht lange. Im Lauf des Nachmittags ließ Akbar Lawrence und Mackenzie frei. Sie bekräftigten meine Geschichte. Sie waren in Mohammed

Khans Festung eingesperrt worden und hatten mit angesehen, wie die Ghazi McNaghtens abgetrennte Gliedmaßen schwenkten. Später hängten die Mörder seine und Trevors Überreste in den Metzgerbuden des Bazars an eisernen Haken auf.

Wenn ich zurückdenke, halte ich es für wahrscheinlich, dass ein lebender McNaghten Akbar lieber gewesen wäre als ein toter. Diese Frage ist nach wie vor umstritten, aber ich glaube, dass Akbar in listiger Absicht McNaghten zu dem Komplott gegen die Durani verleitet hatte, um ihn auf die Probe zu stellen. Als McNaghten anbiss, wusste Akbar, dass man sich nicht auf ihn verlassen dürfe. Nie hatte Akbar vorgehabt, die Macht mit uns zu teilen. Er wollte den Laden allein schmeißen, und McNaghtens Treubruch gab ihm Gelegenheit, sich in den Sattel zu schwingen. Aber er würde McNaghten lieber als Geisel festgehalten haben, statt ihn zu töten.

Erstens einmal hätte der Tod des Gesandten Akbar alle seine Hoffnungen und vielleicht sogar das Leben kosten können. Ein entschlossener Kommandeur – ja, eigentlich jeder beliebige – wäre, um McNaghten zu rächen, losmarschiert und hätte die Mörderbande aus Kabul vertrieben. Wir hätten es geschafft; die Truppe, mit der Elphy, wie er sagte, nicht mehr zu rechnen wagte, war wütend über McNaghtens Ermordung und brannte darauf, sich zu schlagen. Elphy natürlich wollte davon nichts wissen. Er musste wie gewöhnlich zögern und zaudern, also blieben wir den ganzen Tag schmollend hinter unseren Mauern hocken, während den Afghanen selbst angst und bange war, weil sie befürchteten, wir würden zum Angriff übergehen. Das habe ich erst später erfahren. Mackenzie meinte, wenn wir ihnen mutig entgegengetreten wären, hätten sie kehrt gemacht und wären weggelaufen.

Aber das alles steht bereits in den Geschichtsbüchern verzeichnet. Ich wusste damals nur, was ich gesehen und gehört hatte, und es gefiel mir nicht im mindesten. Ich hatte den Eindruck, die Afghanen würden jetzt, nachdem sie unseren Gesandten abgeschlachtet hatten, über *uns* herfallen, und nachdem ich den verzweifelten Elphy die Hände hatte ringen sehen, wusste ich nicht, was sie daran hindern sollte. Vielleicht lag es an dem Schock, den ich frühmorgens, als ich knapp mit dem Leben davonkam, erlitten hatte, aber ich war den ganzen restlichen Tag tief bedrückt und deprimiert. Ich spürte schon die Khaiber-Dolche und sah die johlenden Ghazi vor mir, wie sie uns in Stücke rissen. Ich überlegte mir sogar, ob es nicht am besten wäre, wenn ich mir ein schnelles Pferd beschaffte und mich schleunigst aus Kabul davonmachte, aber das würde nicht weniger gefährlich sein.

Am darauf folgenden Tage sah es nicht mehr ganz so schlimm aus. Akbar schickte einige seiner Häuptlinge zu uns, um sein Bedauern über McNaghtens Tod auszudrücken und die Verhandlungen wieder aufzunehmen – als ob nichts geschehen wäre. Und Elphy, bereit, nach jedem Strohhalm zu greifen, erklärte sich einverstanden; er wisse nicht, sagte er, was ihm anderes übrig bleibe. Kurz und gut, die Afghanen forderten uns auf, Kabul sofort zu räumen, unsere Geschütze und außerdem gewisse verheiratete Offiziere und ihre Frauen als Geiseln zurückzulassen!

Heute kommt es einem unglaublich vor, aber Elphy akzeptierte Akbars Bedingungen. Jedem verheirateten Offizier, der sich mit seiner Familie als Geisel zur Verfügung stellte, bot er eine bare Subvention an. Die Leute waren außer sich. Manche erklärten, sie würden ihre Frauen lieber erschießen als sie den Ghazi auszuliefern. Man wollte Elphy bewegen, ausnahmsweise einmal tätig zu werden, loszumarschieren und die Bala Hissar zu besetzen, hinter deren Mauern wir sämtlichen bewaffneten Afghanen getrotzt hätten, aber er konnte sich nicht entschließen, und es geschah nichts. Am Tage nach McNaghtens Tod fand eine Beratung der Offiziere statt, in der Elphy den Vorsitz führte. Er befand sich in einem erbärmlichen Zustand; noch dazu hatte er morgens einen Unfall erlitten. Er hatte beschlossen, sich angesichts der kritischen Lage zu bewaffnen und seine Pistolen kommen zu lassen. Beim Laden entfiel dem Diener eine Pistole, der Schuss ging los, die Kugel durchschlug Elphys Sessel und streifte sein Hinterteil, ohne sonstigen Schaden anzurichten. Shelton, der Elphy nicht ausstehen konnte, machte viel damit her.

„Die Afghanen ermorden unsere Leute, wollen uns unsere Frauen wegnehmen, befehlen uns, das Land zu verlassen, und was tut unser Kommandeur? Er schießt sich in den Arsch – zweifellos bei dem Versuch, sich eine Kugel ins Gehirn zu jagen. Er kann sein Ziel nicht weit verfehlt haben."

Mackenzie, der gleichfalls keine besondere Achtung vor Elphy hegte, aber Shelton noch weniger mochte, ermahnte ihn, helfend einzugreifen, statt den alten Herrn zu verhöhnen. Shelton fuhr ihn an:

„Ich werde ihn verhöhnen, Mackenzie! Es macht mir *Spaß*, ihn zu verhöhnen."

Und um zu zeigen, was in seinem Kopf vorging, nahm er ein paar Decken mit, legte sich hin, paffte an einer Zigarre und schnaubte laut durch die Nase, sooft Elphy etwas ganz besonders Albernes sagte: er schnaubte ziemlich oft.

Ich nahm an der Beratung teil, vermutlich wegen der Rolle, die ich bei den bisherigen Verhandlungen gespielt hatte, und an reiner, unverfälschter Stupidität hatte sie in meiner ganzen militärischen Laufbahn nicht ihresgleichen: Dabei habe ich, wohlgemerkt, unter Raglan in der Krim gedient. Von allem Anfang an lag es auf der Hand, dass Elphy entschlossen war, sich den Wünschen der Afghanen zu fügen; er wollte sich um jeden Preis einreden, dass ein anderer Kurs nicht mehr möglich sei.

„Da der arme Sir William dahin ist, sitzen wir hoffnungslos in der Klemme“, sagte er immer wieder und sah sich bekümmert nach jemandem um, der ihm zustimmte. „Ich wüsste nicht, was es für einen Zweck haben sollte, in Afghanistan zu bleiben.“

Einige, aber nicht viele erhoben Einwände. Pottinger, ein recht gescheiter Kopf, der den frei gewordenen Posten Burnes' als politischer Agent übernommen hatte, schlug vor, in die Bala Hissar zu marschieren. Jeder Versuch, sagte er, mitten im Winter mit einer durch Hunderte von Frauen, Kindern und Mitläufern behinderten Armee über die Pässe nach Indien zu retirieren, sei schierer Wahnsinn. Außerdem traue er nicht dem sicheren Geleit, das Akbar versprochen hatte. Er machte Elphy darauf aufmerksam, dass der Sirdar, selbst wenn er es wollte, die Ghazi in den Bergen nicht daran hindern könne, uns abzuschlachten.

Ich fand das sehr vernünftig. Ich persönlich war absolut für die Zitadelle Bala Hissar, solange jemand anderer voraus marschierte und Flashy auf seinem Posten an der Seite Elphy Beys verblieb, von der restlichen Armee umgeben. Die meisten lehnten Pottingers Vorschlag ab. Nicht etwa, dass sie mit Elphy einverstanden gewesen wären, aber der Gedanke, unter seinem Befehl den Winter in Kabul zu verbringen, behagte ihnen nicht. Sie wollten ihn loswerden, und da hieß es ihn und die Armee nach Indien bugsieren.

„Weiß der Himmel, was ihm einfällt, wenn wir hier bleiben“, murmelte einer in seinen Bart. „Wahrscheinlich ernennt er Akbar zu seinem politischen Berater.“ So zankten sie sich, bis sie alle zu müde und entmutigt waren, um die Debatte fortzusetzen. Elphy saß mit finsterer Miene da, ohne eine Entscheidung zu treffen. Schließlich stand Shelton auf, drückte seine Zigarre aus und sagte in seinem schnauzenden Ton: „Na, dann nehme ich an, dass wir uns davonmachen. Auf mein Wort, wir brauchen eine klare Weisung. Wünschen Sie, Sir, dass ich der Armee befehle, sich schnellstens nach Indien zu begeben?"

Elphy starrte gottsjämmerlich vor sich hin, die zitternden Hände auf dem Schoß.

„Vielleicht wird es das Beste sein", sagte er schließlich. „Ich könnte mir etwas Besseres wünschen. Wollte Gott, ihr hättet einen Befehlshaber, der nicht durch Krankheit behindert ist. Wollen Sie so gütig sein, Brigadier Shelton, die Befehle zu erteilen, die Sie für angemessen halten!"

So wurde denn, ohne dass wir eine rechte Ahnung hatten, was uns bevorstehe oder wie es zu bewerkstelligen sei, mit einer demoralisierten Truppe, einem in sich entzweiten Offizierskorps und einem Befehlshaber, der stündlich verkündete, er sei nicht fähig, uns zu führen, der Entschluss gefasst, Kabul zu verlassen.

Es brauchte eine Woche, um das Abkommen mit den Afghanen unter Dach und Fach zu bringen, und noch länger, um die Armee und den gesamten Tross zu sammeln und sie halbwegs marschbereit zu machen. Als Elphys Adjutant hatte ich alle Hände voll zu tun, um erst seine Befehle und dann die Gegenbefehle zu übermitteln, mir sein Lamento und Sheltons bissige Kommentare anzuhören. Eines hatte ich mir als unverrückbares Ziel gesetzt: Flashy wird nach Indien zurückkehren, wenn auch alle anderen auf der Strecke bleiben. *Wie* es zu machen sei, hatte ich mir schon zurecht gelegt. Ich dachte nicht daran, mich auf Gedeih und Verderb den anderen anzuschließen. Die Vorbereitungen – bis man die Zelte abgebrochen, Proviant und die nötige Ausrüstung beschafft hatte – ergaben ein so heilloses Durcheinander, dass ich fest überzeugt war, die meisten würden niemals bis Dschalalabad gelangen, wo Sale standhielt und wir uns sicher fühlen durften.

Ich suchte Sergeant Hudson auf, der mich nach Mogala begleitet hatte und genauso verlässlich wie dumm war. Ich ersuchte ihn, zwölf ausgesuchte Lanzenreiter zu einer Sonderabteilung unter meinem Befehl zu formieren – nicht meine Gilzai, denn bei den momentan herrschenden Zuständen bezweifelte ich, dass sie gewillt sein würden, sich mir zuliebe den Hals abschneiden zu lassen. Eine bessere Eskorte durfte ich mir nicht erhoffen. Wenn es dann so weit war, dass die Armee auseinander fiel, konnten wir uns selbständig machen und auf eigene Faust nach Dschalalabad reiten. Davon sagte ich Hudson natürlich kein Wort. Ich erklärte ihm, diese Truppe und ich würden unterwegs als Meldekorps dienen, da immer wieder Befehle längs der Kolonne hin und her wandern würden. Dasselbe sagte ich zu Elphy und fügte hinzu, wir könnten außerdem als berittene Späher und Mädchen für alles fungieren. Er sah mich an wie eine müde Kuh.

„Ein riskantes Unterfangen, Flashman", sagte er. „Ich fürchte, wir werden es nicht leicht haben, und Sie wollen sich den ärgsten Gefahren aussetzen."

„Nie die Flinte ins Korn werfen, Sir!" sagte ich mannhaft. „Wir werden es schaffen, und im übrigen möchte ich den Afghanen sehen, der mir gewachsen ist."

„Ach, junger Mann!" sagte er, und der alte Esel wischte sich eine Träne aus dem Auge. „Junger Mann! So jung, so tapfer! Oh England", sagte er und schaute zum Fenster hinaus, „was verdankst du nicht alles deinen frischesten Schösslingen! So sei es denn, Flashman. Gott segne Sie."

Ich wünschte mir eine zusätzliche Absicherung, deshalb sah ich zu, dass Hudson zweimal soviel Zwieback in den

Satteltaschen verstaute, als wir normalerweise brauchen würden; Proviant würde wahrscheinlich knapp werden, und ich war dafür, mich rechtzeitig zu versorgen. Zusätzlich zu der reizenden kleinen weißen Stute, die ich Akbar weggenommen hatte, suchte ich mir noch ein afghanisches Pony aus, damit ich, falls das eine Pferd zusammenbrach, ein zweites in Reserve hatte.

Das war das Unentbehrliche, aber ich hatte auch meinen Komfort im Auge. Zum Lagerleben verurteilt, hatte ich seit einer Ewigkeit kein Weib mehr gehabt und wurde zappelig. Um das Maß voll zu machen, war in der Weihnachtswoche ein Postbote aus Indien eingetroffen und hatte mir einen Brief Elspeths gebracht. Ich erkannte die Handschrift wieder, und mein Herz überschlug sich. Als ich den Umschlag öffnete, zuckte ich zusammen, denn das Schreiben begann: „An meinen vielgeliebten Hector!" und da dachte ich, bei Gott, sie betrügt mich und hat mir aus Versehen den falschen Brief geschickt. In der zweiten Zeile aber wurde auf Achilles und weiter unten auf Ajax angespielt, ich merkte also, dass sie mich ganz einfach mit Bezeichnungen anredete, die ihrer Meinung nach einem kriegerischen Paladin geziemten; sie verstand es nicht besser. Damals war es bei romantischeren Frauenzimmern allgemein Sitte, in ihren beim Militär dienenden Gatten und Liebhabern griechische Helden zu sehen und nicht die versoffenen, verhurten Hanswürste, die sie fast alle waren. Wahrscheinlich aber sind die griechischen Helden auch nicht besser gewesen, also war es nicht allzu sehr neben das Ziel geschossen.

Es war wohl ein recht alltäglicher Brief, in dem es hieß, ihr und meinem Vater gehe es gut, sie sei UNTRÖSTLICH ohne ihren HEISSGELIEBTEN, zähle die Stunden bis zu meiner TRIUMPHALEN RÜCKKEHR aus dem SCHLACHTENGEWITTER und so weiter und so fort.

Gott mag wissen, wie die jungen Frauen sich das Leben eines Soldaten vorstellen. Aber es war auch davon die Rede, wie sie sich sehne, mich in ihre Arme zu schließen und meinen Kopf an ihre Brust zu drücken und dergleichen (Elspeth war immer recht offenherzig, anders als die durchschnittliche Engländerin), und als ich an selbige Brust und an unsere munteren Reittouren dachte, begann ich zu fiebern. Wenn ich die Augen schloss, sah ich ihren weichen, weißen Leib vor mir und die Reize Fetnabs und Josettes; Träume dieser Art brachten mich bald so weit, dass selbst Lady Sale hätte Reißaus nehmen müssen, wenn sie mir zufällig in Reichweite gekommen wäre.

Ich hatte mein Augenmerk aber auf jüngeres Wild gerichtet, in der vortrefflichen Gestalt Mrs. Parkers, der lustigen kleinen Frau eines Hauptmanns vom 5. Leichten Kavallerieregiment. Er war ein ernster, pflichtbewusster Geselle, um etwa zwanzig Jahre älter als sie und so verliebt, wie es nur ein älterer Mann mit einer jungen Frau eben sein kann. Betty Parker war in ihrer molligen Art recht hübsch, hatte aber vorstehende Zähne. Wäre mir eine Afghanin zur Hand gewesen, würde ich Mrs. Parker kaum einen Blick gegönnt haben. Da aber Kabul für uns eine verbotene Stadt war, hatte ich in jener Beziehung nichts zu erhoffen. Also machte ich mich in der Woche nach Weihnachten schleunigst ans Werk.

Ich merkte, dass ich ihr gefiel, was bei einer mit Parker verheirateten Frau nicht erstaunlich war, und ergriff auf einem der von Lady Sale veranstalteten Abende – der alte Drache hielt in jenen Tagen offenes Haus, um zu zeigen, dass, wer wolle, möge bekümmert sein, sie sei voller Zuversicht – die Gelegenheit, mit Betty und einigen anderen Karten zu spielen und unter dem Tisch mein Knie an das ihre zu drücken. Sie schien es mir keineswegs zu verübeln, deshalb setzte ich ein wenig später meine Sondierungen fort. Ich wartete, bis ich sie allein erwischen konnte, und in einem Augenblick, da sie am wenigsten darauf gefasst war, drückte ich ihre Brüste. Sie zuckte zusammen und japste nach Luft, aber da sie nicht in Ohnmacht fiel, nahm ich an, alles sei in Butter und die Bahn frei.

Der Haken war Parker. Solange wir in Kabul saßen, war nichts zu machen, und unterwegs würde er sein Weibchen so eifrig behüten wie eine Glucke ihr Kücken. Aber der Zufall kam mir zu Hilfe, wie er es stets zu tun pflegt, wenn man seine fünf Sinne beisammen hat, obwohl er es diesmal sehr fein eingefädelt hatte und es mir erst zwei Tage vor dem anberaumten Aufbruch glückte, den unbequemen Gatten zu entfernen.

Es war während einer der endlosen Diskussionen in Elphys Amtszimmer, wo über alles unter der Sonne geredet und nichts ausgerichtet wurde. Zwischen dem Beschluss, unseren Leuten sei nicht gestattet, Lumpen um die Beine zu wickeln, wie es die Afghanen tun, um Frostschäden zu verhüten, und der Weisung, was an Futter für seine Fuchshunde mitzunehmen sei, fiel Elphy Bey plötzlich ein, er müsse General Nott in Kandahar die letzten Nachrichten über unseren Abmarsch zukommen lassen. Es sei ratsam, sagte er, Nott genauestens über unsere Schritte zu informieren, und Mackenzie (nie habe ich ihn so nahe daran gesehen, die Geduld zu verlieren) gab zu, dass es sich gehöre, wenn die eine Hälfte der britischen Streitkräfte in Afghanistan wisse, was die andere Hälfte tut.

„Ausgezeichnet“, sagte Elphy und sah befriedigt drein, aber nicht lange. „Wen schicken wir mit den Depeschen nach Kandahar?“ fragte er, von neuer Sorge geplagt.

„Dazu taugt jeder gute Reiter“, sagte Mac.

„Nein, nein", entgegnete Elphy, „man muss sich restlos auf ihn verlassen können. Hier bedarf es eines erfahrenen Offiziers." Und er erging sich des langen und breiten über die soldatischen Tugenden der Charakterreife und des Urteilsvermögens, während Mac mit den Fingernägeln gegen seine Koppel trommelte. Hier sah ich meine Chance. Für gewöhnlich drängte ich nie meine Meinung auf, da ich jüngeren Ranges und mir das alles ohnedies verdammt egal war, aber jetzt fragte ich, ob ich ein Wörtchen mitreden dürfe. „Captain Parker wäre der Mann, auf den man sich verlassen kann – wenn es nicht unangebracht ist, dass ich das sage. Und er sitzt ebenso sicher im Sattel wie ich, Sir."

„Das wusste ich nicht", sagte Mac. „Aber wenn Sie es behaupten, muss es stimmen. Dann wollen wir uns für Parker entscheiden", sagte er zu Elphy.

Elphy war nicht so recht einverstanden. „Wie Sie wissen, Mackenzie, ist er verheiratet. Seine Frau würde auf dem Marsch nach Indien, der, wie ich fürchte, sehr beschwerlich sein wird, seiner hilfreichen Nähe beraubt sein." Der alte Narr war immer viel zu rücksichtsvoll. „Sie wird um seine Sicherheit zittern."

„Auf der Straße nach Kandahar wird er nicht gefährdeter sein als anderswo", sagte Mac. „Und er wird sich um so mehr beeilen. Je weniger verliebte Pärchen wir auf diesem Marsch bei uns haben, desto besser."

Mackenzie war natürlich Junggeselle, einer jener eisernen Männer, die den Dienst geheiratet, ihre Flitterwochen mit dem Exerzierreglement und einem feuchten Tuch um den Kopf verbracht haben. Wenn er sich einbildete, dadurch, dass er Parker wegschickte, die Zahl der verliebten Pärchen zu verringern, dann täuschte er sich; meiner Schätzung nach würde sie zunehmen.

Kopfschüttelnd und murrend gab Elphy seine Einwilligung, und ich rundete ein wenig später, als wir draußen waren, das Werk dieses Morgens ab, indem ich zu Mac sagte, es tue mir leid, Parkers Namen genannt zu haben, ich hätte glatt vergessen, dass er verheiratet sei.

„Auch Sie, Flashman", erwiderte Mac. „Hat Elphy Sie mit seinem chronischen Leiden angesteckt, sich über unwichtige Dinge den Kopf zu zerbrechen und die wichtigen zu vergessen? Lassen Sie sich eines gesagt sein, Flash: Wir werden so viel Zeit mit dummem Zeug wie Parker und Elphys Hunden vergeuden, dass wir von Glück sagen dürfen, wenn wir Dschalalabad je zu sehen bekommen." Er trat näher heran und musterte mich mit seinem unbehaglich kalten Blick. „Wissen Sie, wie weit es ist? Neunzig Meilen. Haben Sie eine Ahnung, wie lange wir brauchen werden, mit einer vierzehntausend Mann starken Armee, die nur zu einem Viertel aus Kampfverbänden und im übrigen aus einem wüsten Haufen indischer Träger und Diener besteht, ganz zu schweigen von den Frauen und Kindern? Und wir marschieren in fußhohem Schnee über das schlimmste Terrain der Welt bei einer Temperatur um den Gefrierpunkt! Mann, ich bezweifle, dass es sich selbst mit einer Armee von lauter Hochlandschotten in kürzerer Zeit als einer Woche schaffen ließe. Wenn wir Glück haben, schaffen wir es in zwei Wochen – *falls* die Afghanen uns in Ruhe lassen, der Proviant und die Munition reichen und Elphy sich nicht in die andere Hinterbacke schießt."

Ich hatte Mackenzie noch nie so sehr aus dem Häuschen gesehen. Für gewöhnlich war er kalt wie eine Hundeschnauze, aber ich nehme an, dass die Zusammenarbeit mit Elphy ihm, dem ernsten Berufssoldaten, zu sehr auf die Nerven gegangen war.

„Ich würde es keinem Menschen sagen außer Ihnen oder George Broadfoot, wenn er hier wäre", fuhr Mackenzie fort, „aber sollten wir durchkommen, werden wir es schierem Glück und den Bemühungen des einen oder anderen – etwa Ihnen oder mir – zu verdanken haben. Ja, und Shelton. Er ist ein Muffel, aber ein tüchtiger Soldat, und wenn Elphy ihn in Frieden lässt, wird er uns vielleicht nach Dschalalabad führen. Nun also, jetzt habe ich Ihnen verraten, was mir im Kopf herumgeht. Ich komme mir wie ein richtiger Unglücksrabe vor – zum ersten und hoffentlich letzten Mal in diesem Leben." Er lächelte sein freudloses Lächeln. „Und Sie machen sich Sorgen um Parker!"

Nachdem ich mir das angehört hatte, war ich nur noch um Flashman besorgt. Ich kannte Mackenzie, er war kein Miesmacher. Wenn er unsere Aussichten für flau hielt, dann waren sie flau. Natürlich wusste ich aufgrund meiner Tätigkeit in Elphys Stab, dass es sich gar nicht besonders gut anließ; die Afghanen behinderten uns auf Schritt und Tritt bei unserer Verproviantierung, und es gab Anzeichen dafür, dass die Ghazi Kabul verließen, um sich längs der Bergpässe zu formieren: Pottinger war überzeugt, sie würden uns auflauern und versuchen, uns in den engen Schluchten wie Khurd-Kabul und Dschugulluk zusammenzuhauen. Ich hatte mir jedoch gedacht, eine vierzehntausend Mann starke Armee würde nichts zu befürchten haben, wenn auch ein paar Leute unterwegs fielen. Nun zeigte Mac mir die Situation in einem anderen Licht, und wieder verspürte ich jenes Rumoren in den Gedärmen und jenes Würgen im Hals. Ich versuchte mir einzureden, Soldaten wie Shelton und Mackenzie, ja, und sogar ein Sergeant wie Hudson würden sich nicht durch ein paar Afghanenrudel aufhalten lassen, aber das nützte mir wenig. Auch Burnes und Iqbal waren tüchtige Soldaten gewesen und hatten trotzdem ihr Leben lassen müssen. Ich glaubte noch immer das dumpfe Knirschen der Messer zu hören, die Burnes' Körper durchbohrten; ich dachte an McNaghten, der tot an einem Metzgerhaken hing und an Trevor, der laut schrie, als die Ghazi über ihn herfielen. Beinahe hätte ich mich übergeben. Und noch vor einer halben Stunde hatte ich Pläne geschmiedet, wie es mir glücken könnte, Mrs. Parker unterwegs in einem Zelt auf den Rücken zu legen. Das erinnerte mich daran, was die Afghaninnen den Gefangenen antun, und ich wollte lieber nicht daran denken.

Es fiel mir schwer, auf Lady Sales letzter Veranstaltung, zwei Tage vor dem Abmarsch, gute Miene zum bösen Spiel zu machen. Auch Betty war anwesend, und der Blick, den sie mir zuwarf, heiterte mich ein bisschen auf. Ihr Herr und Gebieter befand sich nun schon auf halbem Weg nach Kandahar. Ich trug mich mit dem Gedanken, sie nachts in ihrem Bungalow zu besuchen, aber das wäre allzu riskant gewesen, da es im Kantonnement von Dienstboten wimmelte. Lieber warten, sagte ich mir, bis wir unterwegs sind und niemand das eine Zelt vom anderen unterscheiden kann. Lady Sale verbrachte den Abend auf ihre übliche Art mit höhnischen Bemerkungen über Elphy und die generelle Unfähigkeit seines Stabs. „Noch nie hat es ein so klägliches Für und Wider gegeben. Das einzig *Sichere* ist, dass unsere hohen Herren keine zwei Minuten lang ein und derselben Meinung sind. Sie haben anscheinend nichts anderes im Sinn, als einander zu widersprechen, jetzt, wo nichts nötiger wäre als Eintracht und *Ordnung*!“

Das sagte sie mit tiefer Befriedigung, in ihrem letzten Sessel thronend, während die übrigen Möbel Stück für Stück im Ofen verheizt wurden, um das Zimmer leidlich zu erwärmen. Alles war dahin bis auf ihre Kommode, die den nötigen Brennstoff für den Küchenherd liefern sollte.

Wir saßen auf dem Gepäck, das sich an den Wänden türmte, oder hockten auf dem Fußboden, während die alte Harpyie an ihrer langen Nase entlang schielte und die behandschuhten Hände gefaltet im Schoß hielt. Das Seltsame dabei war, dass kein Mensch ihr vorwarf, eine Miesmacherin zu sein, obwohl sie sich unaufhörlich beklagte; sie war so offensichtlich davon überzeugt, *sie* werde es trotz Elphys Stümperei bis Dschalalabad schaffen, dass ihr Lamento geradezu aufmunternd wirkte.

„Captain Johnson hat mir mitgeteilt", sagte sie naserümpfend, „dass Proviant und Futter für höchstens zehn Tage reichen und dass die Afghanen gar nicht daran *denken*, uns eine Eskorte zu stellen."

„Wir sind ohne sie besser daran", warf Shelton ein. „Je weniger ich sie zu sehen bekomme, desto lieber ist es mir."

„Ach? Und wer wird uns also vor den Schurken und Briganten schützen, die in den Bergen lauern?"

„Grundgütiger Himmel, Madam!" rief Shelton aus. „Sind wir denn nicht eine Armee? Wir können uns doch hoffentlich selber schützen."

„Hoffentlich – in der Tat! Ich bin nicht gar so sicher, dass nicht ein großer Teil Ihrer *eingeborenen* Truppen die erstbeste Gelegenheit ergreifen wird, sich *dünne* zu machen. Wir werden ohne Freunde, ohne Nahrung, ohne Futter dastehen."

Dann erklärte sie mit vergnügter Miene, dass *ihrer* Meinung nach die Afghanen vorhätten, unsere gesamte Streitmacht zu vernichten, sich unserer Frauen zu bemächtigen und nur einen einzigen Mann am Leben zu lassen: „Dem werden sie dann die Beine und Hände abschneiden und ihn am Eingang des KhaiberPasses aufhängen, damit kein Feringi es wagt, je wieder das Land zu betreten."

„Meine besten Wünsche dem Afghanen, der *sie* schnappt", brummte Shelton beim Weggehen. „Wenn er einigermaßen schlau ist, hängt er sie am Khaiber auf – da wird sich dann wirklich kein Feringi mehr in die Nähe wagen."

Am nächsten Tag vergewisserte ich mich, dass meine Lanzenreiter in Ordnung, unsere Satteltaschen gefüllt waren und dass jeder Mann genug Munition für seinen Karabiner hatte. Dann kam die letzte Nacht und das Chaos fünf Minuten vor zwölf, da Shelton entschlossen war, vor dem Morgengrauen aufzubrechen, damit wir mit dem ersten Tagesmarsch den Khurd-Kabul-Pass erreichten; das bedeutete eine Strecke von fünfzehn Meilen.

Kapitel 10

Möglicherweise kennt die Kriegsgeschichte ein noch heilloseres Durcheinander als unseren Rückzug aus Kabul: wahrscheinlich ist es nicht. Noch heute, nachdem ich es mir ein Leben lang überlegt habe, fehlen mir Worte, um die übermenschliche Stupidität, die wahrhaft monumentale Unfähigkeit und die allen Vernunftgründen unzugängliche Blindheit Elphy Beys und seiner Berater zu schildern. Wenn man die größten Militärgenies aller Zeiten zusammen geholt, ihnen den Befehl über unsere Armee übertragen und sie aufgefordert hätte, diese Armee so schnell wie möglich restlos zugrunde zu richten, würden sie es nicht – das meine ich ganz ernst – so zielsicher und rasch bewerkstelligt haben wie er. Und dabei bildete er sich ein, seine Pflicht zu tun. Der letzte Straßenkehrer in unserem Tross wäre ein geeigneterer Befehlshaber gewesen.

Erst am Abend des 5. erfuhr Shelton, dass wir in den Morgenstunden des 6. marschieren würden. Die ganze Nacht über schuftete er wie ein Irrer, ließ die gewaltige Karawane beladen, sammelte innerhalb des Kantonnements die Truppen in Marschordnung und erteilte Weisungen für das Verhalten und die Gliederung der gesamten Streitkräfte. Auf dem Papier sind es nur ein paar Zeilen: Ich erinnere mich an eine pechschwarze Nacht mit Schneegestöber, mit flackernden Sturmlaternen, unsichtbar im Dunkel herumtrampelnden Soldaten, unablässigem Stimmengewirr, dem Wiehern und Winseln der zahllosen Tragtiere; Wagenräder rollen, Meldegänger eilen hin und her, vor den

Häusern häuft sich das Gepäck, gehetzte Offiziere wollen wissen, wo das und das Regiment stationiert und wohin der Soundso verschwunden sei, Hornsignale tönen durch den Nachtwind, Füße stampfen, Kinder weinen, und auf der beleuchteten Veranda steht Shelton mit hochrotem Gesicht, zerrt an seinem Kragen, während sein Stab um ihn herumwimmelt und er sich Mühe gibt, ein wenig Ordnung in das Inferno zu bringen.

Als die Sonne hinter den Siah-Sung-Bergen aufging, schien es ihm geglückt zu sein. Die Afghanistan-Armee war marschbereit – alle Mann natürlich hundemüde –, in Reih und Glied quer durchs ganze Kantonnement, alles aufgeladen (bis auf ausreichenden Proviant), die Truppe formiert und bewaffnet (aber kaum mit Munition versehen), während Shelton mit heiserer Stimme die letzten Befehle erteilte und Elphy Bey gemächlich sein Frühstück verzehrte – gehackten Schinken, ein Omelette und einen kleinen Fasan. (Das weiß ich, weil er mich zusammen mit den übrigen Stabsoffizieren eingeladen hatte.)

Während er sodann, von beflissenen Ordonnanzen und Dienern umgeben, endgültig Toilette machte – draußen in der Kälte wartete die Armee –, ritt ich zum Lagertor, um zu erkunden, was sich in Kabul ereignete. Die Stadt war erwacht, auf den Dächern und auf dem beschneiten Gelände von der Bala Hissar bis an den Fluss wimmelte es von Menschen. Sie hatten sich versammelt, um die Feringis abziehen zu sehen, machten aber vorläufig einen recht ruhigen Eindruck. Sacht fiel der Schnee, es war verteufelt kalt.

Im Kantonnement schmetterten unisono die Hörner. „Vorwärts marsch!“ lautete das Kommando, und unter lautem Ächzen, Knarren, Stoßen, Drängen und Gepolter setzte sich der Zug in Bewegung.

An der Spitze ritt Mackenzie mit seinen Dschessailtschis, den wilden Gebirgsschützen, die ihm treu ergeben waren. Gleich mir trug er den Poschtin-Rock und Turban, die Pistolen im Gürtel, und sah mit seinem langen Schnurrbart und den wüsten Gesellen hinter sich wie ein echter Afridi*-Häuptling aus. Dann kam Brigadier Anquetil mit dem 44ten, dem einzigen britischen Infanterieregiment in der Armee; recht flott wirkten sie mit ihren Tschakos, roten Röcken und weißen Kreuzbandeliers. Man traute ihnen glatt zu, die afghanischen Horden vor sich herzufegen, und bei ihrem Anblick regten sich meine Lebensgeister. Sie marschierten stramm voran und etliche Pfeifen bliesen, man denke, den „Yankee Doodle".

Ihnen folgte eine Schwadron Sikh-Kavallerie als Eskorte der Kanonen, Sappeure und Mineure, sodann eine kleine Gruppe englischer Familien, die älteren Frauen und die Kinder in überdachten Kamel-Howdahs**, die jüngeren Frauen zu Pferde, allen voran natürlich Lady Sale im Damensattel auf einem afghanischen Pony, angetan mit einem riesigen Turban. „Ich sagte soeben zu Lady McNaghten, ich glaube, wir *Frauen* würden die allerbesten Soldaten abgeben", rief sie aus. „Was meinen Sie, Mr. Flashman?"

„Ich würde Sie jederzeit in meine Truppe aufnehmen, Mylady", erwiderte ich, worauf sie süß lächelte (ein grässlicher Anblick). „... aber die übrigen Rösser würden eifersüchtig sein", fügte ich halblaut hinzu, und meine Lanzenreiter brachen in ein schallendes Gelächter aus. Es waren ungefähr dreißig Personen, von der Großmutter bis zum Wickelkind. Als Betty Parker vorbei geritten kam, zwinkerte sie vielsagend und winkte mir zu. Warte nur, bis die Sonne sinkt, dachte ich mir, da wird es doch auf jeden Fall an der Dschalalabad-Straße *ein* gemütliches Nachtlager geben.

* Besonders kriegerisches Volk in Ost-Afghanistan
** gedeckte Sitz auf dem Rücken eines Elefanten oder Kamels

Dann erschien Shelton auf seinem Dienstpferd, zerzaust und erschöpft, aber laut fluchend wie eh und je, mit den drei indischen Infanterieregimentern – schwarze Gesichter, rote Röcke, weiße Hosen, nackte Füße, die den Schneematsch aufwühlten. Und hinter ihnen die Herde – denn das war es – der Tragtiere, muhend und brüllend mit ihren schwankenden Bündeln und knarrenden Karren. Hunderte von Kamelen verbreiteten einen fürchterlichen Gestank. Sie, die Maultiere und die Ponys verwandelten die Lagerstraße mit ihren Hufen in ein Schokolademeer, durch das die Horden der Mitläufer und ihrer Familien rufend und kreischend bis zu den Knien wateten. Es waren ihrer viele Tausende, Männer, Frauen und Kinder, ein ungeordneter Haufe; ihre spärlichen Habseligkeiten schleppten sie auf dem Rücken, und der Gedanke an den Marsch nach Indien versetzte sie alle in tiefste Bestürzung. Es waren keine geeigneten Vorkehrungen getroffen worden, um sie unterwegs zu verpflegen oder nachts unterzubringen. Anscheinend sollten sie sich eben, so gut es ging, selber versorgen und auf den Schneewehen schlafen.

Diese gewaltige, braunhäutige Masse wälzte sich an mir vorbei. Dann kam die Nachhut, die aus indischer Infanterie und einigen Kavallerieabteilungen bestand. Die Prozession erstreckte sich über die Ebene bis an den Fluss, eine weit auseinander gezogene, summende Menschenmenge, die langsam durch den Schnee stolperte; dicker Dunst stieg wie Rauch aus ihr empor. Ganz zuletzt kam Elphy Bey in leichtem Galopp an der Kolonne entlang und schloss sich neben Shelton dem Gros an, aber Elphy wurde schon wieder von heftigen Zweifeln geplagt und ich hörte ihn laut mit Grant debattieren, ob es nicht ratsam wäre, den Abmarsch aufzuschieben. Er schickte tatsächlich einen Meldegänger los mit dem Auftrag, die Vorhut am Flussufer halten zu lassen. Mackenzie aber verweigerte den Gehorsam und marschierte weiter. Elphy rang die Hände und rief aus: „Das darf nicht sein! Sagt Mackenzie, er soll haltmachen!“ Inzwischen hatte Mackenzie die Brücke bereits überschritten. Elphy musste klein beigeben und hinterdrein trotten.

Kaum hatten wir das Lager verlassen, da drangen die Afghanen ein. Die Zuschauermenge hatte sich in sicherem Abstand an uns vorbei manövriert; jetzt aber überflutete sie johlend und brennend das Kantonnement, plünderte die restliche Habe in den Häusern und eröffnete sogar das Feuer auf die Nachhut. An den Toren gab es einigen Tumult. Ein paar indische Kavalleristen wurden aus dem Sattel gestoßen und abgeschlachtet, bevor ihre Kameraden sie retten konnten. Das hatte unter anderem zur Folge, dass die Träger und Mitläufer in Panik gerieten; viele von ihnen warfen ihre Last weg und rannten ums liebe Leben. Sehr bald war der Schnee zu beiden Seiten des Wegs mit Bündeln und Säcken übersät, und man hat berechnet, dass ein gutes Viertel unserer Vorräte auf diese Weise verlorenging, bevor wir auch nur den Fluss erreicht hatten.

Mit dem Mob dicht auf den Fersen, überschritt die Kolonne den Kabul-Fluss, marschierte an der Bala Rissar vorbei und bog in die Straße nach Dschalalabad ein. Wir bewegten uns im Schneckentempo, aber schon blieben etliche indische Diener zurück und legten sich wimmernd in den Schnee, während die kühneren Geister unter den afghanischen Zuschauern sich nahe heranwagten, um uns zu verhöhnen und mit Steinen zu bombardieren. Hier und dort wurde man handgemein und es fielen ein paar Schüsse, aber im Großen und Ganzen waren die Kabulis offenbar froh, uns abziehen zu sehen – und *wir* waren bis auf weiteres froh, abziehen zu dürfen. Wenn wir uns auch nur hätten träumen lassen, was uns bevorstand, wären wir wie ein Mann umgekehrt, auch wenn ganz Afghanistan uns verfolgt hätte; aber wir wussten es nicht.

Auf Elphys Befehl ritten Mackenzie, ich und unsere Abteilungen an den Flanken der Kolonne ständig Patrouille, um uns die Afghanen vom Leibe zu halten und Nachzügler anzutreiben. Kleine Trupps berittener Afghanen zogen in sicherer Entfernung mit und wir behielten sie sorgfältig im Auge. Eine dieser Gruppen hatte auf einer kleinen Anhöhe haltgemacht und erregte meine Aufmerksamkeit. Ich beschloss, ihr bedachtsam auszuweichen, bis ich jemanden meinen Namen rufen hörte – und wer saß da an ihrer Spitze, in voller Lebensgröße, wenn nicht Akbar Khan.

„Was zum Teufel willst du von mir?“ fragte ich ihn und winkte Sergeant Hudson heran.

„Ich will dir Gottes Beistand und eine gute Reise wünschen“, erwiderte er recht vergnügt. „Und dir einen Rat geben.“

„Wenn das ein Rat ist wie der, den du McNaghten und Trevor erteilt hast, kann ich auf ihn verzichten.“

„So wahr mir Gott helfe – nicht ich war daran schuld!“ sagte Akbar Khan. „Gern hätte ich ihn geschont, so wie ich euch alle gern schonen und euer Freund sein möchte. Aus diesem Grund, Flashman Husur, bedauere ich es, dass ihr abmarschiert, bevor die Eskorte beisammen ist, die ich euch mitgeben wollte, um eure Sicherheit zu verbürgen.“

„Mit etlichen deiner Eskorten haben wir schon früher Bekanntschaft gemacht“, entgegnete ich. „Wir werden uns allein zurechtfinden.“

Kopfschüttelnd ritt er näher heran. „Du verstehst mich nicht. Ich und viele von uns, wir wünschen euch alles Gute, aber wenn ihr euch nach Dschalalabad begebt, bevor ich geeignete Maßnahmen zu eurem Schutz getroffen habe, nun, dann ist es nicht meine Schuld, wenn ihr eine Katastrophe erlebt. Ich habe keinen Einfluss auf die Ghazi und die Gilzai."

Er schien es ernst und ganz ehrlich zu meinen. Bis heute weiß ich nicht genau, ob Akbar ein vollendeter Schurke oder ein einigermaßen redlicher Mann war, mitgerissen von dem Strom der Umstände, denen er nicht widerstehen konnte. Aber nach allem, was sich ereignet hatte, war ich misstrauisch geworden.

„Was sollen wir denn machen?" fragte ich. „Uns in den Schnee setzen und warten, bis du eine Eskorte zusammengetrommelt hast, während wir erfrieren?" Ich riss mein Pony herum. „Wenn du etwas vorzuschlagen hast, dann wende dich an Elfistan Sahib, aber ich bezweifle, dass er dir Gehör schenken wird. Menschenskind, deine verdammten Kabulis haben bereits unsere Nachhut beschossen. Heißt das Wort halten?"

Ich wollte weiter reiten, aber er sprengte plötzlich noch näher heran. „Flashman", sagte er hastig und leise, „sei nicht dumm. Wenn nicht Elfistan Sahib mir erlaubt, ihm zu helfen und ihm im Austausch gegen Geiseln eine Eskorte zu stellen, wird vielleicht keiner von euch Dschalalabad erreichen. Du kannst zu diesen Geiseln zählen. Ich schwöre beim Grab meiner Mutter, dass man dir kein Haar krümmen wird. Wenn Elfistan Sahib sich bereit findet zu warten, wird die Sache geordnet werden. Sag es ihm – und er soll dich mit seiner Antwort zu mir senden."

Es klang so ernst, dass ich mich halb und halb überzeugen ließ. Heute bilde ich mir ein, er sei vor allem an Geiseln interessiert gewesen, aber es ist auch nicht ausgeschlossen, dass er seine Stammeskrieger nicht an der Kandare hatte und tatsächlich damit rechnete, sie würden uns beim Durchmarsch durch die Pässe massakrieren. Wenn das passierte, mochte ohne weiteres im nächsten Jahr abermals eine britische Armee angerückt kommen, und zwar mit Gewehrfeuer und Kanonendonner. Damals aber beunruhigte mich weit mehr sein Interesse an meiner geringen Person.

„Warum willst du mir das Leben retten?“ fragte ich ihn. „Was schuldest du mir?“

„Wir sind Freunde gewesen“, erwiderte er mit seinem jähen Lächeln. „Außerdem bewundere ich die Komplimente, die du mir neulich gemacht hast, als du vor Mohammed Khans Festung davon geritten bist.“

„Sie sollten dir schmeicheln“, sagte ich.

„Beleidigungen sind der Tribut, den der Feind dem Tapferen zollt“, sagte er lachend. „Überlege dir, was ich gesagt habe. Und verständige Elfistan Sahib.“

Er winkte mir zu und kehrte auf die Anhöhe zurück, und als ich seinen Trupp zuletzt sah, folgte er uns gemächlich an unserer Flanke. Die Spitzen ihrer Speere flimmerten vor dem beschneiten Hang.

Den ganzen Nachmittag schleppten wir uns dahin. Als die bitterkalte Nacht hereinbrach, waren wir noch sehr weit von Khurd-Kabul entfernt. Die Afghanen wichen uns nicht von der Seite. Männer – ja, auch Frauen und Kinder –, die am Wegesrand vor Erschöpfung zusammenbrachen, wurden, sowie die Kolonne vorbeimarschiert war, überfallen und umgebracht. Die Afghanen merkten, dass unsere Truppenführer nicht gewillt waren, sich zur Wehr zu setzen, deshalb schnappten sie nach unseren Fersen, unternahmen kleine Ausfälle gegen den Tross, säbelten die eingeborenen Treiber nieder und stoben erst davon, wenn unsere Kavallerie angerückt kam. Schon geriet die Kolonne in Unordnung. Das Gros kümmerte sich keinen Deut um die Tausende eingeborener Begleiter, die ganz erbärmlich unter der Kälte und dem Mangel an Nahrung zu leiden hatten. Hunderte blieben am Wegesrand liegen, so dass unsere Fährte nicht nur mit Gepäckstücken, sondern auch mit Leichen übersät war. Und das geschah auf einer Strecke, die ich im Galopp binnen zwanzig Minuten bewältigt hätte.

Ich hatte Elphy die Botschaft Akbars überbracht. Sie versetzte ihn in äußerste Erregung. Ganz verdattert zog er seinen Stab zu Rate. Nach einer Weile wurde beschlossen, weiterzumarschieren.

„Das wird wohl das Beste sein", blökte Elphy Bey, „aber inzwischen müssen wir unsere guten Beziehungen zu dem Sirdar aufrecht erhalten. Morgen reiten Sie zu ihm, Flashman, und übermitteln ihm meine wärmsten Wünsche. So gehört es sich."

Der alte Trottel schien das Chaos nicht zu merken, das ihn umgab. Schon begann seine Streitmacht an den Kanten abzubröckeln. Als wir das Nachtlager aufschlugen, blieb den Soldaten nichts übrig, als sich in den Schnee zu legen, dicht zusammengedrängt, um einander zu wärmen, während die Nigger im Dunkeln wehklagten und wimmerten. Hier und dort brannte ein Feuer, aber für die Mannschaft gab es weder Feldküchen noch Zelte. Ein großer Teil des Gepäcks war bereits verloren gegangen, die Marschordnung war durcheinander geraten, manche Regimenter hatten zu essen, andere nicht, und alle froren gottsjämmerlich.

Die einzigen, denen es einigermaßen gut ging, waren die Engländerinnen und ihre Kinder. Der Drache Lady Sale sorgte dafür, dass ihre Diener kleine Zelte oder Unterkünfte errichteten; noch lange nach Einbruch der Dunkelheit konnte man ihre scharfe, schrille Stimme wettern hören, lauter als das allgemeine Stöhnen und Jammern der Eingeborenen. Meine Leute und ich hatten es recht gemütlich im Schutz einer Felswand, aber als es zu dunkeln begann, machte ich mich davon, um den Damen behilflich zu sein, und insbesondere, um nachzusehen, in welchem Zelt Betty

Parker untergebracht war. Sie machte trotz der Kälte einen ziemlich munteren Eindruck, und nachdem ich mich vergewissert hatte, dass Elphy in Morpheus Armen lag, kehrte ich zu der kleinen Wagenburg zurück, wo die Frauen übernachteten. Es war inzwischen stockfinster geworden und hatte zu schneien begonnen, aber ich hatte ihr Zelt mit einem Zeichen versehen und fand es ohne Mühe.

Ich kratzte an der Leinwand. Als sie fragte, wer da sei, bat ich sie, ihre Dienerin, die sich der Wärme wegen bei ihr im Zelte aufhielt, weg zu schicken. Ich hätte mit ihr zu sprechen, sagte ich mit gedämpfter Stimme. Nach einer Weile erschien schnüffelnd die Inderin, die Betty bediente, und ich beförderte sie mit meinem Stiefel in die Nacht hinaus. Ich war viel zu großkotzig, als dass es mich bekümmert hätte, ob sie tratschen werde oder nicht. Wahrscheinlich hatte sie ohnedies, so wie die übrigen Nigger, allzu große Angst, um in dieser Nacht an etwas anderes zu denken als an die eigene Haut.

Ich kroch unter das niedrige Zelttuch, das nur etwa 60 Zentimeter hoch war, und hörte, wie Betty sich im Dunkeln bewegte. Auf dem Zeltboden lagen dicke Decken. Ich streckte die Hand aus und spürte Bettys Körper. „Was ist los, Mr. Flashman?“ fragte sie.

„Es handelt sich nur um einen Höflichkeitsbesuch“, erwiderte ich. „Verzeihen Sie, dass ich Ihnen keine Karte schicken konnte.“

Ich hörte sie kichern. „Sie sind mir ein Schlimmer!“ flüsterte sie. „Es gehört sich nicht, dass Sie zu mir kommen. Aber die Umstände sind wohl recht ungewöhnlich, und es ist nett von Ihnen, nach mir zu sehen.“

„Famos!“ sagte ich, und ohne weitere Zeit zu vergeuden, tauchte ich unter die Decken und fasste sie an. Sie hatte sich wegen der Kälte nur halb ausgezogen, aber als ich diesen jungen Körper in meinen Fingern hatte, lief es mir brennendheiß durch die Adern. Im Nu lag ich auf ihr und drückte den Mund auf ihre Lippen. Sie japste nach Luft, stieß dann einen Schrei aus, und bevor ich mich versah, riss sie sich los, schlug auf mich ein und quiekte wie eine erschrockene Maus.

„Was unterstehen Sie sich!“ kreischte sie. „Oh, wie können Sie es wagen! Weg mit Ihnen! Verschwinden Sie augenblicklich!“ Blindlings schlug sie zu und traf mich ins Auge.

„Was zum Teufel!“ sagte ich. „Was ist denn los?“

„Oh, Sie Scheusal!“ zischte sie. (Immerhin war sie klug genug, ihre Stimme zu dämpfen.) „Sie abscheulicher, brutaler Mensch! Verlassen Sie sofort mein Zelt! Sofort – haben Sie mich verstanden?“

Ich fand ihr Verhalten unbegreiflich. „Ja, was habe ich denn getan? Warum benehmen Sie sich so zimperlich?“

„Oh, wie schändlich! Sie – Sie –“

„Aber, aber!“ sagte ich. „Wer wird denn gar so hochmütig sein! Als ich Sie neulich gekniffen habe, waren Sie weniger etepetete.“

„Gekniffen – mich?“ fragte sie, als hätte ich etwas Unaussprechliches geäußert.

„Ja, gekniffen. So!“ Ich streckte die Hand aus, tastete mich schnell zurecht und griff nach einer ihrer Brüste. Zu meinem Erstaunen schien sie es nicht übel zunehmen.

„Ach Gott!“ sagte sie. „Was sind Sie doch für ein böser Mensch! Sie wissen genau, dass das nichts bedeutet. Das machen alle Herren, wenn sie zärtlich sein wollen. Sie aber, Sie Ungeheuer, sie nützen meine Freundschaft aus, um – um. Oh, oh, ich könnte vor Scham vergehen!“

„Na schön“, sagte ich, „wenn Sie solche Zärtlichkeitsbeweise gewöhnt sind, müssen die Herren, mit denen Sie verkehren, merkwürdige Käuze sein.“

„Sie mit Ihrer schmutzigen Phantasie!“ erwiderte sie entrüstet. „Es bedeutet nicht mehr als ein Händedruck.“

„Grundgütiger Himmel! Wo in aller Welt sind Sie aufgewachsen?“

Da vergrub sie ihr Gesicht in die Decken und fing zu weinen an (nach den Geräuschen zu schließen).

„Mrs. Parker“, sagte ich, „ich bitte um Verzeihung. Ich habe mich geirrt, es tut mir sehr leid.“ Je schneller ich mich aus dem Staub machte, desto besser, sonst würde sie am Ende ein Geschrei erheben und behaupten, ich hätte sie vergewaltigen wollen. Eines muss ich ihr zugute halten: So unwissend und voll erstaunlich falscher Auffassungen sie auch war, schien sie doch eher ärgerlich als ängstlich zu sein und dämpfte die Stimme, während sie mir ihre Beschimpfungen an den Kopf warf. Natürlich musste sie auf ihren eigenen Ruf bedacht sein.

„Ich gehe“, sagte ich und begann, zur Klappe hinaus zu kriechen. „Aber ich darf Sie vielleicht darauf aufmerksam machen, dass es in vornehmen Kreisen nicht üblich ist, Damen in den Busen zu kneifen, was auch immer man Ihnen eingeredet haben mag. Es ist auch nicht üblich, dass die Damen es sich gefallen lassen. Wissen Sie, das hinterlässt bei den Herren einen falschen Eindruck. Ich bitte nochmals um Entschuldigung. Gute Nacht.“

Sie gab einen letzten halberstickten Schrei von sich, dann landete ich wieder draußen im Schnee. So etwas hatte ich in meinem Leben nicht gehört, aber damals wusste ich noch nicht, wie erstaunlich naiv junge Frauen sein können und was für seltsame Ideen sie sich zuweilen in den Kopf setzen. Immerhin hatte ich eins auf den Deckel bekommen Es sah so aus, als müsste ich meinen Enthusiasmus bezähmen, bis wir wieder in Indien angelangt waren. Und das war mir, als ich mich, in Decken gehüllt, neben meinen Leuten zurechtkuschelte, während die Kälte von Minute zu Minute schneidender wurde, ganz und gar kein Trost. Wenn ich jetzt daran zurückdenke, kommt es mir recht komisch vor, aber als ich zitternd dort auf dem eisigen Erdboden lag und mir überlegte, was für Mühe ich mir gegeben hatte, um Captain Parker aus dem Weg zu schaffen, hätte ich Lust gehabt, Mrs. Parker das hübsche Hälschen umzudrehen.

Es war eine bitterkalte Nacht, und vom Einschlafen konnte kaum die Rede sein; war die Kälte nicht schlimm genug, so veranstalteten die Nigger ein gewaltiges Wehklagen und Gejaule, das Tote hätte erwecken können. Und am nächsten Morgen waren denn auch nicht wenige dieser armen Teufel tot; sie hatten sich ja nur mit ihrer zerlumpten Kleidung zudecken können. Der Tag graute über einem Anblick, der an eine Polarhölle gemahnte. Überall in den Schneewehen lagen steif gefrorene Leichen umher, und wenn die Überlebenden sich mühsam aufrichteten, knisterten und knirschten ihre vereisten Gewänder. Ich sah Mackenzie unter Tränen ein kleines Indermädchen auf den Armen halten. Als er mich erblickte, rief er aus: „Was sollen wir tun? Die Menschen sterben uns weg, und wer nicht erfriert, den werden die Wölfe zerreißen, die in den Bergen lauern. Was sollen wir tun?"

„Ja, was denn?" sagte ich. „Mögen sie sterben, es lässt sich nicht ändern." Ich fand es merkwürdig, dass er sich um die Nigger Sorgen machte. Noch dazu ein Eisenfresser wie er.

„Wenn ich die Kleine bloß mitnehmen könnte", murmelte er und legte den schmächtigen Körper wieder in den Schnee.

„Alle könnten Sie ja doch nicht mitnehmen", sagte ich. „Vorwärts, Mann, schauen wir uns nach einem Frühstück um." Er sah ein, dass das ein vernünftiger Vorschlag war, und wir hatten das Glück, in Elphys Zelt ein Stück Hammelbraten zu ergattern.

Die Kolonne in Gang zu bringen, war eine Herkulesarbeit. Fünfzig Prozent der Sepoys waren so durchfroren, dass sie ihre Musketen nicht mehr schultern konnten – die andere Hälfte war im Laufe der Nacht desertiert und hatte sich nach Kabul verdrückt. Mit Peitschenhieben mussten wir sie in Reih und Glied bringen, was uns alle ein bisschen warm machte; die Mitläufer aber brauchten wir nicht anzutreiben. In heller Panik drängten sie sich nach vorn, weil sie befürchteten, man werde sie zurücklassen, und richteten in Anquetils Vorhut beträchtliche Verwirrung an. In diesem Augenblick stürmte urplötzlich mit lautem Geschrei eine vielköpfige Horde berittener Ghazi aus einer Nullah im Hügelland hervor, ritt in die Menge hinein, alles nieder säbelnd, was ihr in den Weg kam, Soldaten wie Zivilisten, und schleppte zwei Geschütze weg, bevor Anquetil sie daran hindern konnte.

Er setzte ihnen mit einer kleinen Kavallerieabteilung nach, und es entspann sich ein hitziges Scharmützel. Es gelang ihm zwar nicht, die Geschütze zurück zu holen, aber er machte sie unbrauchbar, während die 44er untätig zusahen. Lady Sale beschimpfte sie unflätig als Feiglinge und Schlappschwänze – die alte Vettel hätte statt Elphy das Kommando führen müssen –, aber ich konnte es den 44ern nicht verübeln. Ich befand mich weiter hinten und hatte es nicht eilig, mich dem Kampfgetümmel zu nähern. Ich wartete auf Anquetils Rückkehr; dann führte ich meine Lanzenreiter in gestrecktem Galopp nach vorne (echt Flashman, nicht wahr, Tom Hughes?).

Die Kanonen würden uns ohnedies nichts nützen.

Ein bis zwei Meilen weit stolperten wir dahin, an unseren Flanken die Afghanen, die ab und zu raubvogelartig auf eine schwache Stelle des Zuges herabstießen, ein paar Leute niedermetzelten, sich etwas Proviant schnappten und davon preschten. Shelton befahl seinen Leuten mit Donnerstimme, an Ort und Stelle zu bleiben und sich ja nicht zu einer sinnlosen Verfolgung der Räuber verleiten zu lassen. Ich ergriff die Gelegenheit, ihn anzufahren und zu fragen, wozu wir denn Soldaten seien, wenn wir nicht die Feinde bekämpften, die uns auf der Nase herumtanzten.

„Sachte, sachte, mein guter Flash!" sagte Lawrence, der sich zufällig gerade in Sheltons Nähe befand. „Es hat keinen Zweck, hinter ihnen herzujagen. Dort in den Bergen sind sie viel zu zahlreich."

„Es ist zum Steinerweichen!" schrie ich und klatschte mit der flachen Hand auf meinen Säbel. „Sollen wir wie die Lämmer warten, bis sie uns nach Gutdünken abschlachten? Mann, mit zwanzig Franzosen – oder alten Jungfern – würde ich diesen Hang säubern!"

„Bravo!" rief Lady Sale und applaudierte. „Haben Sie das gehört, meine Herren?"

Etliche Stabsoffiziere hatten sich um Elphys Sänfte geschart, mit Shelton in ihrer Mitte, und sie waren nicht eben sehr erfreut, als sie die alte Krähe krächzen hörten. Shelton plusterte sich auf, verwies mich in meine Schranken und ersuchte mich, den Befehlen zu gehorchen.

„Zu Befehl, Sir", erwiderte ich äußerst steif, und Elphy gab seinen Senf dazu.

„Nein, nein Flashman", sagte er. „Der Brigadier hat recht. Wir müssen Ordnung halten." Dies inmitten einer Kolonne, die ein einziges Gewimmel von Soldaten, Zivilisten und Tragtieren war, ohne jede Ausrichtung, und die Bagage weit umher gestreut ...

Mackenzie kam heran geritten und sagte zu mir, meine Abteilung und seine Dschessailtschis hätten jetzt die Aufgabe, die Kolonne aufmerksam zu flankieren, nach gefährdeten Stellen Ausschau zu halten und, sowie die Afghanen sich blicken ließen, kräftig dazwischenzufunken – so, wie der gute Hirte seine Herde hütet. Was *ich* davon hielt, werden Sie leicht erraten, aber ich erklärte mich von Herzen einverstanden, ganz besonders, wenn es galt, die einem Angriff am ehesten ausgesetzten Punkte ausfindig zu machen und ihnen bedachtsam auszuweichen. Das war eigentlich ganz einfach. Die Afghanen tauchten nur dort auf, wo wir nicht zur Stelle waren, und interessierten sich jetzt nicht so sehr dafür, Soldaten umzubringen, als vielmehr, die unbewaffneten Nigger nieder zu säbeln und die Traglasten zu plündern.

Dieser Übung widmeten sie sich im Laufe des Vormittags mit wachsendem Eifer, kamen angeprescht, schnitten einem wehrlosen Opfer die Kehle durch, preschten davon. Ich ließ mich nicht lumpen, feuerte meine Lanzenreiter mit lauten Zurufen an und donnerte an der Marschlinie entlang, meistens in der Nähe der Stabsleitung. Nur ein einziges Mal, als ich mich bei der Nachhut befand, sah ich mich unversehens einem Ghazi gegenüber. Der Dummkopf musste mich in meinem Poschtin und Turban für einen Nigger gehalten haben, denn er fiel johlend über eine benachbarte Schar indischer Diener her und erstach ein altes Weib und zwei Gören. Ich konnte leider nicht kneifen, weil eine Kavallerieabteilung in der Nähe war. Der Ghazi war zu Fuß. Mit einem lauten Feldgeschrei sprengte ich auf ihn los und hoffte, er werde beim Anblick eines berittenen Soldaten das Weite suchen. Das tat er denn auch. Ich Esel aber versuchte, ihn über den Haufen zu reiten, weil ich mir dachte, es sei ungefährlich und ich dürfe mir es leisten. Der Unhold aber drehte sich um und stieß mit seinem Khaiber-Dolch nach mir. Nur der Gnade des Himmels hatte ich es zu verdanken, dass ich den Stoß rechtzeitig mit meinem Säbel parieren konnte. Ich fegte an ihm vorbei, und als ich mein

Pferd herumriss, sah ich, wie einer meiner Lanzenreiter sich an ihn heranmachte und ihn nach allen Regeln der Kunst aufspießte. Trotzdem versetzte auch ich ihm, damit es mir Glück bringe, einen kräftigen Säbelhieb, und so konnte ich eine Weile später mit strenger Miene und blutiger Klinge an der Kolonne entlang traben.

Es war mir jedoch eine Lehre gewesen. Jetzt nahm ich mich noch mehr in acht und hielt gebührenden Abstand, sowie sie sich aus den Bergen hervorwagten. Es war eine nervenaufreibende Arbeit. Nur mit äußerster Mühe gelang es mir, unerschrocken dreinzuschauen. Im Lauf des Vormittags wurden die Bestien immer frecher, und, abgesehen von den Überfällen, waren auch ihre Scharfschützen fleißig am Werk.

Schließlich bekam Elphy es satt und befahl haltzumachen. Schlimmeres hätte er nicht tun können. Shelton fluchte und stampfte mit den Füßen und sagte, wir müssten weiter; das sei unsere einzige Hoffnung, vor Einbruch der Dunkelheit den Khurd-Kabul zu passieren. Elphy aber beharrte auf seinem Willen: Wir müssten versuchen, mit den Anführern der Afghanen Frieden zu schließen, damit nicht die ganze Armee allmählich unter den Händen der angreifenden Stammeskrieger verblute. Das fand ich vernünftig, und als Pottinger weit oben auf dem Berghang eine große Schar Afghanen mit Akbar an der Spitze erblickte, fiel es ihm nicht schwer, Elphy zu überreden, er möge Boten zu ihm schicken.

Mein Gott, was für ein Pech, dass ich bei dieser Gelegenheit zur Hand war! Natürlich fiel Elphys Blick auf mich, und natürlich konnte ich es nicht ändern. Als er sagte, ich müsse zu Akbar reiten und ihn fragen, warum das sichere Geleit nicht eingehalten werde, blieb mir nichts anderes übrig, als strammzustehen, gerade so, als ob sich nicht die Gedärme in mir verkrampft hätten, und mit fester Stimme zu antworten: „Zu Befehl, Sir." Ich kann Ihnen sagen, es ging mir nicht leicht von der Zunge; bei dem Gedanken daran, diesen Schurken entgegen zu reiten, erstarrte mir das Blut in den Adern. Noch schlimmer war, dass Pottinger erklärte, ich müsse mich ganz allein auf den Weg machen, damit nicht die Afghanen meinten, man wolle sie angreifen.

Am liebsten hätte ich ihm einen Tritt in den feisten Hintern versetzt. Er war so verdammt aufgeblasen, wie er da vor mir stand, ein Christus mit seinem reizenden braunen Kinn- und Backenbart. Aber ich durfte bloß nicken, als handle es sich um eine ganz alltägliche Sache. Es hatten sich rund um uns ziemlich viele Menschen versammelt, da das Weibervolk und die englischen Familien selbstverständlicher Weise die Nähe Elphys suchten – sehr zu Sheltons Verdruss – und die Hälfte der Offiziere des Gros herbeigeströmt waren, um zu erfahren, was los sei. Ich wurde Betty Parker gewahr, sie saß in einer Kamel-Howdah, sah bestürzt und verängstigt aus, bis sie meinem Blick begegnete und mir hastig den Rücken kehrte.

So nahm ich es denn von der besten Seite. Während ich mein Pony herumriss, rief ich „Gentleman Jim" Skinner zu: „Wenn ich nicht wiederkomme, Jim, seien Sie so lieb, mit Akbar abzurechnen!"

Dann gab ich meinem Pferd die Sporen und ritt wie der Teufel auf den Hang zu. Je schneller ich mich bewegte, desto geringer war die Gefahr, abgeschossen zu werden, und ich hatte das Gefühl, um so sicherer zu sein, je kleiner die Entfernung zwischen mir und Akbar wurde.

Na ja, ich hatte recht. Niemand rückte mir auf den Pelz. Die auf dem Hang versammelten Ghazi-Trupps machten große Augen, während ich an ihnen vorbei galoppierte. Als ich mich Akbar näherte, der hoch zu Ross an der Spitze seiner Heerschar thronte – es müssen fünf- bis sechshundert Mann gewesen sein –, winkte er mir zu, und das war ein beruhigender Anblick.

Mit melodischer Stimme ruft er mir zu: „Kehrst du wieder, Fürst der Boten? Was bringst du Neues von Elfistan Sahib?"

Ich zügelte mein Pferd. Jetzt fühlte ich mich bedeutend sicherer, jetzt, da ich die Ghazi-Vorposten hinter mir hatte. Ich glaubte nicht, dass Akbar dulden würde, dass man mir etwas antat (sofern er es verhüten konnte). „Nichts Neues", erwiderte ich. „Aber er will wissen, ob du so dein Wort hältst und deine Leute los schickst, damit sie unsere Habe plündern und unsere Leute ermorden."

„Hast du es ihm nicht gesagt?" fragte er jovial wie immer „Er selber hat sein Wort gebrochen, als er Kabul verließ, bevor die Eskorte marschbereit war. Aber hier ist sie –" und er zeigte auf die hinter ihm formierten Reihen – „und er mag in Frieden und Sicherheit weiter ziehen."

Wenn das stimmte, war es die beste Neuigkeit, die ich seit Monaten gehört hatte. Dann aber, als ich an ihm vorbei die Reihen der Krieger musterte, war mir, als hätte ich einen Fußtritt in den Magen bekommen: Unmittelbar hinter ihm wartete Gul Schah und glotzte mich mit einem finsteren Wolfslächeln an. Sein Anblick wirkte auf mich wie eine kalte Dusche. Da war nun mindestens einer unter den Afghanen, dem es nicht behagen würde, einen gewissen Flashman in Frieden und Sicherheit ziehen zu lassen.

Akbar sah meine Miene und lachte. Dann lenkte er sein Ross dichter an mich heran, so dass wir außer Hörweite waren, und sagte:

„Fürchte dich nicht vor Gul Schah. Er begeht keine Fehler mehr, gleich jenem, der für dich beinahe so unglücklich geendet hätte. Ich versichere dir, Flashman, du darfst unbesorgt sein. Außerdem hat er alle seine kleinen Vipern in Kabul zurückgelassen."

„Du irrst dich", sagte ich. „Er hat eine ganze Menge mitgenommen."

Wieder warf Akbar den Kopf zurück und lachte. Seine weißen Zähne blitzten.

„Ich dachte, die Gilzai seien deine Freunde."

„Einige von ihnen. Aber nicht Gul Schahs Leute."

„Schade, denn du weißt wohl, dass Gul jetzt Khan von Mogala ist. Nein? Ach, der alte Mann – er ist gestorben, wie das alten Männern widerfährt. Wie du weißt, hat Gul mir sehr nahe gestanden, und ich habe seine treuen Dienste mit der Herrscherwürde belohnt."

„Und Ilderim?" fragte ich.

„Wer ist Ilderim? Ein Freund der Briten. Das gehört heute nicht mehr zum guten Ton, Flashman, sosehr ich es bedaure, und ich selber brauche Freunde, starke Männer wie Gul Schah."

Mir sollte es egal sein, aber es wurmte mich, Gul befördert zu sehen, und noch unangenehmer war es mir, ihn hier vor mir zu sehen mit seinem Schlangenblick, der mich verfolgte, als wäre ich ein armes Mäuslein.

„Aber weißt du, Gul ist schwer zufriedenzustellen", fuhr Akbar fort. „Er und viele andere würden gern eure ganze Armee zugrunde gehen sehen, und ich habe meine liebe Mühe, sie zu zähmen. Ach, mein Vater ist noch nicht wieder König von Afghanistan und meine Macht begrenzt. Sicheres Geleit kann ich euch nur unter gewissen Bedingungen gewährleisten, und ich fürchte, meine Stammesfürsten werden immer härtere Bedingungen stellen, je länger Elfistan Sahib sich sträubt."

„Soviel ich weiß, hast du bereits dein Wort verpfändet."

„Mein Wort? Wird mein Wort eine durchschnittene Gurgel heilen? Ich sage es, wie es ist, und erwarte das gleiche von Elfistan Sahib. Ich kann ihn nach Dschalalabad geleiten, wenn er mir sofort sechs Geiseln stellt und mir verspricht, dass Sale Dschalalabad verlassen wird, bevor eure Armee zu ihm stößt."

Ich protestierte. „Das kann er nicht versprechen. Sale untersteht momentan nicht seinem Befehl. Er wird Dschalalabad so lange halten, bis er aus Indien den Befehl erhält, es zu räumen."

Akbar zuckte die Achseln. „Das sind die Bedingungen. Glaube mir, alter Freund, Elfistan Sahib muss sie akzeptieren – er muss!" Dabei klopfte er mir mit geballter Faust auf die Schulter. „Und was dich betrifft, Flashman – wenn du klug bist, wirst du zu den sechs Geiseln zählen. Bei mir wirst du besser aufgehoben sein als dort unten." Lächelnd zügelte er sein Pferd. „Geh jetzt mit Gott und komm bald mit einer klugen Antwort wieder."

Ich war nicht so dumm, von Elphy Bey eine kluge Antwort zu erwarten und freilich, als ich ihm Akbars Botschaft übermittelte, fing er in seinem allerbesten Stil zu ächzen und zu bibbern an. Er müsse sich es überlegen, sagte er, und inzwischen seien die Soldaten so müde geworden und die Verwirrung so groß, dass wir an diesem Tag nicht weitermarschieren würden. Es war aber erst zwei Uhr nachmittags.

Shelton geriet in Rage und bestürmte Elphy: unbedingt weitermarschieren! Wenn wir uns beeilten, könnten wir über den Khurd-Kabul-Pass kommen und, was noch wichtiger sei, den Schnee hinter uns bringen, da es jenseits des Passes bergab gehe. Wenn wir, sagte Shelton, noch eine Nacht in dieser Eiseskälte verbrächten, sei die gesamte Armee des Todes.

So zankten sie sich, so ging es hin und her, und Elphy setzte sich durch. Wir blieben, wo wir waren, Tausende zitternder Jammerlappen auf einer sturmgepeitschten Straße, der Proviant fast zur Hälfte aufgebraucht, kein Brennstoff mehr vorhanden, und manche Soldaten darauf angewiesen, ihre Musketenkolben und ihre Ausrüstung zu verbrennen, um ein kleines bisschen Wärme in die steifen Glieder zu pumpen. Die Nigger starben in dieser Nacht wie die Fliegen, denn das Quecksilber sank weit unter den Gefrierpunkt, und die Soldaten erhielten sich nur dadurch am Leben, dass sie sich in großen Gruppen zusammenkuschelten, dicht aneinander gedrängt wie die Tiere in ihrem Bau.

Ich hatte meine Decken und in meinen Satteltaschen genug Proviant, um nicht hungern zu müssen. Die Lanzenreiter und ich schliefen nach afghanischem Brauch in einem engen Kreis und deckten uns mit unseren Mänteln zu. Hudson hatte dafür gesorgt, dass jeder Mann eine Flasche Rum mit sich führte, also konnten wir uns der Kälte leidlich erwehren.

Morgens waren wir schneebedeckt. Als ich ins Freie kroch und mich umsah, da dachte ich mir: Bis hierher und nicht weiter. Die meisten waren so durchfroren, dass sie sich anfangs gar nicht zu rühren vermochten, aber als man im Dämmerlicht die Afghanen sich auf den Hängen zusammenrotten sah, da gerieten die Mitläufer in Panik und stolperten in hellen Scharen die Straße entlang. Shelton gelang es, das Gros der Truppe hinter ihnen herzujagen, und so humpelten wir dahin wie ein verwundetes Riesentier ohne Gehirn und ohne Herz, während von neuem die Schüsse der Scharfschützen knallten und die ersten Opfer des Tages aus den Reihen zu taumeln begannen, um zu beiden Seiten des Weges im Schnee zu sterben.

Es haben auch andere Chronisten diesen fürchterlichen Marsch beschrieben – vor allem Mackenzie, Lawrence und Lady Sale [18], und einige meiner Erinnerungen stimmen mit dem überein, was sie berichten; aber im Großen und Ganzen ist er für mich auch heute noch, mehr als sechzig Jahre später, nichts weiter als ein grauenhafter, blutiger Alptraum. Eis und Blut, Stöhnen und Tod und Verzweiflung, die Schreie sterbender Frauen und Kinder, das Geheul der Ghazi und Gilzai. Sie stürzten herbei, schlugen zu, stürzten abermals herbei, schlugen abermals zu. Meistens gingen sie gegen die Mitläufer los, bis es so aussah, als sei jede Elle des Weges durch einen zerschlitzten braunen Leichnam bezeichnet. Sicher fühlte man sich nur mitten in Sheltons Gros, wo die Sepoys einigermaßen für Ordnung sorgten. Als wir aufbrachen, schlug ich Elphy vor, dass ich und meine Lanzenreiter die Frauen beschützten, und damit war er sofort einverstanden. Es war das von meiner Seite aus ein kluger Schritt, denn die Angriffe gegen unsere Flanken häuften sich dermaßen, dass die Arbeit, die wir am vergangenen Tag verrichtet hatten, viel zu gefährlich geworden war. Mackenzies Dschessailtschis, die sich bemühten, gegen die Marodeure anzukämpfen, wurden niedergemacht.

Als wir uns dem Khurd-Kabul näherten, türmten sich zu beiden Seiten die Berge in den Himmel empor, und die Mündung dieses grauenvollen Engpasses sah aus wie ein Höllentor. Die Felswände waren so gigantisch, dass der steinige Boden ständig im Halbdunkel lag; der schleppende Marschschritt unserer Truppe, das Brüllen der Lasttiere, das Jammern und Stöhnen und die Flintenschüsse hallten mit hohlem Echo von den Klippen wider. Die Afghanen hatten sämtliche Felsvorsprünge besetzt. Als Anquetil sie erblickte, ließ er die Vorhut halten: Weiter zu marschieren hätte allem Anschein nach den sicheren Tod bedeutet.

Von neuem begannen die Beratungen und Auseinandersetzungen in Elphys Umgebung, bis Akbar und seine Leute zwischen den Felsen in der Nähe der Pass-Höhe zum Vorschein kamen. Von neuem wurde ich beauftragt, ihm mitzuteilen, Elphy sei endlich zur Besinnung gekommen: Wir würden sechs Geiseln stellen, unter der Bedingung, dass Akbar seine Mordgesellen zurück pfeife. Damit war er einverstanden. Er klopfte mir auf die Schulter und beteuerte, von nun an sei alles in bester Ordnung. Ich müsse, sagte er, als eine der Geiseln zu ihm kommen, wir würden lustige Stunden miteinander verbringen. Ich wurde zwischen den beiden Möglichkeiten hin und her gerissen. Je größer der Abstand zwischen mir und Gul Schah war, desto besser. Andererseits: Wie weit durfte ich mich bei der Armee sicher fühlen?

Die Entscheidung wurde mir aus der Hand genommen. Elphy selbst ersuchte Mackenzie, Lawrence und Pottinger, sich Akbar auszuliefern. Sie zählten zu den Besten, die wir besaßen, und Elphy meinte wohl, ihre Namen würden Akbar imponieren. Übrigens war es, wenn Akbar Wort hielt, egal, wer bei der Armee blieb, weil sie sich dann nicht nach Dschalalabad würde durchboxen müssen. Lawrence und Pottinger erklärten sich auf der Stelle einverstanden; Mackenzie brauchte ein bisschen länger. Mich behandelte er recht kühl – vielleicht, weil meine Lanzenreiter sich an diesem Tage nicht an den Kämpfen beteiligt hatten und seine Leute so übel zugerichtet worden waren. Aber er sagte keinen Ton und als Elphy sich an ihn wandte, blickte er stumm auf den Schnee hinaus. Er befand sich in einem traurigen Zustand – der Turban verschwunden, das Haar zerzaust, der Poschtin mit Blut bespritzt, eine verharschte Wunde auf dem Handrücken.

Nach einer Weile zog er seinen Säbel, schleuderte ihn mit der Spitze voran in die Erde und gesellte sich wortlos zu Pottinger und Lawrence. Als ich seine hohe Gestalt davon schreiten sah, verspürte ich einen leisen Schauder. Da ich selber ein Schubiak bin, weiß ich vielleicht besser als die meisten, was ein braver Mann ist, und Mac war eine der Hauptstützen unserer Truppe. Ein verdammter Snob, wohlgemerkt, und äußerst affektiert, aber ein so tüchtiger Soldat (was das nun eben wert sein mag), wie ich keinem tüchtigeren je begegnet bin.

Akbar hatte sich auch Shelton als Geisel ausgebeten, aber davon wollte Shelton nichts wissen.

„Eher traue ich einem bissigen Köter über den Weg als diesem schwarzen Halunken", sagte er. „Wer kümmert sich denn übrigens um die Truppe, wenn ich weg bin?"

„Ich werde nach wie vor den Oberbefehl führen", entgegnete Elphy verdutzt.

„Ja", sagte Shelton, „deshalb habe ich gefragt."

Natürlich entspann sich nun ein neuerliches Geplänkel, das damit endete, dass Shelton auf dem Absatz kehrtmachte und davon stapfte, während Elphy sich über den Mangel an Disziplin beklagte. Dann ertönte abermals das Marschsignal und wir wandten uns dem Khurd-Kabul zu.

Anfangs ging es recht gut; wir wurden nicht mehr belästigt. Es sah aus, als habe Akbar seine Leute an der Kandare. Dann begannen urplötzlich von den Felssimsen herab die Dschessails zu knallen, Männer fielen, blindlings taumelte die Kolonne durch den Schnee. Fast auf Kernschussweite überschütteten sie den Hohlweg mit ihrem Feuer, die Nigger fingen an zu laufen, die Soldaten verließen ihre Formation, obwohl Shelton sich heiser schrie, und im nächsten Augenblick rannten oder sprengten sie alle Hals über Kopf durch die höllische Schlucht. Es war nur noch ein planloses, wildes Dahinstürmen und den letzten beißen die Hunde. Ich sah, wie ein Kamel mit zwei weißen Frauen und zwei Kindern von einer Kugel getroffen im Schnee zusammenbrach. Ein Offizier eilte den Frauen und Kindern zu Hilfe, die aus dem Sitz hinaus geschleudert worden waren; auch ihn traf eine Kugel in den Bauch, er blieb liegen, und die rasende Menge trampelte über sie alle hinweg. Ich sah, wie ein berittener Gilzai-Krieger ein kleines, etwa sechsjähriges Mädchen packte, das arme Wurm auf seinen Sattelzwiesel empor riss und sich davon machte; gellend schrie die Kleine unaufhörlich „Mami! Mami!“, während er sie weg schleppte. Sepoys ließen ihre Musketen fallen und rannten blindlings drauflos. Ich sah einen Offizier von der Kavallerie in den Haufen hineinreiten, mit der flachen Klinge um sich schlagen und aus vollem Hals brüllen. Bagage wurde achtlos weggeworfen, die Treiber ließen ihre Tiere im Stich, niemand hatte etwas anderes im Sinn, als möglichst schnell durch den Pass zu gelangen und dem mörderischen Gewehrfeuer zu entrinnen.

Ich kann nicht behaupten, dass ich selber viel Zeit vergeudete: Ich duckte mich auf den Hals meines Ponys, gab ihm die Sporen und preschte los wie ein Verrückter, im Zickzack durch das verängstigte Pack, mit einem Stoßgebet zum Himmel, es möge mich nur ja nicht eine verirrte Kugel treffen. Die afghanischen Ponys sind so sicher auf den Beinen wie Katzen, und meine brave Stute stolperte nicht ein einziges Mal. Wo meine Lanzenreiter steckten, wusste ich nicht, und es kümmerte mich auch nicht. Jetzt war jeder, ob Mann oder Weib, auf sich selber gestellt, und ich achtete nicht sonderlich darauf, wen ich gerade über den Haufen ritt. Da hieß es wie bei einem scharfen Hindernisrennen um jeden Preis den anderen überholen, während die Schüsse knallten und von den Wänden widerhallten und tausend

Stimmen lärmten. Nur einmal hielt ich sekundenlang inne, als ich sah, wie der junge Leutnant Sturt aus dem Sattel geschossen wurde; er rollte in eine Schneewehe und blieb dort jammernd liegen. Es hätte aber nichts genützt, wenn ich stehengeblieben wäre. Jedenfalls hätte es Flashy nicht gut getan, und darauf kam es an.

Wie lang ich brauchte, um den Pass hinter mich zu bringen, weiß ich nicht, aber als der Weg breiter zu werden begann und die Masse der Flüchtenden vor mir und rund um mich her ihr Tempo verlangsamte, zügelte ich meine Stute, um mich zu orientieren. Das Gewehrfeuer hatte nachgelassen. Anquetils Vorhut formierte sich, um die Flucht der nachdrängenden Scharen zu decken. Nach einer Weile wälzten sie sich aus dem Hohlweg hervor, Soldaten und Zivilisten in wirrem Durcheinander, und als sie das helle Tageslicht erreicht hatten, brachen sie ganz einfach zu Tode erschöpft im Schnee zusammen.

Es heißt, dreitausend Menschen seien im Khurd-Kabul gestorben, zumeist Nigger, und wir verloren die gesamte restliche Bagage. Als wir jenseits der Ostgrenze des Passes kampierten, gerieten wir in einen Schneesturm und nun ging die Ordnung endgültig zum Teufel. Bis zum Einbruch der Dunkelheit fanden sich Nachzügler ein und ich erinnere mich an eine Frau, die zu Fuß den ganzen Weg ihr Wickelkind getragen hatte. Lady Sale hatte eine Schusswunde am Arm. Ich sehe sie heute noch vor mir, wie sie dem Wundarzt ihre Hand hinstreckte und die Augen fest zusammenkniff, während er die Kugel entfernte; sie zuckte nicht mit der Wimper, die zähe, alte Vettel. Ein Major hatte alle Mühe, seine hysterische Frau zu bändigen, die zurück wollte, um ihr verlorenes Kind zu holen; weinend versuchte er die Faustschläge abzuwehren, die sie wie eine Wilde gegen seine Brust richtete. „Nein, nein, Jenny!“ sagte er immer wieder. „Sie ist dahin! Bete zum Herrn Jesus, dass er sich ihrer annehme!“ Ein anderer Offizier – ich habe seinen Namen vergessen – war schneeblind geworden und lief unaufhörlich im Kreis, bis jemand ihn wegführte. Ein britischer Kavallerist saß stinkbesoffen auf einem afghanischen Pony und grölte einen Kasernensong; Gott mochte wissen, wo er den Schnaps hergeholt hatte, aber es war anscheinend eine recht große Portion gewesen, denn nach einer Weile fiel er aus dem Sattel und blieb schnarchend im Schnee liegen. Am nächsten Morgen lag er noch immer da, erfroren.

Die Nacht war wieder eine Hölle, die Finsternis erfüllt von Weinen und Stöhnen. Es waren nur wenige Zelte übrig geblieben. In einem dieser Zelte hatten sich die englischen Frauen und Kinder zusammengedrängt. Ich irrte die ganze Nacht umher, weil es mir viel zu kalt war, um mich schlafen zu legen. Außerdem hatte ich eine Heidenangst. Ich sah jetzt, dass die ganze Armee dem Untergang geweiht war – und ich mit ihr. Als Geisel Akbars wäre es mir nicht besser ergangen, denn ich war inzwischen zu der Überzeugung gelangt, er werde, nachdem er die Armee abgeschlachtet hatte, auch die Gefangenen über die Klinge springen lassen. Ich sah nur noch eine Hoffnung, nämlich bei der Kolonne zu bleiben, bis wir den Schnee hinter uns gebracht hatten, und mich dann nachts auf eigene Faust davonzumachen. Wenn die Afghanen mich entdeckten, würde ich ums liebe Leben reiten.

Am nächsten Tage kamen wir kaum voran, teils weil die gesamte Truppe so durchgefroren und ausgehungert war, dass sie sich gar nicht mehr recht zu bewegen vermochte, zum Teil auch, weil Akbar einen Boten ins Lager schickte und sagen ließ, wir sollten haltmachen, damit er Proviant heranführen könne. Elphy glaubte es ihm, trotz Sheltons Protest. Shelton kniete fast vor ihm nieder und betonte, wenn wir bloß weitermarschierten, bis wir aus dem Schnee heraus wären, würden wir es vielleicht doch noch überstehen. Elphy aber bezweifelte, dass wir es auch nur so weit schaffen würden.

„Unsere einzige Hoffnung besteht darin, dass der Sirdar sich unserer Not erbarmt und uns zu dieser späten Stunde hilft", sagte er. „Wissen Sie, Shelton, er ist ein Gentleman, er wird Wort halten."

Angewidert und wütend kehrte Shelton ihm den Rücken und ging weg. Natürlich war von Nachschub keine Rede, dafür schickte Akbar am nächsten Tag wieder einen Boten und ließ ausrichten, da wir entschlossen seien, weiterzumarschieren, täten wir gut daran, die Frauen und Kinder der britischen Offiziere in seiner Obhut zurückzulassen. Just dieser Vorschlag hatte vor unserem Aufbruch in Kabul soviel böses Blut gemacht: Jetzt aber wurde er von allen Ehemännern begierig aufgegriffen. Mochten die Leute reden, was sie wollten, mochte Elphy noch so eifrig predigen, als rechnete er nach wie vor damit, Dschalalabad zu erreichen – jedermann wusste, dass die Truppe, wie sie da stand, zum Untergang verurteilt war. Halb erfroren, halb verhungert, noch immer belastet mit den braunen Skeletten der Mitläufer, die partout nicht sterben wollten, behindert durch Frauen und Kinder, während die Ghazi und Gilzai aus dem Hinterhalt schossen und ihre Attacken ritten, starrte die Armee dem Tod ins Antlitz. Bei Akbar würden wenigstens die Frauen und Kinder eine Chance haben.

Deshalb erklärte Elphy sich einverstanden. Wir sahen dem kleinen Konvoi nach, wie er sich mit den letzten Kamelen durch den Schnee auf den Weg machte, begleitet von den Ehemännern. Ich erinnere mich an die barhäuptige Betty, die sehr hübsch aussah mit dem von der Morgensonne beglänzten Haar, und an Lady Sale, wie sie, den verwundeten

Arm in einer Schlinge, den Kopf aus einer Kamel-Howdah hervor steckte, um den Nigger zu schelten, der neben ihr her trottete und in einem Bündel ihre letzten Habseligkeiten trug. Ich teilte keineswegs die allgemeine Erleichterung. Um dem Schlimmsten aus dem Weg zu gehen, hielt ich mich in Elphys Nähe auf, aber auch dort würde ich nicht mehr allzu lange in Sicherheit sein.

Ich hatte noch genug gedörrtes Hammelfleisch in meinen Satteltaschen und Sergeant Hudson schien über einen geheimen Vorrat an Futter für sein Pferd und die Tiere seiner Lanzenreiter zu verfügen, soweit sie noch am Leben waren – ich glaube, etwa ein halbes Dutzend, aber ich habe sie nicht gezählt. Obwohl ich mich nicht von Elphys Sänfte weg rührte – unter dem Vorwand, ihm als Leibwache zu dienen –, machte ich mir keine Illusionen über das Schicksal, das uns bevorstand. Im Laufe der nächsten zwei Tage wurde die Kolonne unaufhörlich angegriffen. Auf einer Strecke von etwa zehn Meilen verloren wir den Rest der Mitläufer und in einem fürchterlichen Handgemenge (ich hörte das Getümmel hinter mir, hütete mich aber, hinzuschauen), wurde der letzte unserer Sepoy-Verbände so gut wie aufgerieben. Um ehrlich zu sein: Meine Erinnerung an jene Periode ist sehr getrübt. Ich war viel zu erschöpft und verängstigt, um genau acht zu geben. Manches aber hat sich meinem Gedächtnis eingeprägt gleich den Bildern in einer Laterna Magica, Bilder, die ich nie vergessen werde.

Einmal zum Beispiel beorderte Elphy sämtliche Truppenoffiziere in die Nachhut, um den Verfolgern, wie er sich ausdrückte, „eine Einheitsfront" zu zeigen [19]. Eine volle halbe Stunde standen wir dort herum wie Vogelscheuchen, während sie uns aus der Ferne verhöhnten und einige von uns niedergeknallt wurden. Ich erinnere mich, wie Grant, der Generaladjutant, die Hände vors Gesicht schlug, laut ausrief: „Ich bin getroffen – ich bin getroffen!“ und vornüber in den Schnee fiel, und wie der junge Offizier neben mir, ein Bürschchen mit frostbedecktem, hellblondem Backenbart, sagte: „Oh, der arme Alte!“

Einmal sah ich einen Afghanenjungen, wie er, in sich hinein lachend, immer wieder auf einen verwundeten Sepoy los stach; der Junge war nicht älter als zehn Jahre. Und ich erinnere mich an den verglasten Blick in den Augen verendender Pferde, an zwei braune Füße, die vor mir her wanderten und blutige Abdrücke im Schnee hinterließen. Ich erinnere mich an Elphys graues Gesicht mit den wabbligen Backen, an Sheltons schnarrende Stimme und an die starren Augen in den dunklen Gesichtern der wenigen Inder, die am Leben geblieben waren, Soldaten und Mitläufer – am klarsten aber entsinne ich mich der Furcht, die mir den Magen verkrampfte und meine Beine in Brei zu verwandeln schien, während ich vor und hinter mir die Schüsse, die Schreie der tödlich Verwundeten und das triumphierende Johlen der Afghanen hörte.

Heute weiß ich, dass die vierzehntausend Mann starke Armee, als wir fünf Tage nach dem Auszug aus Kabul Dschugdulluk erreichten, nur noch etwas über dreitausend Köpfe zählte, darunter knapp fünfhundert Kombattanten. Alle übrigen, bis auf ein paar Geiseln in den Händen des Feindes, waren tot. Und hier kam ich endlich zur Besinnung, in einer Scheune zu Dschugdulluk, in der Elphy sich einquartiert hatte.

Ich glaubte aus einem Traum zu erwachen, als ich ihn mit Shelton und einigen Stabsoffizieren über einen Vorschlag Akbars debattieren hörte, Elphy und Shelton möchten unter einer Waffenstillstandsflagge zu ihm kommen, um zu verhandeln. Worüber verhandelt werden sollte, mochte der Himmel wissen, aber Shelton war auf jeden Fall strikt dagegen. Da stand er mit eingefallenen Wangen, aber der rote Schnurrbart sträubte sich wie eh und je, und er schwor, er werde nach Dschalalabad weitermarschieren – im Notfall ganz allein. Elphy aber war dafür, mit Akbar zu verhandeln. Er sei, sagte er, entschlossen, Akbar aufzusuchen und Shelton habe ihn zu begleiten. Den Befehl über die Truppe werde Anquetil übernehmen.

Aha, dachte ich, und aus irgendeinem Grund war mein Gehirn wieder kristallklar, jetzt macht Flashman sich selbständig. Natürlich würden die Herren nie wiederkommen; nie würde Akbar so wertvolle Geiseln freilassen. Wenn auch ich mich Akbar in die Hände lieferte, würde ich Gefahr laufen, seinem Lehnsmann Gul Schah zum Opfer zu fallen. Blieb ich hingegen bei der Truppe, dann würde ich bestimmt mit ihr zugrunde gehen. Ein einleuchtender Kurs drängte sich mir unabweislich auf. Ich überließ die Herren ihrem Gezänk und machte mich auf die Suche nach Hudson.

Er war soeben damit beschäftigt, sein Pferd zu striegeln, das inzwischen so mager und schäbig geworden war, dass es wie ein abgehetzter Londoner Droschkengaul aussah.

Ich sage zu ihm: „Hudson, wir beide reiten los."

Er verzieht keine Miene. „Ja, Sir", erwidert er. „Wohin, Sir?"

„Nach Indien", sage ich. „Niemand darf es erfahren. Sonderbefehl General Elphinstone."

„Sehr wohl, Sir", sagte Sergeant Hudson. Ich verließ ihn und wusste, bei meiner Rückkehr würden die Tiere bereitstehen, die Satteltaschen bis zum Platzen gefüllt und alles fertig sein. Ich begab mich wieder in Elphys Scheune, und da schickte er sich bereits an, Akbar zu besuchen. Er machte wie üblich viel Aufhebens mit so wichtigen Sachen wie dem schönen Silberflakon, das er dem Sirdar als Geschenk mitbringen wollte – während die Reste seiner Armee im Schnee rund um Dschugdulluk verendeten.

„Flashman“, sagte er, sich in den Mantel hüllend und die Wollmütze über den Kopf stülpend, „ich verlasse Sie nur für kurze Zeit, aber in diesen verzweifelten Tagen ist es nicht weise, allzu weit vorausschauen zu wollen. Ich hoffe, Sie in ein bis zwei Tagen recht wohl wieder zu sehen, junger Mann. Gott segne Sie.“

Und dich hole der Henker, du alter Narr, dachte ich mir. In ein bis zwei Tagen wirst du mich nicht mehr antreffen, es sei denn, du reitest bedeutend schneller, als ich es dir zutraue. Er erkundigte sich noch einmal in weinerlichem Ton nach dem Fläschchen und schlurfte, auf den Arm eines Kammerdieners gestützt, zum Tor hinaus. Shelton war anscheinend noch nicht zum Aufbruch bereit, und die letzten Worte, die ich Elphy äußern hörte, lauteten: „Das ist doch wirklich zu dumm.“ Sie sollten sein Epitaph sein. Damals schäumte ich innerlich vor Wut, weil ich mir überlegte, dass er mir eine so schöne Suppe eingebrockt hatte – heute, in meinen reiferen Jahren, habe ich meine Auffassung geändert. Während ich ihn damals mit Freuden über den Haufen geknallt hätte, würde ich ihn heute aufhängen, ausweiden und vierteilen, diesen unfähigen, unbrauchbaren, egoistischen alten Schurken. Kein Los wäre für ihn zu schlimm.

Kapitel 11

Hudson und ich warteten auf den Einbruch der Dunkelheit, dann sattelten wir kurzerhand unsere Pferde und machten uns in genau östlicher Richtung davon. Es war so leicht, dass ich hätte laut lachen mögen. Niemand rief uns an, und als wir etwa zehn Minuten später in der Finsternis einem Gilzai-Trupp begegneten, wünschte ich ihnen auf Paschtu eine gute Nacht und sie ließen uns in Frieden. Es schien kein Mond, war aber so hell, dass wir uns mühelos zwischen den beschneiten Felsen zurechtfinden konnten. Nachdem wir zwei Stunden lang geritten waren, befahl ich Halt, und wir schlugen an der windgeschützten Seite einer kleinen Klippe unser Nachtlager auf. Wir hatten Decken, und da kein Stöhnen uns störte, hatte ich den besten Schlaf seit einer Woche.

Als ich aufwachte, war es heller Tag. Sergeant Hudson hatte ein Feuerchen angezündet und kochte Kaffee. Es war das erste warme Getränk seit Tagen, und Hudson hatte sogar ein wenig Zucker.

„Wie zum Teufel haben Sie Kaffee und Zucker beschafft, Hudson“ fragte ich ihn, denn an den letzten paar Marschtagen hatte es nur noch getrocknetes Hammelfleisch und ein paar Zwiebackbrocken gegeben. „Fouragiert, Sir“, erwiderte er seelenruhig. Ich stellte keine weiteren Fragen mehr, sondern schlürfte befriedigt, in meine Decken eingehüllt.

„Aber halt!“ sagte ich, als er frisches Holz aufs Feuer legte. „Wie denn, wenn ein verdammter Ghazi den Rauch sieht! Das ganze Rudel fällt über uns her.“

„Verzeihung, Sir", sagte Hudson, „der Rauch, den dieses Hartholz erzeugt, ist nicht der Rede wert." Als ich näher hinsah, merkte ich, dass er recht hatte.

Einen Augenblick später entschuldigte er sich abermals und fragte, ob ich die Absicht hätte, in Kürze weiter zu reiten oder vielleicht einen Rasttag einzulegen. Er wies darauf hin, dass die Ponys wegen des Futtermangels entkräftet seien; wenn wir ihnen erlaubten, sich auszuruhen und sie am nächsten Morgen ordentlich fütterten, würden wir bald den Schnee hinter uns haben und eine Gegend erreichen, in der mit Weideflächen zu rechnen sei.

Ich war recht unschlüssig. Je weiter wir uns von den Schurken Akbar Khans – insbesondere von Gul Schah – entfernten, desto lieber würde es mir sein. Andererseits würde sowohl den Tieren als auch uns eine längere Rast gut tun, und in diesem zerklüfteten Gelände war es nicht wahrscheinlich, dass man uns, es sei denn rein zufällig, entdeckte. Deshalb erklärte ich mich einverstanden, und zum ersten Mal machte ich mir Gedanken über Sergeant Hudson, den ich bisher nicht sonderlich beachtet hatte – abgesehen davon, dass ich ihn für zuverlässig hielt. Wie käme man denn schließlich dazu, sich seine Leute näher anzusehen?

Er dürfte um die dreißig gewesen sein, kräftig gebaut, mit blondem Haar, das die Gewohnheit hatte, ihm in das eine Auge zu fallen, worauf er es nach oben strich. Er hatte ein vierkantiges, derbes Gesicht, wie man es bei Arbeitern vorfindet, mit grauen Augen und einem gespaltenen Kinn; alles, was von ihm verlangt wurde, verrichtete er flink und geschickt. Seinem Akzent nach hätte ich vermutet, er stamme aus den westlichen Bezirken Englands, aber er drückte sich ziemlich gewählt aus, und obwohl er wusste, was seinem Stand geziemt, war er nicht im geringsten der landläufige Kavallerist, halb Bauerntölpel, halb Straßenratte.

Als ich ihm zusah, wie er das Feuer schürte und nach einer Weile die Ponys striegelte, glaubte ich, eine glückliche Wahl getroffen zu haben.

Am nächsten Morgen machten wir uns vor Tagesanbruch auf und davon, nachdem Hudson den Tieren den Rest des Futters gegeben hatte, das er, wie er mir gestand, in seinen Taschen gehortet hatte – „nur für den Fall, dass wir noch einen letzten forschen Tagesgalopp nötig haben würden". Mich nach der Sonne richtend, nahm ich südöstlichen Kurs. Das bedeutete, dass wir die Hauptstraße von Kabul nach Indien irgendwo zur Rechten hatten. Ich beabsichtigte, dieser Route bis zum Surkhab, der von Kundus kommt, zu folgen, den wir durchwaten würden, um sodann an seinem Südufer entlang die restlichen sechzig Meilen bis Dschalalabad zurückzulegen. So würden wir uns von der Straße fernhalten und umherstreifenden Marodeuren aus dem Weg gehen.

Ich zerbrach mir nicht sonderlich den Kopf darüber, was für ein Histörchen wir nach unserer Ankunft den Leuten auftischen würden. Wer weiß, wie viele Soldaten vom Gros der Armee getrennt worden waren oder wie viele überhaupt mit der Zeit in Dschalalabad auftauchen würden. Ich bezweifelte, dass das Gros jemals so weit gelangen werde, und da würden sie dann allesamt anderes im Kopf haben, als sich um ein paar versprengte Einzelgänger wie mich und Hudson zu kümmern. Im Notfall könnte ich behaupten, wir seien in der allgemeinen Verwirrung vom Wege abgekommen. Dass Hudson meine Bemerkung, Elphy habe uns abkommandiert, weitersagen würde, hielt ich für unwahrscheinlich – und der Himmel mochte wissen, wann Elphy nach Indien zurückkehrte, sofern er überhaupt zurückkehrte.

Ich war also recht gut in Form, während wir uns nach und nach durch die kleinen, verschneiten Pässe hindurch schlängelten. Schon vor zwölf Uhr mittags überschritten wir den Surkab und ritten dann mit größtmöglicher Geschwindigkeit an seinem Südufer entlang. Freilich war das Gelände recht felsig, aber es gab gelegentlich flachere Stellen, die uns erlaubten, in gestrecktem Galopp zu reiten, und ich hatte den Eindruck, bei diesem Tempo würden wir sehr bald dem Schnee entronnen sein und es leichter haben. Ich beeilte mich, denn wir befanden uns im Gebiet der Gilzai; Mogala, wo Gul Schah residierte, wenn er zu Hause war, lag nicht allzu weit entfernt. Der Gedanke an diese finstere Burg mit den Gekreuzigten an ihren Toren warf seine Schatten in mein Gemüt – und in diesem selben Augenblick lenkte Sergeant Hudson sein Pony an das meine heran.

„Sir", sagte er, „ich glaube, wir werden verfolgt."

Äußerst unangenehm berührt, schnauzte ich ihn an: „Was soll das heißen? Wer verfolgt uns?"

„Das weiß ich nicht, aber ich fühle es, wenn Sie verstehen, was ich meine, Sir." Er sah sich um. Wir hatten einigermaßen freie Sicht mit dem rauschenden Fluss zu unserer Linken und zerklüfteten Bergen zur Rechten. „Vielleicht ist es hier doch nicht so einsam, wie wir uns gedacht haben."

Ich hatte mich lange genug in den Bergen herumgetrieben, um zu wissen, dass der kampfgewohnte Soldat im allgemeinen recht hat, wenn er auf seinen Instinkt hört. Ein wenig erfahrener und weniger nervöser Offizier würde Hudsons Befürchtungen mit einem Achselzucken abgetan haben, aber ich war klüger. Sogleich bogen wir vom Ufer ab in eine schmale Schlucht; wenn Afghanen hinter uns her waren, würden wir einen weiten Bogen durchs Bergland schlagen und sie vorbeilassen. Trotzdem konnten wir nach wie vor Kurs auf Dschalalabad halten, aber mitten zwischen dem Surkhab und der Hauptstraße.

Natürlich kamen wir langsamer voran, aber nach ungefähr einer Stunde meinte Hudson, wir hätten jetzt niemanden mehr hinter uns (wer auch immer es gewesen sein mochte). Auf alle Fälle aber hielt ich mich vom Surkhab fern, und es dauerte nicht lange, da wurden wir abermals gestört: Aus der Ferne zu unserer Rechten trug der Abendwind das leise Geräusch eines Feuergefechts heran. Es waren unregelmäßige Salven, aber ihr Umfang gab zu verstehen, dass recht erhebliche Streitkräfte beteiligt sein mussten.

„Bei Gott!“ sagte Hudson. „Es ist die Armee, Sir!“

Mir war der gleiche Gedanke durch den Kopf geschossen. Die Armee, oder was von ihr übrig geblieben war, mochte inzwischen bis hierher vorgedrungen sein. Meiner Schätzung nach musste Gandamak nicht allzu weit vor uns liegen und da ich wusste, dass der Surkhab in dieser Gegend nach Süden schwenkt, blieb uns keine Wahl, als auf den Kampfplatz zuzureiten, wenn wir nicht riskieren wollten, unseren geheimnisvollen Verfolgern auf dem Flussufer in die Arme zu laufen.

Also preschten wir los, und das verdammte Geknalle kam immer näher. Es konnte jetzt kaum noch weiter entfernt sein als eine Meile, und ich wollte soeben Sergeant Hudson rufen, der mir vorausgeeilt war, als er sich im Sattel umdrehte und mir aufgeregt zuwinkte. Er war an einer Stelle angelangt, wo zwei gewaltige Felsen sich an der Mündung einer Kluft auftürmten, die steil zur Kabul-Straße hinab fiel. Zwischen ihnen bot sich uns klare Sicht von der Höhe talwärts. Als ich mein Pferd zügelte, sah ich ein Schauspiel vor mir, das ich nie vergessen werde.

Zu unseren Füßen, etwa eine Meile entfernt, lag eine kleine Ansammlung von Hütten, aus denen Rauch emporstieg. Ich nahm an, es müsse das Dorf Gandamak sein. Dicht in der Nähe, dort wo die Straße wieder nach Norden schwenkte, stieg ein sanfter, mit Felsblöcken bestreuter Hang zu einer flachen, etwa hundert Meter breiten Anhöhe hinan. Auf diesem Hang wimmelte es von Afghanen. Deutlich hallten ihre Rufe durch die Schlucht zu uns herauf. Auf der Anhöhe hatte sich eine Männerschar versammelt, etwa in der Stärke einer Kompanie. Zuerst, als ich ihre blauen Poschtins sah, hielt ich sie für Afghanen, dann aber wurde ich die Tschakos gewahr und Sergeant Hudsons vor Aufregung zitternde Stimme bestärkte mich in meiner Vermutung:

„Es ist das 44te! Nein, sehen Sie doch, Sir! Die Vierundvierziger, die armen Teufel!“

Sie hatten sich zu einem Viereck formiert, Rücken an Rücken, und ich sah die Bajonette glitzern, als sie ihre Gewehre in Anschlag brachten und eine dünne Salve über das Tal hin knallte. Das Geschrei der Afghanen wurde noch lauter. Sie wichen zurück, wälzten sich dann aber von neuem bergan und versuchten mit geschwungenen Khaiber-Messern, sich einen Weg in das Viereck zu bahnen. Abermals eine Salve. Abermals wichen sie zurück. Ich sah eine der Gestalten auf der Anhöhe gleichsam trotzig den Säbel schwingen. Er sah um alles in der Welt wie ein Zinnsoldat aus, und dann fiel mir etwas Sonderbares auf: Er schien unter seinem Poschtin eine rotweißblaue Schärpe zu tragen.

Ich muss etwas diesbezügliches zu Hudson gesagt haben, denn er rief aus:

„Bei Gott, es ist die Fahne! Zum Teufel mit den schwarzen Hunden, gebt es ihnen, Vierundvierziger! Macht ihnen die Hölle heiß!“

„Mund halten, Dummkopf!“ sagte ich, obwohl wir außer Hörweite waren. Hudson aber verstummte und begnügte sich damit, leise vor sich hin zu fluchen und die zum Untergang verurteilten Kameraden mit halblauter Stimme anzufeuern.

Denn sie waren zum Untergang verurteilt. Vor unseren Augen stürmten von allen Seiten her aufs neue die grau und schwarz gewandeten Gestalten den Hang hinauf, eine Salve krachte, dann brandete die Woge über die Kuppe hinweg. Dort wogte es wild durcheinander wie in einem Hexenkessel, Messer und Bajonette funkelten. Wenige Minuten später wälzte es sich mit einem einzigen, langgezogenen Triumphgeschrei bergab und auf der Hügelspitze stand keiner mehr aufrecht. Von dem Mann mit der um die Hüften geschlungenen Fahne war keine Spur mehr zu sehen. Nichts war geblieben als ein Durcheinander undeutlicher, zwischen den Felsbrocken verstreuter Leiber und ein Pulverdunst, der nach einer Weile in der frostkalten Luft ins Nichts verwehte.

Irgendwie wusste ich, dass ich soeben das Ende der Afghanistan-Armee miterlebt hatte. Natürlich war zu erwarten, dass die 44er als das einzige britische Regiment in der Heeressäule das letzte Überbleibsel gewesen waren, aber auch ohne diese Überlegung würde ich es gewusst haben. So weit also hatte es Elphy Beys stolze, über vierzehntausend Mann starke Armee in knapp einer Woche gebracht. Es mochte ein paar Gefangene gegeben haben, aber keine anderen Überlebenden. Wie sich herausstellen sollte, irrte ich mich. Nur ein Mann, Dr. Brydon, schlug sich durch und brachte die Meldung nach Dschalalabad, aber das konnte ich damals nicht wissen.

Vor ein paar Jahren habe ich ein Gemälde [20] gesehen, auf dem das Gefecht bei Gandamak dargestellt ist, und die Einzelheiten stimmen mit meinem Erinnerungsbild überein. Es ist ohne Zweifel recht eindrucksvoll und weckt martialische Regungen in den ruhmgeblähten Hornochsen, die es betrachten. Als ich es sah, war mein einziger Gedanke „Ihr armen Jubelidioten!" – und zum Abscheu der übrigen Beschauer sprach ich es aus. Ich aber, sehen Sie, war dabei gewesen und hatte es zitternd vor Grauen miterleben müssen, anders als die braven Londoner, die es den Raubeinen und Galgenvögeln überlassen, ihr Empire zu schützen; sie verdienen nichts Besseres, als bei den Gandamaks, die ihnen Dummköpfe vom Schlage Elphy Beys und McNaghtens bescheren, elendig abgeschlachtet zu werden – fort mit Schaden.

Sergeant Hudson liefen die Tränen über die Wangen. Ich glaube, wenn er eine Chance gehabt hätte, wäre er hinunter galoppiert, um zu ihnen zu stoßen. Er murmelte immer nur: „Bestien! Schwarze Bestien!", bis ich ihn ziemlich schroff zurechtwies und wir uns schleunigst wieder auf den Weg machten, jenem grauenvollen Anblick den Rücken kehrend.

Ich war tief erschüttert; eine möglichst große Entfernung zwischen mich und Gandamak zu legen, war der Gedanke, der mich an diesem Tag zu gefährlicher Hast anspornte. Mit klappernden Hufen ging es die steinigen Pfade entlang, unsere Ponys nahmen die Geröllhalden mit einer so halsbrecherischen Gangart, dass es mir, wenn ich daran denke, noch heute kalt über den Rücken läuft. Nur die hereinbrechende Dunkelheit zwang mich, haltzumachen, und am nächsten Morgen hatten wir schon ein gutes Stück Weges zurückgelegt, bevor ich mein Pferd zügelte. Unterdessen hatten wir die Schneegrenze weit hinter uns gelassen, und als ich die Sonnenwärme spürte, wurden meine Lebensgeister wieder wach.

Es war so sicher wie nur irgendetwas, dass wir uns als die einzigen Überlebenden der Afghanistan-Armee zu betrachten hatten, die noch in guter Ordnung westwärts marschierten. Das war ein befriedigender Gedanke. Warum soll ich es nicht offen bekennen? Jetzt, da die Armee vernichtet war, liefen wir kaum noch Gefahr, östlich von der Stätte ihres Untergangs feindlichen Stammeskriegern zu begegnen. Also durften wir uns sicher fühlen, und eine Katastrophe unversehrt zu überstehen ist erhebender, als gar nicht in

Gefahr geraten zu sein. Freilich mussten einem die anderen herzlich leid tun, aber würden sie denn nicht an meiner Stelle die gleiche Befriedigung empfunden haben? Man hat große Freude an Katastrophen, die einen selber nicht betreffen, und wer das Gegenteil behauptet, ist ein Lügner. Hat man es denn nicht in den Mienen des Überbringers schlimmer Nachrichten gesehen oder aus den salbungsvollen Redensarten am Kirchtor nach einer Beerdigung herausgehört?

Dieses ließ ich mir durch den Kopf gehen. Vielleicht hat es mich unachtsam gemacht. Moralisten werden sagen, es sei mir auf jeden Fall recht geschehen, als der gemächliche Trott unserer Ponys dadurch gestört wurde, dass ich urplötzlich am Lauf einer Dschessail entlang in das Gesicht des dicksten und hässlichsten Afridi-Badmasch blickte, der mir je begegnet war. Wie ein Erdgeist schien er aus den Felsen hervor gewachsen zu sein. Er hatte ein Dutzend anderer Halunken bei sich, die herbeieilten, um nach unseren Zügeln und Armen zu greifen, bevor wir Herrje sagen konnten.

„Khabadar, Sahib!“ sagte der dicke Dschessailtschi und grinste übers ganze Gesicht, als ob ich es nötig gehabt hätte, zur Vorsicht gemahnt zu werden. „Absitzen!“ fügte er hinzu. Seine Kumpane zerrten mich aus dem Sattel und hielten mich fest.

Ich versuchte, mich aufs hohe Ross zu setzen. „Was soll das heißen? Wir sind Freunde, nach Dschalalabad unterwegs. Was wollt ihr von uns?“

„Die Briten sind mit aller Welt gut Freund“, sagte er lächelnd, „und alle sind sie nach Dschalalabad unterwegs – oder waren es.“ Da gackerte seine Mannschaft vor Lachen. „Du kommst mit.“ Er nickte meinen Häschern zu. Im Nu hatten sie einen Riemen um meine Handgelenke gewickelt und mich an meinem eigenen Steigbügel festgebunden.

Ich hätte mich nicht wehren können, auch dann nicht, wenn mir nicht das Herz in die Hose gefallen wäre. Einen Augenblick lang hatte ich gehofft, es seien ganz einfach arme Bergbewohner, die uns ausrauben und dann freilassen würden; aber sie waren offensichtlich entschlossen, uns als Gefangene mitzunehmen. Um ein Lösegeld zu erpressen? Das war noch das Beste, das ich mir erhoffen durfte. Ich spielte einen desperaten Trumpf aus.

„Ich bin Flashman Husur, Akbar Khan Sirdars Freund. Wer der Blutigen Lanze etwas zuleide tut, dem lässt er Herz und Gedärme aus dem Leib reißen!“

„Allah stehe uns bei!“ sagte der Dschessailtschi, der auf seine Art ein Humorist war wie alle Kerle seines Kalibers. „Sieh zu, dass du ihn streng bewachst, Raisul, sonst spießt er dich auf seinen kleinen Speer, wie damals die Gilzai in Mogala.“ Er schwang sich in meinen Sattel und blickte grinsend auf mich herab. „Fechten kannst du, Blutige Lanze. Kannst du auch gehen?“ Er setzte das Pony in flotten Trab, nötigte mich, nebenher zu laufen, und feuerte mich mit wüsten Beschimpfungen an. Hudson hatten sie auf dieselbe Weise bedient, und es blieb uns nichts anderes übrig, als dahin zu stolpern, verspottet von den zerlumpten Siegern.

Es wurde mir zuviel. Es so weit geschafft zu haben, so Schlimmes erduldet zu haben, so oft entronnen zu sein, fast schon in Sicherheit zu sein – und jetzt dieser Schlag. Ich weinte und fluchte, ich überhäufte meinen Plagegeist mit den wüstesten Schimpfnamen, die mir einfallen wollten, auf Paschtu, Urdu, Englisch und Persisch, flehte ihn an, uns gegen die Zusicherung einer hohen Geldsumme freizulassen, drohte ihm mit der Rache Akbar Khans, bat ihn, uns zum Sirdar zu bringen, rüttelte wie ein wütendes Kind an meinen Fesseln – aber er lachte nur, lachte so schallend, dass er fast aus dem Sattel fiel.

„Sag's noch einmal!“ rief er aus. „Wie viele Laks Rupien? Yallah, ich bin ein gemachter Mann. Wie, bitte? Nasenloser Bankertsprössling eines aussätzigen Affen und einer Gossensau? Was für eine Bezeichnung! Präge sie dir ein, Raisul, mein Bruder, denn ich habe keinen Kopf für höhere Bildung und diese schönen Worte sollen nicht in Vergessenheit geraten. Nur weiter so, Flashman Husur. Lass mich an den Schätzen deines Geistes teilhaben!“

So verhöhnte er mich, verminderte aber kaum seine Geschwindigkeit und sehr bald vermochte ich weder zu fluchen noch zu flehen, noch etwas anderes zu tun, als blindlings weiter zu stolpern. Meine Handgelenke brannten vor Schmerz, in meinem Magen lag bleierne Furcht. Ich hatte keine Ahnung, wo es hinging. Auch noch nach Einbruch der Dunkelheit setzten die rohen Gesellen ihren Weg fort, bis Hudson und ich vor schierer Übermüdung zusammenbrachen. Dann durften wir uns ein paar Stunden lang ausruhen. Im Morgengrauen aber wurden wir wieder hochgerissen. Wir taumelten weiter durch den heißen, höllischen Tag, rasteten nur, wenn wir zu erschöpft waren, um weiter zu machen, wurden sodann mit Gewalt aufgerüttelt und an den Steigbügeln mitgeschleift.

Kurz bevor es zu dunkeln begann, hielten wir zum letzten Mal – an einer jener Felsenburgen, mit denen die Berghänge Afghanistans übersät sind. Mein getrübter Blick sah einen Torweg mit einem wackligen, in verrosteten Angeln hängenden Tor und dahinter einen ungepflasterten Hof. Sie schleppten uns nicht bis auf den Hof, sondern schnitten die Riemen durch, mit denen wir gefesselt waren und stießen uns durch eine schmale Tür in der Pfortenmauer. Stufen führten nach unten, ein fürchterlicher Gestank schlug uns entgegen. Kopfüber wurden wir in die Tiefe geschleudert und landeten auf einem Gemisch aus Stroh, Dreck und

Gott weiß welchem Unrat. Die Tür fiel zu. Da lagen wir nun, viel zu zermürbt, um uns auch nur zu rühren.

So dürften wir stundenlang dagelegen haben, stöhnend vor Schmerzen und Erschöpfung, bevor sie wiederkamen und uns eine Schale mit Essen und ein Tschatti Wasser brachten. Wir waren ausgehungert und fielen wie Schweine drüber her, während der dicke Dschessailtschi uns zusah und lustige Bemerkungen machte. Ich ignorierte ihn, und nach einer Weile ging er weg. Durch ein Gitter hoch oben in der einen Wand fiel genügend Licht herein, um unsere Umgebung zu erhellen. Wir orientierten uns in dem Keller oder Kerker, ob es nun das eine oder das andere war.

Ich habe im Lauf meines langen Lebens in den verschiedensten Gefängnissen gesessen, von Mexiko (wo sie wirklich abscheulich sind) bis Australien, Amerika, Russland und dem lieben alten England, und ich habe bisher noch kein gutes zu sehen bekommen. Alles in allem war dieses kleine afghanische Loch nicht über die Maßen arg; damals aber fand ich es grauenerregend. Kahle Wände, ziemlich hoch – ein Dach, das sich in die Schatten verlor – und in der Mitte des verdreckten Fußbodens zwei sehr breite, flache Steine wie eine Plattform, deren Anblick mir aber schon gar nicht gefiel: über ihnen baumelte nämlich ein Knäuel rostiger Ketten. Eiskalt lief es mir durch die Adern, ich dachte an schwarz vermummte Gestalten, an die Inquisition und die Folterkammern, die mir, dem Schuljungen, in verbotenen Büchern ein so wohliges Gruseln bereitet hatten. Ganz anders aber sieht es aus, wenn man selber hineingerät.

Ich vertraute Hudson meine Befürchtungen an. Er brummte etwas in sich hinein, spuckte aus und bat mich sofort um Verzeihung. Ich ersuchte ihn, nicht albern zu sein, wir säßen in einer fürchterlichen Klemme, und er möge sich gefälligst nicht so aufführen, als ob wir bei der Gardekavalleriebrigade wären. Förmlichkeiten habe ich nie und nirgends ausstehen können, und hier wirkten sie einfach lächerlich. Aber Hudson brauchte einige Zeit, um sich an das Gespräch mit einem Offizier zu gewöhnen. Anfangs hörte er bloß zu, nickte und sagte: „Ja, Sir!“ und: „Sehr wohl, Sir!“ bis ich vor Ärger platzte.

Ich hatte nämlich eine Heidenangst und schüttete ihm mein Herz aus. Ich wusste nicht, warum sie uns gefangen hielten, es sei denn, um ein Lösegeld zu fordern. Nun bestand durchaus die Möglichkeit, dass Akbar von unserer misslichen Lage erfuhr: Das hoffte ich sehr. Gleichzeitig aber spukte im Hintergrund der erschreckende Gedanke, Gul Schah könnte es ebenso leicht zu hören bekommen. Hudson vermochte natürlich nicht zu begreifen, warum mir dieser Gedanke gar so grauenhaft war, bis ich ihm die ganze Geschichte erzählte – von Narriman, und wie Akbar mich in Kabul vor Guls Schlangen errettet hatte.

Du lieber Himmel, wie muss mir das Mundwerk gelaufen sein, aber wenn ich Ihnen sage, dass wir eine Woche lang miteinander in einem Keller saßen, ohne auch nur einen Blick nach draußen zu werfen, und mir der kalte Schweiß ausbrach, wenn ich an das Schicksal dachte, das uns drohen mochte, werden Sie verstehen, dass ich einen Zuhörer brauchte. Wer ein rechter Feigling ist, braucht stets ein Publikum, und je schlimmer seine Angst, desto eifriger babbelt er drauflos. Ich muss dem armen Hudson in jenem Verlies ganz abscheulich die Ohren voll geplärrt haben. Natürlich erzählte ich ihm die Geschichte nicht so, wie ich sie hier berichtet habe. Den Vorfall zum Beispiel, der mir meinen Spitznamen „Blutige Lanze“ eingetragen hatte, rückte ich in ein für mich günstiges Licht. Zumindest aber überzeugte ich ihn davon, dass wir allen Grund hätten, tief besorgt zu sein, für den Fall, dass Gul Schah von der neuesten Wendung Wind bekäme.

Schwer zu sagen, wie er es aufnahm. Meistens hörte er wortlos zu. Von Zeit zu Zeit aber sah er mich recht beharrlich an, als wollte er feststellen, mit wem er es zu tun habe. Anfangs beachtete ich es kaum, so, wie man eben nicht darauf achtet, ob ein gewöhnlicher Soldat einen anschaut, aber nach einer Weile wurde es mir unbehaglich, und ich ersuchte ihn in ziemlich scharfem Ton, es bleiben zu lassen. Ob *er* Angst hatte, war ihm nicht anzumerken, und ich gebe zu, dass ich das eine oder andere Mal eine heimliche Hochachtung vor ihm verspürte. Er beklagte sich nicht, er führte eine sehr höfliche Sprache und bat mich voller Respekt, ihm zu verdolmetschen, was die Afridi-Wächter sagten, wenn sie uns das Essen brachten, denn er beherrschte weder Paschtu noch Hindustanisch.

Was sie sagten, war herzlich wenig, und wir wussten nicht einmal, ob es stimmte. Am redseligsten war der dicke Dschessailtschi. Meistens aber erging er sich lediglich in fröhlichen Reminiszenzen: wie erbärmlich die Briten beim Marsch aus Kabul zum Khaiber-Pass zusammengehauen worden seien, so dass nicht ein einziger das Gemetzel überlebt habe, und wie nun sehr bald überhaupt keine Feringis mehr in Afghanistan anzutreffen sein würden. Akbar Khan, sagte er, marschiere auf Dschalalabad, er werde die gesamte Garnison über die Klinge springen lassen, sodann durch den Khaiber fegen und uns aus Indien verjagen in einem großen Dschihad, der von Peschawar bis ans Meer den rechten Glauben einführen werde. Und so weiter und so fort, lauter hohles, windiges Geschwätz, wie ich zu Hudson sagte. Hudson aber dachte lange nach und erwiderte dann, er wisse nicht, wie lange Brigadegeneral Sale sich in

Dschalalabad behaupten könne, wenn sie ihn regelrecht belagerten.

Ich riss die Augen auf. Ein gewöhnlicher Soldat, der sich zu Fragen äußert, die Generäle angehen.

„Was verstehen denn Sie davon?“ fragte ich ihn.

„Nicht viel, Sir. Aber bei allem gebührenden Respekt vor General Elphinstone bin ich sehr froh, dass nicht er in Dschalalabad sitzt, sondern General Sale.“

„Nein, tatsächlich? Das soll doch ... Und was halten Sie, bitte, von General Elphinstone?“

„Das möchte ich lieber nicht sagen, Sir.“ Dann sah er mich mit seinen grauen Augen an. „Er ist nicht bei den Vierundvierzigern in Gandamak gewesen, oder wie, Sir? Weder er noch ein großer Teil unserer Offiziere. Wo waren sie denn, Sir?“

„Woher soll ich das wissen? Und was geht es Sie an?“

Er senkte den Blick und schwieg. Dann sagte er: „Gar nichts, Sir. Entschuldigen Sie die Frage.“

„Das will ich meinen! übrigens egal, was Sie von Elphy Bey halten – Sie dürfen sich darauf verlassen, dass General Sale Akbar heimleuchten wird, wenn der Kerl es wagt, sich in Dschalalabad blicken zu lassen. Und wollte Gott, auch wir wären dort, raus aus diesem infernalischen Loch, weg von diesen stinkenden Afridi. Ob es um ein Lösegeld geht oder nicht, sie meinen es nicht gut mit uns, das kann ich Ihnen sagen.“ Damals machte ich mir nicht viel aus Hudsons Bemerkungen über Gandamak und Elphy, sonst wäre ich eher belustigt als ärgerlich gewesen, denn mir klang es wie eine fremde Sprache im Ohr. Heute aber verstehe ich es, obwohl die meisten unserer Generäle es nach wie vor nicht begriffen haben. Sie halten noch immer ihre Leute für eine besondere Menschengattung: Zum Glück haben denn auch viele ihre Besonderheiten, freilich nicht so, wie die hohen Herren es sich einbilden.

Nun ja, es verging noch eine Woche in dieser abscheulichen Zelle. Beide, Hudson und ich, waren wir jetzt schon ordentlich verstunken und bärtig, weil man uns keine Möglichkeit bot, uns zu waschen oder zu rasieren. Meine Befürchtungen legten sich ein wenig, wie das immer der Fall ist, wenn nichts geschieht, aber es war verdammt langweilig, da ich keine andere Zerstreuung hatte, als mich mit Hudson zu unterhalten; wir hatten wenig miteinander gemein außer unsere Liebe zu den Pferden. Er schien sich nicht einmal für Frauen zu interessieren. Gelegentlich schmiedeten wir Fluchtpläne, aber da war nichts zu erhoffen. Es gab keinen anderen Ausweg als durch die Tür oberhalb der schmalen Treppe, und wenn die Afridi uns das Essen brachten, blieb stets einer von ihnen oben stehen und zielte mit einem riesigen Schießprügel auf uns. Ich hatte es nicht eilig, mir eins aufpfeffern zu lassen, und als Hudson vorschlug, einen Ausbruch zu versuchen, befahl ich ihm, kein dummes Zeug daherzureden. Wohin hätten wir uns denn übrigens nachher wenden sollen? Wir wussten nicht einmal, wo wir steckten, abgesehen davon, dass es nicht weit von der Kabul-Straße entfernt sein konnte. Aber, sagte ich, es lohne nicht das Risiko. Wenn ich gewusst hätte, was uns bevorstand, würde ich es nicht nur mit diesem einen Schießprügel, sondern mit Hunderten aufgenommen haben, doch ich wusste es nicht. Mein Gott, ich werde es nie vergessen. Nie.

Es war eines Tages gegen Abend, wir lagen schlummernd auf dem Stroh, da ließ sich draußen vor dem Tor Hufgeklapper vernehmen und ein Stimmengewirr näherte sich der Zellentür. Hudson sprang auf, ich stemmte mich auf dem Ellbogen hoch, das Herz saß mir im Halse, wer mochte es sein? Vielleicht ein Bote, der das Lösegeld bringt – denn ich glaubte steif und fest, die Afridi versuchten es auf diese Tour. Dann knirschten die Riegel, die Tür ging auf und ein hochgewachsener Mann erschien oben an der Treppe. Zuerst konnte ich sein Gesicht nicht sehen, aber dann schob sich ein Afridi an ihm vorbei mit einer lodernden Fackel, die er in eine Mauerritze klemmte, und ihr Schein fiel auf das Gesicht des Besuchers. Wenn es der leibhaftige Satan gewesen wäre, hätte es mir eher behagt, denn das war ein Gesicht, das ich in Alpträumen gesehen hatte – ich wollte es nicht wahrhaben – das Gesicht Gul Schahs.

Sein Blick fiel auf mich. Er stieß einen Freudenruf aus und klatschte in die Hände. Ich glaube, ich schrie vor Entsetzen auf und drückte mich gegen die Wand. „Flashman!" sagte er und kam die halbe Treppe herunter, wie eine große Katze, ein teuflisches Lächeln auf den Lippen. „Gott ist gütig. Als ich die Neuigkeit hörte, wollte ich es nicht glauben, aber es stimmt. Und nur durch einen Zufall – ja, durch einen reinen Zufall ist mir zu Ohren gekommen, dass man dich erwischt hat." Er hielt den Atem an, ohne den Blick seiner funkelnden Augen von mir zu wenden.

Ich war sprachlos. Kaltes Entsetzen hatte mich gelähmt. Dann lachte er, und als ich sein Lachen hörte, sträubten sich mir die Haare im Nacken.

„Hier wird mir kein Akbar in die Quere kommen", sagte er. Er winkte den Afridi und zeigte auf Hudson. „Führt diesen Mann weg und bewacht ihn." Während zwei von ihnen sich auf Hudson stürzten und ihn, sosehr er sich sträubte, die Stufen hinauf zerrten, kam Gul Schah in den Kellerraum herunter und schlug mit der Peitsche nach den herab baumelnden Ketten, dass sie zu rasseln begannen „Schafft ihn hierher. Wir haben vieles zu besprechen."

Ich wehrte mich, aber sie rissen meine Arme hoch und legten mir die Handschellen an, so dass ich da hing wie ein

Kaninchen in der Marktbude eines Metzgers. Dann schickte Gul sie weg und pflanzte sich vor mir auf, klopfte mit der Peitsche gegen den Stiefel und weidete sich an meinem Anblick.

„Der Wolf geht nur einmal in die Falle", sagte er schließlich. „Du aber bist zweimal gekommen. Ich schwöre bei Gott, diesmal wirst du dich nicht herauswinden. Einmal hast du mich in Kabul durch ein Wunder überlistet und meinen Zwerg heimtückisch umgebracht. Nie wieder, Flashman! Und ich bin froh, ja froh, dass es sich so ergeben hat, denn hier habe ich Zeit, mich ohne Hast mit dir zu beschäftigen, du schmutziger Hund." Zähnefletschend schlug er mir den Handrücken ins Gesicht.

Der Schlag löste mir die Zunge. Ich rief aus:

„Nein, um Gottes willen! Was habe ich getan? Habe ich nicht in deinem Schlangenkeller genug gebüßt?"

„Gebüßt?" wiederholte er höhnisch. „Es hat noch gar nicht angefangen. Willst du wissen, Flashman, wie du es büßen wirst?"

Ich wollte es nicht wissen, deshalb antwortete ich nicht. Er drehte sich um, rief etwas zur Tür hinauf. Sie wurde geöffnet, jemand kam herein, blieb im Schatten stehen.

„Das letzte Mal habe ich tief bedauert, dass ich mich so sehr beeilen musste, um dich ins Jenseits zu befördern", sagte Gul Schah. „Ich glaube, damals, nicht wahr, sagte ich zu dir, ich wünschte mir, die von dir geschändete Frau könnte an deinem Hinscheiden teilhaben. Zum Glück war ich in Mogala, als ich von deiner Gefangennahme erfuhr, und deshalb in der Lage, das Versäumnis wettzumachen. Komm!" sagte er zu der Gestalt oben an der Treppe und Narriman, die junge Frau, trat langsam ins Licht.

Ich wusste, dass sie es war, obwohl sie von Kopf bis Fuß in einem dunklen Mantel steckte und einen dünnen Schleier um die untere Gesichtshälfte gewickelt hatte. Ich erkannte die Augen wieder, Schlangenaugen, die mich angefunkelt hatten in jener Nacht zu Mogala, als ich sie nahm. Wieder starrten sie mich an, und ich fand sie noch beängstigender als Guls Drohungen. Sie gab keinen Ton von sich, glitt geräuschlos die Stufen herab und blieb neben ihm stehen.

„Geruhst du nicht, die Dame zu begrüßen?“ sagte Gul. „Du wirst es lernen, du wirst es lernen. Aber sie ist natürlich nur ein verludertes Tanzmädchen, mag sie auch mit einem Fürsten der Gilzai verheiratet sein.“ Er spuckte mir die Worte ins Gesicht.

„Verheiratet?“ krächzte ich. „Das habe ich nicht gewusst, Sir – glaube mir, ich habe es nicht gewusst. Wenn ich –“

„Damals noch nicht“, erwiderte Gul. „Heute ist sie meine Frau – ja, obwohl eine Bestie wie du sie besudelt hat. Trotzdem ist sie meine Frau, mein Weib. Jetzt heißt es nur noch die Schande zu tilgen.“

„Oh Herr Jesus, bitte, hör mich an! Ich schwöre, es war nicht böse gemeint. Woher sollte ich wissen, dass sie dir teuer war? Ich wollte ihr nichts zuleide tun, das schwöre ich dir! Ich mache, was du verlangst, was auch immer du verlangst, ich leiste jede Buße, die dir beliebt ...“

Höhnisch lächelnd nickte er mir zu, während die Basiliskenaugen der Frau mich anstierten. „Freilich wirst du es büßen. Zweifellos hast du gehört, dass unsere Frauen äußerst geschickt darin sind, Buße zu fordern. Aus deiner Miene ersehe ich, dass du es weißt. Narriman kann es kaum erwarten, ihre Geschicklichkeit an dir zu erproben. Sie erinnert sich lebhaft an eine Nacht in Mogala, erinnert sich lebhaft an deinen Stolz ...“ Er beugte sich vor, bis sein Gesicht das meine fast berührte. „Damit sie ihn nicht vergesse, wünscht sie dir bedächtig und sachgerecht das eine oder andere wegzunehmen, um es als Andenken zu bewahren. Ist das nicht gerecht? Du hattest dein Vergnügen an ihrer Qual – jetzt wird sie dir mit gleicher Münze zahlen. Es wird viel länger dauern und bedeutend kunstvoller geschehen – ein fraulicher Zug." Er lachte. „Aber das soll erst der Anfang sein."

Ich wollte es nicht glauben. Es war unvorstellbar, schändlich, grauenhaft. Es nur mit anzuhören, genügte, um mir den Verstand zu rauben.

„Das darfst du nicht zulassen!" schrie ich. „Nein, nein, das darfst du nicht zulassen! Bitte, bitte, erlaube ihr nicht, mich anzurühren. Ich wusste es nicht, ich wollte ihr nichts zuleide tun!" Ich bettelte und flehte, er hatte seinen Spaß daran und verhöhnte mich, während sie keine Miene verzog und mir nach wie vor ins Gesicht starrte.

„Es wird noch schöner sein, als ich gehofft habe", fuhr er fort. „Nachher werden wir dir vielleicht die Haut abziehen oder dich auf glühenden Kohlen rösten. Vielleicht aber werden wir dir die Augen ausstechen und die Finger und Zehen abschneiden und dich in Mogala Sklavenarbeit verrichten lassen. Ja, das wird am besten sein, da kannst du täglich den Tod herbei flehen, ohne ihn zu finden. Ist der Preis zu hoch für deine genussreiche Nacht, Flashman?"

Ich versuchte, mein Ohr diesem Grauen zu verschließen, ich wollte es nicht wahrhaben und bat ihn stammelnd, mich zu schonen. Lächelnd hörte er zu, wandte sich dann zu der Frau und sagte:

„Aber vor dem Vergnügen das Geschäft. Mein Täubchen, wir lassen ihn in Ruhe an die frohe Wiedervereinigung zwischen euch beiden denken – wir lassen ihn warten – wie lange? Darüber soll *er* sich den Kopf zerbrechen. Inzwischen gibt es etwas Dringenderes zu besorgen." Er drehte sich wieder zu mir um. „Es wird deine Leiden nicht im geringsten lindern, wenn du mir sagst, was ich wissen will. Aber ich glaube, du wirst es mir trotzdem sagen. Seit deine armselige und feige Armee in den Pässen vernichtet worden ist, rückt das Heer des Sirdar auf Dschalalabad vor. Wir haben aber nichts über Nott und seine Truppen in Kandahar gehört. Es heißt, er habe einen Marschbefehl erhalten. Nach Kabul? Nach Dschalalabad? Wir müssen es wissen. Nun?"

Ich brauchte eine Weile, um die höllischen Bilder zu verscheuchen, die er heraufbeschworen hatte. Dann erst verstand ich seine Frage.

„Ich weiß es nicht", erwiderte ich. „Ich schwöre zu Gott, dass ich es nicht weiß."

„Lügner", sagte Gul Schah. „Du warst Elfistans Adjutant, du musst es wissen."

„Ich weiß es nicht! Ich schwöre, dass ich es nicht weiß!" schrie ich. „Was ich nicht weiß, kann ich dir nicht sagen."

„Doch, doch", sagte er, bedeutete Narriman mit einer Handbewegung, zur Seite zu treten, warf seinen Poschtin ab und stand da in Hemd und Pyjamahose, Käppchen auf dem Kopf, Peitsche in der Hand. Er streckte den Arm aus und riss mir das Hemd vom Rücken.

Ich schrie, als er ausholte, und bäumte mich auf, als der Peitschenhieb mich traf. Mein Gott, einen so heftigen Schmerz hatte ich nie verspürt – wie von einem glühenden Rasiermesser. Lachend schlug er abermals und abermals zu. Es war unerträglich, sengende Striemen brennheißer Qual quer über die Schulter. Mir schwindelte, ich schrie und wollte ausweichen, aber die Ketten hielten mich fest, und die Peitsche schien meine innersten Organe zu zerfleischen.

„Halt!" rief ich immer wieder. „Halt!"

Lächelnd trat er zurück, aber ich konnte nur mit zuckenden Lippen murmeln, dass ich nichts wisse. Wieder holte er mit der Peitsche aus. Mein Widerstand war gebrochen.

„Nein!" keuchte ich. „Nicht ich ... Hudson weiß es. Der Sergeant, der bei mir war – ich bin sicher, dass er es weiß.

Er hat mir gesagt, dass er es weiß." Etwas anderes wollte mir nicht einfallen, um dieser infernalischen Züchtigung ein Ende zu machen.

„Der Hawildar weiß es, nicht aber der Offizier?" sagte Gul. „Nein, Flashman, so etwas kommt nicht einmal in der britischen Armee vor. Ich glaube, du lügst." Und wieder fiel der Teufel über mich her, bis ich vor Schmerzen ohnmächtig geworden sein muss, denn als ich zu mir kam, mein Rücken in Flammen wie eine Esse, hob er soeben sein Gewand vom Boden auf.

„Du hast mich überzeugt", sagte er höhnisch. „Ich weiß, was für ein Feigling du bist. Beim ersten Schlag würdest du mir alles gesagt haben, was du weißt. Du bist nicht mutig, Flashman, aber bald wirst du noch weniger mutig sein denn je."

Er machte Narriman ein Zeichen. Sie folgte ihm die Treppe hinauf. An der Tür hielt er inne, um mich noch einmal zu verhöhnen.

„Überlege dir, was ich dir versprochen habe. Hoffentlich wirst du nicht zu schnell wahnsinnig werden."

Die Tür fiel ins Schloss. Schluchzend und von Übelkeit geschüttelt, blieb ich in meinen Ketten hängen. Aber der Schmerz in meinem Rücken war nichts im Vergleich zu dem Entsetzen in meiner Brust. Nein, sagte ich mir immerzu, nein es ist nicht möglich, das werden sie nicht tun – und dabei wusste ich genau, sie würden es tun. Aus einem schrecklichen Grund, den ich auch heute nicht definieren kann, überfiel mich die Erinnerung daran, wie ich andere gequält hatte – ach ja, kleine, schwächliche Quälereien, die ich meinen jüngeren Schulkameraden zugefügt hatte. Laut stotterte ich vor mich hin, wie sehr ich es bereute, sie gequält zu haben, und flehte den Himmel an, ich möge verschont bleiben. Ich entsann mich des alten Arnold, der einmal in einer Predigt gesagt hatte: „Ruf den Herrn Jesum Christum an, und er wird dich erretten!“

Mein Gott, wie ich ihn anrief, brüllend wie ein Stierkalb, und nichts dafür bekam, nicht einmal ein Echo! In der gleichen Situation würde ich es wieder tun, obwohl ich nicht an Gott glaube und nie an ihn geglaubt habe. Aber ich blubberte wie ein kleines Kind, bat Christum, mich zu erretten, gelobte Besserung und wimmerte immer wieder, unermüdlich: „Herr Jesus mein, so hold und mild ...“ Beten ist doch eine gute Sache. Niemand antwortet, aber es verscheucht die Grübeleien.

Plötzlich merkte ich, dass Leute sich im Zwielicht des Kellers bewegten. Erschrocken kniff ich die Augen zu, aber niemand rührte mich an. Als ich sie wieder öffnete, hing Hudson in Ketten neben mir mit emporgereckten Armen und sah mich entsetzt an.

„Mein, Gott, Sir, was haben die Teufel mit Ihnen gemacht?“

„Sie foltern mich zu Tode!“ stieß ich hervor. „Oh du mein Erlöser ...“ Und ich muss drauflos gebrabbelt haben, denn als ich verstummte, hörte ich ihn mit leiser Stimme beten. In dieser Nacht war das wohl der frommste Kerker in ganz Afghanistan.

Von Schlaf konnte keine Rede sein. Auch wenn meine Gedanken nicht mit den Gräueln beschäftigt gewesen wären, die mir drohten, hätte ich mich nicht mit gefesselten Händen hoch über dem Kopf ausruhen können. Sooft ich zusammensackte, bohrten die rostigen Schellen sich grausam ins Fleisch, und ich musste mich mühsam auf den Beinen aufrichten, die vom Stehen schmerzten. Auch der Rücken tat mir erbärmlich weh, und ich stöhnte ganz schön in mich hinein. Hudson tat sein Bestes, um mich mit albernen Redensarten aufzumuntern – noch ist nicht aller Tage

Abend, Kopf hoch, Sir! – Redensarten, die angeblich in der Not den sinkenden Mut neu beleben: Bei mir haben sie nie etwas belebt. Ich vermochte an nichts anderes zu denken als an die hasserfüllten Augen jener Frau, wie sie immer näher rücken, und hinter ihr Gul mit seinem Wolfslächeln, und wie das Messer meine Haut ritzt und dann zustößt – oh Herr Jesus, ich würde es nicht ertragen, ich würde den Verstand verlieren. Laut schrie ich es hinaus, und Hudson sagte:

„Aber, aber, Sir, noch sind wir nicht tot."

Ich fauchte ihn an. „Idiot! Du hast ja keine Ahnung, du Klotz! Nicht dir werden sie den Pimmel abschneiden! – Hudson, ich sage Ihnen, ich komme zuerst an die Reihe – es ist unvermeidlich ..."

„Noch ist es nicht geschehen, Sir", erwiderte er. „Und es wird auch nicht dazu kommen. Während ich oben war, habe ich gesehen, dass die Hälfte der Afridi sich davongemacht hat – vermutlich, um sich den anderen vor Dschalalabad anzuschließen. Es ist nicht mehr als ein halbes Dutzend geblieben, neben Ihrem Freund und der Frau. Wenn ich bloß – wenn ich bloß ..."

Ich achtete nicht auf ihn. Mir ging nur das eine im Kopf herum – was sie mir antun würden – und wann. Die Nacht schleppte sich dahin, und mit Ausnahme eines kurzen Besuchs um die Mittagszeit des darauf folgenden Tages, als der Dschessailtschi uns Wasser und etwas zu essen brachte, tauchte bis gegen Abend niemand in unserer Höhle auf. Sie ließen uns wie abgestochene Schweine in den Ketten hängen. Meine Beine schienen in der einen Minute lichterloh zu brennen und in der nächsten zu erstarren. Ich hörte Hudson von Zeit zu Zeit etwas vor sich hin murmeln, als sei er mit irgendeiner Sache beschäftigt, kümmerte mich aber nicht darum. Dann, just, als es zu dämmern begann, hörte ich ihn nach Luft schnappen und ausrufen: „Geschafft, bei Gott!"

Ich wandte mich zu ihm, und mein Herz tat einen Satz wie ein Hirsch. Nur noch sein linker Arm baumelte an der Handschelle, der rechte, blutig bis an den Ellbogen, hing an seiner Seite herab.

Heftig schüttelte er den Kopf. Ich verhielt mich still. Er bewegte den rechten Arm und die Hand, um sie wieder geschmeidig zu machen, langte dann zu der zweiten Fessel hinauf. Die Handgelenkstulpen waren durch eine Stange voneinander getrennt; der Verschluss aber bestand aus einem einfachen Bolzen. Er bearbeitete ihn eine Weile und er ging auf. Hudson war frei.

Er blickte zur Tür, spitzte die Ohren, kam dann zu mir herüber.

„Wenn ich Sie von Ihren Fesseln befreie, Sir, können Sie sich dann aufrecht halten?"

Das wusste ich nicht, aber ich nickte auf jeden Fall. Zwei Minuten später kauerte ich auf dem Fußboden und ächzte – so sehr schmerzten mich die Schultern und die Beine, die allzu lange in ein und derselben Stellung verkrampft gewesen waren. Hudson massierte meine Gelenke und fluchte leise über die Striemen, die Gul Schahs Peitsche hinterlassen hatte.

„Dreckiges Niggerpack", murmelte er. „Passen Sie auf, Sir, wir dürfen uns nicht überrumpeln lassen. Wenn sie hereinkommen, müssen wir dastehen, die Ketten um die Handgelenke, als wären wir noch immer festgeschnürt."

„Was dann?" fragte ich.

„Nun, Sir, sie werden sich einbilden, dass wir hilflos sind, nicht wahr? Da haben wir eine Gelegenheit, *sie* zu überrumpeln."

„Das wird uns viel nützen! Sie sagten doch, es sei abgesehen von Gul Schah ein halbes Dutzend."

„Sie werden nicht alle hier erscheinen", erwiderte Hudson. „Um Gottes willen, Sir, es ist unsere einzige Chance."

Ich hielt nicht viel von dieser Chance, das sagte ich rundheraus. Hudson entgegnete, na schön, es sei allemal besser, als sich von dem afghanischen Hurenstück aufschlitzen zu lassen, mit Verlaub, Sir, Verzeihung, Sir. Ich musste ihm recht geben. Aber ich nahm an, wir würden im günstigsten Fall für unsere Mühe mit einem rascheren Ende belohnt werden.

Hudson sagte: „Wir können uns wehren und nicht wie Hunde verrecken, sondern wie Engländer sterben."

„Was spielt es für eine Rolle, ob man wie ein Engländer oder wie ein Eskimo stirbt?" fragte ich. Er starrte mich nur an und fuhr fort, meine Arme zu reiben. Sehr bald konnte ich wieder auf den Beinen stehen und umhergehen, aber wir achteten darauf, in der Nähe der Ketten zu bleiben, und daran taten wir gut. Urplötzlich waren Schritte vor der Tür zu hören. Wir hatten kaum Zeit, unsere Plätze einzunehmen, die Hände an den Handschellen, da wurde sie aufgestoßen. „Überlassen Sie es mir, Sir", flüsterte Hudson und tat so, als hinge er hilflos in seinen Fesseln. Auch ich senkte den Kopf, behielt aber die Tür im Auge.

Es waren ihrer drei. Mein Mut sank. Als erster erschien Gul Schah, ihm folgten der dicke Dschessailtschi mit einer Fackel und Narriman. Während sie langsam die Treppe herunter kamen, kehrte all mein Entsetzen zurück.

„Es ist an der Zeit, Flashman", sagte Gul Schah und schob seine höhnische Fratze dicht an mein Gesicht heran. „Wach auf, du Hund, und bereite dich auf dein letztes Liebesspiel vor." Lachend schlug er mir die Faust ins Gesicht. Ich taumelte, hielt mich aber an den Ketten fest. Hudson verzog keine Miene.

„Nun, mein Juwel“, sagte Gul zu Narriman. „Hier ist er, und er gehört dir.“ Sie trat an seine Seite heran. Der dicke Dschessailtschi hatte die Fackel an der Wand befestigt. Jetzt pflanzte er sich neben Narriman auf, breit grinsend wie ein Satyr. Er war ungefähr einen Meter von Hudson entfernt, hielt aber den Blick auf mich gerichtet.

Die Frau war unverschleiert, trug Turban und Mantel, und ihr Gesicht war wie aus Stein gemeißelt. Dann lächelte sie: So zeigt eine Tigerin die Zähne. Mit zischelnder Stimme sagte sie etwas zu Gul Schah und streckte die Hand nach dem Dolch in seinem Gürtel aus.

Mich lähmte die Furcht, sonst hätte ich die Ketten losgelassen und wäre blindlings an ihnen vorbei gestürzt. Gul legte die Hand an den Griff. Langsam, damit ich es auskosten könne, begann er die Klinge aus der Scheide zu ziehen.

Hudson schlug zu. Seine rechte Hand schoss zum Hosenbund des dicken Dschessailtschi herab, Stahl funkelte, ein Japser und sodann ein grauenvoller Schrei, als Hudson dem Mann seinen eigenen Dolch bis ans Heft in den Bauch stieß. Während der Kerl umfiel, wollte Hudson sich auf Gul Schah stürzen, prallte jedoch gegen Narriman und beide plumpsten der Länge nach hin. Seinen Säbel zückend, wich Gul Schah zurück. Ich ließ die Ketten los und warf mich zur Seite. Fluchend zielte Gul mit dem Säbel nach mir, aber in seinem Eifer traf er die Ketten. Hudson hatte sich zu dem verröchelnden Dschessailtschi hingeschleppt, ihm den Säbel von der Hüfte gerissen und rannte jetzt die Treppe zur Tür hinauf. Einen Augenblick lang dachte ich, er wolle mich im Stich lassen, aber als er oben angelangt war, warf er die Tür zu und schob den Riegel vor. Dann drehte er sich mit dem Säbel in der Hand um. Gul, der ihm nachgeeilt war, blieb am Fuß der Treppe stehen. Sekundenlang waren wir alle vier wie erstarrt, dann schrie Gul Schah aus vollem Hals:

„Machmud! Schadman! Idderao, dschuldi!"

Hudson rief aus: „Achtung – die Frau!" – und ich ertappte Narriman dabei, wie sie den blutigen Dolch aufhob, den er hatte fallen lassen.

Sie lag noch auf Händen und Füßen. Mit einem einzigen Satz versetzte ich ihr einen Fußtritt in die Mitte, der ihr den Atem verschlug und sie gegen die Wand schleuderte. Von der Seite sah ich, wie Hudson mit wirbelndem Säbel die Treppe herunterkam, dann hatte ich mich auf Narriman geworfen, knallte ihr, als sie sich aufrichten wollte, die Faust gegen die Schläfe und packte sie bei den Handgelenken. Während hinter mir der Stahl klirrte und die Tür unter dem Ansturm von draußen erdröhnte, zerrte ich ihr die Arme auf den Rücken und verdrehte sie aus Leibeskräften.

„Du Sau!" schrie ich, ruckte so gewaltsam drauflos, dass sie mit einem Aufschrei vornüber fiel, unter mir eingeklemmt. So hielt ich sie fest, stemmte ihr das Knie ins Kreuz und sah mich nach Hudson um.

Er und Gul droschen aufeinander ein wie die Trojaner. Gott sei Dank werden die Kavalleristen [21], auch die Lanzenreiter, zu guten Fechtern ausgebildet, denn Gul war flink wie ein Panther, Spitze und Schneide seines Säbels schwirrten hin und her, während er Flüche und Drohungen ausstieß und seine Halunken aufforderte, die Tür einzuschlagen. Aber die Bohlen waren ihnen zu dick. Hudson focht kaltblütig, als stehe er auf dem Fechtboden, parierte jeden Stoß und jeden Hieb, tänzelte dann voran und fiel aus, so dass Gul zurück springen musste, um sich seiner Haut zu wehren. Ich blieb, wo ich war, denn ich wagte die Hexe nicht eine Sekunde lang loszulassen. Außerdem befürchtete ich, Gul würde die Gelegenheit benutzen, um mir einen Säbelhieb zu versetzen.

Plötzlich, nach links und rechts fegend, stürzte er auf Hudson los und der wich zurück. Damit hatte Gul gerechnet. Er rannte zur Treppe hin, mit der Absicht, die Tür zu öffnen. Hudson aber war ihm dicht auf den Fersen und er musste sich auf halbem Wege umdrehen, um nicht hinterrücks erstochen zu werden. Er beugte sich hastig zur Seite, um Hudsons Säbelhieb zu entgehen, rutschte auf den Stufen aus, und einen Augenblick lang wurden sie, halb liegend, halb kniend, handgemein. Gul schnellte hoch wie ein Gummiball, holte mit dem Säbel aus und verfehlte Hudson, der noch alle viere von sich streckte. Klirrend schlug die Klinge Funken aus dem Stein. Durch die Wucht des Schlages verlor Gul das Gleichgewicht. Sekundenlang kauerte er über dem Sergeanten. Bevor er sich hoch rappeln konnte, sah ich eine glitzernde Stahlspitze aus seinem Rücken hervor wachsen. Er stieß einen grauenhaften, halb erstickten Schrei aus, richtete sich auf, warf den Kopf zurück und polterte die Stufen hinunter. Er blieb liegen, zuckend, mit aufgerissenem Mund und starrem Blick. Dann rührte er sich nicht mehr.

Hudson kam die Treppe herunter, warf den Säbel weg und begann zu meinem Erstaunen, den Toten aus der Mitte des Raumes an die schattige Seite zu zerren. Dort legte er ihn flach auf den Rücken, lief dann eilig zu mir hin.

„Binden Sie sie, Sir“, sagte er. Während ich Narrimans Arme mit dem Gürtel des Dschessailtschi fesselte, stopfte Hudson ihr einen Knebel in den Mund. Wir legten sie aufs Stroh, und Hudson sagte:

„Eine einzige Chance, Sir! Sie nehmen den Säbel – den sauberen – und pflanzen sich neben dem toten Saukerl auf. Sie setzen ihm die Spitze an die Gurgel, und wenn ich die Tür öffne, dann rufen sie den Leuten zu, dass Sie ihren Anführer abschlachten, wenn sie nicht tun, was wir ihnen befehlen. Bei dieser Beleuchtung werden sie nicht sehen, dass da ein Leichnam liegt. Das Frauenzimmer ist zum Schweigen gebracht. Jetzt aber schnell, Sir!"

Da gab es keine Widerrede. Die Tür knarrte unter dem Gehämmer der Afridi. Ich lief zu Gul Schah hin, hob unterwegs seinen Säbel auf, stellte mich mit gespreizten Beinen über ihn und richtete die Spitze gegen seine Brust. Hudson warf einen hastigen Blick in die Runde, sprang die Stufen hinauf, stieß den Riegel zurück und war mit einem einzigen Satz wieder unten angelangt. Die Tür flog auf. Die Dorfburschen drangen ein.

Ich schrie mit Donnerstimme: „Halt! Noch einen Schritt, und ich sorge dafür, dass Gul Schah zum Schaitan kommt! Zurück, ihr Eulensöhne und Schweinehunde!"

Jählings machten sie oben an der Treppe halt, fünf bis sechs Mann, behaarte Gorillas. Als sie Gul scheinbar hilflos zu meinen Füßen liegen sahen, gab der eine einen Fluch und der andere einen Weheruf von sich. „Keinen Zoll weiter! Sonst ist es um ihn geschehen!" Sie rührten sich nicht vom Fleck, sperrten Mund und Nase auf, aber ich hätte ums Verrecken nicht gewusst, was jetzt zu tun sei. Hudson flüsterte mir eindringlich zu:

„Pferde, Sir! Wir sind gleich neben dem Torweg. Sie sollen zwei – nein, drei Ponys vor die Tür stellen und sich dann alle an die andere Seite des Hofes begeben."

Ich rief ihnen den Befehl zu, schwitzend vor Angst, dass sie mir nicht gehorchen würden, aber sie gehorchten. Ich musste wohl recht desperat ausgesehen haben, wie einer, der zu allem entschlossen ist, nackt bis zur Mitte, mit verfilztem Haupt- und Barthaar und dem wilden Blick eines Wahnsinnigen. Es war Furcht, nicht Zorn, aber das konnten sie ja nicht wissen. Sie hoben ein großes Geschnatter an, dann strampelten sie zur Tür hinaus. Ich hörte sie draußen im Dunkel schreien und fluchen und dann ein Geräusch, das wie Sphärenmusik war – Hufgeklapper.

„Sie sollen gebührenden Abstand halten, Sir."

Nur allzu gern gab ich dieses Kommando weiter. Hudson näherte sich Narriman, riss sie in seine Arme hoch und setzte ihre Füße auf die unterste Stufe.

„Vorwärts marsch!" sagte er zu ihr, griff nach seinem Säbel und schob sie mit der Spitze an ihrem Rücken die Treppe hinauf. Die beiden verschwanden durch die Tür, eine Weile war alles still, dann hörte ich Hudson rufen:

„In Ordnung, Sir! Kommen Sie schnell und verriegeln Sie die Tür."

Noch nie hatte ich einen Befehl freudiger befolgt. Ich ließ Gul Schah mit blind zur Decke empor gerichteten Augen liegen, raste die Treppe hinauf, zog die Tür hinter mir zu. Erst als ich mich im Hof umsah, als ich Hudson auf seinem Pony sitzen sah, während Narriman sich auf dem Rücken eines zweiten Tieres in ihren Fesseln wand, als ich die kleine Gruppe der Afghanen am anderen Ende des Hofes versammelt sah, wie sie finster murrend an ihren Messern herumfummelten – kam mir zum Bewusstsein, dass wir unsere Geisel zurückgelassen hatten. Aber Hudson wusste wie gewöhnlich Rat.

„Sagen Sie den Kerls, Sir, ich reiße dem Weibsstück die Eingeweide aus dem Leib, wenn sie auch nur mit der Wimper zucken. Fragen Sie sie, wie das ihrem Herrn und Gebieter gefallen würde – und wie er sie sich nachher vornehmen würde!" Gleichzeitig zielte er mit der Säbelspitze auf Narrimans Bauch.

Ich brauchte die Drohung gar nicht erst zu wiederholen. Sie hatten es kapiert. Ich konnte unbehelligt auf das dritte Pony krabbeln. Vor uns lag der Torweg. Hudson nahm Narrimans Pony beim Zügel, wir bohrten unseren Tieren die Fersen in die Flanken und mit Hufgeklapper waren wir auf und davon, unter einem glitzernden Mond, bergab auf dem Pfad, der sich von der kleinen Festungskuppe zur offenen Ebene hinunter schlängelte.

Als wir auf dem flachen Gelände angelangt waren, sah ich mich um. Hudson war nicht weit hinter mir, obwohl er Schwierigkeit mit Narriman hatte; er musste sie ja auf dem Sattel des dritten Ponys festhalten. Hinter ihm zeichnete sich vor dem Himmel die drohende Silhouette der Burg ab. Von Verfolgern aber keine Spur.

Nachdem Hudson mich eingeholt hatte, sagte er:

„Ich glaube, dort drüben werden wir auf die Kabul-Straße stoßen, Sir. Auf dem Herweg haben wir sie überquert. Sollen wir es riskieren, Sir?"

Ich zitterte dermaßen vor Aufregung und den Nachwehen der ausgestandenen Furcht, dass mir alles egal war. Natürlich hätten wir der Straße ausweichen müssen, aber ich hatte nur den einen Wunsch, das verdammte Kellerloch möglichst weit hinter mir zu lassen; deshalb nickte ich, und wir ritten weiter. Wenn wir Glück hatten, würde nachts auf der Straße kein Mensch unterwegs sein, und auf jeden Fall brauchten wir sie, um uns zu orientieren.

Binnen kurzem hatten wir sie erreicht; die Sterne wiesen uns den Weg nach Osten. Jetzt waren wir gute drei Meilen von der Festung entfernt. Wenn die Afridi uns nachgesetzt hatten, mussten sie unsere Spur verloren haben. Hudson fragte mich, was mit Narriman zu geschehen habe.

Da kam ich endlich wieder zur Besinnung. Als ich mir überlegte, was sie mit mir vorgehabt hatte, drehte sich mir der Magen um. Ich fieberte danach, das Weib in Stücke zu hauen.

„Übergeben Sie sie mir“, sagte ich, ließ die Zügel los und legte die Hand an den Griff meines Säbels.

Er hielt sie mit der einen Hand fest und zerrte sie aus dem Sattel. Sie rutschte auf den Erdboden hinunter, rappelte sich auf die Knie hoch, die Hände auf dem Rücken gefesselt, den Knebel im Mund, einen irren Blick in den Augen.

Als ich mein Pony herumriss, schob Hudson sich plötzlich zwischen mich und die kniende Frau.

„Halt, Sir!“ sagte er. „Was haben Sie vor?“

„Ich werde Hackfleisch aus ihr machen. Aus dem Weg, Hudson!“

„Sachte, sachte, Sir!“ sagte er. „Das können Sie doch nicht tun!“

„Das kann ich nicht tun – bei Gott?“

„Nicht solange ich hier bin, Sir“, erwiderte er ruhig. Zuerst wollte ich meinen Ohren nicht trauen.

„Es geht nicht an, Sir“, fuhr er fort. „Sie ist eine Frau. Sie sind nicht ganz bei sich, Sir, nach allem, was Sie erlebt haben. Wir lassen sie in Frieden, Sir, zerschneiden ihre Fesseln und lassen sie laufen, Sir.“

Ich begann zu toben und beschuldigte ihn der Meuterei, aber er schüttelte nur den Kopf und war nicht zu erweichen. Schließlich musste ich klein beigeben: – Mir fiel ein, dass er imstande wäre, mich genauso zu behandeln wie meinen Erzfeind Gul. Er sprang aus dem Sattel und befreite Narrimans Hände. Sie ging auf ihn los, aber er stellte ihr ein Bein, so dass sie hinfiel, und bestieg wieder sein Pony.

„Bedaure, Miss“, sagte er, „aber etwas Besseres haben Sie nicht verdient.“

Sie blieb liegen, keuchend, glühenden Hass in den Augen, eine richtige schöne Bestie. Schade, dass mir die Zeit und die Muße fehlten, sonst hätte ich sie so bedient wie schon einmal, denn ich begann jetzt wieder der Alte zu sein.

Aber zu zaudern wäre Wahnsinn gewesen, also begnügte ich mich damit, ihr mit dem langen Zügel ein paar Hiebe zu versetzen und hatte die Genugtuung, ihren Hintern mit einem Klatscher zu treffen, der ihr Beine machte. Blitzschnell wieselte sie zwischen den Felsen davon. Dann wandten wir uns ostwärts und ritten weiter auf Indien zu.

Es war eisig kalt, ich war halbnackt, aber über dem Sattelknopf hing ein Poschtin, in den ich mich einwickelte. Auch Hudson hatte einen Poschtin, mit dem er seinen Waffenrock und seine Reithose verdeckte. Bis auf Hudsons blonden Bart sahen wir jetzt aus wie zwei waschechte Baschi-Bosuks.

Vor Tagesanbruch kampierten wir in einer engen Schlucht, aber nur kurze Zeit, denn als die Sonne aufging, sah ich, dass wir uns westlich von Futtehabad befanden, das knappe zwanzig Meilen von Dschalalabad entfernt ist. Ich würde mich nicht eher sicher fühlen, als bis wir von seinen Mauern umgeben waren. Deshalb legten wir ein schnelles Tempo vor und wichen nur dann von der Straße ab, wenn wir weiter vorn Staubwolken sichteten, die uns sagten, dass dort jemand unterwegs sei.

Wir hielten uns für den Rest des Tages im Hügelland und schlugen einen Bogen um Futtehabad. Nachts rasteten wir, denn wir waren beide ermattet. Morgens ritten wir weiter, wagten uns aber nicht in die Nähe der Straße, auf der es von ostwärts ziehenden Afghanen wimmelte. Auch in den Bergen ging es jetzt bedeutend lebhafter zu, aber niemand beachtete zwei einsame Reiter. Hudson wickelte sich ein Tuch um den Kopf, um das blonde Haar zu verbergen, und ich sah ohnedies stets wie ein Khaiber-Badmasch aus. Aber je mehr wir uns Dschalalabad näherten, desto größer wurde meine Besorgnis. Was wir unten auf der Straße gesehen hatten und die Feldlager, die in den Schründen nisteten, zeigten uns, dass wir uns an der Flanke eines Heeres bewegten.

Das war Akbars Armee, die gegen Dschalalabad vorstieß und es dauerte nicht lange, da war aus der Ferne Musketenfeuer zu hören: Nun wusste ich, dass die Belagerung bereits in vollem Gange sein musste.

Eine schöne Patsche: Nur in Dschalalabad winkte Sicherheit, aber den Zugang sperrte das afghanische Heer. Nach allem, was wir durchgemacht hatten, war ich recht verzweifelt. Einen Augenblick lang erwog ich, an Dschalalabad vorbei nach Indien zu steuern, aber das hieß den Khaiber-Pass überschreiten und da der gute Hudson einem Afghanen ungefähr so ähnlich sah wie eine Berkshire-Sau, würden wir es nicht schaffen. Ich verwünschte mich, dass ich mir einen Gefährten mit blondem Haar und Sommersprossenteint ausgesucht hatte, aber wie hätte ich diese Situation voraussehen können? Es blieb uns nichts übrig, als unseren Kurs beizubehalten und festzustellen, wie groß die Chance sei, Dschalalabad zu erreichen, ohne unterwegs entlarvt zu werden.

Es war verdammt riskant, denn sehr bald stießen wir auf richtige Lager; überall Afghanen in dichten Scharen wie die Ameisen, und Hudson halb erstickt in dem Turbantuch, das er sich um den Kopf gewickelt hatte. Einmal wurden wir von einem Pathanen-Trupp angerufen und ich antwortete pochenden Herzens. Sie schienen sich für uns zu interessieren. In meiner panischen Angst fiel mir nichts Besseres ein, als zu singen – das alte Pathanen-Lied, das folgendermaßen lautet:

„Drüben am anderen Ufer ein Mädchen,
Hat einen Hintern weich wie ein Pfirsich –
Doch ach, ich kann nicht schwimmen."

Sie lachten und ließen uns in Ruhe, aber ich dankte Gott, dass sie nicht näher als bis auf zwanzig Meter an uns herangekommen waren, sonst hätten sie gemerkt, dass ich durchaus nicht so afghanisch aussah wie von weitem.

Es hätte nicht mehr lange gut gehen können. Ich war überzeugt, in der nächsten Minute würde jemand unsere Maskerade durchschaut haben. Nun aber senkte sich das Gelände jählings bergab, wir hielten am oberen Rande eines Hangs und unten, jenseits der Talsohle, etwa zwei Meilen entfernt, lag Dschalalabad mit dem Kabul-Fluss hinter sich.

Es war ein unvergesslicher Anblick. Auf dem langen Hügelkamm links und rechts von uns scharten sich Afghanen, wechselten Zurufe oder hockten rund um ihre Feuer; unten in der Ebene gab es sie zu Tausenden, willkürlich gruppiert, nur nicht gegen Dschalalabad hin, wo sie eine geordnete, halbmondförmige Front bildeten. Reitertrupps wirbelten durcheinander, und ich sah, dass die Belagerer über Geschütze und Wagen verfügten. Vor dem Halbmond blitzte mattes Mündungsfeuer, knallten Musketenschüsse und noch weiter vorne, fast bis an die Befestigungen heran, waren zu Dutzenden kleine, aus losen Feldsteinen gefügte Wälle – Sangars – verstreut, hinter denen weißgewandete Gestalten lauerten. Es war ohne Zweifel eine regelrechte Belagerung, und als ich diese gewaltige Heerschar zwischen uns und der sicheren Zuflucht betrachtete, fiel mir wieder einmal das Herz in die Hose: Nie würden wir dieses Hindernis bewältigen.

Wohlgemerkt: Dschalalabad schien nicht allzu sehr unter den Unbilden der Belagerung zu leiden, und seine Verteidiger waren nicht ungebührlich entmutigt. Gerade in diesem Augenblick wurde das Piffpaff lauter und wir sahen einen Schwarm weißer Gestalten Hals über Kopf von den Schanzen zurückweichen. Dschalalabad ist nicht groß und nicht ummauert, aber unsere Sappeure hatten außerhalb der Ortschaft Schutzwälle angelegt, die einen recht soliden

Eindruck machten. Die Afghanen auf den Kuppen zu beiden Seiten erhoben ein lautes Hohngeschrei, als wollten sie sagen, sie hätten es besser ausgefochten als ihre retirierenden Kumpane. Die Flüchtenden ließen eine Menge Gefallener zurück. Anscheinend hatten sie eine ordentliche Tracht Prügel bezogen.

Uns nützte es herzlich wenig; aber da lenkte Hudson sein Pony neben meines und sagte: „Dort ist unser Zugang, Sir!" Ich folgte seinem Blick und sah zu unserer Rechten im Tal, etwa eine Meile vom Fuß des Hügels und vielleicht ebenso weit von der Stadt entfernt, auf einer Anhöhe eine Redoute* liegen, über deren Tor die britische Flagge wehte und von deren Wällen das Mündungsfeuer der Musketen blitzte. Etliche der Belagerer, aber nicht sonderlich viele, hatten ihr Augenmerk auf dieses Bollwerk gerichtet; es war durch die Vorposten der Afghanen von der Hauptbefestigung abgeschnitten. Wir sahen zu, wie eine kleine Reiterschar eine Attacke ritt und dann unter dem Gewehrfeuer der Verteidiger abschwenkte.

Hudson sagte: „Wenn wir langsam zu den Niggern hinunter traben, Sir, die dort mit ihren Flinten auf der Lauer liegen, können wir einen Vorstoß wagen."

Und aus dem Sattel geschossen werden, dachte ich mir; nein, ich bedanke mich. Kaum aber hatte ich es gedacht, da rief uns jemand von einem Fels zu unserer Linken an. Wortlos trieben wir unsere Ponys bergab. Er schrie uns etwas nach, aber wir machten weiter, kamen unten an und suchten uns einen Weg zwischen den Afghanen, die hinter den Felsblöcken verteilt waren und die kleine Festung im Auge behielten. Die Reiter, die ihre Attacke geritten hatten, tummelten sich johlend und fluchend zu unserer Linken, einige der Scharfschützen riefen uns etwas zu, aber wir ließen

* Feldschanze, Vorposten, kleine Festung

uns nicht beirren, und mit einem Mal hatten wir die letzte Schützenkette vor uns und hinter ihr in einem Abstand von einer Dreiviertelmeile die Redoute auf ihrer kleinen Anhöhe mit der wehenden Fahne.

„Jetzt Sir!“ sagte Hudson. Wir gaben unseren Pferden die Sporen und fegten wie die Furien an den letzten Sangars vorbei. Die Afghanen, die dort postiert waren, wunderten sich nicht schlecht und fragten sich, was zum Teufel haben diese Burschen vor? – aber wir duckten uns ganz einfach und nahmen Kurs auf das Festungstor. Hinter uns wurden Rufe laut, Hufe dröhnten, dann pfiffen uns die Kugeln um die Ohren – sie kamen, gottverdammich, aus der Festung. Oh Herr Jesus, dachte ich, sie werden uns abknallen, weil sie uns für Afghanen halten, und wir können jetzt nicht haltmachen, weil wir die Reiter auf den Fersen haben! Hudson streifte seinen Poschtin ab und richtete sich laut rufend in den Steigbügeln auf. Beim Anblick des blauen Lanzenreiter-Waffenrocks und der Reithose erhob sich hinter uns ein gewaltiges Geschrei, aber das Feuer aus der Festung hörte auf. Jetzt galt es nur noch den Wettlauf zwischen uns und den Afghanen zu gewinnen. Unsere Ponys waren mit ihren Kräften so ziemlich am Ende, aber wir jagten sie mit höchster Geschwindigkeit den Hang hinan, und als die Wälle näher rückten, sah ich, wie das Tor geöffnet wurde. Mit He und Ho stürmte ich drauflos, Hudson dicht hinter mir, dann waren wir durch und ich glitt aus dem Sattel in die Arme eines Mannes mit einem enormen brandroten Backenbart und den Ärmelstreifen eines Sergeanten.

„Gottverdammich!“ schreit er. „Wer zum Teufel sind denn Sie?“

„Leutnant Flashman“, erwiderte ich, „aus General Elphinstones Armee.“ Da schnappte er nach Luft wie ein Stockfisch.

„Wo ist Ihr Kommandeur?“

„Verflixt!“ sagte er. „Soweit es hier einen Kommandeur gibt, bin ich es, mit Verlaub. Sergeant Wells von den Bombay-Grenadieren, Sir. Aber wir haben geglaubt, dass ihr alle tot seid ...“

Es war nicht leicht, seine Zweifel zu beseitigen und ihm beizubringen, was sich abgespielt hatte. Während seine Sepoys von der Brustwehr über unseren Köpfen auf die enttäuschten Afghanen los ballerten, führte er uns in den kleinen Wachtturm, setzte uns auf eine Bank, bewirtete uns mit Pfannkuchen und Wasser – etwas anderes hatten sie nicht – und berichtete, die Afghanen belagerten Dschalalabad nun schon seit drei Tagen mit ständig wachsenden Streitkräften und eben so lange sei sein kleines Detachement in dieser vorgeschobenen Festung vom Gros der Verteidiger abgeschnitten.

„Wissen Sie, Sir, hier könnten sie ihre Geschütze auffahren lassen, wenn es ihnen glückte, uns zu vertreiben. Deshalb hat Captain Little – er liegt hinterm Turm, eine Kugel hat ihm den Schädel zertrümmert, Sir – deshalb hat er gesagt, wir müssten durchhalten, auf Teufel komm raus. ‚Bis zum letzten Mann, Sergeant‘, hat er zu mir gesagt, und dann ist er gestorben – das war gestern Abend, Sir. Sie haben uns ganz schön zugesetzt, Sir, und sie lassen nicht locker. Ich weiß nicht, ob wir es noch lange schaffen, das Wasser wird knapp, und gestern Nacht waren sie verdammt nahe daran, über die Mauer zu klettern, Sir.“

„Aber kann man euch denn nicht – um Gottes willen – von Dschalalabad aus entsetzen?“ fragte ich ihn.

„Ich schätze, sie haben dort alle Hände voll zu tun, Sir“, erwiderte er kopfschüttelnd. „Selber können sie sich lange genug behaupten, da macht sich unser oller Bob – Pardon,

General Sale – keine Sorgen. Aber einen Ausfall wagen, um uns zu entsetzen, das wäre ein anderes Kapitel."

„Oh du lieber Gott – aus dem Regen in die Traufe."

Er starrte mich an, aber mir war schon alles egal. Es wollte kein Ende nehmen. Ein böser Geist verfolgte mich durch ganz Afghanistan und war entschlossen, mich früher oder später zur Strecke zu bringen. Abermals so weit gekommen zu sein und in Sichtweite der Rettung in den Staub zu sinken! In einer Ecke der Turmstube lag ein Strohsack. Ich ging ganz einfach hin und streckte mich der Länge nach aus. Mein Rücken brannte noch immer, ich war halb tot vor Erschöpfung, gefangen in dieser infernalischen Redoute: Ich fluchte und weinte, das Gesicht ins Stroh vergraben, ohne mich darum zu kümmern, was die anderen davon halten mochten.

Ich hörte sie wispern, Hudson und den Sergeanten, hörte den letzteren sagen: „Also, wenn das nicht ein ulkiger Kauz ist ...!" Dann mussten sie weggegangen sein, denn ich hörte sie nicht mehr. Ich blieb liegen und muss wohl vor schierer Erschöpfung eingeschlafen sein. Als ich wieder die Augen aufschlug, war es finster. Ich hörte die Sepoys draußen reden, aber ich ging nicht hinaus. Ich stand auf, trank einen Schluck Wasser aus dem Kännchen, das auf dem Tische stand, legte mich wieder hin und schlief bis zum nächsten Morgen.

So mancher von euch wird entsetzt die Hände zum Himmel erheben: Dass ein Offizier Ihrer Majestät der Königin sich so aufführen könne, noch dazu vor den Augen seiner Untergebenen. Meine Antwort würde lauten, dass ich, wie schon gesagt, noch nie behauptet habe, etwas anderes zu sein als ein Feigling und ein Lump, und dass ich nie Komödie spiele, wenn es nicht einem besonderen Zweck dient. Im Augenblick erschien es mir zwecklos. Möglicherweise litt ich damals zufolge des Schocks an einer leichten Sinnesverwirrung – Sie müssen zugeben, dass Afghanistan für mich nicht eben ein Sonntagsausflug gewesen war; aber wie ich so auf meiner Strohmatratze lag, dem gelegentlichen Gewehrfeuer und dem Feldgeschrei der Belagerer lauschend, machte ich mir überhaupt nichts mehr aus äußerlichen Dingen. Mochten sie denken, was ihnen behagte. Wir würden alle miteinander ins Gras beißen, und was kümmert einen Leichnam die gute Meinung der Kollegen?

Sergeant Hudson aber legte nach wie vor großen Wert auf das Dekorum. Er war es, der mich nach der ersten Nacht weckte. Er hatte Tränensäcke unter den Augen und sah verdreckt aus, der Waffenrock war zerfetzt, das Haar hing ihm in die Stirn.

„Wie fühlen Sie sich, Sir?" fragte er mich.

„Gottsjämmerlich", antwortete ich. „Mein Rücken steht in Flammen. Ich fürchte, ich werde fürs erste nicht viel taugen, Hudson."

„Darf ich mir Ihren Rücken ansehen, Sir?" Ächzend wälzte ich mich auf den Bauch.

„Nicht gar so schlimm", sagte Hudson. „Die Haut ist nur an einigen Stellen geplatzt und überhaupt nicht brandig. Im übrigen sind es Striemen." Er schwieg eine Weile. Dann: „Die Sache ist die, Sir – wir brauchen jede Muskete, deren wir habhaft werden können. Die Sangars wurden heute früh näher heran gerückt, die Nigger rotten sich zusammen. Es sieht nach einer richtigen Schlacht aus, Sir."

„Bedaure, Hudson", entgegnete ich mit recht matter Stimme. „Sie wissen, ich würde gerne helfen, wenn ich könnte. Aber mag mein Rücken aussehen, wie er will – momentan kann ich nicht viel ausrichten. Ich fürchte, in mir drin ist etwas gebrochen."

Er blickte auf mich hinunter. „Ja, Sir“, sagte er schließlich. „Das glaube ich auch.“ Dann machte er kurzerhand kehrt und verließ den Raum.

Mir schoss das Blut in die Wangen, als mir klar wurde, was er damit gemeint hatte. Beinahe wäre ich aufgesprungen und ihm nachgelaufen. Aber ich ließ es sein, denn in diesem selben Augenblick erhob sich auf den Wällen ein jähes Geschrei, Musketen knallten, Sergeant Wells erteilte mit Donnerstimme seine Befehle. Alles übertönend jedoch war das markerschütternde Geheul der Ghazi zu hören, die offenbar zum Sturm auf die Festungsmauern angesetzt hatten. Schaudernd blieb ich auf dem Stroh liegen, während draußen der Kampflärm tobte. Er schien nicht enden zu wollen. Jeden Augenblick erwartete ich das afghanische Feldgeschrei auf dem Hof und das Getrappel ihrer Füße zu hören und die bärtigen Scheusale mit ihren Kaiber-Messern zur Tür hereinstürmen zu sehen. Ich konnte nur zu Gott hoffen, sie würden mich schnell wegputzen.

Wie gesagt, ich mag damals an einem schweren Schock oder sogar an einem Fieber gelitten haben, obwohl ich es bezweifle: Ich glaube nämlich, dass es ganz einfach die Angst war, die mich fast um den Verstand brachte. Auf jeden Fall habe ich keine rechte Ahnung, wie lange das Gefecht dauerte oder wann es zu Ende ging und wann der nächste Ansturm begann oder auch nur, wie viele Tage und Nächte verstrichen. Ich kann mich nicht erinnern, dass ich etwas gegessen oder getrunken oder meine Bedürfnisse verrichtet hätte, obwohl es geschehen sein muss. Übrigens ist *das* eine Wirkung, welche die Furcht *nicht* auf mich ausübt: Ich mache weder in die Hosen noch ins Bett. Obwohl ich zugeben muss, dass ich ein paar Mal nahe daran war. In Balaklawa zum Beispiel, als ich mit der Leichten Brigade ritt – Sie wissen, dass George Paget auf dem ganzen Weg bis zu den Kanonen eine Zigarre rauchte? Nun, bei mir rührten sich auf dem ganzen Weg bis zu den Kanonen die Gedärme, aber ich hatte nichts im Leibe außer Blähungen, da ich seit Tagen nichts zu mir genommen hatte.

In dieser kleinen Festung aber, als ich mit meinem Latein am Ende war, schien ich jedes Zeitgefühl zu verlieren; das *Delirium bammelens* hatte mich gepackt. Ich weiß, dass Hudson zu mir hereinkam, ich weiß, dass er mit mir redete, aber ich kann mich nicht erinnern, was er gesagt hat, abgesehen von ein paar vereinzelten Sätzen, und das war wohl zumeist in der letzten Etappe. Ich erinnere mich nur, dass er mir mitteilte, Wells sei gefallen, und dass ich erwiderte: „Ein wahres Pech, bei Gott – ist er schwer verwundet?“ Im Übrigen waren meine wachen Stunden weniger klar als meine Träume, und die ließen an Lebhaftigkeit nichts zu wünschen übrig. Ich hing wieder in der Zelle, Gul Schah und Narriman standen vor mir, Gul lachte mich aus und verwandelte sich in Bernier mit erhobener Pistole und gleich darauf in Elphy Bey, der zu mir sagt: „Wir werden Ihnen alle Ihre lebenswichtigen Organe wegschneiden müssen, Flashman, es lässt sich leider nicht ändern. Ich werde Sir William ein Memorandum schicken.“ Und Narrimans Augen wurden immer größer, bis sie mir aus Elspeths Gesicht entgegen strahlten – es war eine lächelnde, eine wunderschöne Elspeth, aber sie verwandelte sich nun ihrerseits in Dr. Arnold, der mir mit einer Tracht Prügel drohte, weil ich einen Relativsatz falsch konstruiert hatte. „Unglückseliger Knabe, ich will nichts mehr mit dir zu tun haben – noch heute musst du meine Schlangengrube und meine Zwerge verlassen.“ Er streckte die Hand aus, packte mich bei der Schulter, seine Augen waren wie glühende Kohlen, seine Finger vergruben sich in meine Schulter, so dass ich laut aufschrie und mich losreißen wollte, und da merkte ich, dass es Hudsons Finger waren. Er kniete neben meinem Lager.

„Sir“, sagte er, „Sie müssen aufstehen.“

„Wie spät ist es?“ fragte ich. „Und was wollen Sie von mir? Lassen Sie mich in Ruhe, ja, lassen Sie mich in Ruhe – ich bin krank.“

„Nichts zu machen, Sir, Sie können nicht länger hier herumliegen. Sie müssen aufstehen und mich begleiten.“

Ich ersuchte ihn, sich zum Teufel zu scheren. Da beugte er sich plötzlich vor und rüttelte mich aus Leibeskräften.

„Auf!“ knurrte er, und ich merkte, dass sein Gesicht hager geworden war, verzerrt und böse wie die Schnauze eines wilden Tieres. „Stehen Sie auf! Sie sind ein Offizier der Königin, und Sie werden sich, bei Gott, wie ein Offizier der Königin benehmen! Sie sind nicht krank, mein kostbarer Herr Flashman, Sie sind weiter nichts als feige. Das ist ihr ganzes Leiden! Aber Sie werden aufstehen und sich wie ein Mann gebärden, wenn Sie auch keiner sind!“ Damit versuchte er mich von der Matratze herunter zu zerren.

Ich knallte ihm eine, beschuldigte ihn der Meuterei und drohte, ihn zur Strafe für seine Indolenz Spießruten laufen zu lassen, aber er schob sein Gesicht an das meine heran und zischte:

„Oh nein, davon wird keine Rede sein! Nie und nimmer! Weil nämlich wir beide nicht mehr dorthin zurückkehren werden, wo es Trommelfelle und Spießruten gibt, verstanden, Herr Flashman? Hier sitzen wir fest, und hier werden wir verrecken, weil es keinen Ausweg gibt! Wir sind erledigt, Leutnant – die ganze Garnison fährt zur Hölle. Es bleibt uns nichts anderes mehr übrig, als zu sterben!“

„Wozu also braucht ihr *mich*, gottverdammich? Geht und sterbt auf eure Weise und lasst mich auf meine Weise sterben.“ Ich versuchte, ihn wegzustoßen.

„Oh nein, Sir! So leicht geht es nicht. Wir sind jetzt nur noch ein paar Mann, die die Festung halten – ich – ein Dutzend entkräfteter Sepoys – und Sie. Aber wir werden uns wehren, Mr. Flashman – bis zum letzten Blutstropfen – haben Sie gehört, was ich sage?"

„Wehrt euch, zum Teufel!" schrie ich. „Sie sind ja so ungeheuer mutig! Ein beschissener Soldat vom Scheitel bis zur Sohle! Schön – ich bin es nicht! Ja, ich habe Angst, hol's der Teufel, und ich kann nicht kämpfen – ich pfeife drauf, wenn die Afghanen die Festung erobern und Dschalalabad und ganz Indien obendrein!" Mir liefen die Tränen an den Wangen herab. „Scheren Sie sich jetzt zum Kuckuck und lassen Sie mich in Ruhe."

Er blieb knien, starrte mich an und strich die Haare aus den Augen. „Ich weiß es", sagte er. „Halb und halb habe ich es schon gewusst, als wir Kabul verließen und im Keller war ich meiner Sache fast sicher, so, wie Sie sich dort aufgeführt haben. Doppelt sicher aber war ich, als Sie die arme Afghanin abschlachten wollten: Ein *Mann* tut so etwas nicht. Aber ich durfte es nicht einmal aussprechen. Sie sind ein Offizier und ein sogenannter Gentleman. Jetzt spielt das keine Rolle mehr, habe ich recht, Sir? Mit uns beiden ist es aus – deshalb brauche ich kein Blatt vor den Mund zu nehmen."

„Na, hoffentlich macht es Ihnen Spaß", sagte ich. „Auf diese Weise werden Sie eine Menge Afghanen umbringen."

„Vielleicht, Sir. Aber ich brauche Ihre Hilfe. Und Sie werden mir helfen, denn ich bin entschlossen, so lange wie möglich durchzuhalten."

„Armer Narr", sagte ich. „Was nützt das alles, wenn Sie zu guter Letzt doch ins Gras beißen müssen?"

„Was es nützt? Es hindert die Nigger daran, ihre Geschütze auf dieser Anhöhe in Stellung zu bringen. Solange wir durchhalten, können sie Dschalalabad nicht erobern – und jede Stunde schenkt General Sale eine bessere Chance. Dafür werde ich sorgen, Sir."

Natürlich begegnet man ihnen, ich habe sie zu Hunderten gekannt. Man gebe ihnen Gelegenheit, ihre Pflicht zu tun (wie sie sich ausdrücken), man winke ihnen mit der Aussicht auf den Märtyrertod, und sie werden sich zum Kreuz drängen und nach dem Mann mit dem Hammer und den Nägeln rufen.

„Meine besten Wünsche", sagte ich. „Ich halte Sie nicht davon ab."

„Weil ich mich nicht davon abhalten lasse. Ich brauche Sie. Unsere Sepoys werden sich umso besser schlagen, wenn ein Offizier da ist, der sie antreibt. Die armen Teufel wissen nicht, was Sie für einer sind – sie wissen es noch nicht." Er erhob sich. „Ich dulde keinen Widerspruch, Sir. Sie stehen auf – sofort. Sonst schleife ich Sie hinaus und hacke Sie mit dem Säbel in kleine Stücke, Stück für Stück." Sein Gesicht war furchtbar anzusehen. Die grauen Augen in der zerfurchten, fahlen Haut. Er meinte es ernst, ganz ohne Zweifel. „Also stehen Sie gefälligst auf, Sir, ja?"

Natürlich stand ich auf. Körperlich fehlte mir nichts; mein Zipperlein war rein moralischer Art. Ich begleitete ihn auf den Hof hinaus, wo in der Nähe des Tors etwa ein Dutzend Sepoys in einer Reihe lagen, mit Decken zugedeckt. Die Überlebenden hatten die Brustwehr bemannt. Sie sahen sich um, als Hudson und ich die wacklige Leiter hinauf kletterten – müde, teilnahmslos schwarze Gesichter unter den Tschakos; die zaundürren Hände und Füße, die aus den roten Uniformröcken und den weißen Hosen hervorguckten, boten einen lächerlichen Anblick.

Das Turmdach maß nicht mehr als drei Meter im Geviert, war nur um ein weniges höher als die Mauern, die es umgaben und knappe zwanzig Meter lang waren – das Ganze eher eine Spielzeugburg als eine Festung. Vom Turmdach aus war Dschalalabad zu sehen, eine Meile entfernt, scheinbar unverändert, abgesehen davon, dass die afghanischen Linien näher herangerückt zu sein schienen. An unserer Front war der Abstand auf jeden Fall geringer geworden, und Hudson zerrte mich hastig in Deckung, bevor sie uns aufs Korn nehmen konnten.

Wir beobachteten sie, Berittene und Fußvolk aus den Bergen, wie sie sich außer Musketenschussweite tummelten. Hudson zeigte mir zwei Feldgeschütze, die an ihrer rechten Flanke aufgefahren waren. Seit Tagesanbruch, sagte er, stünden sie dort und würden seiner Meinung nach zu feuern beginnen, sobald Pulver und Blei herbeigeschafft worden waren. Wir überlegten uns gerade, wann das sein werde – das heißt, Hudson überlegte es sich, denn ich sprach nicht mit ihm –, als die Reiter ein lautes Geschrei erhoben und auf die Festung losstürmten. Hudson stieß mich die Leiter hinunter, quer durch den Hof und auf die Brustwehr hinauf. Eine Muskete wurde mir in die Hand gedrückt, und ich stierte durch eine Scharte auf die wilde Menschenmasse, die sich heranwälzte. Jetzt sah ich, dass der Boden außerhalb der Mauer mit Leichen übersät war; vor dem Tor lagen sie gehäuft wie tote Sardinen.

Der Anblick war ohne Zweifel widerwärtig, aber nicht so widerwärtig wie das Schauspiel dieser johlenden Teufel, die auf uns zu gesprengt kamen. Ich schätzte ihre Zahl auf ungefähr vierzig; allerlei Fußvolk folgte ihnen auf den Fersen, sie schwenkten ihre Messer und schrien sich heiser. Hudson befahl, nicht zu schießen und die Sepoys benahmen sich, als hätten sie so etwas schon früher einmal erlebt – was ja auch der Fall war. Als die Angreifer bis auf fünfzig Meter herangekommen waren, wie mir schien, ohne sonderliche Begeisterung an den Tag zu legen, rief Hudson: „Feuer!“, die Salve knallte und etwa vier Mann purzelten aus dem Sattel, ein gutes Resultat. Daraufhin gerieten die Reihen ins Wanken, setzten aber ihren Weg fort. Die Sepoys griffen nach ihren Reservegewehren und schielten zu Hudson hin. Wieder schrie er: „Feuer!“, wieder wurde ein halbes Dutzend vom Pferd geschossen, und jetzt schwenkte die ganze Bande ab.

„Da hauen sie ab!“ rief Hudson aus. „Frisch geladen, aber flink! Bei Gott“, fügte er hinzu, „wenn sie den nötigen Mumm für einen einzigen ordentlichen Angriff hätten, könnten sie uns umwerfen wie die Kegel!“

Dieser Gedanke war auch mir durch den Kopf geflogen. Dort draußen waren sie zu Hunderten – in der Festung knapp zwanzig Mann. Mit einem entschlossenen Vorstoß hätten sie die Mauern erstürmen können und wenn sie erst einmal eingedrungen waren, brauchten sie keine fünf Minuten, um uns den Garaus zu machen. Aber ich vermutete, das sei schon die ganze Zeit ihr Stil gewesen – verzagte Attacken, die mühelos abgeschlagen worden waren. Nur einige wenige waren bis zur Festung vorgedrungen. Sie hatten schwere Verluste erlitten. Ich glaube, eigentlich lag ihnen gar nicht so viel an unserer kleinen Bastion – viel lieber hätten sie zusammen mit ihren Freunden Dschalalabad berannt, wo Beute winkte. Vernünftige Leute.

Aber es würde nicht lange dabei bleiben, das sah ich schon jetzt. Obwohl unsere Verluste nicht gar so erheblich gewesen waren, pfiffen die Sepoys sozusagen auf dem letzten Loch. An Proviant war nur noch ein bisschen Mehl übrig und kaum ein Kännchen Wasser pro Nase in dem großen Zuber am Tor. Hudson bewachte es mit Habichtsaugen.

An diesem Tag wurden wir noch dreimal – oder viermal – angegriffen, ohne größeren Erfolg als zuvor. Wir ballerten drauflos, sie schwirrten ab, und mir begann wieder schwindlig zu werden. Ich sackte an meiner Schießscharte zusammen und zog einen Poschtin über mich, um mich vor der Bullenhitze zu schützen. Überall surrten die Fliegen; der Sepoy rechts neben mir stöhnte unaufhörlich in sich hinein. Nachts war es ebenso schlimm. Die Kälte kam, so bitter, dass ich vor Jammer schluchzte. Ein riesiger Mond beleuchtete alles mit strahlendem Silberglanz, aber auch als er unterging, war die Dunkelheit nicht so arg, dass sie den Afghanen ermöglicht hätte, sich heranzuschleichen, Gott sei Dank. Einige Male wurde Alarm geschlagen, einige Schüsse fielen, aber das war auch alles. Der Morgen graute, die Scharfschützen begannen, uns zu beschießen. Wir duckten uns unter die Brüstung, und die Kugeln schlugen Splitter aus der Turmwand hinter uns.

Ich muss gedöst haben, denn ich wurde durch einen allmächtigen Krach und eine donnernde Explosion wachgerüttelt. Rund um mich her wogte eine dichte Staubwolke; als sie sich verzogen hatte, sah ich, dass die eine Ecke des Turms weg war und ein Schutthaufen im Hof lag.

„Das Geschütz!" rief Hudson aus. „Sie schießen mit Kanonen!"

Ja, tatsächlich, dort draußen auf der Ebene stand von emsigen Afghanen umgeben ein schweres Geschütz und zielte auf die Festung. Sie brauchten fünf Minuten, um frisch zu laden, dann zitterte das Bauwerk, wie von einem Erdbeben befallen, und in der Mauer neben dem Tor gähnte ein Loch. Die Sepoys begannen ach und weh zu schreien und Hudson brüllte sie an, sie möchten standhalten. Wieder ein fürchterlicher Krach. Staub und Steine flogen durch die Luft. Ein Teil der Brustwehr stürzte ein und riss einen kreischenden Sepoy in die Tiefe mit. Ich stürzte mich auf die Leiter, rutschte aus und kollerte in den Schutt hinunter. Etwas muss mich am Kopf getroffen haben, denn mit einem Mal stand ich da, wusste nicht, wo ich war, starrte eine zertrümmerte Mauer an, hinter der eine offene Ebene lag. Menschen kamen auf mich zu.

Sie waren noch weit weg und ich brauchte eine Weile, um zu begreifen, dass es Afghanen waren. Zweifellos gingen sie zum Angriff über. Ich hörte eine Muskete knallen, sah Hudson an der zertrümmerten Mauer stehen und fluchend mit einem Ladestock hantieren. Die eine Gesichtshälfte war mit verkrustetem Blut bedeckt. Er erblickte mich und schrie:

„Vorwärts! Vorwärts! Helfen Sie mir, Mann!"

Ich ging auf ihn zu, jeder meiner Füße wog etliche Tonnen. Im Schatten der Mauer neben dem Tor bewegte sich eine rotberockte Gestalt, es war einer der Sepoys. Merkwürdigerweise war die Mauer zu beiden Seiten in Trümmer gelegt, aber das Tor stand noch aufrecht, die Fahne baumelte schlaff an der Stange, die Seile hingen herab. Während das Kriegsgeschrei der Ghazi sich näherte, schoss mir ein Gedanke durch den Kopf. Ich stolperte auf das Tor zu und griff nach den Schnüren.

„Ergeben wir uns!" stotterte ich und zerrte an den Seilen. „Holen wir die Fahne ein – dann machen sie halt." Wieder zog ich an den Schnüren, dann krachte es abermals, die beiden Torhälften flogen auf, als hätte eine Riesenhand sie eingedrückt, der Torbogen stürzte ein und riss die Fahnenstange mit. Erstickender Staub wirbelte hoch. Ich tastete mich hindurch, die Hände ausgestreckt, um nach der Fahne zu greifen, die jetzt in Reichweite war.

Ich wusste genau, was ich vorhatte: die Fahne den Afghanen auszuliefern – dann würden sie uns in Ruhe lassen. Hudson muss sogar in diesem höllischen Lärm und Grauen erraten haben, was in meinem Kopf vorging, denn ich sah auch ihn auf die Fahne zu kriechen. Vielleicht wollte er sie retten, ich weiß es nicht. Aber es gelang ihm nicht. Eine Kanonenkugel durchpflügte das Geröll zu meinen Füßen, und die schmutzige, blau gekleidete Gestalt wurde plötzlich wie eine Stoffpuppe von einer gewaltigen Staub- und Schuttwolke verschlungen. Ich stolperte weiter, bekam die Flaggenstange zu fassen und fiel auf die Knie. Das Flaggentuch war in Reichweite. Ich zerrte es aus den Trümmern hervor. Von irgendwoher hallte eine Gewehrsalve und ich dachte mir, na, das ist das Ende, nicht halb so schlimm, wie ich es mir vorgestellt habe, aber trotzdem schlimm genug und, mein Gott, ich will noch nicht sterben.

Ein Donner wie ein Wasserfall. Es hagelte auf mich herab. Ein grauenhafter Schmerz durchzuckte mein rechtes Bein. Der Schrei eines Ghazi tönte mir ins Ohr. Ich lag mit dem Gesicht nach unten da, hielt die Fahne fest, murmelte: „Da, nehmt sie, ich will sie nicht haben. Bitte, nehmt sie, ich ergebe mich ..." Wieder knallten Schüsse, das Getöse wurde lauter, dann sah und hörte ich nichts mehr.

Kapitel 12

Es gibt im Leben ab und zu ein Erwachen, von dem man sich wünscht, es möge ewig währen, weil es so köstlich ist. All zu oft erwacht man verstört und erinnert sich an die schlechte Nachricht, mit der man zu Bett gegangen ist; zuweilen, recht selten aber öffnet man die Augen in dem Bewusstsein, alles sei gut und geborgen und richtig, und man habe nichts weiter zu tun, als mit sanft geschlossenen Augen still zu liegen, jede beseligende Minute auskostend.

Als ich das Laken unterm Kinn und ein weiches Kissen unterm Kopf spürte, wusste ich, alles war in bester Ordnung. Ich lag irgendwo in einem britischen Bett, und das Rascheln über mir rührte von einem Panka-Fächer her. Selbst als ich mich bewegte und ein stechender Schmerz durch mein rechtes Bein zuckte, war ich nicht sonderlich bestürzt. Ich merkte sofort, dass es nur gebrochen war und dass Zehen daran saßen, mit denen ich wackeln konnte.

Wie ich hierher gekommen war, interessierte mich wenig. Offenbar war ich in letzter Minute verwundet, aber ansonsten wohlauf, aus der Festung gerettet und in Sicherheit gebracht worden. Aus der Ferne war gedämpftes Musketenfeuer zu hören; hier aber in diesen vier Wänden herrschte Friede. Ich staunte über mein Glück, schwelgte in meiner momentanen Situation und machte mir nicht einmal die Mühe, die Augen zu öffnen, so zufrieden war ich.

Als ich sie endlich öffnete, befand ich mich in einem netten, weißgetünchten Zimmer. Schräg fielen die Strahlen der Sonne durch hölzerne Jalousien. An der Wand saß halb schlummernd ein Panka-Walla und zog automatisch an der Schnur des breiten Fächers. Ich drehte den Kopf und entdeckte, dass er dick bandagiert war. Im Hinterkopf regte sich ein dumpfes Pochen, aber auch das entmutigte mich nicht. Mit heiler Haut war ich afghanischen Verfolgern, erbarmungslosen Feinden, viehischen Weibern und vertrottelten Vorgesetzten entronnen – gemütlich lag ich in einem sauberen Bett, und wer mehr von Flashy erwartet, na, dem wünsche ich, dass der Himmel es ihm beschere! Wieder bewegte ich mich, das Bein tat mir weh, und ich stieß einen Fluch aus, worauf der Panka-Walla mit einem Piepser aufsprang und zur Tür hinausrannte, laut rufend, der Leutnant sei aufgewacht. Nach einer Weile ließen sich Schritte vernehmen, und herein kam ein kleiner, glatzköpfiger, bebrillter Mann in einer weiten Leinenjacke, begleitet von zwei bis drei indischen Wärtern.

„Endlich aufgewacht!“ sagte er. „Das ist aber schön. Nicht rühren, Sir! Still, still. Sie haben hier ein gebrochenes Bein und dort einen gebrochenen Schädel, da wollen wir zwischen Scylla und Charybdis für Windstille sorgen.“ Er lächelte mir zu, fühlte meinen Puls, ließ sich meine Zunge zeigen, sagte, er heiße Buchet, zupfte an seiner Nase und fand meinen Zustand in Anbetracht der Umstände recht gut. „Fraktur des Femur, Sir – Oberschenkelknochen. Hässlich, aber unkompliziert. Ein paar Monate, und Sie nehmen wieder jedes Hindernis. Aber vorläufig noch nicht – oh nein. Sie müssen Schlimmes durchgemacht haben, wie? Garstige Striemen auf dem Rücken – na, egal, das werden Sie uns später erzählen ... Abdul!“ fuhr er fort. „Lauf und berichte Major Havelock, dass der Patient erwacht ist – dschuldi, dschao. Bitte, bewegen Sie sich nicht, Sir! Was sagen Sie? Ja, einen kleinen Schluck ... Besser? Kopf stillhalten – so ist es recht. Im Augenblick können wir nichts anderes tun als ordentlich still zu liegen."

Er plapperte drauflos, doch ich hörte nicht hin. Merkwürdigerweise war es der Anblick des blauen Waffenrocks unter der Leinenjacke, der mich an Hudson erinnerte: Was war aus ihm geworden? Zuletzt hatte ich ihn fallen sehen – aller Wahrscheinlichkeit nach tödlich getroffen. Aber war er wirklich tot? Ich musste es mir von Herzen wünschen. Allzu lebhaft entsann ich mich unserer späteren Beziehungen. Jählings überfiel es mich: Wenn Hudson lebte und aus der Schule plauderte, war es aus mit mir. Wenn er Lust hatte, konnte er unter Eid mein feiges Verhalten bezeugen. Würde er es wagen? Würde man ihm Glauben schenken? Er konnte zwar nichts beweisen, aber wenn er als zuverlässig galt – und davon war ich überzeugt –, mochte es sehr wohl passieren, dass man ihn aufmerksam anhörte. Das würde den Ruin bedeuten, die untilgbare Schande – und während ich mir keinen Deut aus solchen Dingen gemacht hatte, als ich glaubte, ebenso wie die gesamte Garnison der kleinen Festung dem Tode geweiht zu sein, gingen sie mir jetzt, da ich wieder in Sicherheit war, ganz verteufelt an die Nieren.

Oh Gott, sagte ich mir, möge er tot sein. Die Sepoys – falls welche am Leben geblieben sind – wissen nichts, und wenn sie etwas wüssten, würden sie den Mund halten oder kein williges Ohr finden. Aber Hudson – er *musste* tot sein!

Sie werden sagen: Das nennt man christliche Nächstenliebe. Ach, wir leben in einer harten Welt. Obwohl kleine Rotzer wie Hudson zuweilen von Nutzen sind, können sie auch äußerst unbequem werden. Damals wünschte ich mir, dass er tot sei, wünschte es mir so inniglich, wie ich mir selten in meinem Leben etwas gewünscht hatte.

Die qualvolle Ungewissheit musste sich in meinen Mienen bemerkbar gemacht haben, denn der kleine Herr Doktor redete besänftigend auf mich ein, und dann ging die Tür auf. General Sale kam herein marschiert, sein breites, freundliches, stupides Gesicht strahlte so rot wie sein Waffenrock. Ihm folgte ein hochgewachsener Mann mit harten Zügen und dem Aussehen eines Pfaffen. Zahlreiche Gesichter lugten um den Türpfosten, während Sale sich neben meinem Bett in einen Sessel plumpsen ließ und sich vorbeugte, um mir die Hand zu drücken. Behutsam hielt er sie in seiner dicken Pfote und sah mich an wie eine frisch milchende Kuh.

„Mein lieber Junge!" sagte er. Es war fast ein Flüstern. „Mein tapferer Junge!"

Holla, denke ich mir, das klingt gar nicht so übel. Aber ich musste es herausbekommen, und zwar schnell. „Sir", erwiderte ich (zu meinem Erstaunen war meine Stimme heiser und zittrig, wohl deshalb, weil sie so lange nicht mehr benützt worden war). „- Sir, wie geht es Sergeant Hudson?"

Sale stöhnte, als hätte man ihm einen Tritt versetzt. Er senkte den Kopf, sah dann den Arzt und den Mann mit der Totengräbervisage an. Beide machten ernste Gesichter.

„Seine ersten Worte", sagte der kleine Medikus, zog ein Taschentuch hervor und schnäuzte sich.

Betrübt schüttelte Sale den Kopf. Sein Blick kehrte zu mir zurück.

„Mein lieber Junge", sagte er, „zu meinem tiefen Kummer muss ich Ihnen mitteilen, dass Ihr Kamerad – Sergeant Hudson – tot ist. Den letzten Ansturm auf die Piper-Festung hat er nicht überlebt." Er hielt inne, sah mich teilnahmsvoll an und fuhr fort: „Er ist den Heldentod gestorben – ein echter Soldat."

„Und tot lag Nikanor in seinem Harnisch!" sagte der Mann mit der Totengräbervisage und blickte zur Decke empor. „Er starb in Erfüllung seiner Pflicht, getreu bis in den Tod."

„Gott sei Dank“, murmelte ich. „Ich meine, Gott sei ihm gnädig – das heißt, er ruhe in Frieden.“ Zum Glück war meine Stimme so matt, dass sie nicht genau hörten, was ich sagte. Ich machte einen möglichst niedergeschlagenen Eindruck. Sale drückte meine Hand. „Ich glaube zu wissen“, sagte er, „was diese Kameradschaft für Sie bedeutet hat. Wir sind uns nämlich darüber im klaren, dass ihr gemeinsam dem Zusammenbruch der Armee General Elphinstones entronnen seid und wir können uns vorstellen, was für Ungemach ihr gemeinsam erlitten haben müsst – ach, mein lieber Junge, davon zeugt nur allzu deutlich Ihr körperlicher Zustand. Ich hätte mit dieser Nachricht gewartet, bis Sie wieder bei Kräften sind ...“ Er strich sich über die Augen.

„Nein, Sir“, erwiderte ich mit etwas kräftigerer Stimme, „ich wollte es sofort wissen.“

„Nichts anderes hätte ich von Ihnen erwartet“, sagte er, mir die Hand schüttelnd. „Mein lieber Junge, was soll ich sagen? Soldatenschicksal. Wir müssen uns mit dem Gedanken trösten, dass wir uns ebenso freudig für unsere Kameraden opfern würden, wie sie sich für uns opfern. Und wir vergessen sie nicht.“

„Non omnis morian“, sagte der Totengräber. „Solche Männer sterben nicht ganz und gar.“

„Amen“, fügte der kleine Medikus hinzu und schnaubte durch die Nase. Eigentlich fehlten ihnen nur eine Orgel und ein Kirchenchor.

„Aber wir dürfen Sie nicht zu früh stören“, sagte Sale. „Sie brauchen Ruhe.“ Er stand auf. „Gönnen Sie sich diese Ruhe im Bewusstsein, dass Ihre Heimsuchungen vorbei sind und dass Sie Ihre Pflicht getan haben, wie nur wenige sie getan haben würden. Ja, oder fähig gewesen wären, sie zu tun. Sobald man es mir gestattet, komme ich wieder. Inzwischen will ich Ihnen sagen, warum ich Sie aufgesucht habe: Um zu betonen, dass ich mich von ganzem Herzen freue, Sie auf dem Weg der Besserung zu sehen. Ihre Rettung ist das Schönste, das uns der Himmel in dieser Kette von Katastrophen beschert hat. Gott segne Sie, mein lieber Junge! Kommen Sie, meine Herren!"

Er stapfte zur Tür hinaus, die anderen folgten ihm. Der Totengräber verbeugte sich feierlich, der kleine Medikus nickte mir zu und scheuchte die indischen Wärter vor sich her. Und ich blieb nicht nur erleichtert, sondern auch maßlos erstaunt zurück – erstaunt über Sales Worte. Ach ja, die alltäglichen Komplimente solcher Typen wie Elphy Bey sind eine Sache für sich, aber das war schließlich General Sale, der berühmte „Kampfhahn" – „Fighting Bob" –, dessen Tapferkeit sprichwörtlich war. *Er* hatte gesagt, meine Rettung sei „das Schönste" und ich hätte meine Pflicht getan, wie nur wenige es fertig gebracht hätten – aber ja, er hatte dahergeredet, als ob ich ein Held wäre, dem jene verwunderliche leisetreterische Verehrung gebührt, die mein Jahrhundert aus irgendeinem Grund seinen Idolen widmet. Man behandelte uns (ich darf sagen „uns"), als wären wir zu zerbrechlich, um normal gehandhabt zu werden, gleich altchinesischem Porzellan.

Nun, beim Erwachen hatte ich mir gedacht, jetzt bist du in Sicherheit, Flashy, und gut aufgehoben; Sales Besuch hatte mir gezeigt, dass mehr dahinter steckte. Aber erst am darauf folgenden Tage fand ich heraus, was es sei, als Sale wiederkam, mit dem Totengräber an seiner Seite – es war, nebenbei bemerkt, Major Havelock, ein Bibelwurm reinsten Wassers und heute ein großer Name [22]. Old Bob war glänzend gelaunt und erfreute mich mit den neuesten Nachrichten: Dschalalabad behaupte sich großartig, ein Entsatzheer unter Pollock sei im Anmarsch und das alles spiele ohnedies keine Rolle, denn wir hätten inzwischen die Afghanen im

Griff und würden sehr wahrscheinlich, sobald es uns an der Zeit schien, einen Ausfall machen und die Belagerer davonjagen.

Havelock hörte mit etwas säuerlicher Miene zu; ich hatte den Eindruck, dass er von Sale keine sehr hohe Meinung hatte (die hatte niemand, abgesehen davon, dass alle seine Tapferkeit bewunderten) und nicht allzu viel von seiner Fähigkeit hielt, Belagerer in die Flucht zu jagen.

„Und wem verdanken wir es?" schloss Bob begeistert. „Ihnen, Flashman. Ja, und der tapferen Schar, die die kleine Festung gegen eine Armee gehalten hat. Auf mein Wort, Havelock, habe ich nicht die ganze Zeit zu Ihnen gesagt, dass es etwas Grandioseres noch nie gegeben hat? Es mag nicht alles wettmachen – die Katastrophe in Afghanistan wird zu Hause allgemeines Entsetzen erregen –, aber wir haben doch wenigstens *eine* Scharte ausgewetzt. Wir halten Dschalalabad, und wir werden Akbars Meute zu Paaren treiben – ja, und wieder in Kabul sein, bevor das Jahr zu Ende geht. Und wenn uns das glückt" – wieder wandte er sich schwungvoll zu mir –, „dann nur deshalb, weil eine Handvoll Sepoys, geführt von einem englischen Gentleman, ganz allein und bis zum bitteren Ende einer großen Armee getrotzt haben."

Er hatte sich dermaßen in Rage geredet, dass er sich in die Ecke stellen und eine Weile schlucken musste, während Havelock feierlich nickte und mich ansah.

„Es hat einen heroischen Anstrich", sagte er, „und von Heroismus haben wir bis dato herzlich wenig gemerkt. Zu Hause wird man viel damit hermachen."

Nun, ich bin nicht oft perplex (außer, natürlich, wenn mir physische Gefahren drohen), aber jetzt war ich sprachlos. Heroismus? Na schön, lass sie bei ihrer Meinung, du wirst doch nicht widersprechen. Und da fiel mir ein: *Wenn* ich so idiotisch gewesen wäre, ihnen die Wahrheit zu sagen, so wie ich sie hier zu Papier gebracht habe, dann würden sie ganz einfach angenommen haben, meine Verwundungen hätten mir den Verstand geraubt. Gott allein mochte wissen, was ich denn angeblich gar so Tapferes getan hatte, doch ich würde es wohl mit der Zeit erfahren. Ich sah nur, dass aus irgendeinem Grund der Schein für mich sprach – und was braucht man mehr? Gebt mir allemal den Schatten und behaltet die Substanz: Diesen Grundsatz habe ich mein Leben lang befolgt und er wirkt Wunder, wenn man dementsprechend zu handeln versteht. Nun aber durfte nichts geschehen, was Sale aus seinen rosigen Träumen gerissen hätte. Das wäre grausam gewesen. Deshalb machte ich mich sofort ans Werk.

„Wir haben unsere Pflicht getan, Sir“, sagte ich mit geheuchelter Bescheidenheit. Abermals nickte Havelock, während Old Bob ans Bett zurückkehrte.

„Und ich die meine“, sagte er, in seiner Tasche kramend. „Als ich Lord Ellenborough, der jetzt in Delhi den Befehl führt, meine letzte Depesche sandte, glaubte ich mich verpflichtet, einen Bericht über Ihren Einsatz beizufügen. Ich werde ihn vorlesen, weil er das, was ich zu sagen habe, klarer ausdrückt, als ich es im Augenblick zu sagen vermöchte, und weil er Ihnen zeigen wird, wie andere Ihr Verhalten beurteilen.“

Er räusperte sich und begann:

„Hm – mal sehen – Afghanen in großer Zahl – fordern mich auf, zu kapitulieren – hm – Scharmützel – aha, da haben wir es. *‚Ich hatte eine starke Besatzung unter dem Befehl von Captain Little in die Piper-Festung beordert. Sie beherrscht eine vor der Stadt gelegene Anhöhe und ich befürchtete, der Feind würde vielleicht dort seine Geschütze in Stellung bringen. Als die Belagerung einsetzte, wurde die Festung total abgeschnitten und bekam die volle*

Wucht des feindlichen Ansturms zu spüren. Wie die Verteidiger sich zu wehren wussten, kann ich nicht im einzelnen beschreiben, da von der gesamten Garnison nur fünf Mann am Leben geblieben sind, vier Sepoys und ein englischer Offizier, der, schwer verwundet, noch nicht das Bewusstsein wiedererlangt hat, aber sich, wie ich zuversichtlich hoffe, bald erholen wird. Wie er in die Redoute gelangt ist, weiß ich nicht, denn er gehörte nicht der ursprünglichen Garnison, sondern dem Stab General Elphinstones an. Er heißt Flashman. Wahrscheinlich sind er und Dr. Brydon die einzigen Überlebenden aus der Armee, die bei Dschugdulluk und Gandamak auf so grausame Weise vernichtet worden ist. Ich kann nur annehmen, dass er dem endgültigen Massaker entronnen ist und die Piper-Festung erreicht hat, bevor die Belagerung begann.‘“

Er sah mich an. „Wenn ich mich irre, müssen Sie mich verbessern, junger Mann. Aber Sie sollen erfahren, was ich seiner Exzellenz berichtet habe.“

„Das ist sehr gütig von Ihnen, Sir“, sagte ich bescheiden. (Ach, und *wie* gütig, wenn du es nur geahnt hättest!)

Sale setzte seine Vorlesung fort:

„*Wie ich bereits mitgeteilt habe, ging an unserer eigenen Front die Belagerung recht gemächlich voran, aber die Sturmangriffe auf die Piper-Festung büßten nichts an Gewaltsamkeit ein. Captain Little und sein Sergeant wurden getötet, aber die Garnison kämpfte mit äußerster Entschlossenheit weiter. Leutnant Flashmans Zustand wäre, wie mir einer der Sepoys erzählt hat, einem Hospital angemessener gewesen als einem Schlachtfeld, denn er war offenbar von den Afghanen gefangen genommen und auf empörende Weise ausgepeitscht worden, so dass er kaum auf den Beinen stehen konnte und im Festungsturm liegen musste. Sein Gefährte, Sergeant Hudson, nahm aufs tapferste an der Verteidigung teil, bis Leutnant Flashman sich trotz seiner Verletzungen wieder in den Kampf stürzte.*

Ein Angriff nach dem anderen wurde abgewehrt und der Feind aufs blutigste in die Flucht geschlagen. Dass der Vormarsch des Sir-

dar so erfolgreich behindert wurde, war für uns in Dschalalabad von unschätzbarem Nutzen. Es mag ein entscheidender Faktor gewesen sein."

Nun, Hudson, dachte ich mir, das hast du dir gewünscht, und es war dir vergönnt, wenn es dir auch wenig genützt hat. Unterdessen legte Sale eine kurze Pause ein, strich sich mit der Hand über die Augen und fuhr dann fort, wobei er sich Mühe gab, die Stimme zu beherrschen:

„*Wir hatten aber anfangs keine Möglichkeit, Pipers Festung zu entsetzen. Der Feind ließ Kanonen auffahren und schoss eine Bresche nach der anderen. Nun entschloss ich mich, einen Ausfall zu wagen, um für unsere Kameraden zu tun, was in meiner Macht stand. Colonel Dennie eilte ihnen zu Hilfe. In einem hitzigen Gefecht in den Ruinen – das Geschützfeuer hatte die Festung in Trümmer gelegt – wurden die Afghanen zu Paaren getrieben. Wir konnten unsere Absicht durchführen und die überlebenden Mitglieder der Garnison retten, die die Stellung so treulich und gut gehalten hatten.*"

Ich dachte schon, der alte Narr werde in Tränen ausbrechen, aber er nahm sich gewaltig zusammen und las weiter:

„*Mit welch tiefem Kummer schreibe ich, dass von diesen nur fünf Mann übrig geblieben sind! Der tapfere Hudson war gefallen, und anfangs sah es so aus, als sei überhaupt kein Europäer am Leben geblieben. Dann wurde Leutnant Flashman gefunden. Verwundet und bewusstlos lag er neben den Trümmern des Festungstors, wo er bis zuletzt standgehalten hatte, um nicht nur die Festung, sondern auch die Ehre des Vaterlandes zu verteidigen. Denn in höchster Not hatte er die Fahne an seinen gemarterten Leib gepresst, die Stirn dem Widersacher bietend, unbeugsam bis in den Tod.*"

Halleluja und gute Nacht, holder Prinz, sagte ich zu mir, wie schade, dass ich nicht ein zerbrochenes Schwert in der Hand hielt und von Toten umgeben war, die ich erschlagen hatte. Aber halt, nicht so hastig.

„Vor ihm lagen die Leichen seiner Feinde", fuhr Old Bob fort. „Zuerst hielt man ihn für tot. Zu unserer großen Freude aber zeigte sich, dass sein Lebenslicht noch flackerte. Eine edlere Tat kann ich mir gar nicht vorstellen, und ich wünschte mir nur, unsere Landsleute in der Heimat hätten es gesehen und erfahren, mit welch selbstloser Hingabe ihre Ehre sogar am Hindukusch, am Ende der Welt verteidigt wird. Es war heroisch! Und ich bin überzeugt, dass jedes englische Heim Leutnant Flashmans Namen in gutem Andenken behalten wird.

Was auch immer man über das Unheil denken mag, das uns hier befallen hat, so ist uns seine Furchtlosigkeit ein Zeugnis dafür, dass der Geist unserer jungen Männer um kein Jota weniger hell leuchtet als der ihrer Vorgänger, die, nach Pitts Worten, durch ihr Beispiel Europa gerettet haben."

Na, denke ich mir, wenn wir *so* die Schlacht bei Waterloo gewonnen haben, dann wollen wir Gott danken, dass die Franzosen es nicht wissen, sonst würden sie wieder über uns herfallen. Wann hat man je solchen Mumpitz gehört? Aber, wohlgemerkt, es hörte sich wunderbar an und mir wurde richtig warm ums Herz. Das war der Ruhm! Ich konnte mir nicht vorstellen, wie den Leuten in der Heimat die Knie schlottern würden, wenn sie die Neuigkeiten aus Kabul und Gandamak hörten, und wie diese ungeheuer eingebildete und empörte Öffentlichkeit nach jedem Strohhalm greifen würde, der die ihrem Nationalstolz zugefügten Wunden heilte und ihnen erlaubte, die alte und unsinnige Lüge zu wiederholen, *ein* Engländer sei soviel wert wie tausend Ausländer. Wohl aber glaubte ich zu wissen, welche Wirkung Sales Bericht auf einen neu ernannten Generalgouverneur und durch ihn auf die Regierung und das Land ausüben werde, besonders im Kontrast zu den Schilderungen der durch Elphy Bey und McNaghten verschuldeten Metzeleien,

Schilderungen, die bereits auf dem Weg in die Heimat sein mussten.

Ich hatte jetzt weiter nichts zu tun, als bescheiden und mannhaft zu sein und auf die Lorbeerkränze zu warten.

Sale hatte die Abschrift seines Briefes wieder eingesteckt und sah mich mit feuchten Augen voller Bewunderung an. Havelock behielt seine strenge Miene bei; vermutlich war er der Meinung, Sale habe viel zu dick aufgetragen, durfte es aber nicht aussprechen. (Später kam ich dahinter, dass die Piper-Festung für Dschalalabad nicht gar so wichtig gewesen war, wie Fighting Bob es sich einbildete: Sein eigenes Zaudern war schuld daran, dass er den Angriff auf Akbars Streitkräfte so lange hinausschob; de facto hätte er uns schon früher entsetzen können.)

Nun war ich an der Reihe. Ich blickte Sale fest ins Auge, von Mann zu Mann.

„Sie haben uns eine große Ehre erwiesen, Sir“, sagte ich. „Danke. Die Garnison hat nichts Geringeres verdient. Was mich betrifft, nun ja, was Sie da sagen, das klingt – ein bisschen allzu sehr nach Sankt Georg und dem Drachen, wenn ich mir diese Bemerkung erlauben darf. Ich habe mich eben genauso ins Zeug gelegt wie meine Kameraden, das ist alles.“

Sogar dem ernsten Havelock entlockten diese schlichten, mannhaften Worte ein Lächeln und Sale platzte fast vor Stolz. Es sei, sagte er, bei Gott, schlechthin grandios und das Gesprächsthema der gesamten Garnison. Dann wurde er etwas nüchterner und bat mich, ihm zu erzählen, wie ich in die Piper-Festung gelangt sei und welche Ereignisse mich und Hudson von dem Gros der Armee getrennt hätten. Elphy befinde sich zusammen mit Shelton, Mackenzie und den Ehepaaren noch immer in Akbars Gewalt; alle anderen aber habe man verloren gegeben, bis auf Dr. Brydon, der mutterseelenallein mit einem am Handgelenk baumelnden, zerbrochenen Säbel herbei galoppiert sei.

Unter Havelocks forschendem Blick fasste ich mich kurz und ließ die Tatsachen sprechen. Im Lauf des Gefechts bei Dschugdulluk hätten wir den Kontakt mit der Armee verloren, seien um Haaresbreite den Ghazi entwischt, die uns nachsetzten, hätten versucht, uns bei Gandamak wieder der Armee anzuschließen, seien aber gerade zurechtgekommen, um ihren Untergang mit anzusehen. Ausführlich schilderte ich das Schauspiel, während Old Bob abwechselnd seufzte und fluchte und Havelock finster drein sah wie ein steinerner Götze, und berichtete sodann, wie die Afridi uns gefangen genommen und eingekerkert hatten. Sie hätten mich, sagte ich, ausgepeitscht, um Informationen über unsere in Kandahar stationierten Truppen und sonstigen Angelegenheiten zu erlangen, aber ich hätte Gott sei Dank geschwiegen („Bravo!“ ruft Old Bob aus), und es sei mir gelungen, mich noch in derselben Nacht der Fesseln zu entledigen. Ich hätte Hudson befreit. Gemeinsam hätten wir uns an den Kerkermeistern vorbei gekämpft und seien ihnen entronnen.

Narriman erwähnte ich mit keinem Wort – (lieber nicht daran rühren!) – und schilderte zuletzt noch, wie wir uns durch die afghanische Front hindurch geschmuggelt hatten und dann mit vollem Galopp in die Festung gesprengt waren.

Dabei ließ ich es bewenden, und Old Bob sprach abermals von Mut und Ausdauer; am beruhigendsten jedoch war für mich, dass Havelock wortlos meine Hand drückte. Ich darf sagen, dass ich es gut erzählt hatte – freimütig, aber nicht übermäßig bescheiden: ganz einfach der biedere Soldat der seinen Vorgesetzten Meldung erstattet. Die Kunst des Aufschneidens verlangt präzise Einsätze; da heißt es unverblümt sein, aber nicht allzu unverblümt, und man darf nur selten lächeln. Die Zuhörer mehr erraten zu lassen, als man sagt, das ist die Quintessenz – und verlegen dreinzuschauen, wenn sie einem Komplimente machen.

Natürlich sagten sie es weiter, und ich glaube, es gab keinen Offizier in der Garnison, der mich nicht im Lauf der nächsten paar Tage aufsuchte, um mir die Hand zu schütteln und mich zu meiner an ein Wunder grenzenden Errettung zu beglückwünschen. Unter den ersten befand sich Georg Broadfoot, bebrillt und rotbäckig; mit strahlender Miene erklärte er, ich sei ein Teufelskerl: das mir, und noch dazu aus Broadfoots Mund, den die Afghanen den Tapfersten unter den Tapferen nannten. Dass Leute wie er und Mayne und Fighting Bob soviel mit mir hermachten – nun, ich kann Ihnen sagen, das war wohl von erster Güte und ich hatte durchaus kein schlechtes Gewissen. Warum denn auch? Ich hatte sie nicht um ihre haushohe Meinung gebeten; ich widersprach ihr nur nicht. Wer hätte anders gehandelt?

Alles in allem waren es herrliche Wochen. Während ich mich pflegen ließ, zerbröckelte nach und nach die Belagerung von Dschalalabad. Zuletzt unternahm Sale wieder einen Ausfall, der die afghanische Armee in alle Winde verstreute. Wenige Tage später traf Pollock mit einem Entsatzheer aus Peschawar ein und die Garnisonskapelle empfing ihn unter allgemeinem Hurrageschrei mit einem Dudelsackkonzert. Natürlich war ich mit dabei; man trug mich auf die Veranda hinaus und ich sah Pollock einmarschieren. Am späteren Abend führte Sale ihn zu mir und erging sich abermals in Lobgesängen auf meinen Mannesmut (natürlich sehr zu meiner Verlegenheit). Pollock beteuerte, so etwas Erstaunliches habe er noch nie vernommen, und gelobte, mich zu rächen, sobald er auf Kabul marschiere. Sale werde ihn begleiten, um die Pässe zu säubern, Akbar womöglich zur Rechenschaft zu ziehen und die Gefangenen – zu denen auch Lady Sale gehörte – zu befreien, falls sie noch lebten.

„Sie bleiben hier und genießen die wohlverdiente Ruhe, während ihr Beinbruch verheilt", sagte Fighting Bob zu mir. Ich hielt es für angebracht, die Stirn zu runzeln und etwas in mich hinein zu brummen.

Dann sagte ich: „Ich möchte lieber mitkommen. Hol der Teufel das infernalische Bein!"

„Sachte, sachte!" erwiderte Sale lachend. „Wir müssten Sie in einer Sänfte tragen. Haben Sie Afghanistan noch immer nicht satt?"

„Nicht, solange Akbar Khan herumspaziert. Am liebsten würde ich ihm diese Holzschienen in den Rachen würgen."

Da mussten sie lachen, und Broadfoot rief aus:

„Er ist schon ein alter Haudegen, unser Flashy! Sie wollen beim Halali mit dabei sein, habe ich recht? Ein Kerl von echtem Schrot und Korn! Nun denn, Akbar dürfen Sie uns überlassen. Übrigens bezweifle ich, dass die Kämpfe um Kabul für Ihren Geschmack lebhaft genug sein werden."

Sie entfernten sich, und ich hörte Broadfoot zu Pollock sagen, was ich doch in der Hitze des Gefechts für ein rasender Roland sei: „... Als wir um die Pässe kämpften, war es allemal Flashman, der als reitender Bote zu uns geschickt wurde. Hui, sah man ihn wie einen verrückten Ghazi über die Sangars hinweg fegen, mit einer heulenden Meute auf den Fersen. Er kümmerte sich sowenig um sie wie um einen Fliegenschwarm."

So schilderte er den wenig ruhmreichen Vorgang, als ich vor meinen Verfolgern ums liebe Leben in sein Lager flüchtete. Aber man wird zweifellos gemerkt haben, dass die Leute, wenn ein Mensch einen guten – oder einen schlechten – Ruf genießt, stets Freude daran haben, ihr Scherflein beizutragen. In ganz Afghanistan gab es keinen, der mich kannte und nicht den Wunsch empfunden hätte, sich einer desperaten Heldentat des braven Flashman zu entsinnen; Broadfoot machte, in aller Aufrichtigkeit, keine Ausnahme.

Wie sich herausstellte, glückte es Pollock und Sale nicht, Akbar zu erwischen, aber sie befreiten die Geiseln und Gefangenen, und der Einmarsch der Armee in Kabul beruhigte das Land. Von ernsten Repressalien war nicht die Rede. Gebranntes Kind scheut das Feuer: Wir wollten uns nicht ein zweites Mal die Finger verbrennen. *Einen* Gefangenen aber konnten sie nicht befreien. Der gute Elphy Bey, verbraucht und verzweifelt, war in der Gefangenschaft gestorben. Es herrschte allgemeine Trauer, an der ich für meine Person nicht beteiligt war. Er war zweifellos ein gutmütiger alter Knacker gewesen, aber als Befehlshaber eine Katastrophe. Er vor allem hatte die Afghanistan-Armee auf dem Gewissen – und berechne ich *meine* Chancen, diese Sauerei zu überleben – hm, es war nicht Elphys Schuld, dass ich mit heiler Haut davongekommen bin.

Aber während alle diese aufregenden Dinge sich ereigneten, während die Afghanen in ihren Bergen schmollten, Sale und Pollock und Nott die britische Fahne über Kabul wehen ließen und aus reiner Bosheit den Bazar in die Luft sprengten, während die Nachricht von der Kette blamabler Schlappen über ein entsetztes England hereinbrach, während der betagte Duke of Wellington Aucklands Torheit anprangerte, weil er eine Armee entsandt habe, um „Felsen, Sand, Wüsten, Eis und Schnee“ zu okkupieren, während die öffentliche Meinung und Palmerston nach Rache riefen und der Premierminister entgegnete, er denke nicht daran, einen Krieg vom Zaun zu brechen, um das Studium der Schriften Adam Smiths unter den Pathanen zu fördern – während dies alles sich abspielte, genoss ich meine triumphale Fahrt nach Indien. Mit dem noch immer geschienten Bein wurde ich als der Held des Tages – oder zumindest als der passendste unter einigen wenigen Helden – südwärts getragen.

Offensichtlich betrachtete mich die Regierung in Delhi als eine wahre Gottesgabe. Wie Greville später über den afghanischen Krieg bemerkt hat, brachte er uns wenig Anlass zu triumphieren; aber Ellenborough in Delhi war schlau genug, um einzusehen, es sei, wollte man dem ganzen abscheulichen Unsinn einen leidlichen Anstrich verleihen, das Beste, seine wenig zahlreichen ehrenvollen Aspekte aufzubauschen – und ich war der erste, den er zur Hand hatte.

Während er also in seinen Tagesbefehlen den Ruhm der „illustren Garnison" ausposaunte, die unter der Führung des edlen Sale Dschalalabad gehalten hatte, versäumte er nicht, die Trommel für den „tapferen Flashman" zu rühren, und das war das Stichwort für Indien. Während sie auf mein Wohl tranken, konnten sie so tun, als habe es kein Gandamak gegeben.

Den ersten Vorgeschmack erhielt ich, als ich Dschalalabad in einer Sänfte verließ, um mit einem Konvoi zum Khaiber zu ziehen und die gesamte Garnison aufmarschierte, um mich mit einem dreifachen Hurra zu verabschieden. Dann begrüßte mich in Peschawar Avitabile, der alte Gauner, mit einer Ehrengarde, küsste mich auf beide Wangen und sorgte dafür, dass wir beide stinkbesoffen meine Rückkehr feierten. Diese Nacht ist mir wegen einer Sache besonders im Gedächtnis haften geblieben – ich hatte zum ersten Mal seit Monaten wieder eine Frau im Bett. Avitabile ließ zwei muntere Afghaninnen holen und wir führten uns auf wie hunderttausend Säue. Ich muss sagen, es ist nicht ganz leicht, mit einem gebrochenen Bein ein Weib zu besteigen, aber wo ein Wille ist, da ist auch ein Weg, und obwohl Avitabile sich halbtot lachte bei dem Schauspiel, wie ich mir mein Mädchen vorknöpfte, schaffte ich es auf recht zufriedenstellende Weise.

Von nun an war es überall dasselbe: an jedem Ort und in jedem Lager Girlanden und Gratulationen und lächelnde Gesichter und Hochrufe, bis ich selber nahe daran war, mich für einen Helden zu halten. Die Männer drückten mir tief gerührt die Hand, die Frauen küssten mich und hatten Tränen in den Augen, Obristen ließen in der Messe auf mein Wohl trinken, Kompanieoffiziere klopften mir auf die Schulter, ein irischer Subalternoffizier und seine junge Frau nötigten mich, bei ihrem neugeborenen Sohn Pate zu stehen (der Arme wurde mit dem schrecklichen Namen Flashman O'Toole ins Leben entlassen) und die Damen von der Kirchengilde in Lahore schenkten mir einen rotweißblauen Seidenschal mit der gestickten Devise „In Treue fest". In Ludhiana hielt ein Geistlicher eine gewaltige Predigt über den Text „Größere Liebe hat keiner, als dass ein Mensch sein Leben für seine Freunde gibt." Freilich räumte er hintenherum ein, dass ich eigentlich nicht mein Leben hingegeben hatte, aber ich hätte mich redlich bemüht, und alles in allem wäre es mir um ein Haar gelungen. Er wünschte mir gewissermaßen fürs nächste Mal mehr Glück – inzwischen aber Hosianna und ein Hurra für Flashy, und nun singen wir: „Furchtlos, wenn Gefahren dräuen ..."

Das alles aber war nichts gegen Delhi, wo tatsächlich eine Militärkapelle „Heil dem siegreichen Helden" spielte und Ellenborough persönlich mir aus der Sänfte half und mich die Stufen hinauf geleitete. Eine riesige Menschenmenge hatte sich versammelt, alle schrien sich die Kehlen heiser, eine Ehrengarde war aufmarschiert, ein Fettwanst in rotem Mantel verlas eine Adresse, und nachher fand ein feines Festessen statt, in dessen Verlauf Ellenborough eine große Rede hielt, die über eine Stunde dauerte. Es war ein fürchterlicher Quatsch mit Anspielungen auf die Thermopylen und die Spanische Armada, und wie ich die Fahne an meine blutende Brust gedrückt, stolz mit heiterer und edler Stirne den übermächtig anstürmenden barbarischen Heerscharen entgegen blickend, wie Christianus vor Apollyon oder Roland bei Roncesvalles – ich habe vergessen, wer es war, glaube aber, es waren beide. Er war ein grässlicher Orator, voller Bombast aus Shakespeare und den Klassikern, und es fiel mir nicht schwer, mir lange, bevor er zu Ende war, wie ein Vollidiot vorzukommen. Aber ich hielt durch, ließ verstohlen meine Blicke über die lange Tafel wandern, an der die gesamte gute Gesellschaft Delhis saß, Mund und Nase aufsperrte und Ellenboroughs Blödsinn gierig verschlang.

Ich war klug genug, mich nicht öffentlich zu betrinken und dadurch, dass ich keine Miene verzog und die Stirn runzelte, gelang es mir, edel dreinzuschauen. Ich hörte es die Frauen hinter ihren Fächern flüstern, sie schielten zu mir hin und überlegten sich zweifellos, wie es wohl wäre, mich zu besteigen, dieweil ihre Gatten mit der Faust auf den Tisch schlugen und „Bravo“! riefen, sooft Ellenborough etwas besonders Dummes sagte.

Zuletzt – Gott verdamme mich, wenn er nicht anfing, mit krächzender Stimme „For he's a jolly good fellow!“ zu singen, worauf die ganze Schar sich von den Stühlen erhob und sich die Lunge aus dem Hals schrie und ich mit puterroten Wangen dasaß und mir mühsam das Lachen verkniff, weil ich mir überlegte, was Hudson gesagt haben würde, wenn er mich hätte sehen können. Natürlich war es schade, aber mit einem Feldwebel würden sie ja nicht soviel Aufhebens gemacht haben, und wenn auch, er hätte es doch nicht so perfekt hingelegt wie ich, der ich mir es partout nicht nehmen ließ, mich auf meinem Humpelbein hoch zu rappeln.

Da sagte Ellenborough, wenn ich schon einmal stehend antworten wolle, müsse ich mich auf seine Schulter stützen, und bei Gott, nachher hat er sich dessen bei jeder Gelegenheit gerühmt.

Abermals donnernder Beifall. Sodann, sein gerötetes, rotweinduftendes Gesicht an meiner Achsel, sagte ich, dies alles sei zuviel der Ehre für einen einfachen englischen Gentleman („Amen“, ruft Ellenborough, „und nie ward ein stolzer Titel stolzer geführt!“), ich hätte ja doch nur meine Pflicht und Schuldigkeit getan, hoffentlich so, wie es einem Soldaten gezieme. Und obwohl ich nicht der Meinung sei, dass ich mir damit ein sonderlich großes Verdienst erworben hätte (Rufe: „Nein, nein!“) – nun denn, wenn sie es behaupteten, dann verdankte ich es nicht mir, sondern dem Land, das mich geboren, und der altehrwürdigen Schule, in der mich meine Lehrer, wie ich hoffte, zu einem Christenmenschen erzogen hätten. (Wie ich dazu kam, das zu sagen, werde ich nie begreifen, es sei denn, aus reiner Freude am Flunkern, aber die Herrschaften tobten, dass die Wände wackelten.) Und während sie mir gütig begegneten, dürften sie jene anderen nicht vergessen, welche die Fahne getragen hätten und sie noch immer trügen („Hört! Hört!“) und die Afghanen in ihre Höhlen, aus denen sie hervor gekrochen seien, zurückjagen würden, um zu beweisen, was alle Welt wisse: Niemals werden Englands Söhne Sklaven sein – God save the Queen! (Donnernder Applaus.) Was ich geleistet, sei nicht viel gewesen, aber mein Bestes, und ich hoffte, stets und immerdar mein Bestes zu tun. (Neuerliche Hochrufe, aber, wie mir schien, nicht mehr so frenetisch, deshalb beschloss ich, einen Punkt zu setzen.) So möge denn Gott sie alle segnen, und wohlan, dass sie mit mir anstießen auf die Gesundheit unserer tapferen Kameraden, die noch im Felde stünden.

Ellenborough sagte hinterher zu mir: „Ihre schlichte Aufrichtigkeit hat Ihnen nicht weniger als Ihre männliche Erscheinung und Ihre großartigen Gedanken die Bewunderung und Liebe aller eingetragen, die Sie gehört haben. Flashman, ich entbiete Ihnen meinen Gruß. Darüber hinaus ist es mein Wille, dass auch England Ihnen seinen Gruß entbietet. Sobald Sir Robert Sale von seinem siegreichen Feldzug zurückkehrt, werden wir ihn nach England beordern, wo er zweifellos die Ehrungen empfangen wird, die einem Helden gebühren." [23] (So redete er meistens, wie ein Schmierenkomödiant [24]. Vor sechzig Jahren hatten viele diese Angewohnheit.) „Wie sich's geziemt, wird ein würdiger Herold ihm vorauseilen und seinen Ruhm teilen. Damit sind natürlich Sie gemeint. Ihre ruhmreiche Tätigkeit hierzulande ist vorläufig abgeschlossen. Sie begeben sich so schnell wie möglich nach Kalkutta und schiffen sich dort nach England ein."

Ich starrte ihn an. Daran hatte ich nicht gedacht. Diesem teuflischen Land entrinnen (wenn ich auch, wie gesagt, heute feststellen kann, dass Indien mir nicht schlecht bekommen ist, war ich glücklich bei dem Gedanken, ihm den Rücken kehren zu dürfen), England wiedersehen, die Heimat, London, die Klubs, die Messen und zivilisierte Menschen, dort gefeiert werden, wie man es mir zugesichert hatte, im Triumph zurückkehren, nachdem ich unter einer Wolke ausgezogen war, geschützt sein vor dem Zugriff schwarzer Barbaren, vor den Unbilden der Hitze, des Schmutzes, der Seuchen, vor den Gefahren, wieder weiße Frauen um mich sehen, gemächlich leben und das Leben leicht nehmen, nachts auf sicherem Pfühl schlummern, Elspeths weiche Glieder umschlingen, im Park promenieren und als der Held aus der Piper-Festung bestaunt werden, gleichsam von den Toten auferstanden – ja, es war wie das Erwachen aus einem Alptraum.

„Es sind außerdem zusätzliche Meldungen über die Lage in Afghanistan zu erstatten“, fuhr Ellenborough fort, „und ich kann mir keinen geeigneteren Boten vorstellen.“

„Nun denn, Sir“, erwiderte ich. „Ihr Wunsch ist mir Befehl. Wenn Sie darauf bestehen, werde ich Indien verlassen.“

Kapitel 13

Die Heimfahrt dauerte vier Monate, genauso lange wie die Seereise, die mich aus England nach Indien geführt hatte, aber ich muss sagen, dass ich mir diesmal nichts daraus machte. Damals war ich auf dem Weg in die Verbannung, jetzt kehrte ich als Held zurück. Hätte ich noch die geringsten Zweifel gehegt, so würde diese Fahrt sie zerstreut haben. Der Kapitän, seine Offiziere und die Passagiere behandelten mich mit äußerster Zuvorkommenheit, nicht anders, als ob ich der Herzog in Person gewesen wäre. Als sich zeigte, dass ich ein lustiger Bruder war, der gern trinkt und schwatzt, kamen wir famos miteinander aus, denn sie wurden anscheinend nicht müde, mich von meinen Rencontres mit Afghanen – Männlein und Weiblein – erzählen zu hören, und fast jede Nacht betranken wir uns zusammen. Einige der älteren Knaben betrachteten mich mit scheelen Augen, und einer gab sogar zu verstehen, ich redete zu viel, aber das passte mir nicht, und ich sagte es ihm ins Gesicht. Das waren ja ohnedies nur sauertöpfische Frachtschiffsratten oder neidische Zivilisten.

Heute wundert es mich, dass die Verteidigung Dschalalabads so viel Staub aufgewirbelt hat. Eigentlich war es eine recht alltägliche Angelegenheit gewesen. Aber so war es nun einmal, und da ich als erster der Kombattanten aus Indien nach Hause zurückkehrte, als ein Mann, der eine wichtige Rolle gespielt hatte, fiel mir der Löwenanteil an der Bewunderung zu. So zeigte es sich auf dem Schiff, so sollte es sich in England erweisen.

Unterwegs heilte mein Knochenbruch fast gänzlich, aber an Bord gab es wenig zu tun und keine Weiber, deshalb hatte ich, abgesehen von den abendlichen Trinkgelagen, sehr viel Zeit für mich. Natürlich wanderten nun meine Gedanken zu Elspeth: Wie seltsam, wie wohlig der Gedanke, dass zu Hause eine Frau auf dich wartet. Sooft ich von Elspeth träumte, regte sich tief in meinen Eingeweiden jenes schwindelerregende Gefühl, das mir in letzter Zeit vertraut geworden war. Es war nicht nur Lüsternheit, nicht mehr als zu etwa neun Zehnteln – schließlich würde sie ja nicht die einzige Frau in England sein –, aber wenn ich das Bild dieses reizenden, stillen Gesichts und des Blondhaars heraufbeschwor, schnürte sich mir die Kehle zusammen und meine Hände zitterten, aber das hatte so gar nichts mit dem zu tun, was die Geistlichkeit als fleischliche Gelüste bezeichnet. Es war das gleiche Gefühl, das mich an jenem Abend befallen hatte, als ich sie neben den Wassern des Clyde zum ersten Mal auf den Rücken legte – eine Art von Gier nach ihrer Nähe, nach dem Klang ihrer Stimme und der verträumten Dümmlichkeit in ihren blauen Augen. Ich fragte mich, ob ich am Ende drauf und dran sei, mich in sie zu verlieben, und stellte fest: Ja, es ist der Fall, und ich mache mir nichts daraus – an und für sich ein sicheres Zeichen.

In diesem mondsüchtigen Zustand brachte ich die lange Reise hinter mich, und als wir in dem Mastenwald an den Ufern der Themse vor Anker gingen, war ich ganz schön aufgewirbelt, schwärmerisch und zugleich geil wie ein Bock. Schleunigst machte ich mich auf den Weg zum Hause meines Vaters, pochenden Herzens bei dem Gedanken, Elspeth zu überraschen – sie hatte natürlich keine Ahnung, dass ich zu erwarten sei –, und schlug den Klopfer so heftig gegen die Tür, dass die Passanten sich nach dem großen, sonnengebräunten Kerl umdrehten, der es so verteufelt eilig hatte.

Der brave Oswald öffnete wie eh und je und riss wie ein Schaf das Maul auf, während ich, laut rufend, an ihm vorbei stelzte. Die Empfangshalle war leer, fremd und gleichzeitig vertraut, wie das eben so ist, wenn man lange weg war.

„Elspeth!" rief ich aus vollem Hals. „Hallo! Elspeth! Ich bin da!"

Oswald stand neben mir, stotterte, mein Vater sei ausgegangen und ich klopfte ihm auf die Schulter und zupfte an seinem Bart.

„Bravo", sagte ich, „hoffentlich wird man ihn heute Nacht nach Hause tragen müssen. Wo ist deine Herrin? Elspeth! Hallo!"

Er gackerte weiter, halb erfreut, halb verwundert. Dann hörte ich hinter mir eine Tür aufgehen. Ich drehte mich um, und wer stand vor mir, wenn nicht Judy. Ich war ein wenig verdutzt, hätte nicht gedacht, dass sie noch da sein würde.

„Hallo!" sagte ich, nicht sonderlich begeistert, obwohl sie genauso schön war wie nur je. „Hat mein Erzeuger sich noch keine neue Nutte zugelegt?"

Sie wollte etwas erwidern, aber in diesem Augenblick waren auf der Treppe Schritte zu hören und auf einer der obersten Stufen stand Elspeth und blickte zu mir herab. Mein Gott, was für ein Anblick: hellblondes Haar, rote, halb geöffnete Lippen, wogender Busen – zweifellos hatte sie etwas an, aber ich kann mich nicht um die Welt erinnern, was es war. Sie sah aus wie eine aufgescheuchte Nymphe. Dann rannte der alte Satyr Flashy die Treppe hinauf.

„Ich bin wieder da, Elspeth! Ich bin wieder da!"

„Oh Harry", murmelte sie, die Arme um meinen Hals, Mund an Mund.

Wenn das Gardekorps aufmarschiert wäre und mich in den Tower beordert hätte, würde ich es nicht gehört haben. Ich hob Elspeth hoch; bei ihrer Berührung lief mir ein Kribbeln durch die Adern, wortlos trug ich sie ins Schlafzimmer und fiel sofort über sie her. Es war herrlich, denn ich war halb berauscht vor Erregung und Verlangen. Als es vorbei war, blieb ich liegen, hörte zu, wie sie tausend Fragen herunter plapperte, drückte sie fest an mich, küsste jeden Zoll ihres Körpers und antwortete weiß der Himmel was. Wie lange wir uns dort herumwälzten, weiß ich bei Gott nicht mehr, aber es war ein langer, goldener Nachmittag, der erst ein Ende nahm, als die Hausmagd an die Tür klopfte, um mir mitzuteilen, mein Vater sei nach Hause gekommen und wünsche, mit mir zu sprechen.

Da mussten wir uns ankleiden und uns in Ordnung bringen, kichernd wie ungezogene Rangen, und als Elspeth endlich soweit war, da klopfte das Mädchen abermals und sagte, mein Vater beginne ungeduldig zu werden. Nur um zu zeigen, dass Helden sich nicht antreiben lassen, schloss ich mein Liebchen nochmals in die Arme und bestieg sie trotz ihrer gedämpften Proteste, ohne mich auszuziehen, ohne weitere Formalitäten. Dann erst gingen wir hinunter.

Es hätte ein wunderbarer Abend werden müssen rund um die Rückkehr des verlorenen Achill in den Schoß der Familie, aber er wurde es nicht. Mein Vater war in den zwei Jahren gealtert, sein Gesicht war rötlicher, sein Bauch dicker geworden und das Haar an den Schläfen ganz weiß. Freilich behandelte er mich recht höflich, nannte mich einen verflixten jungen Racker und behauptete, stolz auf mich zu sein: Die Berichte aus Indien seien das Stadtgespräch und Ellenboroughs Loblieder auf mich, Sale und Havelock machten die Runde. Sehr bald aber verebbte seine Munterkeit, er trank bei Tische zuviel und verstummte schließlich ganz. Da merkte ich, dass etwas nicht stimmte, obwohl ich mich nicht viel um ihn kümmerte.

Judy aß mit uns. Offenbar gehörte sie zur Familie; das war keine gute Neuigkeit. Ich hatte jetzt, zwei Jahre nach unserem Zerwürfnis, ebenso wenig für sie übrig wie damals; das gab ich ihr deutlich zu verstehen. Eigentlich war es unverschämt von meinem Herrn Vater, seine Puppe unter dem gleichen Dach hausen zu lassen wie meine Gattin und sie als ebenbürtig zu betrachten und ich beschloss, mit ihm darüber zu reden. Aber auch Judy war zwar kühl, doch höflich, und ich vermutete, sie war bereit, Frieden zu halten, sofern ich sie in Frieden ließ.

Freilich beachtete ich weder sie noch meinen Vater. Ich war ganz und gar von Elspeth besessen, weidete mich an der verträumten Miene, mit der sie sich meine Tiraden anhörte. Ich hatte vergessen, was für eine alberne Ziege sie war, aber das hatte eben seine Kompensationen. Mit weit aufgerissenen Augen staunte sie über meine Abenteuer und ich glaube kaum, dass es während der Mahlzeit einem anderen gelungen wäre, ein Wörtchen einzuflechten. Ich badete förmlich in ihrem simplen, strahlenden Lächeln und überzeugte sie von der Vortrefflichkeit ihres Gatten. Nachher, als wir zu Bett gingen, setzte ich die Lektion fort.

Jetzt aber witterte ich zum ersten Mal Unrat. Etwas Wunderliches in ihrem Verhalten war mir aufgedämmert. Sie schlief. Erschöpft lag ich neben ihr, lauschte ihren Atemzügen und fühlte mich irgendwie unbefriedigt: Das war in Anbetracht der Umstände einigermaßen sonderbar. Dann stieg er mir auf, der kleine Zweifel, und ich tat ihn von mir ab, und er kehrte wieder.

Wie man weiß, hatte ich meine Erfahrungen mit den Frauen gemacht. Ich glaube, ich kann sie im Bett besser beurteilen als so mancher andere. Und mir schien – so hartnäckig ich den Gedanken beiseite schob –, dass Elspeth nicht dieselbe sei, die sie gewesen war, bevor ich sie verließ. Ich habe oft erwähnt, dass sie erst zum Leben erwachte, wenn sie einen Mann zwischen den Beinen hatte: Na schön, in den wenigen Stunden seit meiner Heimkehr war sie recht willig gewesen, das konnte ich nicht bestreiten, aber sie hatte nicht jene verzückte Leidenschaft gezeigt, die mir im Gedächtnis geblieben war. Das sind feine Unterschiede, die sich schwer erklären lassen – ach ja, sie war eifrig dabei und nachher sichtlich zufrieden, aber weiß der Teufel, es ging ihr so leicht von der Hand, viel selbstverständlicher als früher. Ich muss sagen, wenn es sich um Fetnab oder Josette gehandelt hätte, wäre es mir gar nicht aufgefallen; für sie war es nicht nur eine Kurzweil, sondern ein Beruf. Elspeth aber brachte ich andere Gefühle entgegen, und mein Gefühl sagte mir: Da fehlt etwas. Es war nur ein Schatten. Als ich am nächsten Morgen aufwachte, hatte ich ihn vergessen.

Andernfalls würden die Ereignisse des Vormittags ihn verscheucht haben. Ich kam spät nach unten und stellte meinen Vater in seinem Arbeitszimmer, bevor er sich in den Klub getrollt hatte. Er saß mit ausgestreckten Beinen auf dem Sofa, stärkte sich für die Unbilden des Tages mit einem Glas Cognac und sah verdrossen drein, aber ich ging sofort in medias res und sagte ihm meine Meinung in punkto Judy.

„Die Umstände haben sich geändert", begann ich. „Heutzutage können wir sie nicht mehr im Haus herumwimmeln lassen." Man wird begreifen, dass die zwei Jahre unter Afghanen meine Einstellung zur väterlichen Zucht beeinflusst hatten. Ich war nicht mehr so leicht einzuschüchtern.

„Oh, haha", erwiderte er. „Inwiefern haben sich die Umstände geändert?"

„Du wirst sehen, dass ich von jetzt an eine stadtbekannte Persönlichkeit bin. Die Öffentlichkeit wird ein Auge auf uns haben, es wird ein Gerede geben. Schon aus Rücksicht auf Elspeth kann ich das nicht dulden."

„Elspeth mag sie.“

„Was du nicht sagst! Aber das spielt keine Rolle. Es kommt nicht drauf an, was Elspeth gefällt, es kommt drauf an, was der Stadt gefällt. Und ihr wird es nicht gefallen, wenn wir dieses – dieses Betthäschen im Hause behalten.“

„Meine Güte, sind wir heikel geworden!“ Er lächelte höhnisch und trank einen ordentlichen Schluck Cognac. Ich sah, wie der Zorn seine Wangen rötete, und wunderte mich über seine Selbstbeherrschung. „Ich wusste nicht, dass Indien so zart besaitete Menschen züchtet“, fuhr er fort. „Ich hätte das Gegenteil vermutet.“

„Schau, Vater, es geht nicht an, das weißt du genau. Schick sie, wenn du willst, nach Leicestershire oder richte ihr ein Maison ein – aber hier kann sie nicht bleiben.“

Er sah mich lange an. „Bei Gott, vielleicht habe ich mich von allem Anfang an in dir geirrt. Ich weiß, dass du ein Liederjahn bist, hätte aber nie gedacht, dass du den Mut hast, die Zähne zu zeigen – trotz aller Histörchen aus Indien und Afghanistan. Vielleicht aber ist es reine Unverschämtheit. Wie gesagt, Elspeth mag Judy – und solange Elspeth sie nicht wegschickt, bleibt sie in diesem Haus.“

„Um Gottes willen, wer fragt danach, was Elspeth wünscht? Sie wird tun, was ich ihr sage.“

„Das bezweifle ich.“

„Wie bitte?“

Er stellte sein Glas hin, wischte sich die Lippen ab und sagte:

„Es wird dir nicht behagen, Harry, aber so ist es nun einmal: Wer bezahlt, gibt den Ton an. Und seit einem Jahr bestimmen in diesem Hause Elspeth und ihre verdammte Sippe. Einen Augenblick, mein Sohn! Lass mich ausreden. Zweifellos hast du viel zu sagen, aber das hat Zeit.“

Ich konnte ihn nur anstarren – völlig verständnislos.

„Wir sitzen in der Tinte, Harry. Wie es gekommen ist, weiß ich selber nicht recht, aber es lässt sich nicht ändern. Ich habe wohl mein Leben lang allzu sehr aus dem Vollen geschöpft und nicht sonderlich darauf geachtet, wie mir das Geld zwischen den Fingern zerrann – wozu sind denn die Anwälte da, äh? Ich habe ein paar Mal beim Rennen draufgezahlt, habe mir nie überlegt, was dieses Haus hier und was Leicestershire kostet, habe in keiner Weise geknausert – aber eigentlich waren es die verdammten Eisenbahnaktien, die mir den Rest gegeben haben. Ach ja, mit Eisenbahnaktien kann man ein Vermögen verdienen, wenn man die richtigen erwischt. Ich hatte mir die falschen ausgesucht. Vor einem Jahr war ich ein ruinierter Mann, bis zum Hals bei den Juden verschuldet, bankrott. Ich wollte es dir nicht schreiben – wozu denn? Dieses Haus gehört nicht mehr mir – ebenso wenig wie unser Besitz in Leicestershire. Alles gehört ihr – oder wird ihr gehören, sobald der alte Morrison das Zeitliche segnet. Hol ihn der Henker, es kann gar nicht zu früh sein." Er sprang auf und spazierte umher. Schließlich blieb er vor dem Kamin stehen.

„Seiner Tochter zuliebe hat er meine Schulden bezahlt. Oh, das hättest du erleben sollen! Soviel schamlose Heuchelei habe ich nicht einmal in meiner Parlamentszeit zu sehen bekommen. Er hatte bei Gott die Unverfrorenheit, es mir hier in meiner eigenen Halle ins Gesicht zu sagen: Jetzt würde er dafür bestraft, dass er seiner Tochter erlaubt habe, unter ihrem Stand zu heiraten. Unter ihrem Stand, hast du das gehört? Und ich musste es hinnehmen, ich musste es mir verkneifen, das alte Schwein zu Boden zu schlagen. Was sollte ich tun? Ich war der arme Vetter, ich bin es noch heute. Noch heute begleicht er die Rechnungen – über die dumme Gans, die du geheiratet hast. Er gibt ihr, was sie verlangt – da hast du die Bescherung."

„Aber wenn er ihr eine Rente ausgesetzt hat –"

„Nichts hat er ausgesetzt! Sie sagt ihm, was sie braucht, und er legt das Geld auf den Tisch. Ich an seiner Stelle, gottverdammich ... aber schön, vielleicht hält er's für der Mühe wert. Er scheint sie zu vergöttern, und ich muss gestehen, dass sie nicht geizig ist. Aber sie hat das Portemonnaie, Harry, mein Sohn, ich rate dir, vergiss das nicht. Siehst du, du wirst von ihr ausgehalten, deshalb steht es weder dir noch mir an, bestimmen zu wollen, wer da kommt und geht. Da deine Elspeth erstaunlich großzügig ist, bleibt Miss Judy im Hause, und du kannst mir den Buckel runter rutschen."

Ich hörte ihn bis zu Ende an, anfangs total verdattert; da ich aber praktischer veranlagt war als der Herr Papa oder als Sohn einer aristokratischen Mutter weniger Sinn für vornehme Allüren hatte, sah ich die Angelegenheit in einem anderen Licht. Während er sein Glas füllte, fragte ich:

„Wie viel lässt er ihr zukommen?"

„Wie, bitte? Ich habe es dir gesagt – was auch immer sie verlangt. Der alte Schubiak hat eine Schwäche für sie. Aber du kommst an die Kasse nicht heran, das sage ich dir."

„Mir soll es egal sein", erwiderte ich. „Solange das Geld fließt, pfeife ich drauf, wer befiehlt."

Er riss die Augen auf. „Herr Jesus!" sagte er mit halb erstickter Stimme. „Hast du denn gar keinen Stolz im Leib?"

„Vermutlich ebenso viel wie du", entgegnete ich kühl. „Du bist schließlich noch immer hier, oder?"

Er sah wieder einmal so aus, als würde ihn im nächsten Moment der Schlag treffen, also verdrückte ich mich hastig, bevor er mir eine Flasche an den Kopf warf, und ging nach oben, um nachzudenken. Natürlich war das keine schöne Bescherung, aber ich bezweifelte nicht, dass es mir gelingen würde, mich mit Elspeth zu verständigen, und nur darauf kam es im Grunde an. Stolz hin, Stolz her – schließlich handelte es sich ja nicht darum, dem alten Morrison auf der Tasche zu liegen. Mit ihm persönlich hatte ich nichts zu tun. Ohne Zweifel hätte mir der Gedanke betrüblich sein müssen, dass ich als meines Vaters Erbe eines großen Vermögens verlustig ging – aber wenn erst einmal der alte Morrison aufgehört hatte, die gute Luft auf Gottes Erdboden durch seine Anwesenheit zu verpesten, würde mir Elspeths Anteil an der Hinterlassenschaft zufallen und mich sehr wahrscheinlich für alle Unbill schadlos halten.

Unterdessen stellte ich sie bei der erstbesten Gelegenheit zur Rede, und da zeigte sich, dass sie auf ihre gedankenlose Art mit allem, was ich sagte, gleich einverstanden war.

„Was ich besitze, gehört dir, Liebster", sagte sie in schmelzenden Tönen. „Du weißt, dass du mich nur zu bitten brauchst – was auch immer es sei."

„Sehr verbunden", erwiderte ich. „Aber das könnte manchmal ein bisschen unbequem sein. Ich habe mir gedacht, wenn man, sagen wir, regelmäßige Zahlungen anordnen könnte, dann würden dir alle diese lästigen Formalitäten erspart bleiben."

„Leider würde das mein Vater nicht erlauben. Du verstehst – er hat sich sehr deutlich geäußert."

Und ob ich es verstand! Ich setzte ihr zu, doch es nützte nichts. Sie mochte eine dumme Gans sein, aber sie gehorchte ihrem Papa aufs Wort, und der alte Geizhals hütete sich, der Familie Flashman ein Hintertürchen zu öffnen, durch das sie sich an ihn heranschleichen könnte, um ihn zu schröpfen. Der Kluge kennt den Schwiegersohn. Also: bares Geld auf Abruf. Besser als gar kein Geld. Und als ich mein erstes Ansuchen stellte, rückte sie prompt mit fünfzig Guineas heraus – alles wie am Schnürchen, mit einem Anwalt in Johnsons's Court, der ihr, innerhalb vernünftiger Grenzen, jede Summe vorstreckte, die sie verlangte.

Doch abgesehen von diesen unerquicklichen Transaktionen gab es in den ersten Tagen nach meiner Heimkehr genug zu tun. Bei der Gardekavallerie wusste man nichts Rechtes mit mir anzufangen, deshalb trieb ich mich meistens in den Klubs herum, und es war erstaunlich, wie viele Leute mich urplötzlich kannten. Sie begrüßten mich im Hyde Park, sie schüttelten mir auf offener Straße die Hand, und zu Hause traten die Besucher einander die Hacken ab. Freunde meines Vaters, die er seit Jahren nicht mehr zu sehen bekommen hatte, schneiten herein, um mich kennenzulernen. Es hagelte Einladungen. Auf dem Tisch in der Empfangshalle häuften sich die Gratulationsschreiben, bis sie den Fußboden bedeckten, in der Presse erschienen Notizen über den „ersten der heimgekehrten Helden von Kabul und Dschalalabad", und das neue Witzblatt „Punch" [25] brachte in seiner ersten Serie ganzseitiger Karikaturen eine Zeichnung, auf der eine heldische Gestalt zu sehen war, die mir ein wenig ähnelte und wie ein Pantomimenbandit einen enormen Krummsäbel schwang, während eine Horde von Mohren (sie hatten mit Afghanen so wenig Ähnlichkeit wie Eskimos) mir vergebens den Union Jack zu entreißen versuchten. Die Bildunterschrift enthielt eine plumpe Anspielung auf meinen Namen, aus der hervorgeht, wie hoch das Niveau des Humors in dieser Zeitschrift war.

Elspeth freilich war hingerissen und kaufte ein Dutzend Nummern. Sie konnte sich nicht fassen vor Freude darüber, plötzlich der Mittelpunkt so großer Aufmerksamkeit zu sein: Die Frau des Helden empfängt genauso viele Girlanden wie er selbst, besonders wenn sie eine Schönheit ist. Eines Abends im Theater bestand der Direktor darauf, uns aus dem Parkett in eine Loge zu holen, und das gesamte Publikum erhob sich trampelnd und applaudierend. Elspeth strahlte, schlug ohne jede Befangenheit die Hände zusammen und quietschte vor Vergnügen, während ich der Menge gutmütig zuwinkte.

„Oh Harry!“ rief sie selig aus. „Ich bin so glücklich, dass ich sterben könnte! Du bist ja berühmt, Harry und ich –“

Sie beendete den Satz nicht, aber ich weiß, sie dachte sich, dass auch sie *berühmt* sei. In diesem Augenblick liebte ich sie darum nur umso inniger.

Die Gesellschaften in dieser ersten Woche ließen sich gar nicht zählen, und überall waren wir die große Attraktion. Damals hatte das gesellschaftliche Treiben einen ausgesprochenen militärischen Anstrich; dank den Nachrichten aus Afghanistan und China – wo wir uns gleichfalls bewährt hatten [26] – war die Armee mehr denn je in Mode. Die hohen Offiziere und die Mamas nahmen mich in Anspruch, so dass Elspeth den jungen Haudegen überlassen blieb. Das machte ihr natürlich Spaß, und *ich* hatte nichts dagegen. Ich war nicht eifersüchtig, ja, es bereitete mir sogar eine gewisse Befriedigung, die Herrchen um sie herumschwärmen zu sehen wie die Fliegen um einen Marmeladentopf, den sie bewundern, aber von dem sie nicht kosten dürfen. Viele von ihnen kannte sie bereits, und ich erfuhr, dass während meiner Abwesenheit so mancher junge Galan an ihrer Seite im Hyde Park promeniert oder mit ihr durch die Road geritten war: Nichts hätte natürlicher sein können, denn sie war ja die Frau eines Offiziers. Trotzdem hielt ich ein Auge auf sie und zeigte dem einen oder anderen, wenn er allzu aufdringlich wurde, die kalte Schulter – insbesondere einem von ihnen, einem jungen Captain der Leibgarde namens Watney, der oft auftauchte und zweimal wöchentlich mit ihr auszureiten pflegte. Er war ein hochgewachsener Stutzer mit verächtlich gekräuselten Lippen und lässiger Miene, der sich benahm, als wäre er bei uns zu Hause, bis ich ihm heimleuchtete.

„Mrs. Flashman ist in guten Händen – besten Dank."

„In den allerbesten", erwiderte er. „Davon bin ich überzeugt. Ich hatte nur gehofft, Sie würden sie für etwa eine halbe Stunde entbehren wollen."

„Keine Minute lang", sagte ich.

„Aber, aber!" sagte er in gönnerhaftem Ton. „Was sind Sie doch egoistisch! Mrs. Flashman würde bestimmt nicht einverstanden sein."

„Oh doch, bestimmt, mein Herr."

„Würden Sie es auf eine Probe ankommen lassen?"

Sein Lächeln machte mich rasend. Am liebsten hätte ich ihm eine geknallt, aber ich beherrschte mich. „Scheren Sie sich zum Teufel, Sie Stutzer!" sagte ich und ließ ihn stehen. Ich begab mich geradenwegs in Elspeths Zimmer, berichtete ihr, was sich ereignet hatte, und warnte sie davor, je wieder ein Wort mit Watney zu sprechen.

„Welcher ist es denn?" fragte sie, ihre Frisur im Spiegel bewundernd.

„Ein Kerl mit einem Pferdegesicht und einer Meckerstimme."

„Es gibt ihrer so viele", sagte Elspeth, „ich kann den einen nicht vom anderen unterscheiden. Harry, mein Schatz, glaubst du, Löckchen würden mir gut stehen?" Wie man sich denken kann, war mir das angenehm, und auf der Stelle hatte ich den Zwischenfall vergessen. Daran erinnere ich mich genau, weil es der Tag war, an dem alles auf einmal passierte. Es gibt solche Tage, ein Kapitel im Leben ist zu Ende, ein neues beginnt, und nachher ist nichts mehr so, wie es war.

Ich sollte bei der Gardekavallerie vorsprechen, um meinen Onkel Bindley zu treffen und sagte Elspeth, ich würde erst nachmittags wieder zu Hause sein; nachher waren wir irgendwo zum Tee eingeladen. Als ich jedoch bei der Garde ankam, setzte mein Onkel mich sofort in eine Kutsche und fuhr mit mir zum Duke of Wellington. Ich hatte ihn bisher immer nur von weitem gesehen und war recht nervös, als ich in seinem Vorzimmer stand, nachdem Bindley zu ihm geführt worden war und ihre Stimmen hinter der geschlossenen Tür hörte. Dann ging die Tür auf, und der Herzog kam heraus. Er war damals schon weißhaarig und ziemlich verrunzelt, aber an seiner tollen Hakennase würde man ihn überall wiedererkannt haben, und seine Augen hatten ihren durchbohrenden Blick behalten.

„Aha, das ist der junge Mann", sagte er und reichte mir die Hand. Trotz seines hohen Alters hatte er den federnden Gang eines Jockeys und sah recht schmuck aus in seinem grauen Rock.

„Im Augenblick spricht die ganze Stadt von Ihnen", fuhr er fort und sah mir in die Augen. „So gehört es sich auch. Es war eine verdammt gute Leistung – so ziemlich das einzig Gute an der üblen Affäre – bei Gott, was auch immer Ellenborough und Palmerston sagen mögen."

Hudson, dachte ich mir, jetzt müsstest du mich sehen. Bis auf die Freuden des Paradieses blieb nichts zu wünschen übrig.

Der Herzog stellte mir einige kluge Fragen, die sich auf Akbar Khan und die Afghanen im allgemeinen bezogen, er wollte wissen, wie die Truppe sich auf dem Rückzug verhalten habe, und ich beantwortete seine Fragen, so gut ich konnte. Er hörte mit zurück geneigtem Kopf zu, sagte ab und zu „Hm", nickte und erwiderte dann in forschem Ton:

„Eine wahre Schande, dass die Kampagne so empörend schlecht geführt worden ist. Aber so geht es stets mit diesen verdammten Politikastern: sie lassen sich nichts sagen. Wenn ich in Spanien einen Mann wie McNaghten bei mir gehabt hätte, Bindley, würde ich heute noch in Lissabon sitzen. Und was geschieht mit Mr. Flashman? Haben Sie schon mit Hardinge gesprochen?"

Bindley meinte, man werde ein Regiment für mich finden müssen und der Herzog nickte.

„Ja, er ist ein Truppenoffizier. Wenn ich mich recht erinnere, waren Sie bei den 11ten Husaren? Na schön – Sie werden wohl keine Lust haben, dorthin zurückzukehren." Er warf mir einen verschmitzten Blick zu. „Seine Lordschaft hat für Indienoffiziere nach wie vor nichts übrig, sehr dumm von ihm. Mehr als einmal habe ich mich mit dem Gedanken getragen, ihm zu sagen, dass ich selber ein Indienoffizier bin, aber er würde mir wahrscheinlich einen Rüffel erteilen. Nun, Mr. Flashman, heute Nachmittag nehme ich Sie zur Königin mit. Sie müssen sich also um ein Uhr hier einfinden." Damit drehte er sich um, sagte etwas zu Bindley und machte die Tür hinter sich zu.

Sie können sich vorstellen, wie geblendet ich war: der große Duke plaudert mit mir, er teilt mir mit, dass er die Absicht habe, mich der Königin vorzustellen. Ich schwebte im siebenten Himmel. In rosigen Träumen schwelgend, machte ich mich auf den Heimweg, genoss im voraus den Jubel, mit dem Elspeth diese Neuigkeit begrüßen werde; da würde nun aber ihr verflixter Herr Vater die Ohren spitzen, und es sollte mit dem Teufel zugehen, wenn es mir nicht glückte, ihm in diesem Zusammenhang einen schönen Batzen aus der Tasche zu locken – sofern ich meine Trümpfe auszunutzen wusste. Ich eilte nach oben, aber sie war nicht auf ihrem Zimmer. Ich rief ihren Namen. Nach einer Weile erschien Oswald und sagte, sie sei ausgegangen.

„Wohin?" fragte ich.

„Also, Sir", erwiderte er äußerst verdrossen, „ich weiß es nicht recht."

„Mit Miss Judy?"

„Nein, Sir, nicht mit Miss Judy. Miss Judy ist unten, Sir."

Ich fand sein Benehmen verteufelt wunderlich, aber mehr war nicht aus ihm herauszuholen. Ich ging hinunter. Judy saß im Frühstückszimmer und spielte mit einer Katze.

„Wo ist meine Frau?" fragte ich sie.

„Mit Captain Watney ausgeritten", erwiderte sie kühl wie nur etwas. „Hier, Mieze-Maus! Ich nehme an, im Park."

Es dauerte eine Weile, bevor ich es begriffen hatte.

„Du irrst dich. Vor zwei Stunden habe ich ihm die Tür gewiesen."

„Vor einer halben Stunde hat er sie abgeholt – also muss sie ihm die Tür wieder aufgemacht haben." Sie hob die Katze hoch und begann sie zu streicheln.

„Was zum Teufel soll das heißen?"

„Das soll heißen, dass sie miteinander ausgeritten sind. Was denn sonst?"

„Gottverdammich", sagte ich. „Ich habe es ihr verboten."

Gelassen streichelte sie das Kätzchen und musterte mich mit einem schiefen Lächeln. „Dann hat sie dich wohl nicht richtig verstanden. Sonst wäre sie doch nicht ausgeritten, nicht wahr?"

Ich starrte sie an. Plötzlich lief es mir kalt durch die Adern. „Was willst du damit andeuten?"

„Gar nichts. Du bist es, der sich allerlei einbildet. Weißt du, ich glaube, du bist eifersüchtig."

„Eifersüchtig, bei Gott! Welchen Grund hätte ich, eifersüchtig zu sein?"

„Das musst *du* am besten wissen."

Ich sah sie mit finsteren Augen an, hin- und hergerissen zwischen Wut und bösen Ahnungen. Was will sie mir zu verstehen geben?

„Also, hör zu, ich frage dich, worauf willst du hinaus? Wenn du etwas über meine Frau zu sagen hast, dann, bei Gott, nimm dich in acht –“

In diesem Augenblick kam mein Vater, hol ihn der Henker, in die Halle gestapft und rief nach Judy. Sie stand auf und ging an mir vorbei, die Katze auf dem Arm. An der Tür blieb sie stehen, verzog die Lippen zu einem schiefen, höhnischen Lächeln und sagte:

„Was hast denn *du* in Indien getrieben? Hast du die Bibel gelesen? Hast du Psalmen gesungen? Oder bist auch du gelegentlich ausgeritten?“

Damit knallte sie die Tür zu. Ich war völlig am Boden zerstört. Grässliche Gedanken schossen mir durch den Kopf. Der Argwohn wächst nicht allmählich heran, er ist urplötzlich da und nimmt mit jedem Atemzug an Stärke zu. Wenn man wie ich eine schmutzige Fantasie hat, stellen schmutzige Gedanken sich eher ein als saubere. Obwohl ich mir sagte, Judy sei ein boshaftes Lügenmaul und wolle mich mit infamen Andeutungen bange machen, und Elspeth sei nicht fähig, mich zu betrügen – sah ich sie gleichzeitig vor meinem inneren Auge nackt im Bett zappeln, die Arme um Watneys Hals. Mein Gott, das sollte doch nicht möglich sein! Elspeth war eine unschuldige, restlos aufrichtige Gans, die, bevor sie mich kennenlernte, nicht einmal gewusst hatte, was „Unzucht“ bedeutet ... Das hatte sie freilich nicht davon abgehalten, auf den ersten Wink mit mir in die Büsche zu kriechen. Ach, es war trotzdem undenkbar! *Meine* Frau, liebenswert und proper wie keine zweite, ein Mensch so grundverschieden von einem Scheusal meines Kalibers ... Ich konnte sie doch nicht dermaßen falsch beurteilt haben?

So quälte ich mich mit diesen frohen Überlegungen, bis mir der gesunde Menschenverstand zu Hilfe kam. Du lieber Himmel, sie hat doch weiter nichts getan als mit Watney auszureiten – ja, sie wusste nicht einmal, wer der Mann war, vor dem ich sie heute früh gewarnt hatte. Und war sie denn nicht das konfuseste Menschenkind, das in Röcken herumlief? Außerdem sind Schlampen nicht aus solchem Holz geschnitzt. Viel zu weich und sanft und unterwürfig – nie würde sie es wagen. Der bloße Gedanke daran, wie ich reagieren würde, wäre für sie – Halt, wie würde ich denn reagieren? Würde ich mich von ihr lossagen? Mich von ihr scheiden lassen? Sie hinauswerfen? Mein Gott, das ginge ja gar nicht! Dazu fehlten mir die Mittel. Mein Vater hatte recht.

Einen Augenblick lang war ich entsetzt. Wenn Elspeth sich mit Watney oder irgendeinem anderen einließ, konnte ich nichts dagegen unternehmen. Ach ja, ich konnte Hackfleisch aus ihr machen, freilich. Und was dann? Unter die Landstreicher gehen? Unbemittelt, wie ich war, könnte ich nicht beim Militär, ja, nicht einmal in London bleiben ...

Ach, hol's der Teufel. Es war ja doch schieres Gefasel. Absichtlich hatte das Luder, meines Vaters Hurenstück, mir einen Floh ins Ohr gesetzt, um mich eifersüchtig zu machen. Mit diesem Unfug wollte sie sich für die Dresche rächen, die ich ihr vor drei Jahren verabreicht hatte. Das war es. Ich hatte ja wirklich nicht den geringsten Grund, schlecht von Elspeth zu denken; alles an ihr widersprach Judys Unterstellungen – bei Gott, ich würde der Kuh ihre Lügen und Spötteleien heimzahlen. Ich würde schon Mittel und Wege finden, und dann sei der Himmel ihr gnädig.

Nachdem es mir gelungen war, meine Gedanken in freundlichere Bahnen zu lenken, entsann ich mich der Neuigkeit, die ich Elspeth brühwarm hatte mitteilen wollen. Schön, jetzt würde sie sich gedulden müssen, bis ich im Buckingham Palace gewesen war. Geschieht ihr recht, warum geht sie mit Watney aus, hol ihn der Henker. Unterdessen verbrachte ich die nächste Stunde damit, meine besten Kleider hervorzusuchen, mein Haar zu ordnen, das ziemlich lang und malerisch herabhing, und Oswald zu beschimpfen, der mir mit der Halsbinde behilflich war: Viel wohler hätte ich mich im bunten Tuch gefühlt, aber ich besaß keine einzige anständige Uniform, da ich seit meiner Rückkehr im Räuberzivil umher spaziert war. Ich war so aufgeregt, dass ich mir keine Zeit ließ, zu Mittag zu essen, sondern mich piekfein zurecht schniegelte und mich dann schleunigst auf den Weg zu Seiner Nasen-Lordschaft machte.

Als ich anlangte, stand vor seiner Haustür eine Brougham-Kutsche und ich brauchte keine zwei Minuten zu warten, bis er in großer Gala herunterkam, den Sekretär und den Kammerdiener, die hinter ihm her trotteten, mit Vorwürfen überhäufend.

„Wahrscheinlich gibt es im ganzen Haus keine Wärmepfanne", schnauzte er. „Und es muss alles in bester Ordnung sein, absolut. Erkundigt euch, ob Ihre Majestät eigene Bettwäsche mitnimmt, wenn sie auf Reisen geht. Ich halte es für wahrscheinlich, aber stellt um Gottes willen keine indiskreten Fragen. Fragt Arbuthnot, er wird es wissen. Seid überzeugt, dass zuletzt irgendetwas schief gehen wird, aber das lässt sich nicht ändern. Aha, Flashman!" Und er musterte mich von oben bis unten wie ein Kasernenhof-Korporal. „Na, dann kommen Sie mit!"

Eine kleine Schar von Straßenjungen und Passanten hatten ihn mit Hochrufen begrüßt, und jemand rief aus: „Da ist der Flash-Monolith! Hurra!" (Damit war ich gemeint.) Nachdem wir eingestiegen waren, gab es eine kleine Verzögerung, weil der Kutscher mit seinen Zügeln Schwierigkeiten hatte, und es sammelte sich eine Menschenmenge an, während der Herzog fluchend auf seinem Kissen hin und her rutschte.

„Verdammt, Johnson!“ brummte er. „Beeilen Sie sich, sonst rückt uns ganz London auf den Pelz.“

Die Menge bereitete uns eine lebhafte Ovation, und wir rollten in der freundlichen Herbstsonne davon, während die Schlingel hinter uns johlten und die Leute auf den Bürgersteigen sich umdrehten, um den Hut zu ziehen, als der große Mann an ihnen vorbeifuhr. „Wenn ich wüsste, wie Neuigkeiten sich verbreiten, wäre ich bedeutend klüger“, sagte er. „Haben Sie eine Ahnung! Ich möchte wetten, in Dover weiß man schon jetzt, dass ich Sie zu Ihrer Majestät mitnehme. Sie haben wohl noch nie mit Hoheiten zu tun gehabt?“

„Nur in Afghanistan, Mylord“, erwiderte ich, und er gab ein kurzes, bellendes Lachen von sich.

„Dort ist das Zeremoniell wahrscheinlich legerer als bei uns. Es ödet mich an. Lassen Sie sich's gesagt sein, Sir, werden Sie nie Feldmarschall und Höchstkommandierender. Es klingt sehr schön, aber es bedeutet, dass Ihr Souverän Sie mit einem Logierbesuch beehren wird, und kein Bett in der gottverdammten Scheune taugt auch nur einen Pfifferling. Die Möbel in Walmer Castle machen mir mehr Kummer, Mr. Flashman, als Anno dazumal die Festungswerke von Torres Vedras.“ [27]

„Wenn Sie diesmal ebenso großen Erfolg haben wie damals, Mylord“, erwiderte ich speichelleckerisch, „sehe ich keinen Grund zur Besorgnis.“

„Hm!“ brummte er und sah mich scharf an. Aber er schwieg eine Weile und fragte mich dann, ob ich nervös sei.

„Sie brauchen nicht nervös zu sein“, fuhr er fort. „Ihre Majestät ist sehr huldreich, obwohl es natürlich nicht so ungezwungen zugeht wie unter ihren Vorgängern. König William war sehr umgänglich, sehr freundlich, und die Leute haben sich wie zu Hause gefühlt. Jetzt ist alles viel förmlicher und ziemlich steif, aber wenn Sie nicht von meiner Seite weichen und den Mund halten, werden Sie es überstehen."

Ich erlaubte mir zu bemerken, dass mir wohler zumute gewesen sei, als ich vor der Aufgabe stand, eine Rotte heulender Ghazi zu attackieren, was natürlich Mumpitz war, aber mir angebracht erschien.

„Dummes Zeug", erwiderte er barsch. „Sie würden sich gar nicht wohler fühlen. Aber ich weiß, es ist ungefähr das gleiche Gefühl, denn ich habe beides erlebt. Wichtig ist, dass man sich nichts anmerken lässt: Ich werde nicht müde, es den jungen Leuten einzuprägen. Erzählen Sie mir jetzt von den Ghazi. Soviel ich weiß, sind das die besten Soldaten, die Afghanistan aufzuweisen hat."

Hier war ich in meinem Element. Ich berichtete von den Ghazi, den Gilzai, den Pathanen und den Durani. Er hörte aufmerksam zu, und ehe ich mich es versah, rollten die Räder durch das Palasttor, Gardisten präsentierten das Gewehr, ein Lakai kam gerannt, um die Wagentür zu öffnen und das Trittbrett herunterzuklappen, Offiziere schlugen die Hacken zusammen, und wir waren von einem Menschenschwarm umgeben.

„Kommen Sie!" sagte der Herzog und ging voraus durch einen schmalen Eingang. Ich erinnere mich dunkel an Treppen, livrierte Diener, lange, mit Teppichen bedeckte Korridore, große Lüster und allerlei Hofschranzen, die uns auf leisen Sohlen geleiteten –, aber am deutlichsten ist mir die schlanke, grauberockte Gestalt im Gedächtnis geblieben, die vor mir einher marschierte und der die Leute ehrerbietig aus dem Weg gingen.

Wir machten vor einer breiten Doppeltür halt, neben der rechts und links je ein Lakai stand, auf dem Kopf eine Perücke. Ein kleiner, dicker Mann in einem schwarzen Frack kam heran geschusselt, murmelte etwas in sich hinein, zupfte an meinem Kragen und strich den Rockaufschlag glatt.

„Verzeihung“, zwitscherte er. „Eine Bürste!“ Er schnalzte mit den Fingern und eine Bürste wurde herbei gezaubert. Flink betupfte er meinen Rock, mit einem hastigen Seitenblick auf den Duke.

„Weg mit diesem verdammten Ding“, sagte der Duke, „und machen Sie sich nicht so wichtig. Wir verstehen uns auch ohne Ihren Beistand zu kleiden.“

Mit vorwurfsvoller Miene trat der kleine, dicke Mann zur Seite. Er machte den Lakaien ein Zeichen. Sie öffneten die Tür, und während mein Herz gegen die Rippen pochte, hörte ich eine volltönende, kräftige Stimme verkünden:

„Seine Gnaden der Herzog von Wellington. Mister Flashman.“

Es war ein großer, prachtvoll eingerichteter Salon mit einem Teppich zwischen Spiegelwänden und einem Lüster an der Decke. Am entfernten Ende waren ein paar Leute versammelt, zwei Herren standen neben dem Kamin, eine junge Frau saß auf einem Sofa, hinter ihr hatte sich eine ältere Person aufgepflanzt, und ich glaube, noch ein Mann und zwei Frauen befanden sich in ihrer Nähe. Wir gingen auf die Gruppe zu, der Herzog ein paar Schritte vor mir. Er blieb vor dem Sofa stehen und verbeugte sich.

„Eure Majestät“, sagte er, „ich habe die Ehre, Ihnen Mr. Flashman vorzustellen.“

Erst jetzt wurde mir klar, wer die junge Frau war. Wir sind es gewöhnt, sie als die alte Queen Viktoria vor uns zu sehen, aber damals war sie fast noch ein Kind, recht dicklich und unterhalb des Halses leidlich hübsch. Ihre Augen waren groß und ein wenig vorstehend, ebenso wie die Zähne, aber sie lächelte und murmelte eine Antwort: Inzwischen katzbuckelte ich mir natürlich das Kreuz aus den Scharnieren.

Nachdem ich mich aufgerichtet hatte, sah sie mich an und Wellington berichtete in forschem Ton von Kabul und Dschalalabad. „Hervorragende Verteidigung" – „Mr. Flashmans bemerkenswertes Verhalten" –, das waren die einzigen Phrasen, die mir in Erinnerung geblieben sind. Als er verstummte, nickte sie ihm zu, sagte dann zu mir:

„Sie erscheinen hier als der *erste* unter den Männern, die uns in Afghanistan so wacker gedient haben, Mr. Flashman. Es ist mir *wirklich* eine große Freude, Sie unversehrt und wohlauf in unserer Mitte zu sehen. Man hat uns Ihre Tapferkeit in den *lebhaftesten* Farben geschildert, und es gewährt mir eine tiefe *Befriedigung*, dass ich Ihnen unsere Bewunderung und unseren Dank für Ihre so überaus *mutigen* und treuen Dienste aussprechen darf."

Schmeichelhafter hätte es wohl gar nicht sein können, obwohl sie es wie ein Papagei herunterleierte. Ich begnügte mich mit einem dumpfen Räuspern und verbeugte mich abermals. Sie hatte eine dünne, seltsam akzentuierte Stimme und betonte ab und zu ein Wort mit besonderem Nachdruck, wobei sie mit dem Kopf nickte.

„Sind Sie *völlig* von Ihren Wunden genesen?" fragte sie.

„So ziemlich, danke, Eure Majestät", antwortete ich. „Sie sind außerordentlich braun im Gesicht", sagte einer der Herren, und sein starker, deutscher Akzent verblüffte mich. Ich hatte ihn von der Seite am Kaminsims lehnen sehen, das eine Bein übers andere geschlagen. Das also ist Prinz Albert, dachte ich mir – was für ein verteufelt aussehender Backenbart ...

„Wohl nicht weniger braun als ein Afghane", fügte er hinzu, und die Entourage lachte höflich.

Ich erwähnte, dass man mich sehr oft für einen Afghanen gehalten habe. Da riss er die Augen auf und fragte, ob ich denn die Sprache beherrsche, und ich möchte doch etwas auf Afghanisch sagen. Ohne nachzudenken, platzte ich mit den erstbesten Worten heraus, die mir durch den Kopf gingen: „Hamare ghali ana, atschha din!“ (Das rufen die Huren den Vorübergehenden zu, und es bedeutet: „Guten Tag, komm in unsere Straße.“) Prinz Albert hatte interessiert zugehört, aber der Mann neben ihm richtete sich zu seiner vollen Höhe auf und sah mich forschend an.

„Was heißt das auf englisch, Mr. Flashman?“ fragte die Königin.

„Es ist ein Hindu-Gruß, Madam“, erwiderte der Herzog. Da fiel mir ein, dass auch er in Indien gedient hatte, und mir wurde mulmig zumute.

„Ja, freilich“, sagte die Königin, „bei uns geht es heute recht *indisch* zu – mit Macaulay als Gast.“ Damals besagte mir der Name nichts. Aber Macaulay hatte sein Mündchen zugekniffen und musterte mich unverwandt. Später habe ich erfahren, dass er mehrere Jahre in Kalkutta als Mitglied des Hohen Rats zugebracht hatte. Auch ihm war der Sinn meiner albernen Bemerkung nicht entgangen.

„Mr. Macaulay hat uns soeben seine neuen Gedichte vorgelesen“ [28], fuhr die Königin fort. „Sie sind *sehr* ergreifend und schön. Ich glaube, sein Horatius muss Ihr Vorbild gewesen sein, Mr. Flashman. Wissen Sie, er hat Rom gegen einen übermächtigen Feind verteidigt. Eine *prachtvolle* Ballade, die Begeisterung erweckt. Kennen Sie die Geschichte, Herzog?“

Wellington bejahte die Frage – damit war er mir um einen Punkt voraus – und fügte hinzu, dass er sie nicht glaube, worauf sie wissen wollte, warum.

„Drei Mann können kein Heer aufhalten, Madam“, sagte er. „Livius war kein Soldat, sonst würde er so etwas wohl kaum behauptet haben.“

„Nun“, sagte Macaulay. „Sie standen auf einer schmalen Brücke und kämpften Mann gegen Mann.“

„Sehen Sie, Herzog?“ rief die Königin aus. „Wie hätte man sie denn überwältigen können?“

„Mit Pfeil und Bogen, Madam. Mit Schleudern. Sie niederschießen. Das hätte ich gemacht.“

Die Königin erklärte, die Etrusker seien eben ritterlicher gewesen als er. Das räumte er ohne weiteres ein. „Vielleicht gibt es deshalb heute kein etruskisches Reich mehr, wohl aber ein britisches Weltreich“, sagte der Prinzgemahl gelassen. Dann beugte er sich vor und flüsterte der Königin etwas ins Ohr. Sie nickte weise und stand auf – sie war sehr klein – und bedeutete mir näher zu treten. Neugierig gehorchte ich ihrem Wink. Der Herzog stellte sich neben mich hin, Prinz Albert beobachtete mich mit schief geneigtem Kopf. Die Dame, die hinter dem Sofa stand, kam nach vorn, um der Königin etwas zu überreichen. Aus einer Entfernung von knapp einem halben Meter blickte sie zu mir auf.

„Der Generalgouverneur wird unseren tapferen Soldaten in Afghanistan vier Auszeichnungen verleihen“, sagte sie. „Auch Sie werden sie demnächst erhalten. Aber die *Königin* hat gleichfalls eine Medaille zu vergeben, und es gehört sich, dass Sie sie als erster tragen.“

Sie heftete sie an meinen Rock. Dazu musste sie hinauflangen, so klein war die Person. Dann lächelte sie mir zu. Ich war dermaßen erschüttert, dass ich nichts zu sagen wusste. Als sie das sah, wurden ihre Augen ganz seelenvoll.

„Sie sind ein mutiger Mann“, sagte sie. „Gott segne Sie.“

Oh du meine Güte, dachte ich mir, wenn du es nur wüsstest, du romantisches Frauenzimmer, die du dir einbildest, ich sei ein moderner Horatius! (Später ließ ich es mir angelegen sein, Macaulays altrömische Legenden in Balladenform zu lesen, und sie hatte eigentlich nicht gar so weit danebengehauen – nur dass der Knabe, dem ich ähnelte, der falsche Sextus war, ein Mann nach meinem Herzen.)

Aber irgendetwas *musste* ich sagen, deshalb murmelte ich ein Blahblah vor mich hin – „im Dienste Eurer Majestät".

„Im Dienste Englands" berichtigte sie nicht ohne Nachdruck.

„Das ist dasselbe, Madam", sagte ich mit plötzlicher Eingebung, und sie schlug nachdenklich die Augen nieder. Der Herzog gab einen unartikulierten Laut von sich – es klang wie ein unterdrückter Stoßseufzer.

Nach einer kleinen Pause fragte sie mich, ob ich verheiratet sei. Ja, erwiderte ich, aber meine Frau und ich seien die letzten zwei Jahre lang getrennt gewesen. „Wie grausam", sagte sie, so wie man sagen würde: „Wie köstlich schmeckt diese Erdbeermarmelade." Aber sie sei, fügte sie hinzu, überzeugt, dass die lange Trennung uns das Wiedersehen erst recht versüßt haben müsse.

„Ich weiß, was es heißt, eine treue *Gattin* zu sein, mit dem zärtlichsten aller Gatten", fuhr sie mit einem Blick auf Albert fort, und der sah liebevoll drein und überaus edel. Mein Gott, dachte ich, was müssen das für Flitterwochen gewesen sein.

Nun mischte der Herzog sich ein, verabschiedete sich und gab mir zu verstehen, dass das mein Stichwort sei. Beide verbeugten wir uns und zogen uns rücklings zurück, und sie blieb auf dem Sofa sitzen, klein und dick, und da waren wir wieder im Korridor angelangt, und der Herzog schritt durch das Spalier der Schranzen davon.

„Also", sagte er zu mir, „Sie haben eine Medaille erhalten, die außer Ihnen niemand erhalten wird. Es wurden nämlich nur wenige Exemplare geprägt. Dann hat Ellenborough angekündigt, dass er vier eigene zu verleihen gedenkt, und

Ihrer Majestät passt das ganz und gar nicht. Deshalb werden ihre Medaillen eingezogen.“ [29]

Wie sich herausstellte, hatte er recht. Kein anderer außer mir hat diese Medaille je erhalten, mit ihrem rosa und grünen Band (ich vermute, dass Albert die Farben ausgewählt hat). Ich trage sie bei feierlichen Anlässen neben dem Viktoriakreuz, der amerikanischen Tapferkeitsmedaille (für die mir die Republik gnädigst zehn Dollar monatlich zahlt), meinem (reichlich verdienten) San-Serafino-Orden für Treu und Redlichkeit und all dem übrigen Blechsortiment, das dazu dient, einen feigen Lumpen als heldenhaften Veteranen zu maskieren.

Wir marschierten an den salutierenden Gardisten, den katzbuckelnden Hofbeamten und stocksteifen Lakaien vorbei zu unserer Kutsche und stiegen ein, aber es war anfangs kein Durchkommen, weil sich draußen vor dem Tor eine Menschenmenge angesammelt hatte und sich die Lunge aus dem Leib schrie.

„Tapferer Flashy! Ein Hurra für Flash Harry! Hipp, hipp, hurrah!”

Sie winkten und warfen ihre Hüte in die Luft, schoben die Schildwachen beiseite, drängten sich ans Gitter heran, bis schließlich die Tore aufgestoßen wurden und der Brougham sich langsam durch die strampelnde Menge voran bewegte, zwischen lauter lächelnden Gesichtern, weit aufgerissenen Mündern und wehenden Taschentüchern.

„Nehmen Sie den Hut ab, Mann“, sagte der Herzog. Ich gehorchte. Wieder erhob sich ein lautes Geschrei, die Menge wogte heran, man langte durchs Wagenfenster, um mir die Hand zu drücken, hämmerte gegen den Schlag und veranstaltete ein ungeheures Getöse.

„Er hat eine Medaille bekommen!“ rief jemand aus. „God save the Queen.“

Das Echo war ohrenbetäubend, und ich dachte, die Kutsche würde umkippen. Lachend winkte ich zum Fenster hinaus, aber was glauben Sie, woran ich dachte? Ich, vom Ruhm umstrahlt! Ich, der Held des afghanischen Krieges, mit der Medaille der Königin auf meiner Brust, den größten Soldaten der Welt an meiner Seite, bejubelt von der Bevölkerung der größten Stadt der Welt – ich! – während der Herzog mit undurchdringlicher Miene dasaß und den Kutscher anschnauzte: „Johnson, können Sie uns nicht aus diesem verdammten Kuddelmuddel befreien?"

Woran dachte ich? An das Spiel des Zufalls, das mich nach Indien gesandt hatte? An Elphy Bey? An die Schrecken des Rückzugs oder an Iqbals Tod in Mogala? An den Alptraum in der Piper-Festung oder an den grauenhaften Zwerg in der Schlangengrube? An Sekundar Burnes? Oder an Bernier? Oder an die Weiber, Josette, Narriman, Fetnab und all die anderen? An Elspeth? An die Königin?

Nichts dergleichen. Seltsam – aber als die Kutsche freie Bahn hatte und die Mall hinunter ratterte, während hinter uns die Hochrufe verhallten, hörte ich Arnolds Stimme sagen: „Es steckt etwas Gutes in dir, Flashman" – und ich konnte mir vorstellen, wie er sich in diesem Augenblick gerechtfertigt sehen und in der Kapelle über das Thema „Mannesmut" predigen und so tun würde, als freue er sich über die Heimkehr des verlorenen Sohnes. Dabei würde er in der Tiefe seines Heuchlerherzens die ganze Zeit gewusst haben, dass ich nach wie vor ein Lump war. [30] Aber weder er noch irgendein anderer würde gewagt haben, es auszusprechen. Der Mythos, genannt Tapferkeit, halb panische Angst, halb Irrsinn (in meinem Fall nichts als Panik), macht sich stets bezahlt. In England *kann* man nicht gleichzeitig ein Held und ein schlechter Mensch sein. Es ist so gut wie gesetzlich verboten.

Wellington äußerte sich in scharfem Ton über die wachsende Insolenz des Pöbels, unterbrach sich dann aber, um mir zu sagen, er beabsichtige, mich vor der Gardekavallerie abzusetzen. Als wir ankamen und ich ausstieg und mich bei ihm für seine Güte bedankte, musterte er mich und sagte:

„Ich wünsche Ihnen alles Gute, Flashman. Sie werden es weit bringen. Ich bilde mir nicht ein, dass Sie ein zweiter Marlborough sind, aber sie scheinen mutig zu sein und Sie haben bestimmt ein verteufeltes Glück. Dank der ersteren Eigenschaft können Sie ohne weiteres den Befehl über eine oder zwei Armeen ergattern – aber bei Ihrem Glück werden Sie sie wahrscheinlich heil nach Hause führen. Auf jeden Fall haben Sie einen guten Anfang gemacht und heute die höchste Ehre errungen, die Sie erhoffen können, nämlich die Gunstbezeigung Ihres Monarchen. Leben Sie wohl."

Wir reichten einander die Hand und er fuhr weiter. Ich habe ihn nie wieder getroffen. Jahre später aber erzählte ich dem amerikanischen General Robert Lee von dem Vorfall, und er sagte, Wellington habe recht gehabt – ich hätte wirklich die höchste Ehre errungen, die ein Soldat erhoffen kann. Damit aber meinte er nicht die Medaille: In Robert Lees Augen war es Wellingtons Handschlag.

Ich darf darauf hinweisen, dass das eine wie das andere an und für sich völlig wertlos war.

Bei der Gardekavallerie war ich natürlich Gegenstand allgemeiner Bewunderung, und zuletzt machte ich mich in bester Form auf den Heimweg. Es hatte in Strömen geregnet, jetzt aber, als ich die Stufen hinauf rannte, schien die Sonne. Oswald teilte mir mit, Elspeth sei oben. Oho! denke ich mir, warte nur, bis sie erfährt, wo ich gewesen bin und was ich gesehen habe! Vielleicht wird sie jetzt ihrem Herrn und Meister ergebener sein als den Gardekavalieren. Ich lächelte in mich hinein, während ich die Treppe hinauf ging, denn die Ereignisse des Nachmittags ließen meine frühere Eifersucht einfach albern erscheinen, das Werk der boshaften Judy.

Als ich ihr Schlafzimmer betrat, verdeckte ich, um sie zu überraschen, die Medaille mit meiner rechten Hand. Wie gewöhnlich saß sie vor dem Spiegel und ließ sich von ihrem Mädchen frisieren.

„Harry!" rief sie aus. „Wo hast du bloß gesteckt? Hast du vergessen, dass wir um halb fünf bei Lady Chalmers zum Tee eingeladen sind?"

„Der Teufel hole Lady Chalmers und die ganze Chalmers-Sippe!" erwiderte ich. „Sie sollen warten."

„Oh, wie kannst du so etwas sagen?" Sie lächelte meinem Spiegelbild zu. „Aber wo warst du denn – so prächtig herausstaffiert?"

„Ja, weißt du, ich habe Freunde besucht. Ein junges Ehepaar, Bert und Vicky. Du dürftest sie nicht kennen."

„Bert und Vicky!" *Einen* Fehler hatte Elspeth sich während meiner langen Abwesenheit zugelegt: Sie war ein kompletter Snob geworden. Das ist bei Leuten ihrer Klasse nicht ungewöhnlich. „Was mögen denn das für Figuren sein?"

Ich stand hinter ihr, sah ihr Gesicht im Spiegel und nahm die Hand von der Medaille. Ihre Augen weiteten sich. Dann drehte sie sich um.

„Harry? Wie – was – ?"

„Ich war im Buckingham Palace. Mit dem Herzog von Wellington. Diese Medaille hat mir die Königin verliehen – nachdem wir ein Weilchen miteinander geplaudert hatten, du weißt, über Poesie und –"

„Die Königin!" piepst sie in hellem Entzücken. „Der Herzog! Buckingham Palace!"

Sie sprang auf, klatschte in die Hände, schlang die Arme um meinen Hals, während ihr Mädchen sich vor lauter

Herrje und Du-meine-Güte nicht zu fassen wusste und ich Elspeth lachend herumschwenkte. Natürlich war sie nicht mehr zum Schweigen zu bringen, sie überschüttete mich mit Fragen, leuchtenden Auges wollte sie wissen, wer mit dabei gewesen sei und was sie gesagt hätten, und was die Königin angehabt habe, und was die Königin zu mir gesagt habe, und was ich geantwortet hätte und alles Menschenmögliche. Schließlich schob ich sie in den Sessel, schickte das Mädchen weg, setzte mich aufs Bett und erzählte ihr alles vom Anfang bis zum Ende.

Mit runden Augen saß Elspeth da, reizend anzusehen, atemlos lauschend. Ab und zu quietschte sie vor schierer Aufregung. Als ich berichtete, dass die Königin sich nach ihr erkundigt habe, schnappte sie nach Luft und drehte sich zum Spiegel um, wohl um nachzuschauen, ob nicht etwa ein Schmutzfleck auf ihrer Nase sitze. Dann verlangte sie von mir ein Dakapo, und ich tat ihr den Willen, aber erst, nachdem ich ihr den Morgenrock ausgezogen und mich unter ihr auf dem Bett ausgestreckt hatte, so dass die atemberaubende Geschichte zwischen Seufzern und Japsern rekapituliert wurde. Ich muss zugeben, dass ich mehrmals den Faden verlor. Noch immer kam ihr das alles wie ein Mirakel vor, bis ich sie darauf aufmerksam machte, dass es vier Uhr geschlagen hatte, und was würde Lady Chalmers sagen? Sie kicherte und sagte, ja, da müssten wir uns wohl auf die Strümpfe machen, und plapperte unaufhörlich, während sie sich ankleidete und ich gemächlich meinen Anzug in Ordnung brachte.

„Ach, wie wunderbar!“ rief sie immer wieder aus. „Die Königin! Der Herzog! Oh Harry!“

„Jawohl“ erwiderte ich, „und wo hast du dich herumgetrieben? In der Row, den *ganzen* Nachmittag, mit einem deiner Bewunderer?“

„Er ist der langweiligste Mensch, den ich kenne“, sagte sie lachend. „Mit ihm kann man sich nur über seine Pferde unterhalten. Den ganzen Nachmittag sind wir im Park geritten, und zwei volle Stunden hintereinander hat er von nichts anderem geredet.“

„Was du nicht sagst! Zwei Stunden? Da musst du ja patschnass geworden sein.“

Sie stand jetzt in der Wandgarderobe zwischen ihren Roben und hörte mich nicht, und ich streckte gedankenlos die Hand nach dem flaschengrünen Reitmantel aus, der am Fußende des Betts lag. Ich berührte den Saum, und mein Herz erstarrte zu Stein. Der Mantel war strohtrocken. Ich warf einen Blick auf die Stiefel, die neben einem Stuhl standen, blitzblank, ohne den kleinsten Fleck oder Spritzer.

Mir wurde übel, ich hörte mein Herz hämmern, während sie munter drauflos plapperte. Von dem Augenblick an, da ich mich von Wellington trennte, bis zu dem Augenblick, da ich über eine Stunde später den Klub verließ, hatte es unaufhörlich geregnet. Sie konnte unmöglich in diesem Gussregen eine Reittour durch den Park unternommen haben. Also: Wo zum Teufel hatten sie und Watney sich aufgehalten, und was ...?

Ich spürte, wie die Wut und die Galle sich in mir regten, beherrschte mich aber und sagte mir, vielleicht irrst du dich, Mann. Unbekümmert stand sie vor dem Spiegel und betupfte ihr Gesicht mit einer Hasenpfote. Ich sagte wie nebenbei, in recht zwanglosem Ton:

„Wo bist du denn gewesen?“

„Ich habe es dir schon gesagt – im Park. In keiner besonderen Ecke.“

Also das, dachte ich mir, das ist eine Lüge. Dennoch konnte ich es nicht glauben. Sie sah so verflixt unschuldig und freimütig aus, so kindlich und schelmisch, während sie mit unermüdlicher Suada von meiner Sternstunde im Buckingham Palace schwärmte; ja, es waren noch keine zehn Minuten vergangen, da hatte sie mit mir auf dem Bett gelegen und sich nehmen lassen ... aha, nehmen *lassen*. Plötzlich stürmte der Gedanke an die erste Nacht nach meiner Heimkehr auf mich ein – dass ich mir eingebildet hatte, sie sei nicht mehr so hitzig, wie ich es in Erinnerung hatte. Vielleicht hatte ich recht gehabt, vielleicht war ihre Leidenschaft kühler geworden. Das mochte dann der Fall sein, wenn sie in meiner Abwesenheit einen Jockey gefunden hatte, dessen Hindernissprünge ihr besser behagten als die meinen. Himmel, wenn das stimmte, dann würde ich – – –

Zitternd saß ich da, mit abgewandtem Kopf, damit sie mich nicht im Spiegel sah. Hatte also Judy, das Biest, mir die bittere Wahrheit unter die Nase reiben wollen? Hatte Watney mir Hörner aufgesetzt – er und weiß der Himmel wie viele andere außer ihm? Bei diesem Gedanken schäumte ich förmlich vor Beschämung und Zorn. Aber es konnte nicht wahr sein! Nein, nicht Elspeth! Und dennoch: Judys Hohnlächeln und die Reitstiefel, die mir gleichsam boshaft zuzwinkerten – sie waren bei Gott an diesem Nachmittag nicht in der Nähe des Hyde Park gewesen.

Als die Magd zurückkehrte, um sich wieder mit Elspeths Frisur zu beschäftigen, und ich mich bemühte, mein Ohr ihrem schrillen Weibergeschwätz zu verschließen, versuchte ich, mich in die Gewalt zu bekommen. Vielleicht täuschte ich mich – oh, gebe es der Himmel! Es handelte sich ja nicht nur um meine seltsam starke Bindung an Elspeth, sondern auch – nun ja, um meine Ehre, wenn Sie so wollen. Freilich pfeife ich auf das, was die Welt Ehre nennt, aber der Gedanke, ein anderer habe sich mit meiner Frau im Heu vergnügt, mit *meiner* Frau, die doch außerstande sein müsste, sich einen herrischeren oder heroischeren Liebhaber vorzustellen als den großen Flashman, den Helden, dessen Name in aller Leute Mund war, Gott stehe uns bei – was für ein Gedanke ...!

Stolz ist eine verteufelte Sache, ohne ihn gäbe es keine Eifersucht und keinen Ehrgeiz. Ich war stolz auf die Figur, die ich zu machen glaubte – im Bett und in der Kaserne. Und da saß ich nun, der Löwe des Tages, mit meiner Medaille, des Herzogs Händedruck und der Königin Blick noch frisch im Gedächtnis, und zermarterte mir das Herz wegen einer blondköpfigen Zappelliese, die nichts als Stroh im Kopf hatte. Ich musste die Zähne zusammenbeißen, ich durfte keinen Ton sagen, aus Furcht vor dem Auftritt, den ich riskierte, wenn ich mir auch nur die leiseste Anspielung auf meinen Verdacht entschlüpfen ließe; – ob zu Recht oder zu Unrecht, der Teufel wäre los, und das konnte ich mir nicht leisten.

„Na, wie sehe ich aus?“ fragte sie und pflanzte sich in Kleid und Häubchen vor mir auf. „Aber, Harry, du bist ja ganz blass geworden! Ach, ich weiß schon, es ist die Aufregung dieses Tages! Mein armer Junge!“ Sie kippte meinen Kopf hoch und küsste mich. Nein, ich konnte es nicht glauben, wenn ich in diese himmelblauen Augen blickte, nein. Aber die schwarzen Satansstiefel, Mann ...

„Jetzt begeben wir uns zu Lady Chalmers“, sagte Elspeth. „Wenn sie das alles zu hören bekommt, geht sie in die Luft. Ich glaube auch, dass sie Gäste haben wird. Ich werde so stolz sein, Harry – so stolz! Komm, lass mich deine Krawatte zurechtrücken. Bring mir eine Bürste, Susan – wie ausgezeichnet der Rock sitzt! Du musst immer zu diesem Schneider gehen – wie heißt er doch gleich? So! Oh Harry, was für ein schöner Mann du bist! Schau in den Spiegel.“

Als ich mich im Spiegel sah, so verdammt flott und neben mir eine strahlende, reizende Elspeth, da bezwang ich meinen Jammer und meinen Zorn. Nein, es konnte nicht wahr sein.

„Susan, du hast meinen Mantel nicht weggehängt, du dummes Ding. Häng ihn sofort weg, bevor er Falten bekommt."

Aber bei Gott, es ist wahr. Ich wusste es oder glaubte es zu wissen. Hol der Teufel die Folgen, so etwas würde ich mir von einer kleinen Rotzgöre nicht gefallen lassen ...

Ich drehte mich zu ihr um. „Elspeth ..."

„Häng ihn sorgfältig auf, nachdem du ihn ausgebürstet hast. So ... Ja, mein Schatz?"

„Elspeth –"

„Oh, Harry, du siehst so stark und wild aus, auf mein Wort. Ich werde mich gar nicht beruhigen können, wenn ich mit ansehen muss, wie die vornehmen Londoner Damen dir Augen machen." Allerliebst schürzte sie die Lippen und berührte meinen Mund mit ihrem Finger.

„Elspeth, ich –"

„Ach, beinahe hätte ich's vergessen – nimm lieber etwas Geld mit. Susan, meine Börse! Weißt du, für den Fall, dass es sich als nötig erweisen sollte. Zwanzig Guineas, mein Herzliebster."

„Sehr verbunden", sagte ich.

Was zum Teufel, man muss sich behelfen, so gut es geht. Immer mit dem Strom schwimmen und nehmen, was sich bietet. Man kommt nur einmal vorbei. „Glaubst du, zwanzig Guineas werden genügen?"

„Sagen wir lieber vierzig."

(An dieser Stelle bricht das erste Konvolut der Flashman-Manuskripte unvermittelt ab.)

Anmerkungen

[1] Lord Broughams Rede im Mai 1839 geißelte die Königin „... mit schonungsloser Strenge“ (Grenville) und löste eine heftige Kontroverse aus.

[2] Lady Flora Hastings, Ehrendame der Herzogin von Kent, galt als schwanger, bis eine ärztliche Untersuchung den Gegenbeweis ergab. Sie gewann die Sympathie der Bevölkerung; die junge Königin aber sank beträchtlich in der allgemeinen Achtung.

[3] Captain Johny Reynolds, ein besonderer Prügelknabe Cardigans, stand im Mittelpunkt der berüchtigten Flaschenaffäre, in deren Verlauf sein Rücktritt gefordert wurde, weil es hieß, er habe an einem Gästeabend in der Messe eine Flasche Porter bestellt.

[4] Cardigan hatte de facto in Indien gedient; 1837 hat er in Cawnpore den Befehl über die Elfer übernommen, aber nur wenige Wochen bei seinem Regiment verbracht.

[5] Cardigan war eine beliebte Zielscheibe der Zeitungen, insbesondere des *Morning Chronicle* (nicht der *Post*, wie Flashman behauptet). Hier handelt es sich offenbar um jenen Zwist, in dessen Verlauf Cardigan, der in der Presse angegriffen worden war, den Chefredakteur zu züchtigen drohte. Wer sich für Einzelheiten dieses und anderer Zwischenfälle und für Cardigans militärische Laufbahn interessiert, sei auf Woodman-Smiths *The Reason Why* verwiesen.

[6] Wahl der Waffe. Eigentlich stand sie nicht dem Beleidigten zu, sondern wurde normalerweise durch ein gegenseitiges Übereinkommen geregelt.

[7] Das Parlamentsmitglied Attwood unterbreitete im Juli 1839 dem Unterhaus den ersten Antrag der Chartisten, in dem durchgreifende politische Reformen gefordert wurden. Im selben Jahr kam es zu gewaltsamen Zusammenstößen zwischen Chartisten und Behörden; am 24. November wurden in Newport 24 Personen getötet.

[8] Dass Abercrombie die Bezeichnung „Kommandeur“ verwendet, ist unerklärlich, da Sir Colin Campbell erst viel später das Kommando über das 93. Regiment übernommen hat. Natürlich mag Abercrombie in Spanien unter Campbell gedient haben.

[9] Der Dienst bei den Regimentern der Ostindischen Kompanie galt als gesellschaftlich minderwertiger als der Dienst in der regulären Armee. Darüber muss Flashman sich im klaren gewesen sein (siehe seine beiläufige Bemerkung). Damals bezog die Kompanie ihre Artillerie-, Pionier- und Infanterieoffiziere aus dem Ausbildungslager Addiscombe; Kavallerieoffiziere aber konnten ohne Umweg durch die Aufsichtsräte der Kompanie ernannt werden. Cardigan, der allem Anschein nach an Flashman Gefallen gefunden hatte (seine Menschenkenntnis - soweit er sich herbei ließ, sie anzuwenden - war erbärmlich) mag einigen Einfluss auf den Aufsichtsrat besessen haben.

[10] Die Kompanie hielt es nicht für nötig, durchreisenden Offizieren und Besuchern Unterkunft zu gewähren; sie waren darauf angewiesen, bei ansässigen Landsleuten aufge-

nommen zu werden oder ihr Logis aus eigener Tasche zu bezahlen.

[11] Avitabile. Flashmans Beschreibung dieses merkwürdigen Glücksritters ist zutreffend. Der Italiener war als strenger, wenn auch gerechter Verwaltungsbeamter und unerschrockener Soldat bekannt.

[12] Cotton war der Rädelsführer in der großen Rugby-School-Meuterei 1797, in deren Verlauf die Tür des Rektors, Dr. Ingles, mit Schießpulver aufgesprengt wurde.

[13] Schlechte Armeesäbel. Die britischen Kavalleriesäbel waren für ihre schlüpfrigen Messinggriffe berüchtigt.

[14] Flashmans Bericht klärt einen strittigen Punkt auf, der den Historikern Kopfzerbrechen bereitet hat. Frühere Versionen deuten an, die Brüder Burnes hätten verkleidet die Residenz in Begleitung eines mysteriösen dritten Partners verlassen, der als ein Moslem aus Kaschmir bezeichnet worden ist. Es ist behauptet worden, dieser dritte Mann habe sie an die Ghazi verraten. Flashman aber kann sie schwerlich denunziert haben, ohne sich selber zu gefährden. Deshalb dürfte seine Schilderung wahrheitsgetreu sein.

[15] Die wirklichen Namen dieser beiden Afghanen bleiben ein Geheimnis. In anderen Berichten heißen sie Muhammed Sadeq und Surwar Khan. Lady Sale aber scheint anzudeuten, einer von ihnen sei Sultan Dschan gewesen.

[16] Generalleutnant Colin Mackenzie hat uns in seinem Buch *Storms and Sunshine of a Soldier's Life* (1884) eine der anschaulichsten Schilderungen des ersten afghanischen Krieges hinterlassen.

[17] Flashman benutzt wie so mancher andere Europäer das Wort „Ghazi“ so, als beziehe es sich auf einen Stamm, obwohl er sicherlich gewusst hat, dass das nicht stimmt. Im Arabischen bedeutet „Ghazi“ wörtlich „Eroberer“, kann aber ohne weiteres mit „Held“ oder „Kämpe“ übersetzt werden. Europäer sprechen oft von „Fanatikern“. In diesem Zusammenhang ist es interessant, die Parallele zwischen den mohammedanischen Ghazi und dem Ritterideal des christlichen Mittelalters zu notieren.

[18] Flashmans Beschreibung des Rückzugs stimmt im wesentlichen mit den Berichten solcher Zeitgenossen wie Mackenzie, Lady Sale und Leutnant Eyre überein. Das gilt auch für seine Version der Lage in Afghanistan im allgemeinen. Niemand hat zum Beispiel die Ermordung McNaghtens ausführlicher und realistischer geschildert. Hier und dort stoßen wir auf Lücken und Diskrepanzen - unter anderem erwähnt er nicht die Rolle, die „Gentleman Jim“ Skinner als Verbindungsmann zu Akbar Khan gespielt hat -, aber im Großen und Ganzen darf er innerhalb seiner egozentrischen Grenzen als zuverlässig gelten. Dem Leser, der umfangreichere und glaubwürdigere Darstellungen sucht, empfehlen wir die Standardwerke, zu denen Kayes *History of the War in Afghanistan*, Band II, Fortescues *History of the British Army*, Band XII, und Patrick Macrorys bewundernswert übersichtliche Schilderung *Signal Catastrophe* zählen.

[19] Die „Einheitsfront“ der Offiziere fand am 11. Januar 1842 in Dschugdulluk statt.

[20] In Wirklichkeit haben die Afghanen bei Gandamak einige Gefangene gemacht, unter ihnen Captain Souter vom 44. Regiment, einen der beiden Männer, welche die Bataillonsfahnen um ihre Leiber gewickelt hatten (der andere wurde

getötet). Das Gemälde, auf das Flashman anspielt, stammt von W. B. Wollen, R. A., und wurde 1898 in der *Royal Academy* ausgestellt.

[21] Hier muss man Flashman eine Übertreibung verzeihen. Vielleicht war Sergeant Hudson ein guter Fechter, aber so etwas war in der britischen Kavallerie nicht ungewöhnlich. Fortescue erwähnt in seinem Abschnitt über die Attacke der Schweren Brigade bei Balaklawa die Gewohnheit der Soldaten, ihre Säbel als Knüppel zu verwenden. Es kam nicht selten vor, dass einer seinen Säbelgriff wie einen Schlagring benutzte.

[22] Major Henry Havelock. In späteren Jahren als der Held von Lucknow berühmt, war Havelock - ein Eisenfresser „wie aus der Zeit Cromwells" - eine der großen Gestalten des Indischen Reichs.

[23] Sale wurde wirklich als eine Berühmtheit bejubelt, kehrte aber nach Indien zurück und fiel 1845 bei Mudki im Kampf gegen die Sikhs. Sheltons abenteuerliche Karriere endete in Dublin, als er während einer Parade aus dem Sattel stürzte und sich das Genick brach. Lawrence und Mackenzie erwarben beide den Generalsrang.

[24] Flashman hat Ellenborough von seiner schlimmsten Seite kennengelernt. Der Generalgouverneur, arrogant, theatralisch und zu rednerischen Exzessen neigend, zerriss sich förmlich in seinem Bestreben, die „Helden von Afghanistan" zu ehren, und machte sich in weitesten Kreisen lächerlich. In der Hauptsache aber war er ein fähiger und energischer Verwaltungsmann.

[25] Die erste Nummer des *Punch* erschien 1841.

[26] Der Opiumkrieg in China hatte mit einem neuen Vertrag geendet, durch den Hongkong an Großbritannien abgetreten wurde.

[27] Die Anspielung des Herzogs von Wellington auf den bevorstehenden Besuch der Königin im Walmer Castle erlaubt uns, das Datum von Flashmans Audienz genau festzulegen. Wellington schrieb am 26. Oktober 1842 an Sir Robert Peel, Walmer stehe zur Verfügung der Königin. Im darauf folgenden Monat besuchte sie es.

[28] Macaulays *Lays of Ancient Rome* wurden zum ersten Mal am 28. Oktober 1842 veröffentlicht.

[29] Die Medaille der Königin. Dass Ihre Majestät sich über Lord Ellenboroughs Beschluss, Medaillen prägen zu lassen, geärgert hat, geht aus ihrem Brief an Peel vom 29. November 1842 hervor.

[30] Dr. Thomas Arnold, Matthew Arnolds Vater und Rektor der *Rugby School*, war am 12. Juni 1842 im Alter von 47 Jahren gestorben.

***

Weitere Informationen zu diesem Buch – unter anderem eine Bildergalerie der historischen Personen – finden Sie auf der Internet-Seite des Kuebler-Verlages:
www.kuebler-hoerbuch.de

Die Flashman-Romane von George MacDonald Fraser

Alle Titel werden als Buch und als Hörbuch im Kuebler Verlag erscheinen. Die Bücher werden originalgetreu mit allen historischen Anmerkungen herausgegeben. Der Text wird maßvoll der neuen Rechtschreibung angepasst. Die afghanischen und indischen Ausdrücke (Hindi/Hindustanisch, Pashtu/Paschto/Pashto/Paschtunisch) werden der deutschen Transkription angepasst, die allerdings nicht immer einheitlich ist.

Flashman in Afghanistan. Titel der englischen Originalausgabe: Flashman (Britannien, Indien und Afghanistan, 1839-1842)

Royal Flash - Flashman in Deutschland. Titel der englischen Originalausgabe: Royal Flash (England 1842-1843, Deutschland 1847-1848)

Flash, Held der Freiheit. Titel der englischen Originalausgabe: Flash for Freedom (England, West Afrika und USA 1848-1849)

Flashman greift an. Titel der englischen Originalausgabe: Flashman at the Charge (England, Krim und Zentral-Asien 1854-1855)

Flashman – Im großen Spiel. Titel der englischen Originalausgabe: Flashman in the Great Game (Schottland und Indien 1856-1858)

Flashmans Lady – Flashman in Borneo und Madagaskar. Titel der englischen Originalausgabe: Flashman's Lady (England, Borneo und Madagaskar, 1842-1845)

Flashman und die Rothäute. Titel der englischen Originalausgabe: Flashman and the Redskins (USA 1849-1850 und 1875-1876)

Flashman – der chinesische Drache. Titel der englischen Originalausgabe: Flashman and the Dragon (China, 1860)

Flashman und der Berg des Lichts. Titel der englischen Originalausgabe: Flashman and the Mountain of Light (Indien, Punjab 1845-1846)

Flashman und der Engel des Herrn. Titel der englischen Originalausgabe: Flashman and the Angel of the Lord (Indien, Südafrika und USA 1858-1859)

Flashman and The Tiger* (Zululand, Afrika 1879 und England, 1894)

The Road to Charing Cross* (England 1878 und Deutschland, 1883-1884)

The Subtleties of Baccara* (Der Croft Skandal in England, 1890)

---

* Diese Romane wurden in der Ausgabe von Harper Collins im Band „Flashman and The Tiger" aufgenommen.